Heidi Emfried
Des Träumers Verderben

D1675077

Impressum

Bibliografische Information der Deutschen Nationalbibliothek
Die Deutsche Nationalbibliothek verzeichnet diese Publikation
in der Deutschen Nationalbibliografie; detaillierte bibliografische
Daten sind im Internet über http://dnb.d-nb.de abrufbar.

© 2020 Verlag Anton Pustet
5020 Salzburg, Bergstraße 12
Sämtliche Rechte vorbehalten.

Lektorat: Beatrix Binder
Grafik und Produktion: Nadine Kaschnig-Löbel
Coverfoto: Calin Stan/shutterstock.com
Druck: Těšínská Tiskárna, Český Těšín

ISBN 978-3-7025-0968-2

auch als eBook erhältlich:
eISBN 978-3-7025-8072-8

www.pustet.at

Heidi Emfried

Des Träumers Verderben

Kriminalroman

VERLAG ANTON PUSTET

Prolog

Ende Oktober
SIE

Sie liebte es, mit dem Zug zu fahren.

Das Gleichmäßige, Meditative, Passive, Untätige, das Sich-schaukeln-Lassen, das Altmodische. Das Vorbeiziehen der Landschaft, der entlarvend hässlichen, bahnseitigen Hinterhöfe der Häuser an der Strecke, für die sich eine Behübschung nicht lohnte. Die Bahnübergänge, vor denen Reihen von Autos standen, deren Fahrer ungeduldig warteten, ihre Reise fortsetzen zu können, und froh waren, dass der Zug endlich durchfuhr.

Doch am meisten liebte sie die Anwesenheit der Mitreisenden. Dabei war es am wenigsten die Aussicht auf interessante Gespräche, die ihre Neigung beflügelte. Gerade die Mitteilsamen erwiesen sich häufig als langweilig und oberflächlich. Mit ihrem belanglosen Geschnatter zerstörten sie den Zauber, der der Bahnfahrt innewohnte – das Mysterium.

Denn das war es, was sie faszinierte. Das Geheimnis, das die Mitreisenden umgab, die Tatsache, dass man sich in Begleitung von Menschen befand, die man nicht kannte, von denen man nichts wusste. Über die man folglich seine Fantasie völlig ungehindert spielen lassen konnte. Die man je nach Art des Waggons mehr oder weniger ungeniert beobachten konnte, um ihnen die ausgefallensten Geschichten anzudichten. Was sie vor der Zugfahrt getan hatten und nach dem Aussteigen tun würden. Womit sie ihren Lebensunterhalt verdienten, wen sie liebten und hassten, wie sie ihre Freizeit verbrachten. Das Spiel funktionierte immer noch, auch wenn es zunehmend durch lautstarke Handytelefonate und die gebeugten Köpfe der Smartphone- und Tablet-Wischer gestört wurde.

Am besten und unverschämtesten konnte man sie beobachten, wenn es, so wie jetzt, draußen dunkel war. Dann wirkten die großen Fenster wie Spiegel, in denen sich der ganze Innenraum des Waggons glasklar abzeichnete. Sie hielt den Kopf gewöhnlich von den Mitreisenden abgewandt, scheinbar ziellos ins Dunkel starrend – das täuschte den Arglosen tatsächlich ein Unbeobachtet-Sein vor, das sie zu Präparaten unter ihrem Mikroskop machte. Keiner schien jemals die gleiche Idee zu haben wie sie. Niemand anderer als sie nutzte den Spiegel. Kein Blick eines Gleichgesinnten begegnete dem ihren dort.

Doch die heutige Fahrt würde wenig ergiebig sein, obwohl es schon völlig dunkel war. Es waren altmodische Nachtzug-Abteilwägen mit Vorhang zum Gang eingesetzt worden – vermutlich wegen irgendeines Defektes. Sie saß in einem Sechserabteil am Fenster. Nur zwei der übrigen Plätze, die gangseitigen, waren belegt. Die beiden Passagiere, ein Mann und eine Frau in den Fünfzigern, waren offenbar miteinander bekannt und nützten das zufällige Treffen im Zug zu einem ausführlichen Gedankenaustausch über diverse Bewohner ihrer ländlichen Heimatgemeinde. Uninteressante Menschen, die sich uninteressante Geschichten erzählten – ein arroganter Gedanke, aber denken würde man wohl noch dürfen. Gelangweilt betrachtete sie das Fenster-Spiegelbild, lehnte ihren Kopf gegen die Stütze. Sie fühlte Müdigkeit aufkommen, ihren Körper entlangkriechen. Sie schloss die Augen.

ER

Das mit dem Auto war ein verdammtes Pech. Dass die teure Karre ihn in Linz im Stich gelassen hatte, kam ihm wie ein persönlicher Affront vor. Natürlich war sie nicht mehr die Jüngste und hätte schon vor über zwei Monaten zum Service gemusst. Es rächte sich jetzt, dass er die Hinweise Zawlackys, die sich zuletzt schon mehr wie flehentliche Bitten anhörten, so beharrlich ignoriert hatte. Der kannte eben den ganzen Fuhrpark wie seine Westentasche und wusste, dass der Wagen des Chefs wie ein Kätzchen schnurren konnte, aber nur, wenn man ihn auch entsprechend pflegte.

Er fürchtete, dass Barbara telefonisch einen Teil seines Ärgers abbekommen hatte. Nicht, dass sie sich etwas hatte anmerken lassen. Mit ihrer neutralen, professionellen Sekretärinnenstimme hatte sie ihn effizient wie gewohnt mit der Straßenbahn zum Bahnhof gelotst, um diese Tageszeit die schnellste Fortbewegungsart. Die Tram- und Zugtickets hatte er am Automaten selbst kaufen müssen, doch dank Barbaras Hilfe verlor er keine Zeit bei der Suche nach der besten Verbindung oder dem Abfahrtsgleis.

»Wenn du dich beeilst, kannst du den 17:47er auf Gleis 5 erwischen, der hält nur in St. Pölten und braucht nicht einmal eineinhalb Stunden bis zum Hauptbahnhof. Dort nimmst du ein Taxi zur Oper. Du hast Glück, der Wozzeck fängt erst um halb acht an. Wenn die Bahn pünktlich ist und das Taxi nicht im Stau landet, könntest du es schaffen. Ich rufe Ingrid an und sage ihr, dass sie alleine zur Oper fahren, deine Sachen mitnehmen und dich vor der Toilette erwarten soll. Dann kannst du dich dort umziehen. Mehr kann ich jetzt auch nicht machen. Gute Reise und viel Vergnügen in der Oper.«

Letzteres war ihre kleine Rache für sein nervöses Kurz-angebunden-Sein am Telefon. Sie wusste ganz genau, dass er diese Oper nicht mochte, aber sie wegen Ingrid und der gesellschaftlichen Verpflichtungen, die man als Geschäftsführer nun einmal hatte, erdulden musste. Aber sie hatte recht gehabt, es war sich gerade noch ausgegangen, Sekunden bevor sich die Waggons in Bewegung setzten. Verächtlich schnaufend ging er, in die hell erleuchteten Coupés blickend, den Gang entlang. Die meisten waren gut belegt. Ein Erste-Klasse-Ticket hatte er in der Eile nicht kaufen können, nun würde er sich halt zwischen schwitzende Omas und Kaugummi kauende Teenager zwängen müssen.

Gegen Ende des Waggons fand er einen Platz in einem Abteil mit nur drei Leuten. Er nahm auf dem mittleren Sitz Platz, neben einem Mann fortgeschrittenen Alters, der in ein Gespräch mit seinem Gegenüber vertieft war und schräg gegenüber einer schlafenden Frau. Wenigstens würde er jetzt Zeit finden, die Zeitung zu lesen, die ihm Barbara in der Früh in die Aktentasche gesteckt hatte.

SIE

Anscheinend war sie tatsächlich kurz weggenickt, denn das Geräusch der Schiebetür des Abteils weckte sie. Ohne die Augen zu öffnen, registrierte sie die weiteren Geräusche, die die Ankunft des neuen Passagiers mit sich brachte. Ein sehr knappes »frei?«, zweifellos begleitet von einer Geste hin zu den leeren Sitzen, das Platznehmen ihr schräg gegenüber – keine Verzögerung durch das Ausziehen eines Mantels –, das Klicken mit dem Verschluss einer Aktentasche, das Rascheln einer Zeitung. Der schwache Hauch eines sehr dezenten Duftwassers drang an ihre Nase.

Ihre Neugierde war geweckt. Vorsichtig öffnete sie die Augen einen Spalt und besah sich ihr neues Gegenüber im Scheibenspiegel. Groß, sehr schlank, perfekt sitzender grauer Anzug aus edlem Tuch – etwas zu hell für die Jahreszeit –, teures weißes Hemd, dessen Kragen gelockert war, dezente Krawatte. Interessantes Gesicht. Tiefliegende Augen, Charakterkopf, dunkle Haare mit einzelnen Silberfäden darin. Die Frisur bildete einen Gegensatz zu seiner sonstigen Erscheinung – zerzaust, jungenhaft, Haare etwas zu lang. Sie verlieh ihm eine fast schelmisch wirkende Sorglosigkeit. Sie schätzte ihn auf Anfang vierzig. Die Lässigkeit, mit der er die Beine übereinanderschlug und sich in den Polstersitz lümmelte, eine zusammengelegte Zeitung in der Hand, verriet großes Selbstvertrauen. Er passte nicht hierher.

ER

Die Zeitung reizte ihn nicht besonders. Gelangweilt glitt sein Blick über die Schlafende am Fenster. Nicht jung, nicht alt. Nicht hässlich, nicht besonders schön, sofern er das aus seinem Blickwinkel beurteilen konnte. Nicht blond, nicht schwarz, sondern irgendetwas dazwischen – dunkelblond hieß das wohl. Eher groß, schlank.

Das Entspannte, Wehrlose, Ausgesetzte an diesem ihm abgewandten Frauenkörper reizte ihn. Er konnte sie ungehindert beobachten, sie ungeniert anstarren, seine Blicke wandern lassen, ohne irgendwelche Benimmregeln zu verletzen. Er konnte sie, wie es so schön hieß, mit den Augen ausziehen.

Sie war nicht sehr körperbetont gekleidet, doch ihre Formen zeichneten sich im weichen Stoff des knielangen Rocks und in dem sandfarbenen, seidigen Pulli deutlich ab. Die Hände lagen im Schoß, die linke, mit einem antiken Brillantring geschmückt, umfasste das rechte Handgelenk. Der etwas hinaufgerutschte Rock gab den Blick auf ein Knie und zwei wohlgeformte, übereinandergeschlagene Unterschenkel mit sehr schlanken Fesseln frei, die in eleganten, schlammfarbenen Pumps steckten. Ihre ganze Kleidung schien dem Thema Sand und Schlamm gewidmet. Das passte zum restlichen Erscheinungsbild. Nicht hell, nicht dunkel. Doch anstatt sein Interesse erlahmen zu lassen, fachten die gedeckten Farben es noch weiter an. Sein Blick wanderte weiter hinauf.

Ihre Brüste schienen sich in dem dünnen Pulli mit V-Ausschnitt sehr wohl zu fühlen, so wie sie sich an den Stoff schmiegten. Um den Hals hatte sie ein Weißgoldkettchen mit einem antiken kleinen Brillantanhänger – passend zum Ring –, der knapp unterhalb des Halsgrübchens die Linien ihrer Schlüsselbeine hervorhob. Die Neigung des Kopfes zeigte einen langen, schlanken Hals und eine zarte, feine Ohrmuschel ohne Schmuck. Eine dünne Haarsträhne hatte sich von ihrem Platz hinter dem Ohr gelöst und fiel ihr über die Wange.

Er konnte nicht aufhören, dieses Zusammenspiel von Nackenlinie, Halsgrübchen, Wange und Haarsträhne anzustarren. Zu seiner Verwirrung wurde ihm plötzlich bewusst, dass er diese Frau begehrte. Ein Glück, dass er die Zeitung dabeihatte. Er legte sie sich rasch auf den Schoß.

SIE

Jetzt war dieser unverschämte Kerl doch tatsächlich dabei, sie mit den Augen auszuziehen! Die hungrigen – ja, hungrigen Blicke krochen ihren Körper entlang, fast konnte sie sie spüren wie Berührungen, tastend und fordernd. An ihrem Hals und Ohr blieben sie hängen, saugend, verschlingend. Er dachte anscheinend, dass eine alleinreisende Frau in einem Zugabteil automatisch Freiwild war. Eigenartig nur, dass sie keine echte Entrüstung aufbringen konnte. Im Gegenteil, mit einem Schock wurde ihr eine Empfindung bewusst, die sie schon sehr lange nicht mehr gehabt hatte – körperliches Verlangen. Das warme Gefühl breitete sich rasch in ihrem Schoß aus. Mit weit geöffneten Augen sah sie nun in den Fensterspiegel.

ER

Er versuchte, an etwas anderes zu denken, doch erfolglos. Wie durch ein magisches Band wurde sein Blick wieder zu ihr hingezogen. Der Hals, das Grübchen, das Ohr, die Strähne – letztere umspielte das Kinn, berührte fast den sinnlichen, leicht geöffneten Mund, der seinen Blick weiterwandern ließ über Nase und geschlossene Augenlider … doch nun waren diese Augen plötzlich geöffnet! Er erschrak wie ein Kind, das mit der Hand in der Keksdose erwischt wird, bis ihm klar wurde, dass sie ihn nicht sehen konnte – sie wandte den Blick ja von ihm ab. Mit weit geöffneten Augen starrte sie ins Leere, in die Nacht hinaus.

Er folgte ihrem Blick. Ihre Augen spiegelten sich im Fensterglas – sie sah ihn an!

Dieses Mal konnte er seinen Schrecken nicht gleich wieder in den Griff kriegen. Sein rasches Wegblicken war nichts als ein Schuldeingeständnis. Er hatte sich wie ein Pubertierender benommen.

Doch etwas in diesem blitzlichtartig aufgefangenen Blick berührte einen Nerv, ließ diesen vibrieren wie die Saite eines Streichinstruments – ließ ihn wieder hinsehen, diesmal direkt in den Spiegel, direkt in ihre Augen.

SIE

Er hatte sie angesehen.

Er hatte sie angesehen und war ihrem Blick begegnet.

Er hatte sich ertappt gefühlt und rasch wieder weggesehen. Dann war sein Blick wie ein Jo-Jo an seinem Schnürchen zu dem ihren zurückgekehrt. Jetzt starrten sie sich im Spiegel an, ihre Augen so sehr ineinander verhaftet, dass die Zeit stillzustehen schien.

Sie sah als Erste weg, doch nur, um ihn jetzt ohne Umweg zu betrachten. Es war zu spät, so zu tun, als sei nichts geschehen.

ER

Er starrte weiterhin in den schwarzen Fensterspiegel. Das Zerreißen ihres Blickbandes hatte ihn fast zusammenzucken lassen, doch jetzt ruhten ihre Augen weiter auf ihm, nur ohne Vermittlung der reflektierenden Fläche. Ihre Rollen waren nun vertauscht: Sie ließ ihren Blick über ihn gleiten, er beobachtete sie dabei im Spiegel. Doch jetzt waren sie zu zweit, zwei Komplizen. Er wagte kaum zu atmen.

Er wusste nicht, wie lange sie so dagesessen hatten, als der Lautsprecher das baldige Eintreffen in St. Pölten verkündete. Die beiden Mitreisenden erhoben sich, immer noch in ihr Gespräch vertieft. Der Mann half der Frau in den Mantel, bevor er sich selbst anzog, dann waren sie mit einem »Wiedersehen!« verschwunden.

Die Unterbrechung hatte ihn veranlasst, den Blick vom Fenster abzuwenden, um ihr jetzt direkt in die Augen zu sehen – als ob diese hellblauen Lichter ihn blenden und gefangen nehmen würden wie ein Kaninchen der Lichtkegel eines Autos.

SIE

Sie fühlte, wie ihre Vernunft und ihre Reserviertheit in diesem Blickstrahl schmolzen. Alles, was folgte, war logisch, schicksalhaft, selbstverständlich.

Als sich der Zug wieder in Bewegung setzte, zog er, ohne den Blickkontakt zu unterbrechen, das Fensterrollo herab, schloss den Vorhang der Schiebetür und betätigte den Verschluss. Dann zog er sie zu sich herüber.

ER

Gedanken waren ausgeschaltet. Es war anders als alles, was er bisher erlebt hatte. Wer hatte seine Hose geöffnet, ihren Rock hinaufgeschoben und den Slip nach unten gezogen? Es schien alles von selbst zu gehen. Die Außenwelt existierte nicht. Ein letzter Rest von Vernunft ließ sie beide leise sein. Einzig ein kleines, kaum hörbares Geräusch, als sie kam – es brannte sich sofort in sein Bewusstsein ein.

SIE

Längst saß er wieder ihr gegenüber, alle Spuren waren getilgt, die Kleidung wieder in Ordnung, die Tür entriegelt.

Wie hatte sie nur so unglaublich unbeherrscht sein können? Kein Kondom – sie könnte sich eine Krankheit geholt haben! Der Mann könnte ein Irrer sein, der sie ab jetzt verfolgen würde. Einer, der ihre Adresse ausfindig machen und seinen Freunden von ihr erzählen könnte. Der sie erpressen könnte. Was für eine Art Mann konnte das sein, der es im Bahnabteil mit einer Fremden trieb?

Warum verspürte sie trotzdem keine Reue, keine Angst? Woher kam dieses anhaltende Hochgefühl?

Vielleicht von seinem Blick, der wieder auf ihr ruhte, jetzt anders, mit halb geschlossenen Augenlidern. Wahrscheinlich dachte er dasselbe von ihr wie sie von ihm.

Der Lautsprecher verkündete das baldige Eintreffen in Wien.

»Ich will dich wiedersehen« sagte er plötzlich.

Sie brachte keine Antwort zustande, nur ein kaum merkbares Nicken.

»Nächste Woche, wieder Donnerstag, vier Uhr, Hotel Papaya. Das ist ganz in der Nähe vom Westbahnhof. Ich nehme ein Zimmer und hinterlege eine Nachricht mit der Zimmernummer bei der Rezeption für Tanja Müller. Das bist du.«

Sie nickte wieder. Er packte seine Zeitung in die Aktentasche, stand auf und verließ das Abteil, ohne sich noch einmal umzudrehen.

Erleichtert atmete sie aus. Kein Austausch von Handynummern, Namen oder Adressen. Keine Spur zu ihr. Natürlich würde sie nächsten Donnerstag nicht in dieses Hotel gehen. Sie würde, wie jede Woche, den Bildhauerkurs in Linz besuchen und dann mit dem gleichen Zug wie jetzt heimfahren.

Ein einmaliges Abenteuer, nichts weiter.

Es sei denn, sie setzte den Kursbesuch eine Woche aus.

1
Wien, drei Jahre später
10. August

Lang hatte sich und Marlene gerade das zweite Glas vom guten Blauen Portugieser aus Sooß eingeschenkt, als die Zentrale sich auf seinem Handy meldete. Er seufzte. Wäre doch zu schön gewesen, den herrlichen Sommerabend ungestört auf der kleinen, aber gemütlichen Dachterrasse ausklingen lassen zu können.

»Verdacht auf Tod durch Fremdeinwirkung in der Garage des Hotels Papaya beim Westbahnhof. Der Notarzt wurde zu einem Mann gerufen, der leblos in seinem Auto aufgefunden wurde. Er konnte nichts mehr für ihn tun und hat uns gleich angerufen. Sendlinger ist schon verständigt und mit seinen Leuten unterwegs.«

»In Ordnung, ich komme sofort. Meine Leute verständige ich selbst.« Kurz überlegte er. Schneebauer auf Urlaub, Goncalves war die nächsten drei Wochen dran. Blieben Cleo und Nowotny. Sie wahrscheinlich mitten in einem amourösen Abenteuer mit wem auch immer, er gemeinsam mit seiner Frau vor dem Fernseher, das soeben begonnene Hauptabendprogramm, bestimmt irgendeine Wiederholung eines seichten Sommerschmarrns, verächtlich kommentierend. Aber schließlich ging es ihn überhaupt nichts an, was seine Mitarbeiter in ihrer Freizeit machten. Er wählte Cleos Nummer.

Während er wartete, dass sie dranging, nickte er Marlene bedauernd zu und ließ seinen Blick über die zum Glück schon leergegessenen Teller ihres leichten Abendessens schweifen – Insalata Caprese aus vollreifen, fruchtigen Tomaten, echtem italienischen Büffelmozzarella und frisch gepflücktem Basilikum aus dem Kräutertopf, der auf der Terrasse stand. Darüber bestes toskanisches Olivenöl extra vergine und Salz.

Ein von ihm zubereitetes Balsamico-Dressing für eine individuelle Würzung hatte sich in einem eigenen Schälchen befunden, das jetzt auch fast leer war. Ein Glück, dass er nicht mehr getrunken hatte.

Cleo hob nach Luft ringend ab. Lang schmunzelte in sich hinein. *Na also, hab ich recht gehabt,* dachte er bei sich. Doch wie sich rasch herausstellte, war sie beim Laufen.

»Bis zu Hause brauche ich zwanzig Minuten, zehn Minuten zum Duschen und Umziehen, eine Viertelstunde Fahrt, also kannst du in ungefähr einer Dreiviertelstunde dort mit mir rechnen.«

»Gut«, erwiderte er knapp und beendete das Gespräch, dankbar, dass sich Cleo in solchen Situationen immer als effizient und uneitel erwies. Fürs Erste würden sie beide am Tatort wohl reichen. Trotzdem rief er Nowotny von unterwegs auch noch an, damit dieser keinen Grund haben würde, beleidigt zu sein oder besser gesagt beleidigt zu tun, weil er nicht gleich eingeweiht worden war.

»Hallo Helmut, ich hoffe, ich störe dich nicht beim Fernsehen«, begann er.

Am anderen Ende der Leitung war es einen Augenblick still, sodass Lang schon glaubte, die Verbindung sei abgebrochen. Dann schnarrte Nowotny: »Wos bringt di auf die Idee, dass i an so an Abnd vorm Fernseher sitz? I bin im Schweizerhaus und sitz vor ana Stözn mit meiner Frau und de Nochbarn. Kann ich dir auch empfehlen.« Letzteres in einwandfreiem Hochdeutsch, quasi als Kontrast.

Er war also mit seiner Vermutung wieder danebengelegen. Kurz erklärte er dem Älteren die Lage, sagte ihm, dass sie ihn vorläufig vermutlich nicht benötigen würden und wünschte ihm noch einen schönen Abend.

»Aber halte dich bitte bereit, für den Fall, dass wir dich doch brauchen«, fügte er noch rasch hinzu, bevor sich Nowotny wieder seiner Stelze und seinen Nachbarn zuwenden konnte. Gleichzeitig ging ihm durch den Kopf, dass er seinen Mitarbeitern gegenüber anscheinend ziemlich vorurteilsbehaftet war. Kein Ruhmesblatt für einen Vorgesetzten, wenn es ausgerechnet bei den eigenen Leuten an Menschenkenntnis fehlte. Als kleine Trotzreaktion erlaubte er sich – nebst einem kleinen Grinsen nur für sich allein – noch die Feststellung, dass Helmut zuerst die Stelze und dann erst seine Frau genannt hatte. Dann drehte er das Radio lauter und sang bei »Wumba-Tumba-Schokoladeneisverkäufer« mit. Das entsprach zwar nicht dem ernsten Anlass, zu dem er unterwegs war, aber ernst würde es noch früh genug werden.

2

Als er seinen Wagen außerhalb der Polizeiabsperrung parkte und ausstieg, stieg ihm sofort der charakteristische Tiefgaragengeruch nach Benzin, Auspuffgasen und abgestandener Luft in die Nase, der die Benutzer gewöhnlich den kürzesten Weg zum nächsten Ausgang anstreben lässt. Das hätte er jetzt auch gerne getan.

Sendlinger und seine Mitarbeiter in ihren weißen Schutzanzügen waren schon da. Der Gerichtsmediziner war in ein Gespräch mit einem müde wirkenden Mann mittleren Alters in Grellorange vertieft, während seine Leute bereits mit der Spurensicherung an einem bulligen beigen Luxuswagen älteren Baujahrs, wohl englischer Herkunft – Rolls? Bentley? Jaguar? – beschäftigt waren. Er winkte, als er Lang erspähte.

»Hallo Leo, wie geht's? Das ist Dr. Hüpfl, der zuständige Notarzt.«

»Hallo Philipp, guten Abend, Herr Doktor. Danke, dass Sie uns gleich gerufen haben. Was genau hat Sie dazu veranlasst?«

»Also, ich habe schon über zehn Jahre Erfahrung als Notarzt, da entwickelt man ein gewisses Gefühl für Situationen und Symptome, das über das rein Medizinische hinausgeht. Bei diesem Opfer könnte man eine Überdosis vermuten, aber das Drumherum passt überhaupt nicht dazu. Kleidung, Fahrzeug, Umgebung, einfach alles.« Er machte eine weit ausholende Armbewegung, die das ganze Szenario umfasste. Leo ging um den Wagen herum und erblickte den äußerlich unverletzten, wie schlafend wirkenden Toten auf einer Matte am Boden.

»Wir mussten ihn aus dem Auto holen, um Wiederbelebungsmaßnahmen einzuleiten«, sagte Dr. Hüpfl fast entschuldigend. »Wenn auch erfolglos«, fügte er noch leise hinzu. Wenigstens hatte einer der Sanitäter daran gedacht, einige Handyfotos vom Toten zu machen, als dieser noch zusammengesunken auf dem Fahrersitz saß.

In diesem Augenblick traf Cleo ein, fünf Minuten früher als angekündigt, wie Leo im Stillen feststellte. Sie wirkte rosig-frisch und hatte feuchte Haare vom Duschen. Nachdem auch sie den Toten kurz betrachtet hatte, ersuchte Dr. Hüpfl, ihn zu entschuldigen.

»Wenn Sie mich nicht mehr brauchen, würde ich gerne wieder gehen«, sagte er ein wenig gehetzt. »Wir sind normalerweise schon stark unterbesetzt, und jetzt ist auch noch Urlaubszeit. Weniger Ärzte und mehr Notfälle, Sie verstehen. Wenn nötig, weiß Kollege Sendlinger, wo Sie mich erreichen.«

Als er zu den beiden Sanitätern in den Notarztwagen gestiegen war und dieser sich in Bewegung setzte, wandte Lang sich Sendlinger zu.

»Wer hat eigentlich den Notarzt gerufen? Und kannst du schon irgendetwas in Bezug auf die Todesursache und den Todeszeitpunkt sagen? Wisst ihr schon, wer er ist?«

»Eine Menge Fragen auf einmal. Gerufen hat ihn die Hotelrezeption, wurde mir gesagt. Der Zeitpunkt ist sehr gut eingrenzbar, weil das Einfahren in die Garage sicher von der Videoüberwachung erfasst wurde und der Tod zwischen diesem Zeitpunkt und dem Notruf eingetreten sein muss. Aber das herauszufinden ist euer Job. Unwahrscheinlich, dass es medizinisch genauer eingrenzbar sein wird, aber wenn, finden wir es bei der Obduktion heraus. Bezüglich einer ersten Einschätzung der Todesursache würde ich mal sagen, dass Kollege Hüpfl sicher ein gutes Gespür für solche Dinge hat. Ich habe mir den Kopfbereich vorhin schon kurz angeschaut, und hier«, – er ging neben der Leiche in die Hocke und die beiden anderen bückten sich über sie – »ja, hier, seitlich auf der rechten Halsseite, haben wir zwei kleine Rötungen, die mir verdächtig nach Elektroschocker aussehen. Und hier an der *Vena jugularis interna*, das könnten Spuren eines Einstiches sein. Allerdings ist das keine Stelle, die ein Junkie für einen Schuss benutzen würde. Erster Anschein: Fremdverschulden. Ohne Anspruch auf Richtigkeit oder Vollständigkeit.«

Lang schätzte es, dass Sendlinger zu dieser Art vorläufiger Blitzdiagnosen bereit war und nicht ständig den übervorsichtigen Wissenschafter heraushängen ließ. Inzwischen hatte sich einer der Weißgewandeten – nein, eine, es war Diana, ihren Nachnamen kannte Leo nicht – den Ermittlern genähert. Sie hielt einen Plastikbeutel mit einer Brieftasche in der Hand.

»Hi Leo, hi Cleo«, sagte sie als Begrüßung, »ich habe schon einen kurzen Blick darauf geworfen. Es sind unter anderem ein Personalausweis und ein Führerschein drin. Danach heißt er Mathieu Rassling.«

»Rassling … «, überlegte Lang stirnrunzelnd, »kommt mir irgendwie bekannt vor …«

Cleo tippte schon emsig auf ihrem Tablet herum. »Das muss einer der Vorstände der Rasslingwerke sein«, antwortete sie prompt. »Das ist eine alteingesessene Wiener Firma für Medizintechnikgeräte. Ein sehr erfolgreiches Familienunternehmen mit fast tausend Beschäftigten, schreiben sie hier. Es wird – oder besser gesagt, wurde – geleitet von zwei Brüdern, Marc und Mathieu Rassling. Letzterer liegt hier vor uns. Seit einem Jahr geschieden, keine Kinder.«

Lang stieß einen verhaltenen Pfiff aus. »Allerhand, ein prominenter Industrieller! Da wird sich die Presse gleich draufstürzen, möchte ich wetten. Wundert mich fast, dass die noch nicht da sind. Ist der Rettungsfunk jetzt eigentlich schon abhörsicher?« Damit spielte er darauf an, dass vor einigen Jahren ein Hacker brisante Daten ohne besonderen Aufwand über das Pager-Netz des Rettungsdienstes mitprotokolliert hatte.

»Du brauchst niemanden, der den Rettungsfunk abhört«, so Cleo. »Es reicht schon, wenn jemand mit einem Smartphone in der Nähe ist. Schnell ein schönes, breit grinsendes Selfie mit Kommentar: ›HashtagToter in HashtagTiefgarage Hotel HashtagPapaya, HashtagPolizei vor Ort, Hashtag-Mordverdacht.‹ Und schon verbreitet sich das im Netz.«

Lang sah die von Cleo erdachte Sensationsmeldung förmlich vor sich, garniert mit den nervigen Hashtag-Kanalgittern. Anscheinend hatten sie bisher Glück gehabt und es war niemand in der Nähe gewesen, der dergleichen hätte posten können. Er nickte mit einem halbherzigen Lächeln.

»Lassen wir die Kollegen hier ihre Arbeit weitermachen und gehen wir die Rezeptionsleute befragen. Mal sehen, was die uns über ihren hochkarätigen Gast zu sagen haben.«

3

Sie nahmen den Weg durch die Einfahrt der Tiefgarage und den straßenseitigen Hoteleingang, weil die Spurensicherung auch den Lift und die Treppe von der Tiefgarage zur Eingangshalle untersuchen musste. Nach kurzer Überlegung hatten sie beschlossen, dass ihnen eine Totalsperre des Betriebs mehr Schaden als Nutzen bringen würde. Der Mörder oder die Mörderin hatte bereits reichlich Zeit gehabt, sich aus dem Staub zu machen, und ein Großaufgebot an Uniformierten würde nur die Presse und sensationslüsterne Gaffer anlocken.

Cleo bemerkte beim Betreten der einladend gestalteten Eingangshalle, dass die Hotelkategorie – drei Sterne – eigentlich nicht zu einem Großindustriellen passte. Das Gleiche war auch Lang schon durch den Kopf gegangen. Bei dieser Art von Unterbringung hatte man alles, was man zum Übernachten brauchte, aber keinen Luxus. Grundvernünftig, aber nicht standesgemäß. Außerdem, wozu brauchte ein in Wien ansässiger Geschäftsmann ein Hotelzimmer in Wien?

»Vielleicht wollte er hier nur jemanden treffen«, mutmaßte er. »Hoffentlich können uns die von der Rezeption mehr dazu sagen.«

Hinter der seitlich angeordneten Budel standen ein blonder junger Mann, der gerade einem Gast höflich in gutem Englisch erklärte, dass der Lift leider außer Betrieb sei, und eine junge Frau mit mittellangen, zu einem Pferdeschwarz zusammengebundenen dunklen Haaren. Lang fiel sofort das fast in Vergessenheit geratene Wort »adrett« als Beschreibung für die beiden ein. Sie trugen die Betriebskleidung des Hotelkonzerns, T-Shirts mit fröhlich-farbigem Papayamuster, dazu farblich passende grüne Hosen. Die dazugehörenden Jacketts hatten sie über die Lehnen ihrer Bürostühle gehängt. Die wurden wohl nur bei Erscheinen von Vorgesetzten getragen. Sowohl die Halleneinrichtung als auch die Kleidung der Mitarbeiter strahlten Unbeschwertheit und Unkompliziertheit bei gleichzeitiger Sauberkeit und Effizienz aus, offenbar auf ein jüngeres internationales Publikum zielend. Bis auf die Rezeptionisten und den Gast, der gerne den Lift benutzt hätte, war die Halle leer. Auch in dem vom Eingangsbereich abzweigenden Seitenflügel, der sich mit gedämpftem Licht und leiser Musik als gemütliche Bar präsentierte, saß niemand. Offenbar besuchten die Hotelgäste an einem schönen Sommerabend wie diesem lieber einen der vielen Schanigärten, die Wien zu bieten hat. Recht hatten sie.

Nach der Mitteilung einer der Tatortgruppenleute, dass ein Teil der Tiefgarage, der Aufzug und ein Teil der Treppe wegen Polizeiermittlungen gesperrt werden würden, hatte die Rezeptionistin offenbar rasch reagiert, ihre Vorgesetzte informiert und eine Hilfskraft organisiert, die bereits unterwegs war. Als der Hotelgast missmutig die Treppe angesteuert hatte, wandte Lang sich an die beiden jungen Angestellten, deren Namensschildchen verkündeten, dass sie Anastazija Dujmović und Martin Föderl hießen.

»Können wir irgendwo in Ruhe reden?«

Die Frau nickte und deutete mit dem Kinn auf eine Stelle hinter Leo.

»Die Jessie ist schon da« sagte sie und hob die Hand zur Begrüßung. »Sie springt für uns am Desk ein, bis der Nachtportier kommt. Wir können nach hinten gehen.«

»Hinten« erwies sich als ein nüchterner, fensterloser Raum hinter der Budel oder dem »Desk«, wie das nun anscheinend hieß, ausgestattet mit einem Tisch und einigen Sesseln. Die beiden, die keineswegs erschrocken oder beunruhigt wirkten, nahmen den beiden Beamten gegenüber Platz.

»Wenn Sie etwas trinken möchten, müsste ich es kurz drüben in der Bar holen« sagte der Mann. Höflich, effizient, adrett. »Wenn so wenig los ist, machen wir die Bar mit.«

»Nein, danke«, erwiderte Lang nach einem kurzen Seitenblick zu Cleo, die fast unmerklich den Kopf schüttelte.

»Fangen wir lieber gleich an. Was hat Sie eigentlich veranlasst, den Notarzt zu rufen?«

»Also«, begann Frau Dujmović nach tiefem Einatmen. Anscheinend war die Sache doch nicht ganz so spurlos an ihr abgeprallt, wie es zuerst den Eindruck erweckt hatte. »Es war ganz ruhig, wir hatten keinen Gast am Desk, als plötzlich die Lifttür aufging und diese Frau herausgestürzt kam, total aufgelöst, tränenüberströmt, mit verzerrtem Gesicht. Schon vom Lift aus schrie sie: ›Rufen Sie sofort einen Notarzt, mein Mann liegt unten leblos im Auto!‹ Wir haben sie gar nichts Weiteres gefragt, sondern sofort angerufen, wie sie verlangt hatte. Als ich ihr sagte, der Arzt ist schon unterwegs, sie soll sich beruhigen, es ist sicher nur eine Ohnmacht oder sowas, und ob sie in der Zwischenzeit ein Glas Wasser will – da hat sie noch einmal ganz laut aufgestöhnt und ist dann bewusstlos zusammengebrochen. Martin und ich haben sie schnell auf das Sofa gehoben, das mit dem Rücken zum Lift steht, und auf den Arzt gewartet. Zum Glück sind nur ein paar Gäste durch die Halle gekommen, und die haben nichts bemerkt. Wahrscheinlich haben sie sie gar nicht gesehen oder geglaubt, dass sie sich ein bisschen ausruht.«

»Wo ist sie denn jetzt?«, fragte Leo erstaunt. Er hatte nirgends eine verweinte Frau sitzen oder liegen gesehen.

»Der Notarzt hat sofort einen zweiten Wagen gerufen, als er hier ankam, und darin wurde sie weggebracht, wahrscheinlich ins Krankenhaus, als klar war, dass der Mann im Auto tot war«, meldete sich Martin Föderl nun zu Wort. Er war offenbar etwas jünger als seine Kollegin.

Cleo schlug mit der flachen Hand auf den Tisch und Lang riss die Augen auf.

»Zweiten Wagen? Es gab einen zweiten Rettungswagen?«

Die beiden Befragten nickten synchron. Davon hatte Dr. Hüpfl kein Wort gesagt, anscheinend war der Mann überarbeitet oder der Tote hatte seine Aufmerksamkeit so in Anspruch genommen, dass er die Frau darüber vergessen hatte. Wenigstens wussten sie anhand ihres Ausrufs, dass dies die Ehefrau des Opfers sein musste.

»Der Tote heißt Mathieu Rassling«, sagte er an die Rezeptionisten gerichtet. »Wir haben Grund zur Annahme, dass Fremdverschulden im Spiel ist. Alles, worüber wir hier sprechen, sollte von Ihnen streng vertraulich behandelt werden. Insbesondere sollten Sie der Presse bitte keine Auskünfte erteilen.« Weiteres Nicken.

»Jetzt also zu Frau Rassling. Haben Sie vielleicht mitbekommen, in welches Krankenhaus sie gebracht wurde?«

Jetzt blieb das Nicken aus. Stattdessen wechselten die beiden Blicke, die nicht verborgen blieben. Nach einem kurzen Moment brach Frau Dujmović das Schweigen.

»Wir glauben nicht, dass die Dame Frau Rassling war«, sagte sie, ihre Worte sorgfältig abwägend.

»Nicht Frau Rassling?«, wiederholte Cleo. »Was veranlasst Sie zu dieser Annahme?«

Die Rezeptionistin wechselte erneut einen Blick mit ihrem Kollegen. Er verzog das Gesicht zu einer missmutigen Grimasse, blies hörbar die Luft aus und sagte dann: »Erzähl du es, du bist länger da und kennst dich besser aus.«

»Das stimmt«, bestätigte sie. »Ich mache diesen Job schon über zwei Jahre, Teilzeit, neben dem Studium. Ich hab immer von Donnerstag bis Samstag Dienst, jeweils von vierzehn bis dreiundzwanzig Uhr. Martin studiert auch, aber er ist erst seit gut einem halben Jahr hier, er macht weniger Stunden.«

»Ja, ich bin nur jede zweite Woche da, meistens vier Tage hintereinander. Manchmal Montag bis Donnerstag wie diesmal, manchmal Freitag bis Montag, wie es halt gebraucht wird.«

Leo fragte sich, wozu diese Angaben gut sein sollten. Sie hatten schließlich noch gar nicht nach den Dienstplänen gefragt. Doch Anastazija Dujmović brachte rasch Licht in die Angelegenheit.

»Was ich Ihnen jetzt erzähle, ist eine Indiskretion einem Hotelgast gegenüber«, sagte sie ernst. »Das ist unter normalen Umständen ein absolutes No-Go. Aber in diesem Fall ist der Gast verstorben und die Polizei ermittelt. Ich habe mit meiner Chefin telefoniert und die hat mir grünes Licht gegeben, Ihnen alles zu sagen, was wir wissen.«

Leo verzichtete darauf, sie zu belehren, dass sie ohnehin verpflichtet sei, alles zu sagen, Indiskretion oder No-Go hin oder her, egal ob die Chefin einverstanden war oder nicht. Wobei man wahrscheinlich noch froh sein musste, dass es sich um eine Chefin handelte und nicht um eine Senior Managerin oder Supervisorin oder wie immer der gerade aktuelle Anglizismus hieß.

»Herr Rassling heißt im Hotel Herr Müller und kommt seit Jahren jeden Donnerstagnachmittag, meistens so um fünf oder sechs herum«, begann die Rezeptionistin ihre Erzählung. »Er hat immer dasselbe Zimmer, Zimmer 226 im zweiten Stock. Er kommt zum Desk, wo die Anmeldung schon ausgefüllt bereitliegt, er unterschreibt sie nur und nimmt die Keycard an sich. Dann bringt ihm einer der Rezeptionisten seinen kleinen Koffer, der im Gepäcklagerraum liegt. Er fährt hinauf und bezieht das Zimmer. Einige Stunden später kommt er wieder herunter und checkt ordnungsgemäß aus, zahlt bar für die ganze Nacht mit sehr, sehr großzügigem Trinkgeld, gibt das Kofferl wieder zur Aufbewahrung und geht.« Mit der Verwendung der Gegenwartsform schien die Frau der Tatsache, dass der Mann, von dem sie sprach, tot war, trotzen zu wollen. Vielleicht war es ihr leid um das gute Trinkgeld, dachte Lang ein wenig boshaft.

Cleo hatte längst zu ihrem Handy gegriffen, um Sendlingers Leuten die sofortige Abriegelung und Durchsuchung des Zimmers 226 zu kommunizieren und sie über den Koffer zu informieren.

»Wussten Sie, dass es sich um Herrn Rassling handelte? Und welche Rolle spielte die Frau, die nicht Frau Rassling ist?«, fragte sie dann die beiden Studierenden.

»Klar wussten wir, dass es der Rassling war«, antwortete Martin Föderl. »Er war zwar nicht wahnsinnig prominent, aber ab und zu hat man sein Foto im Wirtschaftsteil der Zeitungen gesehen. Natürlich haben wir uns nie etwas anmerken lassen, auch wenn die Rasslingwerke als Arbeitgeber nach dem Studium wahrscheinlich sehr interessant gewesen wären. Aber man will ja nicht als eine Art Erpresser dastehen.« Der wortreichen Erklärung merkte man an, dass Martin Föderl wohl zumindest mit dem Gedanken gespielt hatte, den mächtigen Mann nach Jobchancen abzuklopfen.

»Ja, und wegen der Frau«, ergänzte Anastazija Dujmović, »die gab es offiziell eigentlich gar nicht. Sie kam im Allgemeinen etwas später als er, meist durch die Tiefgarage, selten durch die Halle, und huschte diskret die Treppe hinauf zum Zimmer. Kurz bevor Herr Müller auscheckte, verschwand sie dann wieder auf demselben Weg.«

»Weshalb so umständlich? Wieso fuhr sie nicht mit dem Aufzug von der Tiefgarage direkt in den zweiten Stock? Dann hätte sie sich das diskrete Huschen erspart«, bemerkte Lang.

»Weil der Lift ohne Keycard nur bis zur Rezeption geht. Um in die anderen Stockwerke zu kommen, muss man eine Keycard stecken, also Hotelgast sein. Das ist ein Sicherheitsfeature.«

Offenbar kein besonders überzeugendes, dachte Lang, wenn jeder x-Beliebige ungehindert die Treppe benutzen konnte.

»Klingt nach Schäferstündchen«, fasste Cleo das Naheliegende in Worte. »Ist die Frau eine Prostituierte? Erlaubt ihre Firmenpolicy das denn überhaupt?«

»Natürlich nicht«, beeilte sich die Studentin zu versichern. »Sie ist ganz sicher keine Prostituierte. Nicht jung genug, nicht blond genug, überhaupt vom Typ und von der Kleidung her nicht grell oder auffällig. Sehr dezent und unauffällig. Sie war seine Geliebte, wenn Sie mich fragen. Auswärtige Gäste im Zimmer sind nicht erlaubt, aber wir sind auch nicht verpflichtet, ständig die Treppe zu überwachen und wir können auch nicht jeden Hotelgast kennen, bei dem ständigen Kommen und Gehen, außerdem haben wir ja nicht ständig Dienst.«

Während die blonde Cleo beleidigt zu Eis erstarrte, fragte Lang hastig weiter. Die vermeintliche Frau Rassling war dabei, sich in Luft aufzulösen. Er hoffte nur, dass sie wirklich in ein Krankenhaus eingeliefert worden war, sonst fehlte ihnen jeder Ansatzpunkt, sie zu finden. Nicht einmal einen Namen gab es. Die Beschreibung war mehr als dürftig und wurde auch bei intensiverer Befragung nicht viel besser. Die beiden Hotelangestellten waren sich aber sicher, dass die mysteriöse Geliebte heute durch die Eingangshalle hinaufgegangen und nach einiger Zeit über die Treppe in die Tiefgarage hinuntergegangen war, bevor sie in Panik aus dem Aufzug gestürzt kam.

»In letzter Zeit waren sie weniger vorsichtig als früher«, bemerkte Frau Dujmović nachdenklich. »Das zeigte sich allein schon daran, dass sie durch die Halle hinaufging. Und vorigen Donnerstag haben sie sogar kurz einen gemeinsamen Drink in der Bar genommen, bevor sie dann getrennt gegangen sind – das schon.«

Erleichtert fiel Lang ein, dass sie ja schließlich auch noch die Videoüberwachung hatten. Sicher würde diese – neben näheren Erkenntnissen zum Geschehen in dem Luxusauto – auch ein brauchbares Bild der Geliebten liefern. Doch als er danach fragte, breitete sich ein Schweigen wie eine undurchdringliche Wolke im Raum aus. Er wartete auf die Einwände, die jetzt kommen würden – nicht zuständig, Datenschutz,

Chefin anrufen, Durchsuchungsbeschluss abwarten … bei Videos machten sich doch immer alle in die Hose!

Föderl fand als Erster seine Sprache wieder.

»Wir am Desk sind für die Videoüberwachung nicht zuständig. Um diese Dinge kümmert sich eine IT-Firma, die Juen IT-Services. Aber ich fürchte, die können Ihnen nicht helfen, weil sie selbst seit Tagen ganz verzweifelt herumsuchen. Es ist nämlich so, dass die Videoüberwachung schon seit Samstag hin ist.«

»Wie, hin?« Langs Stimme überschlug sich.

Der junge Mann schien einen Teil seiner höflich-effizienten Adrettheit abgelegt zu haben.

»Na, hin halt, wie beim lieben Augustin, alles ist hin. Nix geht mehr. Keine Aufnahme, keine Anzeige, keine Speicherung. Erst dachten die vom Juen, dass irgendein technischer Defekt vorliegt, aber das scheint nicht der Fall zu sein. Dann haben sie irgendwas von einem Betriebssystemfehler gesagt, das ist aber offenbar auch nicht die Ursache. Alles andere funktioniert ja ganz normal, die Buchhaltung, das Reservierungssystem, die Keycards, die Warenwirtschaft … nur die Videoüberwachung halt nicht. Gestern ist sogar der Juen selber aufgetaucht und hat mit seinen Leuten über irgendeinen Bus diskutiert, keine Ahnung, was das mit der EDV zu tun hat. Nach ein paar Stunden hat er dann die Söllinger, das ist die Hotelmanagerin, angerufen und ganz kleinlaut zugegeben, dass es eine Malware sein muss, irgendein Trojaner oder so. Sie haben keine Ahnung, woher das Ding kommt. Anscheinend müssen sie alles neu aufsetzen, Riesenaction. Zum Glück sind die Brandmelder nicht betroffen, sonst hätte das Hotel zugesperrt werden müssen.«

Lang verspürte große Lust, den jungen Mann nach dessen mit einer gewissen genüsslichen Lässigkeit vorgetragenem Sermon anzubrüllen. Es hätte seinem rasant ansteigenden

Frustpegel sicher gutgetan. Stattdessen begnügte er sich damit, kurz angebunden den Koffer zu verlangen. Föderl sprang diensteifrig auf, vermutlich froh, Leos finsteren Blicken für einen Augenblick entkommen zu können.

Als er mit dem kleinen Koffer zurückkehrte, war seiner Handhabung des Gepäckstücks zu entnehmen, dass es nicht schwer sein konnte. Anastazija Dujmović sah es sich nachdenklich an, bevor sie murmelte: »Die haben den Koffer letztes Mal gar nicht aufgemacht.«

»Was veranlasst Sie zu dieser Annahme?«, fragte Cleo, die die Anspielungen auf junge, blonde Frauen inzwischen weggesteckt und Sendlinger heraufgebeten hatte. Bevor die Befragte antworten konnte, trat dieser gemeinsam mit Diana, die eine Kamera in der Hand hatte, ein.

»Es ist da etwas eingeklemmt, ein kleines Stück von einem lila Bändchen, sehen Sie? Und das war auch schon genauso eingeklemmt, als ich Herrn Müller den Koffer das letzte Mal übergeben habe, und das Mal davor … ich war dazwischen zwei Wochen nicht da … also muss es am Donnerstag vor vier Wochen gewesen sein, da war das auch schon so.«

»Sind Sie sicher?«, hakte Cleo mit deutlich hörbarer Skepsis in der Stimme nach. Doch die Antwort kam sofort: »Ganz sicher, so etwas fällt mir einfach auf. Ich mag keine Unordnung. Martin, was sagst du? Du hattest doch einmal am Donnerstag Dienst, als ich nicht da war?«

»Keine Ahnung«, brummte ihr Kollege, »mir wäre das nie im Leben aufgefallen.«

»Gut, wir brauchen Sie jetzt nicht mehr, Sie können gehen – danke einstweilen. Bitte halten Sie sich für weitere Auskünfte zur Verfügung. Ach ja, und wenn Sie der Frau Bezirksinspektorin Oberlehner bitte die genauen Daten dieses Herrn Juen übermitteln würden.« Mit diesen Worten komplimentierte Lang die beiden Hotelangestellten hinaus.

Er und die beiden anderen hatten inzwischen Gummihandschuhe übergezogen, Sendlinger hatte den Koffer auf eine mitgebrachte Plastikfolie am Tisch gelegt und den Schlüsselbund des Mordopfers gezückt. Das Nummernschloss war nicht aktiviert. Der Kofferschlüssel war sehr rasch gefunden und Sendlinger klappte mit einem melodramatischen »Sesam öffne dich!« den Deckel zurück.

»Interessant«, war alles, was Leo zum Inhalt einfiel. Cleo und Sendlinger ließen gleichzeitig, als hätten sie es geprobt, einen Pfiff hören, worauf sie sich gegenseitig anlächelten. Im Köfferchen befand sich eine Kollektion von Erotikwäsche und einige Gegenstände, von denen Lang nur die wenigsten auf Anhieb identifizieren konnte. Dieses Problem schien Cleo nicht zu haben.

«Sexspielzeug«, war ihre ebenso schnelle wie präzise Diagnose. Anschließend unterhielt sie sich angeregt mit Diana, die alles mit der Kamera dokumentierte. Die beiden Beamtinnen wirkten, als würden sie sich dabei königlich amüsieren.

»Schau, ein Auflegevibrator mit Fernbedienung!«

»Dieses Fesselset schaut aber eher nach Mottenkiste aus!«

»Die Penisringe sind ziemlich kitschig, wenn du mich fragst. Die Farbe ist doch abtörnend!«

»Der Pulsator da, glaubst du, das funktioniert?«

»Warum nicht? Aber dieses Massage-Öl scheint eher nicht der Hit gewesen zu sein, die Flasche ist noch ganz voll!«

Wenigstens brauchten sie bei diesem Inhalt nicht lange über den Zweck des Koffers rätseln, dachte Lang. Sendlinger und sein Team würden die Sachen auf Spuren aller Art untersuchen, dann bekamen sie immerhin mit einiger Sicherheit die DNA der mysteriösen Geliebten. Die Tatortgruppe würde sich auch mit dem Hotelzimmer beschäftigen, doch davon war nicht allzu viel zu erwarten. Rassling war nicht dazu gekommen, es zu beziehen, und die Geliebte hatte keinen

Schlüssel – keine »Keycard« – gehabt, um es zu öffnen. Seit dem amourösen Treffen des vorherigen Donnerstags war es vermutlich mehrmals belegt gewesen und gereinigt worden, das mussten sie noch prüfen.

Für heute schienen sie nicht mehr viel tun zu können. Doch dann fiel ihm ein, dass Cleo etwas von einem Bruder gesagt hatte, der gemeinsam mit Mathieu Rassling das Unternehmen geführt hatte.

»Dieser andere Rassling, der Bruder, wie hieß der, sagtest du? Haben wir von dem eine Adresse?« richtete er das Wort an Cleo, die immer noch mit Diana über den Kofferinhalt feixte.

Sofort wurde sie ernst.

»Klar, Marc Rassling, ich schau schnell ins ZMR«, antwortete sie, das Zentrale Melderegister ansprechend. Die Onlineauskunft auf dem Tablet lieferte rasch das Gewünschte.

»Institutsgasse 17 in Döbling, feine Gegend. Fahren wir noch hin?«

»Auf jeden Fall. Es ist zwar schon nach elf, aber die Angehörigen müssen so schnell wie möglich benachrichtigt und befragt werden. Wenn wir gleich aufbrechen, sind wir noch vor Mitternacht dort.«

4

Die Institutsgasse erwies sich, wenig verwunderlich, als Ansammlung luxuriöser Wiener Villen in verschiedenen historisierenden Stilen. Die Nummer 17 war, wie die meisten anderen Anwesen, mit einer hohen Mauer gesichert, in der ein massives schmiedeeisernes Tor mit Videoüberwachung und Gegensprechanlage die einzige Unterbrechung bildete. Durch das Tor konnten sie am Ende einer gepflegten, breiten

Zufahrt vage ein großes Haus erkennen. Aus einem der Fenster drang noch Licht.

Lang klingelte und hielt, als eine Männerstimme ein knappes »Ja« hören ließ, seinen Dienstausweis in die Richtung der Überwachungskamera. Dann nannte er seinen und Cleos Namen und Dienstgrade und teilte mit, Herrn Doktor Rassling in einer wichtigen Angelegenheit sprechen zu müssen. Das Tor öffnete sich und gab den Weg zum Haus frei, einer zweistöckigen Villa im altdeutschen Stil. In der Eingangstür am oberen Ende einer kurzen Treppe erschien ein Mann Mitte vierzig, groß, schlank, braunhaarig, mit ernstem Gesichtsausdruck, trotz der späten Stunde leger, aber korrekt gekleidet in leichtem Pullover über Hemd und Anzughose. Wie hieß das nochmal im Bürojargon, Business Casual? Leo fragte sich, ob er noch Besuch erwartet hatte.

»Marc Rassling, bitte kommen Sie herein. Es kann nichts Gutes bedeuten, wenn die Polizei vor der Tür steht, noch dazu um diese Stunde. Wir gehen in die Bibliothek.« Mit diesen Worten durchschritt der Hausherr eine großzügige, mit einigen Antiquitäten ausgestattete hohe Eingangshalle, um die Tür zu einem Raum an der rechten Seite zu öffnen und die beiden eintreten zu lassen. Aus diesem Zimmer musste wohl das Licht stammen, das sie vom Tor aus gesehen hatten. Sie befanden sich in einer klassischen, repräsentativen Bibliothek mit Wänden voller Bücher, einem massiven Mahagonischreibtisch mit grüner Banker-Lampe, Computerbildschirm, aufgeschlagenen Ordnern und einigen Lederfauteuils um einen kleinen Tisch. Rassling bedeutete ihnen mit einer Handbewegung, Platz zu nehmen. Sein ganzes Gehabe und seine Stimme verrieten, dass er gewöhnt war, Anordnungen zu erteilen und deren widerspruchslose Befolgung erwartete.

»Es geht um Ihren Bruder«, begann Leo, doch bevor er fortfahren konnte, entspannte sich das Gesicht seines

Gegenübers schlagartig. Er lehnte den Kopf zurück, schloss für einen Sekundenbruchteil die Augen und atmete tief aus. Dann gab er sich einen Ruck.

»Verzeihen Sie bitte. Meine Frau schläft schon, und meine beiden Söhne Jörg und Felix sitzen vermutlich noch hinter dem Haus im Garten, wenn sie nicht auch schon ins Bett gegangen sind. Aber meine Tochter – Marianne, sie ist zwanzig – ist mit Freunden unterwegs. Als ich ›Polizei‹ hörte, dachte ich natürlich sofort an einen Unfall. Gott sei Dank, dass es nicht um Marianne geht!«

Lang konnte Rasslings Sorge um seine Tochter gut verstehen – er hatte wieder den kleinen Stich gespürt bei dem Gedanken, selbst keine Tochter mehr zu haben, um die man sich Sorgen hätte machen können. Auch wenn es schon so viele Jahre her war. Cleo betrachtete Rasslings Aussage natürlich distanzierter. Lang bemerkte, dass sie zu einer kritischen Frage ansetzte, doch der Industrielle kam ihr zuvor, indem er sich aufrichtete und seine Züge straffte.

»Verstehen Sie mich bitte richtig«, beeilte er sich, um keinen falschen Eindruck entstehen zu lassen, »ich freue mich keineswegs, wenn mein Bruder Probleme hat. Hatte er einen Unfall, ist er verletzt, oder was ist denn jetzt eigentlich passiert?«

»Wir müssen Ihnen leider mitteilen, dass Ihr Bruder, Diplomingenieur Mathieu Rassling, heute Abend ums Leben gekommen ist. Alles deutet darauf hin, dass er weder durch einen Unfall noch durch Selbstmord zu Tode kam, sondern durch Fremdeinwirkung. Das bedeutet, dass wir in einem Mordfall ermitteln.« Cleo hatte langsam und deutlich in einem amtlich wirkenden Tonfall gesprochen, ihr Gegenüber nicht aus den Augen lassend.

Marc Rasslings Reaktion überraschte beide. Sein Gesicht zeigte keinerlei Regung – nicht einmal ein Blinzeln störte die ernste Harmonie seiner Züge. Lang fiel ein, was ihm eine Bekannte, die in der PR-Abteilung eines großen Unternehmens arbeitete, einmal erzählt hatte: dass sie vorsorglich Fotos der Mitglieder des Spitzenmanagements mit allen möglichen Gesichtsausdrücken angefertigt hätten, um für jede Eventualität sofort Bilder für Presseaussendungen bereit zu haben. Erfreut, belustigt, ernst, betroffen … »Wenn fünfhundert Leute gekündigt werden müssen oder die Umwelt durch einen Unfall beeinträchtigt wurde, darf kein Bild eines strahlend lächelnden Geschäftsführers publiziert werden«, hatte sie gesagt. »Da greifen wir halt zum ›Nachdenklichen‹ oder ›aufrichtig Betroffenen‹ oder gar zum ›Entsetzten‹, je nachdem, wie schlimm es ist.«

Rasslings Gesicht rief in Leo das Bild des »aufrichtig Betroffenen« hervor, ebenso glatt und professionell wie verlogen. Dieser Mann trauerte nicht um seinen Bruder.

»Ermordet? Um Gottes willen, das ist ja furchtbar! Wer hat das getan, wissen Sie schon Näheres? Wie wurde er denn getötet? Und wo? Ich habe ihn heute Vormittag noch gesehen!«

»Leider können wir aus ermittlungstechnischen Gründen noch keine Details bekanntgeben«, erwiderte Lang. Glatt und professionell konnte er auch, ebenso gut wie dieser Firmenboss. »Vielleicht können Sie uns helfen. Wissen Sie, ob jemand einen Grund gehabt haben könnte, Ihrem Bruder etwas anzutun?«

Rassling schwieg einige Zeit, bevor er antwortete.

»Wer, so wie mein Bruder und ich, ein größeres Unternehmen führt, hat nicht nur Freunde. Es ist möglich, dass Mathieu irgendwelche Konflikte hatte – mit Mitarbeitern, ehemaligen Angestellten, Mitbewerbern, nicht zum Zug gekommenen Lieferanten, was weiß ich – aber mir ist nichts Konkretes bekannt. Privat war er seit etwa einem Jahr geschieden, da gab es meines Wissens eine saubere Lösung, auch finanziell. Auf Anhieb fällt mir nichts ein, was Ihnen von Nutzen sein könnte.«

»Und wie war Ihr Verhältnis zu Ihrem Bruder? Harmonierten Sie gut bei der Unternehmensführung oder gab es Meinungsverschiedenheiten?« hakte Cleo nach.

Die Reaktion war ebenso kühl wie abweisend-arrogant.

»Falls Sie damit sagen wollen, dass ich etwas mit dem Tod Mathieus zu tun haben könnte, trifft das keineswegs zu«, kam es schneidend. »Mein Bruder und ich hatten ein völlig normales Verhältnis. Natürlich gab es auch einmal Meinungsverschiedenheiten, wie in jedem Unternehmen, aber wir haben immer eine Lösung gefunden. Und dank dieser letztlich harmonischen Zusammenarbeit stehen die Rasslingwerke hervorragend da, das kann ich Ihnen sagen!«

Das verräterische »letztlich« war weder Lang noch Cleo entgangen.

»Wussten Sie eigentlich, dass er sich regelmäßig mit einer Geliebten traf?« schlug Leo nun eine andere Richtung ein.

»Eine Geliebte?« fragte Rassling verblüfft. Diese Verblüffung, dachte Lang, war echt. »Nein, davon hatte ich keine Ahnung. Es wäre ja weiter nicht verwunderlich, wenn er nach der Scheidung wieder eine Freundin oder Partnerin gehabt hätte, aber ›Geliebte‹ klingt irgendwie melodramatisch und nach übertriebener Heimlichtuerei. Mich hat er jedenfalls diesbezüglich nicht ins Vertrauen gezogen, aber wir hatten privat, ehrlich gesagt, wenig Kontakt. Vielleicht weiß meine Schwester Claire Näheres. Ich werde sie gleich informieren.«

In diesem Augenblick hörten sie Geräusche in der Halle und der Hausherr ging rasch zur Tür.

»Marianne, du bist wieder da!« Er umarmte die schöne junge Frau mit den langen kastanienbraunen Haaren mit einer Heftigkeit, die unterstrich, wie groß seine Erleichterung war, dass seiner Tochter nichts zugestoßen war. Sie erwiderte die Umarmung lachend. Die Ähnlichkeit zwischen den beiden war nicht zu übersehen.

»Pfoah Daddy, ich war doch nicht bei einer Nordpolexpe-
dition! Nur a bisserl fort mit meiner Clique! Wer sind denn
deine Gäste?«

Der Vater beeilte sich, sie über das Geschehene ins Bild
zu setzen. Sie zeigte sich bestürzt, aber, so dachte Leo, auch
nicht wirklich traurig über den Tod des Onkels. »Privat wenig
Kontakt«, hatte der Vater gesagt, das traf sicher auch auf die
Tochter zu. Ihrem Daddy schien sie aber sehr zugetan.

»Wir werden Ihre Hilfe in den kommenden Tagen wahrscheinlich noch benötigen. Außerdem brauchen wir eine
formelle Identifikation des Leichnams. Wir melden uns bei
Ihnen«, verabschiedete er sich, um gemeinsam mit Cleo die
Villa zu verlassen.

5

11. August

Auch beim Betreten der Büroräume seiner Gruppe am
nächsten Morgen spürte Lang nichts von der Betroffenheit,
die das gewaltsame Ableben eines mitten im Leben stehen-
den Menschen gewöhnlich auslöst. Der klare, noch kühle
Freitagmorgen, der mit dem fröhlichen Vogelgezwitscher vor
den Fenstern einen wunderschönen Sommertag versprach,
schien alles andere zu überlagern. Leos Mitarbeiter unter-
hielten sich offenbar über ihre Freizeiterlebnisse. Er konnte
es ihnen nicht verargen – das Leben bestand schließlich nicht
nur aus Arbeit.

»Morgen allerseits! Na Helmut, wie war's im Schweizerhaus?«
»Leiwand! A guats Papperl in angenehmer Gesellschaft, was
wüst mehr?« An die anderen gewandt, gab Nowotny gleich
eine Anekdote zum Besten. »Der Piefke am Nebntisch hat
erst a Übersetzung braucht, Stözn is Stelze is Eisbein. Dann

fragt er den Ober: ›Herr Ooober, sangsemal, was ist denn bai dieser Stellze dabai?‹« Nowotny versuchte, die Sprachfärbung des norddeutschen Gastes nachzuahmen, was ihm nicht besonders gut gelang. »Da sagt der Ober: ›A Gabl und a Messer, gnä Herr!‹ Dem sei Gesicht hättet's sehn solln!«

Leo, Goncalves und Cleo setzten ihr Pflichtlächeln auf. In diesem Augenblick kam Leos Vorgesetzter, Oberst Bruno Sickinger, mit einem »Guten Morgen!« zur Tür herein. Anlässlich des neuen Falls würde er heute an der Gruppenbesprechung teilnehmen, wozu sie sich in den Besprechungsraum begaben.

Goncalves meldete sich, noch bevor die eigentliche Sitzung begonnen hatte. Leo hatte seine Unruhe schon bemerkt.

»Cleo hat uns erzählt, dass es einen neuen Fall gibt, ein prominenter Industrieller, also medienwirksam und wahrscheinlich mit Druck von verschiedenen Seiten.« Sickinger und Lang nickten. »Ich bin ja die nächsten drei Wochen auf Urlaub bei meiner Familie in Brasilien, morgen früh geht mein Flieger. Wenn es notwendig sein sollte, bin ich natürlich bereit, alles zu canceln. Müssen meine Eltern halt allein fliegen.«

Klar, dass sich Roberto, der Ehrgeizler vom Dienst, für unentbehrlich hielt, dachte Lang. Auch wenn der Milchkaffeebraune natürlich schmerzlich fehlen würde, mussten sie es doch schaffen, ein paar Wochen ohne ihn auszukommen, noch dazu, weil Schneebauer am Montag wieder aus dem Urlaub zurück sein würde. Dieser Meinung war auch Sickinger.

»Danke, aber kommt nicht in Frage, Goncalves, Sie nehmen Ihren Urlaub wie geplant. Bei Ihrer Rückkehr ist der Fall entweder ohne Ihr Zutun bereits gelöst, was zu hoffen ist« – Goncalves konnte bei dieser Vorstellung ein leichtes Gesichtszucken nicht zurückhalten, nickte aber eifrig – »oder wir stecken mitten in den Ermittlungen und brauchen einen frisch ausgeruhten Mitarbeiter mehr denn je.«

Leo war froh, dass ihm Sickinger mit seiner raschen Entscheidung ein Herumeiern mit Roberto erspart hatte. Bei ihm selbst hätte die Lage wohl anders ausgesehen. Gut, dass er seinen Haupturlaub bereits im Mai gehabt hatte. Seine Gedanken schweiften kurz zu dieser herrlichen Zeit ab. Marlene und er waren mit einem Mietauto in Thrakien, Griechenlands touristisch am wenigsten erschlossener Region, unterwegs gewesen. Die milde Luft, die einsamen Strände, die vielen kulturellen Sehenswürdigkeiten, die Landschaft, die kleinen Pensionen, das gute Essen in Tavernen direkt am Meer, die netten Leute, und mittendrin Marlene und er …

Ein Räuspern Sickingers brachte ihn zurück zum Thema.

»Das wäre dann geregelt. Fangen wir also an mit dem, was wir bis jetzt wissen.« Cleo und er berichteten über die Erkenntnisse des Vorabends, wobei ihr einziger wirklich relevanter Zuhörer – das wurde ihm jetzt doch schmerzhaft bewusst – Nowotny war.

»Solange wir noch keinen Obduktionsbericht haben, gehen wir von Dr. Sendlingers Bemerkungen als Arbeitshypothese aus. Sehen wir uns an, was wir zum jetzigen Zeitpunkt schon tun können. Gibt es eigentlich schon Medienberichte?«

»Nur über die Auffindung, ohne Nennung von Namen oder Initialen« kam von Nowotny, den seine Freizeitgestaltung nicht daran gehindert hatte, online die Schlagzeilen zu überprüfen und das Frühstücksfernsehen einzuschalten.

»Gut. Unsere wichtigste Aufgabe besteht im Augenblick darin, die mysteriöse Geliebte zu finden. Wir können nur beim Notarzt ansetzen. Roberto, kannst du versuchen, ob du das an deinem letzten Arbeitstag noch schaffst?« Goncalves nickte heftig, froh, sich doch noch beweisen zu können.

»Dann müssen wir als Erstes so viel wie möglich über Mathieu Rassling und seine Firma herausbekommen. Alles, Vergangenheit, Berufliches, Privates inklusive Bankkonto,

Handyverbindungen, Handyortung, eventuell GPS-Tracker am Auto. Dasselbe gilt natürlich für die Geliebte, sobald wir ihre Identität festgestellt haben. Solange Rassling nicht offiziell identifiziert ist, können wir nur intern ermitteln. Danach müssen wir uns auch das Umfeld vornehmen – Verwandte, Ex-Frau, Firmenkontakte … ich werde eine Liste anlegen.«

Cleo bedeutete ihm, dass sie etwas beizutragen hatte.

»Ich habe vorhin seine Adresse herausbekommen, es ist ein kleines Apartment – nur 41 Quadratmeter – in der Josefstadt, direkt hinter dem Rathaus. Es handelt sich um eine typische Übergangswohnung, komplett ausgestattet und mit wöchentlicher Reinigung und Wäscheservice, die in Kurzzeitvermietung zu einem sehr hohen Preis vermarktet wird. Kostet fast viertausend Euro pro Monat. Ich habe gleich die Absperrung veranlasst, nicht dass uns die Reinigung dazwischenkommt.«

»Ausgezeichnet. Da schauen wir nachher gleich einmal hin. Helmut, du gehst bitte mit. Ich sage Sendlinger auch Bescheid, damit er seine Leute hinschickt. Sehr wichtig scheint mir auch der Ausfall der Videoüberwachung, das macht uns die Sache nicht gerade leichter.«

»Aber es gibt uns Informationen über den oder die Täter – oder Täterinnen.« Cleo sprach langsam, ihre Gedanken in Worte fassend. »Es muss auf jeden Fall jemand sein, der imstande ist, eine Videoüberwachung stillzulegen.«

»Richtig. Nimm dir bitte gleich einmal diesen Juen vor, den Chef von der IT-Firma. Gibt es sonst noch etwas? Dann schlage ich vor, wir beenden die Besprechung. Zu tun gibt es ja genug.«

6

Lang und Nowotny machten sich zu Fuß auf den Weg, anstatt sich für die kurze Strecke im Verkehr zu verheddern, nur um dann keinen Parkplatz zu finden. Der Ältere schüttelte – noch unter dem Eindruck der von Cleo genannten Zahl – während des Gehens den Kopf.

»Fast viertausend für anavierzg Quadratmeter, des is doch a Wahnsinn! Wer soll si des no leisten können? Überhaupt junge Leit!«

Lang war der gleichen Meinung. Mit Unbehagen kam ihm in den Sinn, dass die Miete seiner eigenen Wohnung erst kürzlich wieder kräftig erhöht worden war und er keinerlei Einwände dagegen erhoben hatte – vielleicht aus unterschwelliger Angst, seine hübsche Bleibe zu verlieren? »Ja, kein Wunder, dass normale Leute manchmal verzweifeln, wenn sie eine Wohnung in Wien brauchen. Auch wenn du nicht gerade eine in der Innenstadt suchst, wie diese – das ist natürlich ein Luxus, noch dazu mit Reinigung und Wäscheservice –, die Kurzzeitvermietungen an Touristen und Geschäftsleute sind sehr lukrativ und nehmen rasant zu. Für ein günstig gelegenes kleines Apartment kannst du ohne weiteres Hundertzwanzig am Tag verlangen, hat mir neulich ein Bekannter erzählt. Und wie man zu einer Gemeindewohnung kommt, ist wahrscheinlich das am besten gehütete Geheimnis in Österreich.«

»Mit Beziehungen hat des auf alle Fälle nix zu tun, schon gar ned mit politischen« sagte Nowotny mit einem schiefen Grinsen.

»Genau! Also als junger Mensch lieber doch viel Miete zahlen und nichts essen, oder eine WG mit vielen Mitbewohnern gründen, oder reiche Eltern haben. Geld regiert die Welt.«

»Liaba reich und gsund als arm und krank«, bestätigte Nowotny. »Aber ganz stimmt des aa ned. Des is ma schon ois ganz klaner Bua klar wordn. Die Gschicht muas i da derzöhn!«

»Mhhhm«, murmelte Lang ohne große Vorfreude auf Nowotnys Anekdote und obendrein etwas zerstreut, weil er angefangen hatte, die Hausnummern zu beachten, um ihr Ziel nicht zu verfehlen.

»Oiso, i woar noch a klana Gschropp und hab natürlich nie a Göd ghabt. Oder wenn, hats glei müssn ins Sparschwein gsteckt werdn. Dann, eines Tages, schenkt ma mei Oma zehn Schülling! Afach so, zum Verputzn! Und i hab aa gleich gwusst, was i damit mach.«

Trotz seiner Skepsis wurde Leo nun doch neugierig, was Helmut mit den damals beachtlichen zehn Schillingen angefangen hatte. »Also, was hast du gemacht?«

»Wir ham am Eck a Eisgschäft ghabt, da hat des Kugerl fuffzig Groschen kost, Vanille, Schoko oder Erdbeer. Zwa Kugerl für an Schülling. I hab no gar ned so rechnen können, oba mit zehn Schülling hab i ma an riesign Turm an Eiskugerln vorgstöt! Oiso geh i zu der Frau Kupetzky, so hat die vom Eisgschäft ghaaßn, und verlang a Eis um zehn Schülling. Kannst da ja denkn, wos die gsagt hat! Vier Kugerl um zwaa Schülling, mehr woits ma ned gebn. Hob i mein Zehner wieda eingsteckt und bin ohzogn. Und seit damals waaß i, dass ma um Göd ned alles kriagt!«

Lang schmunzelte. Nette Geschichte, dachte er. Gleichzeitig waren sie an der von Cleo angegebenen Adresse angelangt. Ein Angestellter der Vermietungsagentur, die Lang kontaktiert hatte, wartete vor der Haustür und händigte ihnen die Wohnungsschlüssel aus, nachdem sie sich ausgewiesen hatten. Das Apartment war im Juli des Vorjahres auf unbestimmte Zeit angemietet worden und bis Monatsende bezahlt.

Es handelte sich um eine zweckmäßige, modern und hochwertig, aber äußerst unpersönlich möblierte Einpersonen-Wohnung im ersten Stock. Die Eingangstür führte direkt in ein hotelzimmerartiges Wohnschlafzimmer mit einem ausgeklappten Bettsofa, einem Kleiderschrank und einem Schreibtisch mit Bürostuhl. Daneben befanden sich ein Bürocontainer und ein niedriger Regalschrank mit einigen Ordnern. An der Wand ein großer Fernseher und ein Klimagerät, keine Bilder. Alles war in neutralen, gedeckten Farben gehalten, die zur nüchtern-faden Atmosphäre beitrugen. Zwei große Fenster gingen auf die Straße, von der sie gekommen waren. Von diesem Raum zweigte eine Küche mit kleinem Essplatz ab. Küchen interessierten Lang immer, aber diese hier machte trotz der Komplettausstattung den Eindruck, nie benutzt worden zu sein. Bis auf das Brot in der Brotdose keine Lebensmittel, keine Gewürze, weder Öl noch Essig. Im Kühlschrank nur Butter, Marmelade und zwei Sorten Käse, Bier und einige Flaschen französischen Weißwein, diese allerdings recht edel wirkend, nach den Etiketten mit Château Dingsbums und Premier Cru zu urteilen. Hier wurde nur gefrühstückt und eventuell am Abend ein Glas eines exquisiten Weines getrunken.

Das Badezimmer gab ebenso wenig preis: alles Marmor und Granit, offene Dusche, modern, steril und luxuriös. An persönlichen Gegenständen nur Rasier- und Zahnputzzeug, Deo und Duschgel. Keine frauenspezifischen Sachen.

Nowotny hatte inzwischen den Kleiderschrank durchgesehen. Auf Leos fragenden Blick antwortete er mit: »Des Übliche. Anzüge, Hemden, Krawatten, Jeans, T-Shirts, Pullover, Unterwäsch. Wintermantel, Anorak, leichte Jacke, Schuach. Alles teure Sachen, glaub i. Aber wer si a Bude um Viertausend leisten kann, wird sonst aa ned sparen.«

Damit konnten sie sich dem Schreibtisch zuwenden, auf dem diverse Papierstapel und zwei Ablagekörbe dem Laptop den Platz streitig machten. Letzterer war ausgeschaltet und natürlich passwortgesichert – damit würden sich die Spezialisten beschäftigen müssen. Fürs Erste konnten sie sich nur den Papieren widmen, die, so bemerkten sie nach kurzer Sichtung, sehr interessante Informationen beinhalteten.

»Die Firma Rassling kommt überhaupt nicht vor«, stellte Nowotny schon nach kurzer Zeit fest.

»Stimmt nicht ganz«, antwortete Lang. Er hatte zuerst den Korb mit der Aufschrift ›Erledigt‹ durchgesehen – der andere war leer. Darin hatte er drei an das Unternehmen Rassling Medizintechnik ausgestellte Rechnungen gefunden, alle im fünfstelligen Bereich und mit dem handschriftlichen Vermerk »Bitte Rücksprache« versehen. Zwei davon trugen den Namen »Lutz« in der rechten oberen Ecke, eine war mit »Faust« gekennzeichnet. Außerdem enthielt der Korb noch ein Heft mit einem »Konzept Projekt RANOU Version 3«. Darauf prangte ein Post-it, auf dem »Wo sind die Unterschiede zu 2? Bitte kennzeichnen!« gekritzelt stand. Ein Pfeil verwies wieder auf »Lutz«.

Doch es stimmte, dass die ganzen übrigen Unterlagen sich um ein Unternehmen namens »Mathabdi« drehten. Ein Großteil davon wies ein Firmenlogo auf, das aus einem schwarzen Kreis bestand, in dessen Innerem sich weitere fein linierte Kreissegmente befanden, die eine Art Netz bildeten. Unter dem Kreis befanden sich drei stilisierte Federn, zwei schwarze mit weißen Linien, eine weiße mit schwarzen Linien. Lang war sich sicher, etwas Ähnliches schon einmal irgendwo gesehen zu haben. In einer mit »Logo« betitelten Mappe befanden sich etliche Varianten des Motivs, von verschnörkelt und farbig-kitschig über fotorealistisch bis hin zu einer komplett abstrakten Variante. Das als Markenzeichen schlussendlich gewählte Bild war mit gelbem Leuchtstift eingerahmt.

Nowotny fand Unterlagen, denen zufolge die Firma vor etwa einem halben Jahr gegründet worden war mit Mathieu Rasslings Übergangswohnung als Firmensitz. Als Gesellschafter schienen er selbst und ein gewisser Abdi van Henegouwen auf. Im Bürocontainer und dem Regal fanden sich

Mappen und Ordner mit Aufschriften wie »Produktionsstätte«, »Banken«, »Patente«, »Personal«, »Maschinen«, »Design«, »Vertriebsorganisation« und »PR«.

Ganz zuunterst auf dem Schreibtisch fiel ihnen ein Hefter in die Hände, worauf mit fetten, handgeschriebenen Lettern »Mathabdi« prangte. Im Inneren fast nur Handschriftliches, darunter eine sehr detaillierte Mindmap. Hier fanden sich die Themen der Ordner als Überschriften wieder; darüber hinaus stand noch vieles in alle Richtungen gekritzelt, sodass das Papier fast vollständig von Buchstaben bedeckt war.

Lang studierte das Blatt, wozu er den Hefter schief halten und sogar auf den Kopf stellen musste.

»In dieser Ecke steht etwas zum Logo-Thema«, murmelte er vor sich hin. »Dazu gibt's vier Unterzweige: ›Gehirnschema‹, ›Flügel‹, ›Rakete‹ und ›Traumfänger‹. Der ist unterstrichen ...«

»I habs gwusst!«, unterbrach ihn Helmut. »Schließlich hab i genug Indianergschichten glesen. Des Logo is a indianischer Traumfänger. Hängst ihn über dein Bett, lasst er nur die guten Träume durch, die schlechten bleiben hängen.«

»Meine Güte, was für ein Blödsinn!«, entfuhr es Leo. »Heißt das jetzt, dass ein eingefleischter Geschäftsmann wie Rassling zusammen mit diesem Zweiten eine Firma für Esoterikzeugs gegründet hat und das auch noch selbst produzieren will? Vielleicht als Ergänzung zur Medizintechnik – so nach dem Motto: Wenn die Medizin nicht hilft, hängst du halt ein paar Traumfänger und Amulette auf! Und was ist das für ein komischer Firmenname, Mathabdi? Klingt fast wie Mahatma, schon wieder was Indisches! Oder vielleicht sogar was Indianisches?«

»Ich glaub eher, das ist eine Zusammensetzung von ›Mathieu‹ und ›Abdi‹ «, ließ Nowotny hören, der zwar manchmal den Hanswurst gab, aber keineswegs auf den Kopf gefallen war.

»Stimmt«, gab Lang beschämt zu. Das lag auf der Hand, darauf hätte er selbst kommen können.

Einer der Ordner enthielt keine Firmenunterlagen, sondern Pläne und andere Dokumente, einen Hausbau betreffend. Zu diesem Zweck hatte der Ermordete im vergangenen September ein 3 600 Quadratmeter großes Baugrundstück in Penzing um 2,5 Millionen Euro gekauft und von einem bekannten Architekturbüro Pläne für eine sehr luxuriöse Villa mit exzentrisch-künstlerischem Aussehen zeichnen lassen.

»Häuslbauen hat er also auch wollen oder sogar schon getan«, brummte Lang, sich in seiner Diktion Nowotny annähernd. Dieser warf einen Blick in die Unterlagen und schnalzte mit der Zunge.

»Kaa Dreck. Wahrscheinlich hat sei Frau bei der Scheidung des Haus kriagt, ka Wunder, dass er was Neues gsuacht hat. Aber immerhin spart er sich fast an Fuffzger im Jahr an Miete. Hätte gespart, besser gsagt. Zwarahoib Mille für an Baugrund, kaa Lercherlschaas.«

»Scheint in der Familie zu liegen, die Vorliebe für repräsentative Wohnsitze. Die Villa von seinem Bruder ist auch nicht gerade ein Schrebergartenhäusl.«

Er rief Sendlinger an, um sich nach der Sicherung eventueller Spuren den ganzen Papierkram zur genaueren Sichtung ins Büro schicken zu lassen. Dabei teilte ihm dieser mit, dass er am späteren Nachmittag mit der Obduktion fertig sein würde.

»Okay, ich schau vorbei«, antwortete er mit einem Blick auf die Uhr. Für Mittagessen war es zu spät, aber er würde sich unterwegs etwas beim Bäcker kaufen und am Abend konnten sie sich schnell einen griechischen Salat machen. Gestern Salat, heute Salat, aber schließlich war Hochsommer. Helmut ging ohnehin selten in die Kantine, der würde sich sicher gleich über die belegten Brote hermachen, die ihm seine Frau zweifellos mitgegeben hatte.

7

Goncalves hatte sie mit der guten Nachricht empfangen, dass er die Geliebte Mathieu Rasslings identifiziert und lokalisiert hatte.

»Sie heißt Helene Leeb. Sie wurde ins AKH gebracht, ist aber vorläufig laut Aussage des zuständigen Arztes nicht ansprechbar. Ihre Adresse habe ich – sie ist als Untermieterin bei einer Lavinia Drexler gemeldet – und auch die Nummer der Vermieterin.«

»Super, prima Arbeit, Roberto!« Der Angesprochene strahlte. Lob war an Roberto niemals verschwendet.

»Ach, war gar nicht so schwierig«, versuchte er sich bescheiden zu geben, was etwa so überzeugend wirkte wie John Wayne in der Rolle eines Pfarrers.

»Dir bleibt ja noch etwas Zeit«, setzte Lang fort. »Bitte versuche, heute noch so viel wie möglich über die Frau herauszubekommen und schick mir die Ergebnisse.«

Goncalves setzte zu einer Antwort an, schloss aber dann den Mund wieder und nickte nur. »Mach ich gern«, sagte er dann gepresst. Leo war fast sicher, dass er sich den restlichen Nachmittag eigentlich für Urlaubsvorbereitungen hatte freinehmen wollen. Pech gehabt, Ehrgeiz verpflichtet, dachte er boshaft.

8

Er war mit Cleo zur Gerichtsmedizin in der Sensengasse gegangen – wieder zu Fuß, aus den gleichen Gründen wie vorhin mit Nowotny. Nachdem er ihr die Ergebnisse der Wohnungsdurchsuchung geschildert hatte, berichtete sie über das lange Telefongespräch, das sie mit dem Chef der IT-Servicefirma, Herrn Juen, gehabt hatte.

»Es ist ihm gewaltig peinlich, wie er mir wortreich und überzeugend beteuert hat. Der Föderl hat leider recht gehabt mit seiner Schilderung. Sie haben Tage zugebracht mit der Suche nach technischen Problemen, sowohl seitens der Serverfarm als auch des dezentralen Videoüberwachungssystems, aber da war nix. Dann haben sie einen Fehler im Betriebssystem vermutet, weil kurz davor das planmäßige Patchen gelaufen ist. Sie waren schon nahe dran, den ganzen Fileserver neu aufzusetzen, aber das hätte wiederum gewaltige Auswirkungen auf den Rest der Hotelsoftware gehabt und außerdem waren sie nicht sicher, ob damit die Probleme wirklich behoben sein würden. Schließlich hat der Juen eine IT-Security-Spezialistin einer anderen Firma beigezogen – als er mir das erzählt hat, hat er fast geweint –, weil sie selbst nicht sooo sattelfest sind in diesen Dingen. Anscheinend hat vor Kurzem irgendeiner seiner Leute gekündigt, dessen Know-how bisher nicht hundertprozentig von den anderen abgedeckt werden kann. Na, und diese Dame von der Konkurrenz hat dann die Malware gefunden und gemeint, das sei aber ein ganz raffiniertes Ding. Irgendwie eine Kombination von Virus, Wurm und Trojaner mit Backdoor-Zugriff. Das ändert aber trotzdem nichts daran, dass sie alles neu aufsetzen müssen, natürlich.«

»Natürlich«, erwiderte Lang beiläufig, ohne sich auch nur annähernd vorstellen zu können, wie diese Dinge funktionierten und wovon Cleo die meiste Zeit überhaupt gesprochen hatte. »Kein Renommee für Herrn Juens Firma, oder? Und sind die Videodaten jetzt wirklich rettungslos verloren oder kann diese Expertin sie irgendwie wieder herzaubern?«

»Keine Chance, leider. Es wurde gar nicht aufgezeichnet, obwohl die Rückmeldungen an das installierte Überwachungssystem etwas ganz anderes angezeigt haben. Deshalb haben sie die Ursache ja auch so lange an der falschen Stelle gesucht …«

»So ein Schmarrn!«

»Das kannst du laut sagen. Der Mann hat mir am Schluss trotzdem richtig leidgetan, ich glaube, der bangt um die Existenz seiner Firma und ist nahe am Nervenzusammenbruch.«

Sendlingers Obduktion hatte in allen wichtigen Punkten dessen ursprüngliche Vermutungen bestätigt.

»Elektroschocker, positiv. Dann intravenöse Injektion. Ich hätte auf sehr reines Heroin getippt, aber es war Fentanyl, ein synthetisches Opioid, etwa fünfundzwanzig bis fünfzig Mal so stark wie reines Heroin. Wer das injiziert hat, wollte auf Nummer sicher gehen. Er hat die vierfache LD50-Dosis genommen, das ist jene Dosis, bei der fünfzig Prozent der Versuchstiere, an denen getestet wird – im allgemeinen Ratten – sterben. Menschen sind außerdem um einiges empfindlicher als Ratten. Du kannst davon ausgehen, dass drei Körndln, so groß wie Zuckerkörndln, für einen Erwachsenen tödlich sind. Und hier war, wie gesagt, das Vierfache im Spiel.«

»Wo gibt's das Zeug?«, wollte Leo wissen.

»Es wird legal als Narkosemittel und zur Schmerztherapie eingesetzt, natürlich nur in ganz kleinen Dosen«, erwiderte Sendlinger.

»Heißt das, dass Ärzte und medizinisches Personal in erster Linie als Täter in Frage kommen? Auch in Hinblick auf die intravenöse Injektion, für die man bestimmt Übung braucht?«, versuchte sich Cleo in der Eingrenzung des Täterkreises. Doch Sendlinger konnte ihr nur wenig Hoffnung machen.

»Glaube ich nicht«, meinte er. »Ebenso gut käme praktisch jeder Drogensüchtige infrage, der spritzt. Das Fentanyl ist sicher genauso wie Heroin erhältlich, aber da bin ich natürlich nicht der Spezialist. Da habt ihr ja die Kollegen vom Suchtgift, die wissen bestimmt, was es wo und wann auf der Straße gibt.«

»Hast du nähere Erkenntnisse zum Todeszeitpunkt? Der Notruf wurde um 18:56 getätigt. Leider müssen wir uns die Videoüberwachung abschminken, nicht nur bei der Eingrenzung des Zeitpunkts«, kam es, immer noch in missmutigem Ton, von Lang.

»Hab ich schön gehört. Nein, tut mir leid, sehr viel kann ich da auch nicht beitragen. Es war recht stickig in der Tiefgarage. Es kann zwischen einer Stunde und zehn Minuten vor dem Notruf passiert sein, oder, wenn man es ganz genau nimmt, vor dem Eintreffen des Notarztes. Theoretisch könnte der Mord natürlich auch erst geschehen sein, nachdem der Notruf abgesetzt wurde.«

»Ja, natürlich«, gab Lang zu, und an Cleo gewandt: »Haben wir den genauen Zeitpunkt des Eintreffens von diesem Hüpfl schon? Sonst bitte erfragen.«

»Zum allgemeinen Zustand der Person, als sie noch lebte, kann gesagt werden, dass es sich um einen recht gesunden, großen, schlanken, aber nicht athletischen Mann Mitte vierzig handelte.« Er schlug das Leintuch, das den Körper bedeckte, zurück. »Ihr seht selbst, keinerlei Bauchansatz, aber auch keine besonders ausgeprägten Muskeln. Gutes, gepflegtes Gebiss. Etwas Grau im Haar, normal für dieses Alter. Nicht gefärbt. Keine Operationsnarben, keine Zahn- oder sonstige Prothesen.«

Sie besahen den durch die Obduktion entstellten Körper. Leo betrachtete noch einmal die Spuren des Elektroschockers und die von Sendlinger markierte Einstichstelle. Dass der Mann sehr schlank gewesen war, passte zu seinem Eindruck von dessen Küche. Keiner, der übermäßigen Wert auf gutes Essen gelegt hatte.

»Manche haben halt von Natur aus keine Gewichtsprobleme, die müssen nicht ins Fitnesscenter, selbst wenn die erste Jugend schon vorbei ist«, spann Sendlinger, selbst etwa im gleichen Alter wie Rassling und seit einiger Zeit gegen einen genussbedingten Schwimmreifenansatz kämpfend, seinen Gedankenfaden von vorhin weiter. Lang wollte schon erwidern, dass das Idealgewicht halt auch nichts mehr nütze, wenn man tot war, weshalb man den Mann auf dem Seziertisch nicht beneiden müsse, als er bemerkte, dass die Bemerkung an Cleo gerichtet gewesen war. Der Gerichtsmediziner versuchte sich in Koketterie – er hoffte wohl, dass sie ihm gleich beteuern würde, er habe auch kein Fitnesscenter nötig und seine Jugend sei noch lange nicht vorbei.

Statt einer Reaktion auf dieses – in Leos Augen – eher geschmacklose Flirten neben einer entblößten Leiche betrachtete sie nachdenklich die Hände des Opfers. Sie waren ebenso feingliedrig und schlank wie der Rest des Körpers.

»Nicht ganz die gepflegten Schreibtischhände, die man bei so einem Mann erwarten würde«, war ihr Kommentar. Sie hatte recht. Die Fingernägel waren unterschiedlich lang, schlecht geschnitten und einige halb vernarbte Stellen zeigten kleine Wunden an. Sendlinger nickte.

»Gut beobachtet, Frau Kollegin.« Richtig, er war ja nicht per Du mit ihr. »Sie sehen aus, als ob jemand, der normalerweise nur am Schreibtisch sitzt, ungewohnte Handarbeit verrichtet hat. Zum Beispiel Gärtnern – nein, da hätte er wohl Schwielen bekommen –, aber vielleicht Tischlern oder Mitarbeit auf einer Baustelle.«

Cleo nickte. »Das würde passen. Leo und Helmut Nowotny haben Baupläne in seiner Wohnung gefunden.«

»Was ist mit dem Auto, Philipp?«, fragte Leo. »Habt ihr da irgendwelche Spuren gefunden?«

Der Angesprochene nickte heftig mit dem Kopf. »Jede Menge. Der Wagen ist übrigens ein Bentley Arnage R, ganz was Feines. Allerdings sehr altmodisch, der hat schon fast fünfzehn Jahre am Buckel. Irgendwelches neumoderne

Zeugs wie GPS-Tracker oder so etwas kannst du also vergessen. Aber wie gesagt, Spuren genug. Anscheinend wurde er einige Zeit nicht gründlich gereinigt. Haufenweise Haare, ein Kaugummi, ein gebrauchtes Papiertaschentuch, eingetrockneter Schleim – vulgo Nasenpopel –, ein Stückchen Fingernagel, ein Zuckerlpapierl, ein silberner Ohrclip mit Hautabrieb, zwei Kugelschreiber, ein kleiner Blutfleck auf einem Fußabstreifer. Soviel zu den Spuren mit DNA-Material. Die Analysen werden einige Zeit dauern, aber ihr könnt davon ausgehen, dass es mehr als zehn verschiedene Passagiere gegeben hat. Das ist allein schon anhand der Haare klar. Das meiste davon haben wir im Bereich des Beifahrersitzes gefunden, nur wenig auf und unter der Rücksitzbank.«

»Habt ihr die Fundorte registriert?« Leos Frage war schneller heraußen als er denken konnte. Sofort verengten sich Sendlingers Augen zu Entrüstungsspalten.

»Du hältst uns offenbar für Anfänger, was?«

Lang hätte sich ohrfeigen können. Das kostete ihn jetzt wieder Minuten an Beteuerungen, wie toll und professionell die Tatortleute arbeiteten und wie unverzichtbar ihre Beiträge seien. Zum Glück kam ihm Cleo rasch zu Hilfe mit der Frage nach etwaigen Fingerabdrücken. Sie schaffte es, ihrer Stimme einen bewundernden und erwartungsvollen Unterton zu verleihen, was Sendlinger rasch versöhnte.

»Der Kaugummi, der Ohrclip und beide Kugelschreiber hatten Teil- oder ganze Abdrücke, die wir natürlich sofort gecheckt haben. Kein Treffer in unseren Datenbeständen.«

»Und das Handy?«

»Nur Rasslings eigene Abdrücke. Der Inhalt wurde auch schon gesichtet, gespeichert war kaum etwas. Anscheinend war er keiner, der ständig fotografierte oder Videos drehte. Ein paar Bilder von irgendeinem merkwürdigen Gebilde mit Federn« – Leo verzog den Mund, da war es wieder, dieses

Indianerlogo – »und einige Aufnahmen von einem großen Haus in verschiedenen Baustadien, das ist wahrscheinlich die Baustelle, die Sie vorhin erwähnt haben, Frau Kollegin. Das Anrufprotokoll bekommt ihr übermittelt.«

»Gut, dann vielen Dank, Philipp. Super, dass das so schnell gegangen ist. Ich werde den Bruder wissen lassen, dass der Körper bereit ist zum Identifizieren.«

»Nicht nötig«, kam die überraschende Antwort. »Die Schwester hat vorhin angerufen, dass sie das übernehmen wird. Sie kommt wahrscheinlich gleich. Wollt ihr warten?«

Natürlich würden sie warten – die Reaktion auf die Leiche seitens einer nahen Angehörigen konnte sehr aufschlussreich sein. Da hieß es Ausharren, auch wenn der Nachmittag schon weit fortgeschritten war und Leo noch einkaufen wollte für heute Abend und für ein aufwändiges Sonntags-Festessen, griechische Soutzoukakia. Doch lange wurde ihre Geduld ohnehin nicht auf die Probe gestellt. Claire Rassling wartete schon im Vorraum.

Sendlinger, der schließlich hier zu Hause war, übernahm die Vorstellungsrunde und ließ sich Frau Rasslings Ausweis zeigen. Inzwischen beobachtete Lang die Frau in dem Wissen, dass Cleo es ihm gleichtat. Alle drei murmelten sie nacheinander ein förmliches »Beileid«.

Mathieu Rasslings Schwester war älter als er, nur vier Jahre, aber es hätten auch zehn sein können. Ihr erster Eindruck auf Leo war der einer zurückhaltenden, ja schüchternen, bescheidenen Frau. Kein Schmuck, kein Make-up, schulterlange, einfach frisierte braune Haare, blaue Augen mit Tränensäcken, unauffällige Kleidung. Ihre ganze Haltung drückte Müdigkeit und Niedergeschlagenheit aus. Sie war Leo auf Anhieb sympathisch, ohne dass er dies erklären hätte können. Anscheinend hatten sie hier endlich ein Mitglied der Familie Rassling vor sich, das um den Toten trauerte.

Sendlinger schlug das Tuch, das er vor Verlassen des Raumes wieder in seine Ursprungsposition gebracht hatte, nur im Bereich des Gesichts zurück, um der Frau den Anblick des Körpers zu ersparen. Sie stöhnte auf und schlug die Hände vor das Gesicht, dann sah sie wieder hin. Tränen liefen ihr über die Wangen. Fast eine Minute lang stand sie so da. Schließlich nickte sie und trocknete sich mit dem von Leo angebotenen Papiertaschentuch das Gesicht.

»Ja, das ist mein kleiner Bruder Mathieu. Verzeihen Sie, dass ich mich so habe gehen lassen, aber er steht – stand – mir nahe. Als Kind kam er immer zu mir, wenn er etwas angestellt hatte, und ich brachte es dann unseren Eltern schonend bei.«

Cleo hakte gleich ein, ohne ihre Frage zu sehr nach einem Verhör klingen zu lassen.

»Sie hatten also viel Kontakt?«

Doch Claire Rassling schüttelte den Kopf. »Früher vielleicht, aber in letzter Zeit nicht, dazu hatte er zu wenig Zeit. Die Firma, Helene, die Baustelle, seine neue Firma – was ist denn mit Helene? Das muss ein schrecklicher Schlag für sie sein!«

»Sie kennen Frau Leeb?«

»Ich habe sie nur einmal getroffen, irgendwann voriges Jahr. Mathieu war frisch geschieden, es muss also im Herbst gewesen sein. Er kam zum Essen zu mir – das machten wir so ein-, zweimal jährlich – und brachte sie mit. Sie taten sehr heimlich, ich glaube, weil sie offiziell noch verheiratet war, aber Genaueres weiß ich nicht. Nur, dass ich mir gedacht habe, dass das jetzt die Richtige für ihn ist.«

Die beiden Geschwister mussten tatsächlich ein Vertrauensverhältnis gehabt haben, wenn die heimliche Geliebte, die bis zum Vortag »diskret über die Treppe gehuscht war«, wie es die Rezeptionistin ausgedrückt hatte, der Schwester vorgestellt worden war. Frau Rassling konnte oder wollte jedoch keine Angaben zu möglichen Feinden Mathieus machen.

»Feinde … in diesen Kategorien habe ich noch nie gedacht. Ich kann mir gar nicht vorstellen, dass jemand … oh Gott, mir wird erst langsam bewusst, was überhaupt geschehen ist … jemand hat Mathieu absichtlich umgebracht … ihm etwas angetan … er ist einem *Mörder* in die Hände gefallen!« Ihre anfangs noch ruhige Stimme war immer aufgeregter geworden, während sie die drei Anwesenden mit weit aufgerissenen Augen anstarrte. Ihr Blick begann zu flackern, die Atmung kam stoßweise. Lang bemerkte, dass Sendlinger ihm diskrete Zeichen machte. Er hatte nicht vergessen, dass er zuallererst Arzt war und dann erst Gerichtsmediziner.

»Am besten ruhen Sie sich jetzt erst einmal aus. Wir werden später noch ausführlicher mit Ihnen sprechen. Wie Sie sagten, handelt es sich um einen Mord, und wir werden alles daransetzen, den Mörder oder die Mörderin dingfest zu machen. Sind Sie mit dem Auto da? Können Sie fahren, oder soll Frau Oberlehner Ihnen ein Taxi rufen?« Cleo hatte ihr Telefon schon in der Hand.

»Danke, es wird schon gehen.« Sie wandte sich zum Gehen, noch gebeugter als beim Eintreten. An der Tür drehte sie sich noch einmal um.

»Mörder oder Mörderin, sagten Sie. Wie wurde mein Bruder eigentlich … umgebracht?«

»Durch Gift«, erwiderte Lang, der in Sekundenbruchteilen entschieden hatte, ihr »aus ermittlungstechnischen Gründen« keine Details bekannt zu geben.

9
12./13. August

Der Samstag brachte, den Vorhersagen zum Hohn, weiterhin schönes Wetter. Marlene ließ sich mit Leichtigkeit zu einer Bootsfahrt auf der Alten Donau überreden, lehnte aber das Anmieten eines Elektrobootes energisch ab. Nachdem sie mit Schrecken festgestellt hatte, dass ihre Lieblingsjeans nicht mehr so gut passten wie früher, hatte sie sich und Leo »mehr Bewegung und leichteres Essen« verordnet, weshalb sie sofort die Tretboote ansteuerte. Dann allerdings erblickten beide gleichzeitig ein einsam vor sich hinschaukelndes, hölzernes Ruderboot, und die Entscheidung war getroffen.

»Eigentlich hätte ich ein weißes Spitzenkleid und einen Hut gebraucht, so richtig schön altmodisch romantisch, wie auf alten Fotos«, sinnierte Marlene, zurückgelehnt den Himmel betrachtend, während Leo sich in die Riemen legte. Er verkniff sich die Bemerkung, dass sie – gemäß ihren eigenen Beteuerungen – eher Sport und Bewegung brauchen würde. Zu schön war der Tag, zu harmonisch die Zweisamkeit auf dem Wasser, zu strahlend sein Gegenüber in der seidig schimmernden gelben Bluse mit dem aparten Ausschnitt, um die Stimmung durch sarkastische Bemerkungen zu zerstören. Nachdem er eine stille Bucht angesteuert hatte, genossen sie die Spätnachmittagssonne in dem im Ruderboot integrierten Liegestuhl – ganz so altmodisch war der Kahn zum Glück dann doch nicht. Beim Rückweg bestand Marlene darauf zu rudern, um anschließend einen »Donausalat« in der Bikinitaverne zu bestellen und so ein doppelt gutes Gewissen zu haben.

Leo hatte nach Insalata Caprese und griechischem Salat der vergangenen Tage langsam genug von Grünzeug und bestellte gegen besseres Wissen ein Backhendl mit Erdäpfel-Vogerlsalat. Dass hier mit Fertigpanier gearbeitet wurde, hätte er sich denken können. Aber schließlich ging es in diesem Fall weniger um die Essensqualität als um das schöne Sitzen auf der Donauterrasse mit dem herrlichen abendlichen Skylineblick. Nachdenklich blinzelte er in den Sonnenuntergang.

»Kennst du eigentlich die Rasslings?«, konnte er es nicht lassen, Marlene zu fragen. Schließlich hatte sie regelmäßig Mitglieder der Wiener Schickeria zu Gast in ihrem »Atelier Anguissola«. Natürlich hatte er ihr schon von dem Mordfall erzählt.

»Kennen ist zu viel gesagt«, erwiderte sie. »Ich denke schon die ganze Zeit darüber nach. Wie du weißt, ist es sehr wichtig für mich, die High Society zu meiner Kundschaft zu zählen. Ein Bild einer Prominenten in einem Kleidungsstück von mir in der Regenbogenpresse ist einfach Gold wert, das ist halt einmal so. Vor allem, wenn dann noch etwas in der Art von ›Pimpi Pumpi in einem schicken Hosenanzug von Anguissola‹ dabeisteht.«

Sie schnitt ein Stückchen von dem Backhendlrest auf seinem Teller ab, kostete und verzog das Gesicht. Dann fuhr sie fort: »Es muss schon Jahre her sein, irgendwann im ersten Jahr nach der Eröffnung meines Ateliers. Da hatte ich noch nicht viele Kundinnen, sodass jede einzelne mir in Erinnerung geblieben ist. Es kamen also zwei Frauen herein, die eine weißblond, gutaussehend und sehr teuer gekleidet, die andere dunkel und eher unauffällig, aber mit einer netten Art. Die Blonde kam mir bekannt vor. Sie hat die Sachen durchgesehen, die ich als Lockmittel im Geschäft hatte – du weißt ja, Konfektionsware und kleine Sachen – alles überschwänglich gelobt, nichts gekauft und schließlich gesagt, dass sie sich vielleicht irgendwann ein Cocktailkleid machen lassen möchte. Ich hab ihr natürlich gleich erklärt, dass das meine besondere Spezialität ist. Die Dunkle hat wenig geredet und ein Paar handgenähte Pantoffeln gekauft. Das war's dann auch schon. Ich hab anschließend gleich ein paar Illustrierte durchgeblättert und sie bald gefunden, in einem schicken Abendkleid, leider nicht von mir. Es war Ingrid Rassling, die damalige Frau von eurem Ermordeten. Ich glaub, sie haben sich später scheiden lassen. Die andere war nicht auf dem Foto. Auf den Auftrag für das Cocktailkleid warte ich heute noch.«

Der am Sonntag endlich einsetzende Regen bildete die passende Kulisse für Leos griechische Kochorgie. Er machte sich schon am späten Vormittag an die Zubereitung, damit die kleinen, aus faschiertem Fleisch geformten Würstchen nach dem Braten in der würzigen Tomatensauce fertig garen und anschließend darin ganz langsam auskühlen konnten, um am Abend aufgewärmt zu werden, wobei sie erst ihr ganzes Aroma entfalten würden. Reis dazu, ein paar exzellente Kalamata-Oliven als Vorspeise und nicht zu wenig Retsina zum Runterspülen. Das Wasser lief ihm im Mund zusammen, obwohl sie erst spät gefrühstückt hatten. Er sparte nicht mit Gewürzen, bereitete die Sauce aufwendig aus frischen Tomaten zu und summte dabei selbstvergessen Beethovens »Pastorale« mit. Die Erinnerung daran, wie Marlene und er der alten Griechin in der Taverne nahe Alexandroupolis das Rezept entlockt hatten, ließ ihn schmunzeln. Sie hatten extra gewartet, bis alle anderen Gäste weg waren und dann den jungen Wirt, der etwas Englisch konnte, nach der Zubereitung des soeben genossenen Essens gefragt. Der hatte gezögert und sie dann in die Küche zu seiner Oma geführt, welche mit dem Scheuern der Riesentöpfe beschäftigt und wenig erfreut über den Besuch war. Keines Wortes einer Fremdsprache mächtig, hatte sie dem Enkel widerstrebend, aber lautstark ihre Küchengeheimisse verraten, der diese in englisches Gestammel übersetzte, nicht ohne sich selbst ständig mit Rückfragen an die Köchin zu unterbrechen. Als Antwort hatte er größtenteils wirres Gekreische und ein langgestrecktes, erregtes »Ooooooochi« erhalten, was, so wussten sie mittlerweile, »Nein« bedeutete. Mengenangaben waren der Großmutter überhaupt nicht zu entlocken, doch nach langem Hin und Her hatte Leo im Großen und Ganzen bekommen, was er wollte. Er revanchierte sich mit einem mühsam eingelernten »Efcharistó« – einem »Danke« –, richtig betont auf der letzten Silbe. Als krönenden Abschluss hatte die Frau, die Leo stark an seine eigene Waldviertel-Oma erinnerte, sich die Hände an der Schürze abgewischt und sie beide herzlich umarmt mit den Worten »sto kaló!«

Diese Herzlichkeit war ihnen oft begegnet, trotz der Armut, die Berichten zufolge in Griechenland seit der Wirtschaftskrise um sich griff. Sie hatten kaum etwas davon mitbekommen, obwohl sie mit offenen Augen abseits der touristischen Trampelpfade unterwegs gewesen waren. Vielleicht lag es daran, dass sie große Städte gemieden hatten. Auf dem Land rückten die Familien in schwierigen Situationen enger zusammen. Möglicherweise hatte es auch daran gelegen, dass der Sommer bevorstand.

Aus Rücksicht auf Marlene verwendete er etwas weniger Öl als in Griechenland vermutlich üblich war. Sie würden die Hälfte heute Abend essen, den Rest konnte er einfrieren.

Er war so in die Essenszubereitung versunken gewesen, dass er seine Arbeit und den aktuellen Fall völlig vergessen hatte. Schuldbewusst beschloss er, den Rest des Nachmittags den Rasslings zu widmen, zumal da Marlene angestrengt an irgendeinem Entwurf herumkritzelte, bei dem ihr der zündende Funken nicht kommen wollte.

Zur Firma Rassling gab es eine Menge Informationen im Internet, doch kaum etwas Persönliches über die beiden geschäftsführenden Brüder oder ihre Familien. Verständlich – nur weil man ein bekanntes Unternehmen führte, musste man sich nicht ins Scheinwerferlicht der Boulevardpresse begeben. Einzig Ingrid Rassling, Mathieu Rasslings Ex-Gattin, schien es in der Vergangenheit genossen zu haben, als

Society-Lady in viele Kameras zu lächeln. Seit ihrer Scheidung, die in der Presse nur in der beiläufigen und indirekten Form »Ingrid Rassling, seit kurzem wieder Single …« erwähnt wurde, waren die öffentlichen Auftritte bedeutend seltener geworden. Lang schloss, dass es keinen Scheidungsskandal gegeben hatte, über dessen saftige Details die einschlägigen Medien zu berichten oder besser gesagt zu spekulieren Gelegenheit gehabt hätten. Vielleicht war man übereingekommen, striktes Stillschweigen zu bewahren im Tausch für die saubere finanzielle Lösung, die Marc Rassling erwähnt hatte? Jedenfalls musste das nachlassende öffentliche Interesse für ihre Person diese Frau ziemlich getroffen haben.

In Bezug auf Helene Leeb wurde er wider Erwarten rasch fündig. Ihr Name tauchte in mehreren Zusammenhängen auf. Die Bildersuche bewies, dass es sich dabei um ein und dieselbe Person handelte. Sie wurde als Mitkuratorin einer kleinen Ausstellung im Museum Torkander-Fynn Anfang des Jahres mit dem Namen »es klappt!«, die sich mit zusammenklappbarem Design aus aller Welt beschäftigte, genannt. Eine Kunsthistorikerin also. Die Fotos entsprachen der Beschreibung Anastazija Dujmovićs: dezent und unauffällig.

Eine Erwähnung ihres Namens anlässlich der Verleihung des *Master of Arts*-Titels im Oktober des Vorjahres bestätigte Leos Vermutung. Anscheinend hatte sie in der Vergangenheit regelmäßig Führungen für das Torkander-Fynn durchgeführt – das würde auch den Job als Mitkuratorin einer Ausstellung so kurz nach Studienabschluss erklären.

Darüber hinaus schien sie als Autorin einiger kurzer Artikel im Kulturteil der »Tribüne« auf. Er könnte Paul Erdinger, seinen Journalistenfreund bei dieser Zeitung, vielleicht einmal nach ihr fragen. Jedenfalls ziemlich rührig, die Dame, wenn auch, mit vierzig Jahren, als Studentin eine Spätberufene.

Ein weiteres Foto zeigte die Frau, viele Jahre jünger, an der Seite eines schneidig wirkenden, einnehmend lächelnden Mannes. Die weitere Recherche führte Lang zum Autohaus Pokorny mit den Eigentümern Klaus Pokorny und Helene Pokorny-Leeb – hatte Claire Rassling nicht etwas von einer noch bestehenden Ehe erwähnt? Die Geschichte des Unternehmens auf dessen Webseite verriet, dass Klaus Pokorny sich als *Selfmademan* vom Autoverkäufer zum Unternehmer hochgearbeitet hatte. Von Helene war darin wenig die Rede. Sie wurde nur im Zusammenhang mit der Heirat und im Untertitel des von Lang gefundenen Fotos erwähnt. Ein Sohn, Gerhard Pokorny, arbeitete im Unternehmen mit und war ebenfalls abgebildet. Er sah wie die arrogante, jugendliche Kopie seines Vaters aus. Im Gegensatz zu diesem, der sich mit kariertem Hemd ohne Krawatte und offenem Sakko leger gab, trug Pokorny junior ein verächtliches Lächeln zum mittelgrauen Hemd mit silbergrauer Krawatte und dunkelgrauem Sakko. Er rechnete nach: Den Sohn musste Helene schon mit neunzehn bekommen haben.

Der Name Pokorny kam Lang vage bekannt vor. Er musste nicht lange suchen, um ihn als Lokalpolitiker der »Donauheimat«, einer äußerst konservativen, erst vor wenigen Jahren gegründeten, aber rasch wachsenden politischen Partei zu identifizieren. Bereits in der Bezirksvertretung aktiv, wurde er als Kandidat für die bevorstehenden Gemeinderatswahlen im Herbst gehandelt. Ein Einzug der »Donauheimat« in den Gemeinderat mit mehreren Mandataren wurde allgemein erwartet, weshalb seine Chancen vermutlich nicht schlecht standen – vorausgesetzt, seine Partei stellte ihn auf. War Klaus Pokornys politisches Engagement der Grund für die fast schon paranoid anmutenden Diskretionsbemühungen des Liebespaares Mathieu-Helene? Die »Donauheimat« mit ihren streng patriarchalischen Ansichten hätte bestimmt keine Freude mit einer fremdgehenden Ehefrau gehabt. Laut Aussage Frau Dujmovićs waren sie »in letzter Zeit weniger vorsichtig als früher« gewesen – ein Mordmotiv? *Sehr weit hergeholt, Lang, lass dir was Besseres einfallen,* fügte er seinen Überlegungen gedanklich hinzu.

Dann erst fiel ihm ein, dass er eigentlich den in Urlaubsvorbereitungen steckenden Goncalves mit den soeben selbst durchgeführten Recherchen beauftragt hatte. Der Fluch der bösen Tat sozusagen. Doppelarbeit für den schikanösen Chef. Er suchte und fand Robertos Bericht in seinem Maileingang. Befriedigt stellte er fest, dass sich die Nachforschungen gut ergänzten – doch keine Doppelarbeit. Im Gegensatz zu ihm selbst hatte der strukturiert denkende Goncalves sich auf objektive Daten konzentriert und diese tabellarisch dargestellt: Helenes Eltern gehobener Mittelstand, Matura mit achtzehn, dann sofort Heirat mit Pokorny, Geburt des Sohnes, zwei Jahre später Geburt einer Tochter, vier Jahre Mitarbeit im administrativen Bereich des Autohauses. Als die Kinder größer waren, Beginn des Kunstgeschichtestudiums, begleitet von diversen Kunstkursen. Vor einem Jahr Wohnsitzanmeldung bei Lavinia Drexler, kurz darauf Eröffnung eines kleinen Ateliers für Keramik und Bildhauerei in der ehemaligen von-Paar-Kaserne – das war ihm entgangen –, Gelegenheitsarbeiten als Museumsführerin, Kuratorin, Kunstbuchlektorin, Kunstjournalistin. Im Gegensatz zu Leo hatte Roberto keine Informationen bezüglich des Ehemannes gesammelt.

Helene Leeb war jedenfalls die Schlüsselfigur, mit der es so schnell wie möglich zu sprechen galt. In Robertos Bericht fand er auch den Namen des behandelnden Krankenhausarztes. Nach kurzem Zögern rief er im AKH an und verlangte Dr. Messaoud. Der Mediziner hatte immer noch oder schon wieder Dienst. Lang stellte sich vor und fragte nach Frau Leeb.

»Woher weiß ich, dass Sie wirklich von der Polizei sind? Das kann jeder sagen. Genauso gut könnten Sie von irgendeiner Zeitung sein.«

Wo er recht hat, hat er recht, dachte Lang.

»Gut, dann rufen Sie bitte bei der Polizei an und verlangen nach Chefinspektor Leo Lang. Sagen Sie, dass ich Sie um Rückruf gebeten habe. Die Zentrale wird Sie dann mit mir verbinden.«

Kurze Zeit später meldete sich Dr. Messaoud wieder, diesmal deutlich weniger ablehnend. Lang erkundigte sich, wie lange Frau Leeb noch im Krankenhaus bleiben müsse und ab wann man damit rechnen dürfe, sie befragen zu können. Er zwang sich zu dieser unverbindlichen Ausdrucksweise, anstatt den Arzt durch Formulierungen wie »so schnell wie möglich«, »dringend« oder »morgen« unter Druck zu setzen. Es machte ihn ein wenig stolz, dass er daran gedacht hatte. Einfühlungsvermögen war für gewöhnlich Cleos Spezialität, nicht seine. Doch sein »Geschleime«, wie er es bei sich nannte, erwies sich als unnötig.

»Frau Leeb wurde gestern auf eigenen Wunsch in häusliche Pflege entlassen«, so Dr. Messaoud in professionell-neutralem Tonfall.

»Entlassen? Aber, war sie denn überhaupt fähig, aufzustehen, eine Entscheidung zu treffen, einen eigenen Wunsch zu äußern? Ich dachte, sie wäre sediert?« zeigte sich Lang überrascht.

»Körperlich fehlte ihr nichts. Und sie war keinesfalls ›sediert‹, wie Sie das nennen. Sie bekam von uns keinerlei Hypnotika, Anxiolytika oder Antidepressiva. Also keine Beruhigungsmittel, angstlösende Mittel, Stimmungsaufheller. Eine Suizidgefahr war nicht erkennbar, somit war dem Wunsch der erwachsenen und im Vollbesitz ihrer geistigen Kräfte befindlichen Patientin Folge zu leisten«, gab Messaoud zurück, der anscheinend glaubte, sich rechtfertigen zu müssen.

»Ich verstehe«, beeilte sich Lang zu versichern. »Ist es nicht sehr ungewöhnlich, dass eine Patientin nach einem so schrecklichen Erlebnis keine Beruhigungsmittel bekommt? Ich nehme an, Sie wissen über die näheren Umstände Bescheid?«

»Ja, wir wurden vom Notarztteam informiert. Um Ihre erste Frage zu beantworten: Ja, es ist eher ungewöhnlich, in einem solchen Fall ganz auf Psychopharmaka zu verzichten. Doch Frau Leeb lehnte jede Art von Medikation, abgesehen von etwas Kochsalzlösung zur Rehydrierung, energisch ab.«

»Warum denn?«

»Ich nehme an, sie hatte ihre Gründe«, kam die Antwort kurz angebunden. Nach kurzer Pause fügte der Arzt hinzu: »Manche Menschen vertrauen der Schulmedizin nicht und setzen auf sogenannte alternative Heilmethoden. Oder sie meinen, unbedingt einen klaren Kopf behalten zu müssen, oder reagieren auf viele Substanzen allergisch, oder haben noch andere Gründe, pharmazeutische Produkte zu meiden. Da gibt es viele Möglichkeiten. Mehr kann ich Ihnen leider nicht sagen. Wie Sie wissen, bin ich an meine ärztliche Schweigepflicht gebunden.«

Natürlich wusste Leo das. Er bedankte sich und beendete das Gespräch.

Nachdenklich starrte er eine Weile ins Leere, bevor er einen Entschluss fasste. Eine, die selbstständig das Krankenhaus verlassen konnte und Medikamente »energisch« ablehnte, musste auch als ansprechbar und vernehmungsfähig gelten. Robertos Unterlagen enthielten keine Handynummer der Frau, doch fand sich eine Festnetznummer der Person, auf deren Adresse sie gemeldet war: Lavinia Drexler.

Frau Drexler hob schon nach zweimaligem Klingeln unter Nennung ihres Nachnamens ab. Auch sie zeigte sich zunächst misstrauisch bezüglich Langs Identität, verzichtete aber auf einen Kontrollanruf bei der Polizei.

»Es wird schon passen«, sagte sie, »Woher sollte ein Zeitungsmensch schließlich von Helene erfahren haben, und dann auch noch, dass sie nicht mehr im Krankenhaus ist und hier wohnt?« Mit diesen Worten übergab sie den Hörer an eine andere Frau – Helene Leeb.

Als diese ihren Namen nannte, klang ihre Stimme merkwürdig flach, emotionslos und eintönig, fast als sei sie maschinell erzeugt. Leo vermutete, dass das an einem nicht allzu guten Allgemeinzustand lag. Behutsam tastete er sich vor. Sprach man einer Geliebten sein Beileid aus? Im Zweifel besser ja.

»Frau Leeb, mein aufrichtiges Beileid zu Ihrem Verlust.« Es erklang ein undefinierbares Geräusch am anderen Ende der Leitung.

»Ich verstehe, dass die Situation für Sie sehr schwierig ist, aber ich gehe davon aus, dass Sie an der Ergreifung des Mörders Ihres, äh, Freundes, noch mehr Interesse haben als wir. Wir müssen unbedingt und dringend ein ausführliches Gespräch führen über die Geschehnisse des vergangenen Donnerstags. Jede noch so kleine Detailinformation könnte wichtig sein, verstehen Sie? Deshalb ersuche ich Sie, morgen bei uns im Amt zu erscheinen.« Den Zusatz »wenn Ihre Gesundheit es erlaubt« ließ er bewusst weg. Der Gebrauch des Ausdrucks »ersuche ich Sie« statt »lade ich Sie vor« war schon genügend Konzession an eine unter Schock stehende Frau.

Die blecherne Stimme erhob keinen Einwand.

»Ich wollte ohnehin zu Ihnen kommen. Ich muss das machen. Winnie wollte gerade für mich anrufen. Wohin? Welche Uhrzeit?«

Leo, der mit etwas Widerstand gerechnet hatte, überlegte rasch. Er wollte erst noch den vom Urlaub zurückkehrenden Schneebauer in den Fall einweihen, die Teambesprechung abhalten und die weitere Strategie abstimmen. Daher nannte er Frau Leeb ein Uhr nachmittags als Termin und erklärte ihr die Örtlichkeiten. Sie antwortete auf alles mit diesem merkwürdigen, tonlosen »Ja«.

»Eines noch«, ergänzte Lang, »Sie werden von uns als Zeugin befragt und nicht als Beschuldigte. Trotzdem steht es Ihnen natürlich frei, einen Anwalt Ihres Vertrauens beizuziehen.« Gespannt wartete er auf ihre Reaktion. Stattdessen herrschte Stille am anderen Ende, bis die Stimme von Lavinia – kurz Winnie – Drexler ertönte: »Helene wird morgen pünktlich erscheinen, Herr Chefinspektor.« Offenbar hatte sie mitgehört. Dann wurde die Verbindung unterbrochen.

10
14. August

Als Lang Montag früh die Räume seiner Gruppe betrat, fand er nur Cleo und Nowotny vor, die schweigend auf ihre Computerbildschirme starrten. Keinen Gabriel, der von seinen Urlaubserlebnissen mit der ganzen Familie berichtete, kein Lachen, kein Geplauder. Seltsam.

In diesem Augenblick tauchte der Lange hinter ihm auf.

»Hallo Gabriel, schön, dass du wieder da bist, wir haben dich schon sehnsüchtig erwartet!« Mit diesen Worten schüttelte er Schneebauer die Hand, was er immer tat, wenn ein Mitarbeiter nach längerer Zeit wieder zurückkam. »Wie war der Urlaub? Ihr wart an einem See zelten, oder? Attersee, wenn ich mich richtig erinnere. Mit dem Wetter habt ihr ja ziemliches Glück gehabt. Hat deinen Buben sicher gefallen, stimmt's?«

In seinem Bemühen, Interesse zu zeigen, hatte er ganz übersehen, dass das Gesicht des anderen nicht den sonnengebräunten, erholten Ausdruck zeigte, der nach zwei Wochen Familienurlaub an einem See erwartet werden konnte. Gabriel lächelte ein wenig gezwungen.

»Ja genau, Attersee. Das Wetter war wirklich super«, antwortete er ebenso kurz wie ausweichend.

Cleo beobachtete die Szene aufmerksam, sagte aber nichts. Sie und Helmut gaben Gabriel ebenfalls die Hand.

Leo hatte es sich zum Ziel gesetzt, das ganze Team rasch auf den gleichen Wissensstand zu bringen, um den Ermittlungen Schwung zu verleihen. Morgen war schon wieder ein Feiertag, das war nicht gerade hilfreich. Das für den Nachmittag geplante Gespräch mit Helene Leeb, von dem er sich einiges erhoffte, galt es sorgfältig vorzubereiten. Die mangelnde Mitteilsamkeit Schneebauers gab ihm Gelegenheit, zügig zur Tagesordnung überzugehen.

»Gut, nachdem wir jetzt vollständig sind, können wir gleich mit der Teambesprechung beginnen, sagen wir, in fünf Minuten? Ich geh schon mal vor, ihr könnt inzwischen eure Telefone umleiten und der Zentrale Bescheid sagen.« Mit diesen Worten betrat er den Besprechungsraum und begann mit den technischen Vorbereitungen. Verwundert sah er auf, als er bemerkte, dass ihm Gabriel gefolgt war.

»Ich muss nach der Teamsitzung unbedingt gleich mit dir reden, Leo« sagte er. »Ich habe ein Riesenproblem – vor den anderen wollte ich nichts sagen, aber bitte teil mich während der Besprechung nicht für irgendwelche Arbeiten ein. Ich sag es dir dann gleich nachher.«

Enttäuschung und Verärgerung wetteiferten um die Vorherrschaft in Leos Innerem und in seinem Gesicht, was Schneebauer nicht verborgen bleiben konnte. Kaum vom Urlaub zurück, zwei Wochen Erholung hinter sich und schon wieder irgendein Problem, das anscheinend die Arbeit verhinderte. Und das bei einem Fall, der bereits begonnen hatte, mediale Wellen zu schlagen. Die Nachricht prangte, großteils in Balkenlettern, auf allen Titelseiten. »Industrieller Rassling in Hotelgarage ermordet« war noch die sachlichste aller Überschriften.

Das Auftauchen Sickingers verhinderte weiteres Grübeln. Er könne nicht an der Besprechung teilnehmen, müsse jetzt weg und erwarte übermorgen Langs Bericht. Kurz angebunden erwiderte Lang mit einem »Okay« und, zu Schneebauer gewandt, »Ist gut, nachher dann.«

Bei der Teamsitzung trugen sie alles zusammen, was sie bisher hatten: den Obduktionsbericht, das Ergebnis der Durchsuchung von Mathieus Apartment, die Videopleite im Hotel Papaya, die Daten zu Mathieu Rassling und Helene Leeb. Recherchen Nowotnys zur neuen Firma des Mordopfers hatten nur Nichtssagendes ergeben.

»Wichtig ist auf jeden Fall die Analyse des Anrufprotokolls«, stellte Lang fest, eine entsprechende Eintragung in die To-do-Liste vornehmend. »Letztes Telefonat achtzehn Uhr zehn, zwei Minuten dreiunddreißig Sekunden, eine Nummer, die sehr oft im Protokoll aufscheint.«

Nowotny hatte sich nicht nur die neu gegründete Firma vorgenommen, sondern auch die Rasslingwerke. Augenscheinlich stand das Unternehmen gut da. »Hervorragend«, hatte Marc Rassling es genannt.

»Wie mas nimmt«, sagte Nowotny. In der Kürze war nur eine überblicksmäßige Einsicht in das Firmenbuch möglich gewesen. Die Firmenwebseite hatte ebenfalls Informationen geliefert, natürlich durch die Unternehmensbrille gesehen. Nowotny erklärte, dass die Gewinnsituation und einige andere wirtschaftliche Parameter der Rasslingwerke tatsächlich sehr solide aussahen. Manche Anzeichen deuteten allerdings darauf hin, dass sich das Wachstum sowohl des Umsatzes als auch des Gewinns in den letzten Jahren verlangsamt hatte.

»Es gibt an interessantn Zahlen-Daten-Fakten-Bereich auf der Webseitn, und sogar dort schauts a bisserl nach Stagnation oder zumindest Verlangsamung aus«, meinte er.

»›Abflachung der Dynamik‹ sogerten de Wirtschaftskapazunder wahrscheinlich dazu.«

Die Spuren im Fahrzeug stellten zumindest etwas Greifbares dar. Es galt herauszufinden, wer in letzter Zeit als Beifahrer oder Rücksitzpassagier im Bentley Arnage gesessen hatte und von diesem Personenkreis DNA-Proben zu bekommen, um einen Abgleich durchführen zu können.

»Wir können aber nicht sicher sein, dass irgendeine dieser Spuren von Mörder stammt«, gab Cleo zu bedenken. »Vielleicht war der schlau genug, gar keine Spuren zu hinterlassen.« Das stimmte, war aber der ohnehin gedrückten Stimmung nicht gerade förderlich. Lang beeilte sich deshalb, die Zweifel vom Tisch zu wischen.

»Vielleicht, aber nicht gerade wahrscheinlich. Stellt euch nur vor, was er alles gebraucht hätte. Kopfbedeckung, – sehr auffällig bei diesem Wetter – lange Ärmel, Handschuhe, wahrscheinlich auch noch Mundschutz. Nein, ich glaube schon, dass uns die Spuren weiterhelfen werden.«

»Die Herkunft von diesem Fentanyl wäre bestimmt auch sehr aufschlussreich«, trug Cleo mit einem Blick in die Runde bei. Alle nickten, auch Schneebauer, dessen bisherige Passivität in der Sitzung mit seinem bislang geringen Wissensstand erklärt werden konnte.

»Ich frage bei den Drogenkollegen nach«, sagte Lang. »Ich red mal mit dem Simic. Der soll seine Leute drauf ansetzen.«

Der Rest der Besprechung wurde der Vorbereitung der Befragung Helene Leebs gewidmet, von der sich nicht nur Leo entscheidende Hinweise erhoffte – vielleicht so entscheidend, dass die ganze mühsame Kleinarbeit gar nicht mehr nötig sein würde, die die immer länger werdende To-do-Liste füllte. Am Ende versuchte Leo es mit aufmunternden Worten, die ihm jedoch selbst hohl und verlogen in den Ohren klangen.

»Also, gar nicht so schlecht für den Anfang! Uns wird in nächster Zeit bestimmt nicht fad. Bitte teilt euch die Arbeit selber ein. Cleo, machst du am Nachmittag die Befragung dieser Leeb mit mir? Gabriel, ich hätte jetzt Zeit.«

Er ging mit Schneebauer in sein Büro und machte die Türe zu.

»Also, schieß los, Gabriel. Wo brennt's?«, fuhr er im gleichen aufgesetzt-aufmunternden Ton fort, mit dem er die Besprechung beendet hatte. Doch ein Blick in das Gesicht des Jüngeren zeigte ihm, dass es ernst war. Leos Gegenüber musste erst ein paarmal schlucken, bevor er ein Wort herausbrachte.

»Es ist wegen Maria«, stieß er dann mit rauer Stimme hervor. Maria war Schneebauers Frau und die Mutter seiner beiden kleinen Jungen, wie Lang wusste. »Sie ist seit Freitagnachmittag im Krankenhaus. Sie hatte im Urlaub schon so komische Beschwerden und war furchtbar müde, wir sind deswegen früher zurück. Sie dachte, sie muss sich nur ein bisschen hinlegen, aber das half nichts – und jetzt ist sie stationär aufgenommen. Krebsverdacht! Die nächsten zwei Wochen werden Tests gemacht, vielleicht wird sie operiert, wenn sich der Verdacht bestätigt. Ich muss mich unbedingt um die Kinder kümmern, sie sind komplett durch den Wind. Ihre Mama fehlt ihnen so, da brauchen sie zumindest ihren Papa. Klar helfen unsere Eltern aus, aber das ist immer nur eine Lösung für kurze Zeit. Jetzt, während ich hier bin, zum Beispiel. Ich weiß, dass es überhaupt nicht passt, Leo, aber ich kann nicht anders. Ich muss unbedingt zu Hause sein. Mein Urlaub ist aber schon aufgebraucht. Mein Schwiegervater hat gesagt, dass mir Pflegeurlaub zusteht, aber das ist, glaub ich, nur eine Woche. Sonst wäre es halt ein Urlaubsvorgriff oder zur Not auch unbezahlter Urlaub.«

Sofort fühlte sich Leo zutiefst beschämt. Hatte er vorhin wirklich diesen Gedanken gedacht, dieses unsägliche *schon-wieder-irgendein-Problem-das-die-Arbeit-verhindert*? Hatte er denn vergessen, was eine schwere Erkrankung, ein drohender Todesfall in der Familie bedeutet? Wie hatte er bei der Begrüßung so gefühllos sein können, Gabriels gequälte Miene kaum zu bemerken? Gabriel, dessen Gesicht sonst immer den Eindruck eines freundlichen, etwas unbeholfenen jungen Mannes machte? Der bei Verhören immer den Sensiblen und Verständnisvollen gab, weil das am besten seinem Naturell entsprach? Die Mitarbeiter-Motivierungsmaske fiel von Leo ab und zerschellte lautlos am Boden. Hier half kein einstudiertes Verhalten, hier waren echte Gefühle und Aufrichtigkeit gefragt.

»Das tut mir schrecklich leid, Gabriel. Entschuldige, wenn ich vorhin kurz angebunden war. In einem solchen Fall ist es natürlich völlig egal, was in der Arbeit los ist – niemand weiß das besser als ich. Mach dir darüber keine Gedanken, hörst du? Deine Familie geht jetzt vor. Du musst deiner Frau Kraft geben und für deine Kinder da sein. Und mach dich nicht verrückt, bevor du Genaueres weißt. Es sind nur Tests, das hast du ja selber gesagt. Nur ein Verdacht. Was die Pflegefreistellung anbelangt, halte ich dir den Rücken frei. In Ausnahmefällen ist meines Wissens eine Erweiterung auf zwei Wochen möglich, aber auch wenn nicht, werden wir eine Lösung finden. Du brauchst dich nicht darum zu kümmern – überlass das nur mir. Und jetzt ab mit dir nach Hause. Alles Gute!«

Leos verständnisvolle Haltung ließ in Schneebauer einen Damm brechen. Vielleicht hatte er mit Widerstand gerechnet, sich Argumente zurechtgelegt, überlegt, die Personalvertretung einzuschalten – nun, da all dies wegfiel, stand er ohne den schützenden Wall der Kampfbereitschaft da.

»Was soll ich nur machen, wenn sie stirbt, Leo? Wenn meine Maria nicht mehr da ist?«, fragte er mit tränenerstickter Stimme.

Leo stand auf, kam hinter seinem Schreibtisch hervor und packte ohne nachzudenken seinen Mitarbeiter bei den Schultern.

»Du darfst dir solche Gedanken jetzt nicht erlauben! Du musst sie unterstützen und sie aufmuntern. Du musst deinen Kindern eine Zuflucht bieten. Du musst deine eigene Angst zurückdrängen und ihnen Halt geben. Und deine Maria stirbt noch lange nicht. Sie machen Tests mit ihr, die ergeben vielleicht gar nichts. Du weißt doch, wie übervorsichtig die Ärzte heutzutage sind. Und selbst wenn, dann wird es eine Behandlung geben, eine Heilungschance. Es macht dich kaputt, wenn du dir dauernd das Schlimmste ausmalst. Denk immer nur an den nächsten Tag. Und jetzt geh nach Hause. Den Kollegen brauchst du nichts zu sagen, das übernehme ich.« Mit diesen Worten ließ er den Angesprochenen los und gab ihm einen Klaps auf den Oberarm.

Schneebauer nickte, schluckte, drehte sich um und verließ mit großen Schritten die Räumlichkeiten. Leo trat aus seinem Büro, um Helmut und Cleo zu informieren. Es würde ihm nicht leichtfallen. Zu lebhaft war während dieses Gesprächs die Erinnerung an seine kleine Anita und ihren langen, vergeblichen Leidensweg wieder auferstanden.

11

Lang war froh, dass für den Nachmittag die überaus wichtige Befragung Helene Leebs auf dem Programm stand. Das würde ihn vom Grübeln abhalten.

Sie kam, wie ihre Freundin Winnie angekündigt hatte, pünktlich. Leo musterte sie aufmerksam. Sie sah ähnlich aus wie auf den Fotos, dezent und unauffällig, jedoch ohne Lächeln. Er wusste nicht genau, was er erwartet hatte – eine

Maske der Verzweiflung wie in einer griechischen Tragödie, die sie bis zur Unkenntlichkeit entstellte? Erst auf den zweiten Blick fiel ihm die kraftlose Haltung auf, die sie kleiner erscheinen ließ als sie war. Ihre mittels Haarreifen freigelegte Stirn verlieh ihrem Gesicht im Verein mit einer starren Miene, tiefliegenden, glanzlosen Augen und der Abwesenheit jeglichen Make-ups einen nackten, schutzlosen Eindruck. Ihre Kleidung war locker und bequem, aber nicht nachlässig. Vielleicht Winnies Werk.

Nowotny beobachtete sie durch den venezianischen Spiegel, während sie im Verhörraum Platz nahmen. Er erfüllte die Aufgabe des Außenstehenden, der manche Details eventuell besser als die mit dem Verhör Beschäftigten registrieren konnte.

Lang und Cleo hatten verabredet, die Frau wann immer möglich selbst reden zu lassen. Deshalb ersuchte Cleo Frau Leeb gleich, ihnen ihre Bekanntschaft mit Mathieu Rassling von Anfang an zu schildern.

Die Frau hatte ihre blicklosen Augen auf ihre auf dem Tisch liegenden Hände gerichtet, während sie mit der eintönigen Stimme, die Leo schon am Telefon aufgefallen war, berichtete.

»Wir haben uns vor nicht ganz drei Jahren zufällig bei einer Zugfahrt kennengelernt. Ich war auf der Rückfahrt von einem Kurs in Linz und er hatte eine Autopanne und fuhr deshalb mit der Bahn. Wir … fanden Gefallen aneinander und beschlossen, uns regelmäßig zu treffen.«

»Gefallen aneinander? Heißt das, Sie verliebten sich?«, unterbrach Lang sie entgegen seiner selbst festgelegten Reden-lassen-Strategie.

»Nein, zuerst nicht. Es war eine rein körperliche Anziehung. Nur Sex, keine Liebesbeziehung. Wir trafen uns einmal wöchentlich in diesem Hotel Papaya. Wir waren beide verheiratet, deswegen gingen wir sehr diskret vor. Keine Telefonate, keine SMS, keine E-Mails. Nur diese Treffen, immer in demselben Zimmer, völlig anonym. Er kam zuerst und machte mir die Tür auf. Nach ein paar Stunden trennten wir uns wieder und das war es dann. Das ging etwa eineinhalb Jahre so, bis zum Juni des Vorjahres. Wir waren beide zufrieden mit dieser Beziehung, die uns die Möglichkeit gab, abseits von irgendwelchen Konventionen und Verpflichtungen alles auszuprobieren, was wir wollten.«

»Alles? Wie meinen Sie das?«, hakte Lang nach.

»Na, alles halt, jede Art von Sex. Diverse Praktiken«, kam es etwas gereizt von Helene Leeb. Zum ersten Mal ließ ihre Stimme einen Ansatz von Emotion erkennen.

»Waren Sie immer nur zu zweit, oder haben Sie auch andere Personen dazu geholt?«, kam es von Cleo, Fachfrau in diesen Angelegenheiten, wie Lang es nicht lassen konnte zu denken. Tatsächlich behielt sie recht.

»Wir haben ein einziges Mal eine Frau dazu geholt und einmal einen Mann. Es waren beide Male ganz sympathische Leute von einem recht teuren, niveauvollen Escort-Service. Wir fanden es ganz nett, haben es dann aber doch bei diesem jeweils einem Mal belassen. Die Firma hieß ›Gem Escort‹, nach ›Gem‹ wie ›Juwel‹ auf Englisch«, kam die Befragte weiteren Erkundigungen zuvor.

»Voriges Jahr Anfang Juni änderte sich alles«, fuhr sie fort. »Der vorhergehende Donnerstag war ein Feiertag gewesen, Fronleichnam. Wir hatten uns zwei Wochen nicht gesehen, zum zweiten Mal nach Christi Himmelfahrt. Mir war die Zeit endlos vorgekommen. Ich war schon kurz davor gewesen, die Nummer anzurufen, die er mir für Notfälle gegeben hatte. Das Wetter war herrlich. Umso gereizter war Mathieus Stimmung. Er riss mich förmlich ins Zimmer, als ich klopfte. Er sei fast verrückt geworden in diesen zwei Wochen, sagte er, es sei die Hölle gewesen. Außerdem halte er es nicht mehr aus, sein Leben in einem Hotelzimmer zu vergeuden. Einen Moment dachte ich, dass er mit mir Schluss machen wollte, und mir wurde fast schwarz vor Augen, obwohl es doch eigentlich nur um eine Art Zeitvertreib ging. Doch dann sagte er etwas, was uns beiden die Augen öffnete: ›Ich würde mich für dich in Stücke reißen lassen, Helene!‹ Da wurde mir schlagartig klar, dass es gar nicht mehr nur um ein erotisches Abenteuer ging. Wir hatten uns ineinander verliebt.«

Weder Lang noch Cleo war entgangen, dass die Erinnerung etwas in ihrem Gegenüber verändert hatte. Ihre Gesichtszüge waren weicher geworden, der Anflug eines Lächelns spielte um ihre Lippen. Er nickte ihr ermutigend zu.

»Und dann gab es kein Halten mehr. An diesem einen Nachmittag haben wir beide unser ganzes Leben auf den Kopf gestellt. Meine Beziehung zu meinem Mann war schon lange nicht mehr existent, schon seit Jahren oder sogar Jahrzehnten ist er nur mehr hinter den jungen Angestellten und Kundinnen her. Und Mathieu bedeutete seine Frau auch nichts mehr. Er hatte die Ehe eigentlich nur noch aus Bequemlichkeit aufrechterhalten. Einer sofortigen Scheidung stand bei ihm nichts im Weg, mit genügend Geld würde seine Frau keine Einwände haben. Er wollte ein neues Leben, einen totalen Schlussstrich. Ein Leben mit mir, ein neues Haus für uns beide. Auch seine Firma langweilte ihn. Es plätschere alles so dahin, sagte er, für echte Innovationen sei sein Bruder nicht zu haben, außerdem würden sie sich ständig streiten. Er wollte sich loslösen und eine neue Firma mit einer ganz neuen Geschäftsidee gründen.«

»Dazu später«, warf Leo ein. »Sie haben sich aber nicht scheiden lassen?«

»Nein, ich habe mich nur in aller Stille von meinem Mann getrennt. Er ist politisch aktiv und eine Scheidung zu diesem

Zeitpunkt hätte ihm in seiner Partei geschadet, so unglaublich das heutzutage klingt. Wir hatten deshalb vereinbart, die Scheidung auf den Herbst zu verschieben, wenn die Wahlen vorbei gewesen wären und er, wie er glaubte, fest im Sattel gesessen wäre. Immerhin waren wir einmal glücklich und haben zwei Kinder zusammen. Ich habe schon vorweg eine kleine Abfindung bekommen, mit der ich als Übergangslösung ein winzig kleines Studio in einer ehemaligen Kaserne bezogen und einen Brennofen für meine Keramikarbeiten gekauft habe. Wohnen konnte ich bei meiner Freundin Winnie, Lavinia Drexler, im Gästezimmer. Für später war natürlich der Umzug in unser neues Haus geplant samt Atelier. Mathieu hat sich auch eine Übergangswohnung genommen und begonnen, ein Grundstück zu suchen und ein Haus zu planen. Es ist mittlerweile fertig – im Herbst wollten wir es beziehen.«

»Sie hatten also jetzt beide eine eigene Wohngelegenheit, haben sich aber weiterhin im Hotel getroffen?«, fragte Cleo skeptisch.

»Ja, genau. Bei Winnie hätten wir zu wenig Privatsphäre gehabt, mein Studio ist mehr eine Art Loch – ebenerdig, mit Klo am Gang – und sein Apartment war von der Lage her schlecht geeignet für diskrete Treffen. Außerdem war es schrecklich kalt und unpersönlich eingerichtet, schlimmer als das Hotelzimmer im Papaya. Irgendwie war das Hotel für uns auch eine Art nostalgischer Treffpunkt, ein Spaß, jetzt, wo wir wussten, dass es nicht mehr für lange sein würde. Hätten wir es doch gelassen!«

Die Einsicht, dass ihre fortgesetzten Schäferstündchen dem Mörder das Handwerk erleichtert oder gar erst ermöglicht haben könnten, hatte eine verheerende Wirkung auf die Frau. Sie lehnte sich in ihrem Sessel zurück und stieß mit geschlossenen Augen eine Art langgezogenes Stöhnen hervor, das aus ihrem Innersten zu kommen schien, ein Geräusch wie von einem zutiefst verzweifelten, einsamen Tier. Lang sah erschrocken zu Cleo, die zunächst ebenso ratlos zurückstarrte. Als das Stöhnen endlich verklungen war, fasste sie sich ein Herz. Eine Wasserkaraffe und Gläser standen bereits auf dem Tisch, bisher jedoch unbenutzt.

»Können wir Ihnen irgendwie helfen, Frau Leeb? Soll ich Ihnen etwas Wasser einschenken oder möchten Sie etwas Warmes, Kaffee oder Tee? Brauchen Sie eine Pause oder medizinische Hilfe?«

Das Angebot Cleos, die natürlich recht hatte, machte Leo nervös. Er wollte die Befragung nicht unterbrechen oder gar abbrechen. Doch Helene Leeb hatte sich rasch wieder im Griff, wenn auch noch zurückgelehnt und ohne die Augen zu öffnen. Als sie wieder sprach, klang ihre Stimme verändert, nicht mehr so blechern und unpersönlich.

»Es geht schon wieder, danke. Einen Schluck Wasser, vielleicht.« Sie trank aus dem von Cleo gefüllten Glas.

»Wo waren wir stehengeblieben? Ja, unsere Treffen, unsere Zukunftspläne. Es ging alles Schlag auf Schlag. Kurz nach Mathieus Scheidung und meiner Trennung habe ich meinen Studienabschluss gemacht und bekam gleich einen kleinen Auftrag vom Museum Torkander-Fynn, für das ich schon vorher Führungen gemacht hatte – eine Designausstellung. Parallel dazu das Haus, an dem wir gemeinsam herumplanten, bis wir beide unsere Vorstellungen untergebracht hatten und er den Architekten beauftragen konnte. Mathieu hat später beim Bau auch selbst Hand angelegt. Und die neue Firma, die sehr schnell Gestalt annahm und von der er begeistert war wie ein kleines Kind über ein neues Spielzeug. Unsere Treffen waren ganz anders als zuvor.«

»Was ist das eigentlich für eine neue Firma, die Herr Rassling plante – etwas in Richtung Esoterikbedarf, oder? Und welche Pläne hatte er in Bezug auf die Rasslingwerke?«, wollte Lang wissen.

»Esoterikbedarf? Wie kommen Sie auf die Idee? Mathieu hatte mit Esoterik absolut nichts am Hut. Bei Mathabdi ging es um eine sehr innovative, aber wissenschaftlich fundierte Sache. Mathieu hat ein Unternehmen gegründet, das Geräte für Klarträume entwickeln sollte.«

Klarträume! Der Geier wusste, was das sein sollte, dachte Lang. Damit war wenigstens das Traumfänger-Firmenlogo erklärt. Aber wissenschaftlich fundiert?

Auch Cleo schien mit dem Begriff nichts anfangen zu können. »Wie habe ich mir das vorzustellen?«, fragte sie.

»Ein Klartraum ist ein Traum, bei dem sich der Träumende dessen bewusst ist, dass er träumt. Damit kann er in den Traumverlauf eingreifen. Beispielsweise könnte er Fähigkeiten üben, die er im wirklichen Leben noch nicht beherrscht. Er könnte Konflikte auf verschiedene Arten austragen und sehen, welche Art sich am besten eignet. Er könnte Situationen sozusagen probeweise leben – eine bestimmte Person heiraten, ein Kind bekommen, aufs Land ziehen, einen anderen Beruf ergreifen. Oder kreative Varianten durchspielen, Einrichtungen ausprobieren, sich in andere Farben kleiden, fühlen, wie sich eine Kurzhaarfrisur anfühlt, ohne die Haare wirklich abzuschneiden. Eine weitere Anwendung ist das Überwinden von Ängsten: Sie können eine Albtraumfigur besiegen oder davonjagen, Sie können die Spinne oder die Schlange berühren, wenn Sie sich dessen bewusst sind, dass Sie nur träumen, Sie können am Abgrund entlanggehen, schwimmen ohne Ertrinkungsgefahr, einen engen Raum betreten. Das ist wie ein Training. Sportler können Bewegungsabläufe einüben, ohne ihre Muskeln zu beanspruchen. Sogar zur Unterhaltung sind Klarträume denkbar: Die Fernsehserie geht so weiter, wie Sie es wollen, Sie machen tolle Reisen in ferne Länder, Sie gewinnen einen Gesangswettbewerb. Behinderte können Dinge genießen, die ihnen im echten Leben verwehrt sind – Gelähmte können spazieren gehen. Man könnte im Traum den Geschmack all der Dinge auskosten, die man aus Gesundheits- oder Gewichtsgründen nicht essen will. Inwiefern sich Klarträume zur Suchtbehandlung eignen, ist noch gar nicht untersucht, wie übrigens das Meiste in diesem Zusammenhang.« Man spürte, dass Mathieu Rassling sie mit seiner Begeisterung angesteckt hatte. Dennoch war Lang keineswegs überzeugt.

»Das klingt ja alles ganz gut, aber wie sollte ein Gerät das alles ermöglichen?«

»Das ist streng geheim. Es hat etwas mit Gehirnströmen und REM-Phasen zu tun, aber Genaueres weiß nicht einmal ich – zu meinem eigenen Schutz, hieß es. Das Patent ist bereits angemeldet, aber noch nicht erteilt. O Gott, vielleicht hängt es damit zusammen! Jetzt sind sie beide tot, Abdi und er!«

Abdi, dieser Name war in Zusammenhang mit der Firmengründung aufgetaucht. Abdi-von-irgendwas.

»Wer ist denn dieser Abdi? Oder besser gesagt, wer war er, wenn Sie sagen, dass er tot ist?«, fragte Lang hastig, weil er befürchtete, sie könnte einen weiteren Einbruch erleiden. Sie blinzelte und nahm einen Schluck Wasser.

»Abdi van Henegouwen, das Genie. Er war der Sohn eines Holländers und einer Somalierin. Eine schillernde Persönlichkeit, nach der Beschreibung Mathieus zu urteilen – ich selbst habe ihn nie getroffen. Auf Fotos sah er sehr gut aus, exotisch, mit dunkler Haut und blauen Augen. Mathieu hat ihn schon vor einigen Jahren bei einer *Business Angel*-Veranstaltung kennengelernt, seither hielt er losen Kontakt mit ihm. Er arbeitete an einem Gerät zur Induzierung von Klarträumen und voriges Jahr gelang ihm der Durchbruch. Das passte genau mit Mathieus Plänen zusammen. Er beschloss, gemeinsam mit ihm diese Firma zu gründen, um das Gerät bis zur Serienreife zu entwickeln und es auf den Markt zu bringen. Abdi war erst siebenundzwanzig, aber ein genialer Erfinder. Außerdem war er ein Ruheloser, immer in Bewegung, immer voll aufgedreht, einer, der für seine Ideen brannte und nie zu schlafen schien. Anfang Juli kam dann die Nachricht, dass er bei einem Autounfall ums Leben gekommen war, auf der Rückfahrt von Belgien nach Holland, wo er wohnte.«

Lang wusste nicht, was ein *Business Angel* war, beschloss aber, es lieber später nachzuschlagen, als den Faden des Gesprächs zu unterbrechen. Außerdem machte Cleo den Eindruck, Bescheid zu wissen.

»Und Sie glauben, dass ein Zusammenhang besteht?«, hakte sie nach.

»Zuerst dachte sich Mathieu nichts dabei, er war nur traurig, weil er ihn über das Geschäftliche hinaus auch sehr gern hatte. Es passte zu Abdi, er war wie eine Kerze, die an beiden Enden brannte. Ein Sekundenschlaf nach endlosen Arbeits- und Feierstunden schien plausibel. Die Entwicklung des Mathabdi-Geräts war schon so weit fortgeschritten, dass das Projekt nicht gefährdet war, es ging nur etwas langsamer voran. Aber später, das war so Ende Juli, passierten ein paar seltsame Dinge. Wir waren ja, wie ich schon sagte, nach wie vor sehr vorsichtig und zeigten uns nicht gemeinsam in der Öffentlichkeit. Aber wir hatten beide unabhängig voneinander das Gefühl, dass wir in der Nähe des Hotels … beobachtet wurden.«

Nun wurde es interessant. Lang beugte sich vor.

»Wie äußerte sich diese Beobachtung?«

»Also, wir glaubten einige Male beide ein und dieselbe Person zu sehen, Mathieu zum Beispiel beim Einfahren in die Garage oder beim Verlassen, ich in der Halle oder in der Nähe des Hotels. So, als sollten wir ausspioniert werden.«

»Wie sah dieser Beobachter aus?«, fragte Cleo gespannt.

»Das war es ja gerade. Er war äußerst unauffällig, ein Allerweltstyp. Er trug wechselnde Kleidung, mal Jeans und Leiberl, mal einen Handwerker-Overall, mal Sakko, verschiedene Farben. Die meiste Zeit sah man sein Gesicht nicht, er trug Kapperl und Sonnenbrille, drehte sich weg, las in irgendwas oder war über sein Handy gebeugt. Dass ich ihn schon öfters dort gesehen hatte, wurde mir eigentlich erst anhand seines Gangs bewusst. Der kam mir irgendwie bekannt vor, ich komme aber bis heute einfach nicht drauf, an wen er mich erinnert … ich habe mir schon oft den Kopf darüber zerbrochen. Jedenfalls war er jung, männlich und eher groß als klein. Kurze braune Haare, die Augenfarbe weiß ich nicht.«

Lang seufzte. Super Beschreibung.

»Jedenfalls fingen wir an, uns Gedanken zu machen. Wir vermuteten eine Privatdetektei dahinter, aber in wessen Auftrag? Mein Mann – der wusste ja im Prinzip Bescheid, nur die Person Mathieus war ihm nicht bekannt – unwahrscheinlich, oder vielleicht eher mein Sohn? Potenzielle Käufer von Mathieus Firmenanteilen an den Rasslingwerken? Ein Konkurrent, der mit der gleichen Geschäftsidee herauskommen wollte? Sein Bruder? Es ergab alles keinen richtigen Sinn, führte aber dazu, dass Abdis Unfall plötzlich in einem anderen Licht erschien. Was, wenn es gar kein Unfall gewesen war? Wir hatten aber nichts als vage Verdächtigungen, die je nach Stimmungslage kamen oder gingen. Der sogenannte Spion konnte auch Zufall sein, vielleicht nur jemand, der dort in der Nähe arbeitete oder wohnte, vielleicht sahen wir Gespenster. Wir hatten nichts in der Hand, deshalb beschlossen wir, vorläufig nichts zu unternehmen. Mir war aber nicht wohl dabei.«

»Weshalb hätte Marc Rassling seinen Bruder ausspionieren sollen, und was war das mit potenziellen Käufern?«, wollte Lang wissen.

»Das war kompliziert, langwierig und nervenaufreibend«, kam die Antwort. »Den beiden Brüdern gehörte je die Hälfte der Rasslingwerke. Mathieu wollte aussteigen und sich ganz auf Mathabdi und unser neues Leben konzentrieren, deshalb hat er seinem Bruder Anfang des Jahres als Erstem seine Hälfte zum Kauf angeboten. Der hätte natürlich gerne die ganze Firma besessen, aber es ging um sehr viel Geld. Die zwei haben sich noch nie gut vertragen und Mathieu hatte nicht vor, ihm seinen Anteil zu schenken. Die Suche nach Banken, die Kredite in dieser Höhe bereitgestellt hätten, gestaltete sich sehr schwierig. Anscheinend bewahrheitete sich, was Mathieu schon vermutet hatte: Wegen des guten Geschäftsganges war wenig in Investitionen für neue Entwicklungen geflossen, man hatte sich lange Zeit nur auf den Lorbeeren der Vergangenheit ausgeruht – so nannte Mathieu das. Er sprach von Dienstleistungen in der Medizintechnik und irgendeinem Paradigmenwechsel in der Industrie, den sie verschlafen hätten, mangelnder Innovationsdynamik, bedrohter Wettbewerbsfähigkeit und was weiß ich. Die Banken sahen das anscheinend auch so, außerdem sind die in letzter Zeit sehr vorsichtig geworden mit großen Kreditvergaben. Das führte dazu, dass Marc ihm vorschlug, ein komplett neues Konzept für das Unternehmen zu entwickeln. Damit würden sie dann gemeinsam zu den Banken gehen. Bis zur Fertigstellung dieses Konzepts sollte Mathieu noch zuwarten und nichts weiter in Sachen Verkauf unternehmen.

Weil er Marc erstens nicht vertraute und zweitens nicht an dessen Fähigkeit in Sachen neues Firmenkonzept glaubte, nahm Mathieu parallel im Stillen Verhandlungen mit Konkurrenten der Rasslingwerke auf. Er befürchtete, dass Marc das Ganze – halb aus Bauernschläue, halb aus Fantasielosigkeit – so in die Länge ziehen würde, dass die Firma tatsächlich an Wert verlieren und er gezwungen sein würde, seinen

Anteil für viel zu wenig Geld an Marc oder an wen auch immer verkaufen zu müssen.«

Lang erschienen die Überlegungen nicht ganz logisch.

»Aber waren die Konkurrenten nicht derselben Meinung wie die Banken? Die müssten sich in der Branche doch noch viel besser auskennen«, warf er ein.

»Die Konkurrenten haben eine ganz andere Interessenslage. Besonders der größte und am meisten am Kauf interessierte Konkurrent, der Sanoria-Konzern, wollte eigentlich nur die Kunden der Rasslingwerke und einen Konkurrenten weniger auf dem Markt. Die wollten die Rasslingwerke im Prinzip nur kaufen, um sie zuzusperren. Die Innovationskraft war denen egal.«

»Wollte Mathieu Rassling das denn? Immerhin ist es ein traditionsreiches Familienunternehmen, das seinen Namen trägt«, gab Cleo zu bedenken.

»Das war so eine Sache. Eigentlich wollte er es nicht, da haben Sie schon recht. Andererseits fehlte ihm der Glaube an seinen Bruder. Das neue Konzept nannte er verächtlich ›more of the same‹, vor allem, als er die ersten Entwürfe dazu sah. Es gab einen ziemlichen Streit zwischen den beiden vor etwa einem Monat. Schwierig war auch, dass ihm genau fünfzig Prozent gehörten. Das machte die Verhandlungen mit potenziellen Käufern kompliziert, weil bei fünfzig Prozent jeder auf den anderen angewiesen ist. Die Sanoria als neue Hälfte-Eigentümerin hätte Kämpfe mit Marc austragen müssen. Die Verhandlungen gestalteten sich als sehr zäh, es wurde viel gepokert.«

»Und dieser Konkurrent mit der gleichen Geschäftsidee, den Sie erwähnten?«, fragte Lang, der vor seinem geistigen Auge einen potenziellen Mörder nach dem anderen aus dem Boden herauswachsen sah wie Pilze nach einem Sommerregen. Kein Verdächtiger – schlecht. Sehr viele Verdächtige – auch schlecht, besonders, nachdem die Personalressourcen auf jämmerliche drei Personen zusammengeschrumpft waren.

»Ja, da gibt es einen. Klinka heißt er, glaube ich. Mathieu hat sich ein einziges Mal mit ihm getroffen. Das Resultat war, dass er ihn für einen Psychopathen hielt. Intelligent, aber unsympathisch. Sie finden ihn ganz leicht im Internet, wo er versucht, das Geld für seine Firma zusammenzukratzen. Wir dachten, dass er sich bestimmt brennend für Abdis Erfindung interessieren würde, obwohl er anscheinend selbst etwas Eigenes entwickelt hat. Jedenfalls nahm Mathieu ihn nach diesem Treffen nicht mehr ernst.«

»Wie hat eigentlich Ihre und Herrn Rasslings Familie auf die jeweilige Trennung reagiert?« lenkte Cleo das Gespräch nun in eine ganz andere Richtung. »Sie sagten, Ihr Sohn käme als Auftraggeber für die Bespitzelung in Frage?«

Helene Leeb nickte. »Leider ja. Ich habe zwei erwachsene Kinder: eine Tochter – ein liebes Mädel, Karin heißt sie, sie studiert Romanistik und hält in jeder Situation zu mir – und einen Sohn, Gerhard, der mich hasst. Ja, so muss man das wohl nennen. Man kann sich seine Kinder ebenso wenig aussuchen wie seine Eltern. Das ist nun mal so, es hat keinen Sinn, es schönzureden. Während die Trennung meinem Mann völlig egal war, solange sie seine Position bei der ›Donauheimat‹ nicht beeinträchtigte, flippte Gerhard völlig aus. Er gab mir zu verstehen, dass er mich für eine Schlampe hält. Obwohl er genau wusste, wie sehr Klaus – sein Vater – immer schon hinter jedem weiblichen Wesen her war, gab er mir die Schuld an allem. So nach dem Motto: Männer dürfen das, Frauen nicht. Er ist in diesen Dingen viel extremer als Klaus. Der plappert das ›Donauheimat‹-Zeug nur nach, aber Gerhard scheint es wirklich zu glauben. Eine befreundete Psychologin hat mir gesagt, dass mangelndes Selbstwertgefühl und innere Unsicherheit die tieferen Ursachen sind.

Untreue bei der Mutter lässt den Sohn unbewusst um seine Stellung in der Familie bangen, weil damit die Grundfesten seiner Herkunft erschüttert sind und er selbst an seiner Legitimität zu zweifeln beginnt. Ich glaube, dass das Politische für ihn nur der Schild ist, mit dem er sich vor einer persönlichen Kränkung schützt.«

»Aus welchem Grund hat Ihr Mann begonnen, sich politisch zu betätigen?«, setzte Cleo nach.

»Über solche Dinge reden wir schon seit Jahren nicht mehr. Ich glaube, er hat sich über Verschiedenes geärgert und fühlte sich geschäftlich auf Bezirksebene benachteiligt. Da hat er begonnen, sich bei dieser Partei zu engagieren, und dann sah er plötzlich, welche Riesenchance vor ihm lag, wenn Sie mich fragen. Immerhin verdienen Gemeinderäte über sechstausendfünfhundert Euro, vierzehn Mal jährlich. Das wäre was anderes als das mühsame Autoverkaufs- und Werkstatt-Geschäft, aus dem er sich dann weitgehend hätte zurückziehen können. Außerdem kann Gerhard es gar nicht erwarten, die Leitung des Autohauses von ihm zu übernehmen. Allerdings müsste er zuerst noch die Meisterprüfung schaffen. Das wäre dann perfekt: Der Sohn hat die Position, die er für sein Ego braucht, der Vater ein ansehnliches Zusatzeinkommen. Die Vorstellung, dass es mit dem Gemeinderatsmandat für Klaus nicht klappen könnte, machte Gerhard wütend.«

»Und auf der Rasslingseite?«

»Denen war das alles egal. Seine Frau gab sich, wie erwartet, mit Geld und dem Haus zufrieden, Kinder waren keine da. Marc und seine Familie verkehrten privat kaum mit Mathieu. Die einzige, die wirkliches Interesse hatte, war seine Schwester Claire, eine ganz liebe Person. Sie war in alles eingeweiht und wusste sogar über mich Bescheid. Wir waren einmal zum Essen bei ihr eingeladen. Das war das einzige Mal, dass Mathieu und ich uns außerhalb des Hotels getroffen haben.«

»Und in der Firma?«, ließ Leo rasch folgen. Die Frau zeigte jetzt deutliche Ermüdungserscheinungen.

»Marc und das Sekretariat wussten nur über das Nötigste Bescheid. Dass er geschieden und umgezogen war, dass er ein neues Haus planen und bauen ließ. Von mir wussten sie nichts.«

»Nun zu den Ereignissen vom letzten Donnerstag«, leitete Lang die Endphase der Befragung ein. »Erzählen Sie bitte aus Ihrer Sicht, was passiert ist. Jedes Detail kann wichtig sein.«

Helene Leeb holte tief Luft. »Wir waren um halb sieben verabredet. Ich ging diesmal durch die Halle nach oben, kurz nach halb. Ich nahm an, dass Mathieu schon im Zimmer war. Dort machte aber niemand auf. Ich dachte, dass er vielleicht hinausgegangen war, um etwas zu besorgen. Ich wartete oben vor dem Zimmer, aber er kam und kam nicht. Um dreiviertel sieben fing ich an, mir Sorgen zu machen. Da bin ich hinunter in die Tiefgarage, zum Auto, und sah ihn. Es war niemand anderer in der Garage. Er war vornüber gesunken und bewegte sich nicht. Ich dachte an eine Ohnmacht, einen Herzinfarkt, was weiß ich, ich bekam Panik. Ich setzte mich auf den Beifahrersitz – das Auto war nicht versperrt – und versuchte ihn aufzurichten, ich schüttelte ihn, aber er war völlig leblos. Dann bin ich so schnell wie möglich hinaufgerannt und habe von der Rezeption verlangt, Hilfe zu holen. Dann weiß ich nichts mehr.«

Diese Schilderung entsprach haargenau den Aussagen der beiden Rezeptionisten. Cleo fragte:

»Laut Aussage der Angestellten haben sie die Worte ›mein Mann‹ gebraucht. Stimmt das?«

»Das wird dann wohl so sein, wenn die das sagen. Für mich war er das ja auch – mein Mann.«

Helene Leeb richtete ihren mittlerweile völlig zusammengesunkenen Oberkörper wieder auf und wandte sich nun ihrerseits an Cleo.

»Was ist denn jetzt eigentlich wirklich passiert? Claire hat mich angerufen, sie sagte etwas von Gift.«

»So ist es«, erwiderte Lang an Cleos Stelle. »Herrn Rassling wurde Gift verabreicht.« Wie, ließ er unerwähnt.

»Wie ist das möglich? Hat man ihm etwas zu essen gegeben? Giftgas? Eine Spritze? Aber er hätte sich doch sicher gewehrt!«

»Er wurde zuerst betäubt, dann erfolgte die Vergiftung. Mehr dürfen wir Ihnen zum jetzigen Zeitpunkt leider nicht sagen«, so Lang. Dann setzte er ohne Übergangsfloskeln fort: »Ich glaube, wir haben damit fürs Erste die wichtigsten Dinge besprochen. Wir benötigen noch Ihr Handy zur Beweissicherung. Und bitte halten Sie sich zu unserer Verfügung, wir werden zu einem späteren Zeitpunkt sicher noch einmal auf Sie zukommen.«

Bei diesem abrupten Ende blinzelte Helene Leeb, als sei sie eben erst aufgewacht. Anstatt sich zu verabschieden, blieb sie regungslos sitzen.

»Brauchen Sie Hilfe? Soll ich jemanden für Sie anrufen oder wartet Ihre Freundin auf Sie? Haben Sie etwas, was Sie einnehmen können, ein Beruhigungsmittel oder so?« Cleo spürte offenbar, dass diese Befragung an die Grenzen gegangen war. Wie Lang befürchtete sie, dass die Frau nun, da die Spannung des Verhörs zu Ende war, völlig zusammenklappen könnte.

Nach einer Weile sagte Frau Leeb kaum hörbar: »Danke, es geht schon. Winnie hat versprochen, auf mich zu warten. Ich nehme nichts ein, ich kann – ich glaube nicht an Psychopharmaka.« Mit diesen Worten stand sie auf, legte ihr Mobiltelefon auf den Tisch, schwankte kurz und verließ dann unsicheren Schrittes das Verhörzimmer.

12

Als sie gegangen war, hielten Lang und sein »Rest-Team«, wie er es bei sich nannte, noch eine kurze Nachbesprechung ab. Zahlreiche neue Aspekte waren ans Licht gekommen, die einen Berg an Arbeit bedeuteten. Die Hoffnung auf eine rasche Lösung des Falles konnten sie damit begraben. Entscheidend für die weiteren Ermittlungen war, wie viel Glaubwürdigkeit Helene Leebs Aussagen beigemessen werden konnte.

»Hats faustdick hinter den Ohrn, wanns mi fragts«, begann Nowotny sogleich.

»Schwer zu sagen, finde ich«, trug Cleo bei. »Ein stilles Wasser, von dem wir noch nicht wissen, wie tief es ist. Die Sache mit dem Kennenlernen im Zug kam mir schon sehr abgefahren vor. ›Wir fanden Gefallen aneinander und beschlossen, uns regelmäßig zu treffen‹ – klingt ein bisserl harmloser, als es ist, oder? Du triffst eine wildfremde Frau im Zug, sagst ihr, dass du mit ihr ins Bett willst, sie sagt gleich Ja und ihr verabredet euch im Hotel für ›diverse Praktiken‹! Wilde Geschichte, nicht?«

Fast schien es, als klinge ein wenig Neid in Cleos Worten durch. Lang unterdrückte ein Grinsen.

»Andererseits fand ich ihre Beschreibungen von Marc und Claire Rassling sehr glaubhaft. Sie entsprechen genau dem Eindruck, den ich selbst auch von den beiden hatte. Und das, obwohl sie Marc nie getroffen hat und das alles nur von Mathieu weiß. Woher kommen eigentlich diese ganzen affigen Namen? Clèèèr, Matiööö, Maaarc?« Durch übertriebenes In-die-Länge-Ziehen der Vokale versuchte Leo seine Hypothese der Affigkeit zu untermauern.

»Die Mutter war aus Frankreich«, erwiderte Cleo, die – erfolgreicher als Lang – ein wenig im Internet zu den Rasslings recherchiert hatte. »Sie sprechen alle perfekt Französisch. Und Englisch, natürlich, Mathieu hat einen technischen Studienabschluss und Marc ist Doktor der Wirtschaftswissenschaften. Claire hat nicht studiert oder zumindest kein Studium abgeschlossen.«

»Die Geschwister, die Exfrau, der Noch-Mann, der böse Sohn, der echte oder eingebildete Spion, die Heuschreckenkonkurrenten, der psychopathische Neukonkurrent, schöner Verein, das! Dabei haben wir mit den Beschäftigten der Rasslingwerke noch gar nicht angefangen.« Lang schaffte es nicht, die Resignation aus seiner Stimme herauszuhalten.

»Nicht zu vergessen ein Mann und eine Frau von einem Escort-Service«, ergänzte Cleo.

»Glaubt ihr eigentlich, dass an dieser komischen neuen Firma mit der Klartraummaschine was dran ist?«, stellte Lang in den Raum.

»Wer waaß«, sinnierte Nowotny. »Klingt wie Science-Fiction, aber wanns funktioniert, könnts a Bombngschäft sein.«

»Der Mathieu Rassling hat anscheinend nichts ausgelassen«, meinte Cleo nachdenklich. »Neue Frau – wenn es stimmt, was die Leeb sagt –, neues Haus, neue Firma, neue Geschäftspartner, neues Leben.«

»Er hat keinen Stein auf dem anderen gelassen. Und einer dieser Steine hat ihn erschlagen.« Mit diesen Worten beendete Lang die Besprechung und den Arbeitstag.

13
15. August, Feiertag

In Ermangelung von offiziellen Informationen waren Reporter der weniger seriösen Medien am Vortag um die Rasslingwerke herumgeschwirrt, um den wenigen Beschäftigten, die an diesem Fenstertag arbeiten mussten, irgendetwas, und sei es noch so banal, zu entlocken. Die Mitarbeiter waren von der Geschäftsleitung am Freitag nur über das völlig unerwartete Ableben Mathieu Rasslings informiert worden, von Mord war nicht die Rede gewesen. Dementsprechend erschrocken und ablehnend hatten die meisten auf die Fragen der Reporter reagiert. Die wenigen Wortmeldungen waren alle des Inhalts, dass Rassling ein ausnehmend sympathischer Firmenchef ohne jeden Feind gewesen sei, die Brüder ein Herz und eine Seele und die Rasslingwerke ein Hort der allseitigen Harmonie. Niemand konnte sich vorstellen, was Rassling im Papaya gewollt hatte.

Leo schmunzelte, als er an diesem bürofreien Tag die Medien gründlich durchforstete. Die Zeitungsfritzen hatten es auch nicht immer leicht. Aus diesem Material ließ sich nicht einmal ansatzweise eine saftige Sensationsschlagzeile fabrizieren. Dementsprechend dominierten die Adjektive »rätselhaft« und »mysteriös« in den Berichten. Das bedeutete, dass der mediale Druck sich sehr bald verstärken würde und man unbedingt, sozusagen vorbeugend, seitens der Polizei offiziell informieren musste.

Er verfasste einen Entwurf in Stichworten für eine Presseerklärung mit den wenigen Details, die er nach außen dringen lassen wollte. Es handle sich zweifellos um ein Tötungsdelikt. Es sei Gift im Spiel gewesen. Natürlich werde in alle Richtungen ermittelt – was ja auch stimmte. Es gebe noch keine konkreten Anhaltspunkte. Beobachtungen von Ereignissen am vergangenen Donnerstagabend rund um das oder im Papaya, und schienen sie noch so unbedeutend, seien willkommen.

Nicht gerade ein Wortgewaltiger, fiel ihm die Formulierung der zu erwähnenden Informationen, auch wenn es nur Stichworte waren, schwer. Nach langem Herumwursteln, aber immer noch unzufrieden, schickte er sein Werk schließlich an Oberst Siegl von der Pressestelle mit der Bitte, eine Presseerklärung daraus zu fabrizieren.

Jetzt erst fiel ihm auf, dass Marlene mit finsterem Gesicht über irgendeinem Entwurf brütete, neben sich einen vollen Papierkorb. Anscheinend ging es immer noch um dasselbe, das ihr schon vorgestern zu schaffen gemacht hatte. Er machte sorgfältig Kaffee mit Milchschaum und Kakao und stellte ihn ihr hin. Dafür erntete er zwar kein dankbares Lächeln, aber immerhin einen resignierten Seufzer.

»Danke«, sagte sie. »Vielleicht beflügelt mich das Koffein und mir fällt endlich etwas Gescheites ein.«

»Schwieriger Fall?«, erkundigte er sich vorsichtig. Die Kleidungsentwürfe interessierten ihn in Wirklichkeit nicht, und sie wusste das. Aber ihr zuliebe war er bereit, ihren Frust zu teilen. Sie fixierte die Kaffeetasse.

»Willst du es wirklich wissen?«, kam es gereizt. Doch damit hatte Leo gerechnet. Er nahm einen Sessel und setzte sich neben sie.

»Ja«, sagte er ruhig.

»Also gut. Es geht um eine Hochzeit, einen Riesenauftrag. Das Brautkleid ist schon fix, das da«, – sie zog einen Entwurf unter einem Papierstoß hervor und zeigte ihn ihm – »gelb, wie du siehst, sehr elegant und sehr einfach. Jetzt geht es um die Kleidung der Brautjungfern, unüblich viele, und einer ganzen Schar von kleinen Blumenmädchen. Ich soll eine einheitliche Linie finden, die erstens zum Brautkleid passt und zweitens allen Trägerinnen steht. Die sind natürlich grundverschieden, diverse Haut- und Haarfarben, groß, klein, burschikos bis matronenhaft, mager bis sehr korpulent. Dieses Gelb ist ja nicht gerade unproblematisch, das passt vielen Frauen schon von Haus aus nicht. Es ist zum Aus-der-Haut-Fahren!«

Leo schwieg eine Weile, dann wagte er eine Antwort.

»Ich verstehe nichts von Mode, wie du weißt. Aber du wirst ganz bestimmt eine Lösung finden. Das einzige, was mir dazu einfällt, ist ein Spruch von meiner Waldviertel-Oma: ›Ein Dirndlkleid schmeichelt jeder Frau‹, sagt sie immer.«

»Aber es ist doch keine Trachtenhochzeit!«, platzte sie sofort heraus. Er zuckte mit den Schultern und stand auf.

»Wie gesagt, ich verstehe nichts davon«, wiederholte er, bevor er die Hände in Mehl und Butter vergrub, um den Teig für die abendliche Spinat-Schafkäse-Minitomaten-Quiche vorzubereiten. Als er ihn gemeinsam mit der Vorspeise – einem Tellerchen mit Sardellenfilets, bedeckt von gehackter Krauspetersilie – in den Kühlschrank stellte, bemerkte er, dass sich in Marlenes Haltung etwas verändert hatte. Sie wirkte konzentriert und war dabei, mehrere Blätter mit Skizzen zu füllen. Schon bald lehnte sie sich entspannt zurück, warf einen Blick in seine Richtung und sagte: »Die Oma von dir ist gar nicht blöd!«

»Hat sie dich inspiriert?«

»Und ob! Es wird zwar keine Dirndlkleider geben, aber ein paar Prinzipien werde ich mir ausborgen. Zum Beispiel das weiß umrahmte Dekolleté, verschiedenste Varianten je nach Oberweite und Vorliebe, aber immer weiß. Dieses schwierige Gelb mildere ich ab mit Paspeln in verschiedenen Kontrastfarben nach Wahl. Für die Plus-Size-Damen gibt's einen Schnitt mit Längsachse zum optischen Schlankmachen, und für die kleinen Mädchen schwebt mir was Lustiges, Freches vor – vielleicht weiße Leggings und Leiberl unter einem kindgerechten kurzen Kleiderl?«

»Klingt toll!«, erwiderte er rasch, bevor er sich noch weitere Details anhören musste. Sie durchschaute ihn sofort und lachte ihr kehliges Lachen, das er so an ihr mochte.

»Sollen wir einen Spaziergang machen, du weißt schon, Bewegung und so?«

»Das Wetter ist nicht besonders, ich glaube, es wird gleich regnen«, mutmaßte er mit einem Blick durch die Terrassentür auf den zwar bewölkten, aber ansonsten völlig unverdächtigen Himmel. »Es gäbe auch Bewegungsarten für herinnen …«

So hielten sie es dann auch.

14
16. August

Noch gestern hatte Lang die fertige, kaum wiederzuerkennende Presseerklärung zurückbekommen – die Pressestelle arbeitete anscheinend auch am Feiertag – um sie nur noch absegnen zu müssen, was er liebend gern getan hatte. Das gab ihm die Gelegenheit, gleich Bruno Sickinger aufzusuchen und ihm die Hiobsbotschaft von Schneebauers Familienproblemen zu überbringen.

»Damit sind wir jetzt nur noch zu dritt«, sagte er missmutig, ohne auf die persönliche Tragik des Falles einzugehen. »Das wird unsere Ermittlungen nicht gerade beschleunigen, Bruno.« Insgeheim hoffte er, dass sich sein Vorgesetzter selbst mehr in die operative Arbeit einbringen würde, doch das Gegenteil war der Fall.

»Wie du ja weißt, bin ich die nächsten beiden Wochen auf Urlaub«, erinnerte ihn Sickinger. »Die Zeit wird knapp, aber ich werde alles versuchen, die Situation zu entschärfen. Mir schwebt da schon etwas vor. Sobald ich mehr weiß, erfährst du es.«

Dass seinem Chef aus heiterem Himmel etwas vorschwebte, machte Lang misstrauisch, doch er konnte schwer Einwände gegen etwas Unbekanntes erheben. Stattdessen berichtete er ausführlich über die Befragung Frau Leebs.

»Heute werden wir anfangen, in der Firma zu ermitteln. An oberster Stelle stehen die Sekretärinnen der beiden Brüder. Mal sehen, ob uns die weitere Anknüpfungspunkte geben können.«

»Wohl kaum«, kam es sarkastisch von Sickinger, »in dieser Firma ist alles eitel Wonne, wie man aus unseren Qualitätsmedien erfahren konnte.«

15

Cleo und er hatten beschlossen, das Unternehmen aufzusuchen, um die Sekretärinnen zu vernehmen. So konnten sie sich gleich ein Bild der Örtlichkeiten machen und ein Gefühl für die Stimmung und das Betriebsklima bekommen. Cleo hatte sich bei den beiden Frauen angesagt, ohne genauere Zeitangaben zu machen. Sie würden sie zuerst getrennt und danach gemeinsam befragen.

»Mathieus Sekretärin – jetzt muss man wohl sagen ehemalige Sekretärin – heißt Barbara Roth, vierzig Jahre alt. Sie wohnt gemeinsam mit Ehemann und 21-jährigem Sohn in der Perlgasse, parallel zur Äußeren Mariahilfer Straße. Die einzigen Spuren, die sie im Internet hinterlassen hat, sind zwei Fragen in einem COPD-Forum vor fast zehn Jahren. Weißt eh, die Lungenkrankheit. In der einen Frage sagt sie, dass es um ihren Mann geht. Die andere Sekretärin heißt Eva-Maria Tichy, dreißig Jahre alt, nebenbei Studentin an der WU. Single, wohnt in Kagran drüben, in der Nähe der Alten Donau. Sie ist ziemlich aktiv in den sozialen Medien. Blond, sieht auf Fotos sehr gut aus.«

Die Parallelen zu Cleo waren auffallend. Auch sie Anfang dreißig, nebenbei – wenn auch schaumgebremst – studierend, blond und gutaussehend. Vielleicht fand sie gleich einen Draht zu Frau Tichy.

Lang ignorierte den großen Parkplatz des Unternehmens und fuhr zum Portierhäuschen, wo er nach Vorzeigen seines Ausweises von einem betreten wirkenden Mann eingelassen wurde. Er steuerte die für die Unternehmensleitung reservierten Parkplätze direkt vor dem Verwaltungsgebäude an und wählte jenen Abstellplatz, der mit dem Autokennzeichen Mathieu Rasslings gekennzeichnet war.

Sie mussten in den vierten Stock. Neben dem Aufzug befand sich ein schwarzes Brett, auf dem unübersehbar die Bekanntgabe des Ablebens eines der beiden Geschäftsführer prangte. Lang hatte nicht den Eindruck, dass die Angestellten, die ihnen auf den Gängen begegneten, besonders niedergeschlagen waren. Aus einer Kaffee-Ecke klang fröhliches Gelächter.

Ganz anders die Stimmung im Sekretariat. Die beiden anwesenden Frauen blickten ernst und schweigend auf, als Leo und seine Mitarbeiterin den Raum – ansprechend gestaltet, hell, geräumig – betraten. Besonders die Ältere der beiden sah bekümmert aus. Kein Wunder, sie war es, die ihren Chef so plötzlich verloren hatte. Sie würden sie zuerst vernehmen.

Zu diesem Zweck begaben sie sich mit Frau Roth in ein Besprechungszimmer, in dem Kaffee bereitstand. Die Direktionssekretärin bewegte sich effizient und unaufdringlich, sprach leise, aber deutlich und ohne Zögern. Leo fand sie nicht unattraktiv, obwohl sie kein Typ war, nach dem sich Männer auf der Straße umdrehen würden – *so was darf man heutzutage wahrscheinlich nicht einmal mehr denken*, ging es ihm durch den Kopf. Sie war sehr gepflegt und korrekt gekleidet, weinrote Seidenbluse, dunkelgraues Kostüm, Strümpfe trotz hochsommerlicher Temperaturen. Die dunkelbraunen, kinnlangen Locken umrahmten weich ihr Gesicht. Erster, subjektiver Eindruck: angenehme Person.

»Frau Roth, Sie waren Diplomingenieur Mathieu Rasslings Sekretärin, oder haben Sie auch für seinen Bruder gearbeitet?«, begann er, um sogleich folgen zu lassen: »Oder sagt man Assistentin?«

Barbara Roth saß ihnen gegenüber mit auf der Tischplatte ruhenden, übereinandergelegten Händen. Sie wusste, dass das Gespräch aufgezeichnet wurde.

»Sagen Sie ruhig Sekretärin. Assistent oder Assistentin der Geschäftsleitung ist missverständlich, die bieten eher Unterstützung in Managementangelegenheiten, erstellen Geschäftsberichte und so weiter. Meine Aufgabe ist mehr Terminkoordination, Reiseplanung, Organisation und Protokollierung von Meetings, Geschäftskorrespondenz und solche Dinge. Manchmal sind die Grenzen fließend. Meine Kollegin Eva-Maria nimmt auch viele Aufgaben einer Assistentin wahr, gemäß ihrer Ausbildung.«

»Und über welche Ausbildung verfügen Sie?«, ließ sich Cleo hören.

»Matura. Ich habe gleich danach geheiratet und meinen Sohn bekommen. Als der aus dem Gröbsten heraus war, mit drei, habe ich bei Rassling als Sekretärin im Rechnungswesen angefangen. Da war keine Gelegenheit für ein Studium. Es macht mir aber nichts aus, ich bin gerne Sekretärin und bin anscheinend auch gut darin. Drei Jahre später durfte ich zu Herrn Rassling senior wechseln, weil seine Sekretärin in Pension ging. Als der dann an seine Söhne übergeben hat, vor dreizehn Jahren, hat mich Herr Mathieu sozusagen von seinem Vater übernommen. Um Ihre Frage von vorhin zu beantworten: Ja, ich war nur *seine* Sekretärin. Für Herrn Marc habe ich nur ganz selten gearbeitet, wenn Eva-Maria mal kurz nicht da war. Ihre Urlaubsvertretung bin ich aber nicht, das macht eine Kollegin aus der PR-Abteilung. Umgekehrt ist es das Gleiche, meine Vertretung ist eine Kollegin vom Controlling. Für eine einzelne Person wäre es viel zu viel Arbeit.«

»Welche drei Worte würden Sie denn wählen, wenn Sie Ihren verstorbenen Vorgesetzten damit charakterisieren müssten?« Das war eine ungewöhnliche Frage, doch Lang stellte sie mit Bedacht. So würde sie gezwungen sein, sich auf das Wesentliche zu beschränken.

Frau Roth zeigte keine Anzeichen von Erstaunen. Sie dachte kurz nach und sagte dann: »Er war ein ausgesprochen charismatischer Mensch – fähig, Menschen zu begeistern. Außerdem war er fantasievoll und sehr zukunftsorientiert. Er wird dem Unternehmen sehr fehlen.« Letzteres klang ein wenig gekünstelt, so, als stamme es aus einer Mitteilung der Chefetage an die Belegschaft.

»Und Doktor Marc Rassling, wie ist der so?«, fiel Cleo ein.

Wieder dachte Barbara Roth nach, diesmal länger.

»Er ist der Kaufmann. Sehr zahlenorientiert, von der Grundhaltung her eher konservativ und traditionsbewusst, würde ich sagen. Aber ich kenne ihn nicht so gut, Eva-Maria kann Ihnen dazu viel mehr sagen.«

»Gab es in letzter Zeit irgendwelche Probleme oder Konflikte zwischen Mathieu und jemandem aus der Firma? Mitarbeiter, Geschäftspartner, seinem Bruder?«, leitete Lang nun zu konkreteren Themen über.

»Nichts, an das ich mich speziell erinnere. Im Firmenalltag gibt es immer wieder Diskussionen und Meinungsunterschiede, aber etwas Ungewöhnliches oder besonders Heftiges fällt mir nicht ein.«

Als Nächstes gingen sie gemeinsam die wenigen Unterlagen durch, die Lang in der Wohnung des Ermordeten gefunden hatte. Die Rücksprachevermerke auf den Rechnungen – »Lutz« und »Faust« – waren an den Produktionsleiter Wolfgang Lutz und den IT-Leiter Heinrich Faust gerichtet gewesen.

»Das ist ganz normal«, erklärte sie. »Rechnungen, bei denen irgendein Erklärungsbedarf besteht, gibt es täglich.

Die werden dann mit diesen Rücksprachevermerken an denjenigen geschickt, in dessen Bereich die Bestellung ausgelöst wurde. Der schreibt eine Erklärung dazu und schickt das Dokument zurück, worauf es meistens erledigt, das heißt zur Zahlung freigegeben werden kann.«

»Und dieses Projektkonzept RANOU Version 3, das Herr Rassling ebenfalls Herrn Lutz, also dem Produktionsleiter, zurückschicken wollte? ›Wo sind die Unterschiede zu 2? Bitte kennzeichnen!‹ steht drauf.« Lang konnte es sich denken, aber er war gespannt, was die Sekretärin davon wusste.

»Oh, das ist derzeit noch streng vertraulich, nur ein kleiner Kreis von Führungskräften ist eingeweiht. Es handelt sich um ein komplett neues Konzept für das Unternehmen. Der Name ist abgeleitet aus ›Rassling Nouveau‹, also Rassling Neu. Die Unternehmensleitung will – oder wollte? – damit die Zukunft absichern. Es tut sich sehr viel in dieser Branche und Herr Mathieu sagte, man müsse am Ball bleiben. Herr Lutz war als Projektleiter beauftragt. Allerdings habe ich mitbekommen, dass es Herrn Mathieu viel zu langsam ging und ihm die vorgeschlagenen Projektschritte zu zaghaft und zu ... defensiv waren. Deshalb wohl auch der Vermerk wegen der Unterschiede. Er wollte wahrscheinlich andeuten, dass er kaum einen Unterschied zwischen Version 2 und 3 erkennen konnte.«

»Was wissen Sie denn sonst über die Zukunftspläne Ihres Chefs?«, knüpfte Cleo an. »Es tat sich doch einiges bei ihm, oder?«

Barbara Roth zögerte.

»Na ja, schon. Er hat sich letzten Herbst scheiden lassen und ist von daheim ausgezogen. Er baute sich ein neues Haus. Ich habe immer wieder ein paar Sachen für ihn erledigt in diesem Zusammenhang, ich meine, mit dem Hausbau. Was er sonst für Pläne hatte, weiß ich nicht.«

»Und was dachten Sie sich?«, fragte Leo geradeheraus. »Sie haben doch sehr eng mit ihm zusammengearbeitet, da kriegt man bestimmt vieles mit und macht sich so seine Gedanken.«

Sie schien sich unbehaglich zu fühlen bei dieser Andeutung, im Privatleben ihres Chefs geschnüffelt zu haben. Fast glaubte Leo, ein zartes Erröten erkennen zu können.

»Also, seine Scheidung war Privatsache, die ging mich überhaupt nichts an. Sie ging auch sehr unspektakulär über die Bühne. Ich dachte mir halt, dass da wahrscheinlich eine neue Frau im Spiel war, auch wegen des Hauses. Für sich selbst allein hätte er wohl kaum so eine große Villa gebaut. Manchmal mussten Dinge, die er für das Haus beschlossen hatte, in der nächsten Woche wieder rückgängig gemacht werden, so als würde da jemand mitreden. Er hatte auch jede Menge blockierter Termine im elektronischen Kalender, das bedeutete, dass wir nur wussten, dass die Zeit blockiert war, aber nicht, was in dieser Zeit geplant war. Außerdem habe ich ein paarmal private Flüge nach Amsterdam für ihn gebucht. Es gab private Tischreservierungen in teuren Restaurants, allerdings mittags und für mehr als zwei Personen, also nichts Romantisches.«

»Wussten Sie, dass er ein neues Unternehmen gründen und seinen Anteil an den Rasslingwerken verkaufen wollte?«

Sie sah ihn erstaunt an.

»Nein, davon hatte ich keine Ahnung! Aber wozu dann das Zukunftskonzept?«

»Apropos Zukunft«, griff Cleo dieses Thema auf. »Was ist eigentlich mit Ihrer Stelle? Müssen Sie um Ihren Job bangen, jetzt, wo Ihr Chef nicht mehr da ist?«

»Nein, keineswegs«, kam es nun wieder souverän und selbstbewusst. »In nächster Zeit werde ich nötiger denn je gebraucht, um alle Unterlagen zu ordnen. Danach findet sich ganz bestimmt wieder etwas Angemessenes für mich innerhalb der Firma. Ich bin ja sozusagen ein Rassling-Urgestein. Außerdem wird wahrscheinlich interimistisch ein neuer Geschäftsführer ernannt, der auch eine Sekretärin brauchen wird.«

»Kommen wir zu den Ereignissen vom letzten Donnerstag«, sagte Lang. »Bitte schildern Sie uns detailliert die Zeit ab, sagen wir, siebzehn Uhr.«

»Also, ich war mit einem Sitzungsprotokoll beschäftigt. Um sechs Uhr verließ Herr Mathieu das Haus und sagte wie immer ›schönen Abend, bis morgen!‹. Etwa zehn Minuten später habe ich ihn noch kurz angerufen wegen einer Formulierung, er hat gleich abgehoben und wir haben uns abgestimmt. Dann bin ich auch gefahren, habe unterwegs noch ein paar Sachen für das Abendessen gekauft – ich schreibe Ihnen das Geschäft auf – und war kurz nach sieben zu Hause.«

»Kann das jemand bezeugen?« hörte sich Lang den ominösen Satz sagen. Sie nickte.

»Ja, mein Mann. Mein Sohn Pascal war auf seinem Zimmer, der ist erst herausgekommen, als das Essen fertig war.«

»Haben Sie ein privates Handy? Hätten Sie etwas dagegen, es uns zu überlassen, damit Ihre Angaben durch die Handyortung bestätigt werden können?«, fragte Cleo freundlich, damit die Unterstellung überspielend, dass Frau Roth gelogen haben könnte. Diese wirkte überrascht.

»Wie Sie meinen, ich benutze es sowieso kaum. Mit der Ortung werden Sie wahrscheinlich kein Glück haben, ich schalte es nämlich bei Verlassen der Firma immer aus. Ich muss außerhalb der Bürozeiten nicht erreichbar sein – das ist so vereinbart wegen meiner familiären Situation. Mein Mann leidet nämlich an einer sehr schweren, unheilbaren Erkrankung, die ihn ans Haus fesselt, und ich verbringe jede nur mögliche Minute bei ihm.«

»Das tut mir leid«, beteuerte Cleo, und Lang nickte dazu.

Nachdem sie in der Betriebskantine zu Mittag gegessen hatten – keine Offenbarung, aber genießbar – war Eva-Maria Tichy an der Reihe. Cleo hatte recht gehabt: Sie war wirklich sehr attraktiv, um nicht zu sagen eine veritable Schönheit. Die perfekte Figur zusammen mit den harmonischen Zügen des Gesichts, den grünen Augen und den naturblonden, schulterlangen Haaren ließen eher auf ein Model als auf eine Sekretärin schließen. Das Aussehen schien ihr aber nicht in den Kopf gestiegen zu sein, denn sie erwies sich als natürlich und ein wenig schelmisch, jedoch klarerweise gedämpft durch das schreckliche Ereignis. Ihre Kleidung, ein bürotaugliches, schlammfarbenes schmales Kleid mit halblangen Ärmeln, passte sehr gut zu ihr. Auch sie trug Strümpfe, das schien sich so zu gehören.

Ebenso wie mit ihrer Kollegin spielten sie mit ihr das Beschreiben-Sie-Ihren-Chef-mit-drei-Worten-Spielchen. Sie musste nicht lange nachdenken.

»Dr. Rassling ist strukturiert, konsequent und gerecht, würde ich sagen«, kam es sofort. »Man weiß bei ihm genau, woran man ist. Ich bekomme interessante, anspruchsvolle Aufgaben von ihm übertragen, das hilft mir sehr bei meinem Studium. Er gibt mir immer sachliches Feedback, selbst wenn einmal etwas nicht so gut gelingt.«

Klingt nicht gerade prickelnd, dachte Lang, und an Cleos Blick erkannte er, dass diese der gleichen Meinung war.

»Kommen Sie gut voran mit dem Studium? Was studieren Sie denn?«, fragte sie. »Ich besuche ab und zu Jus-Vorlesungen, aber bei mir geht's nicht so schnell wie ich möchte.«

»Bei mir auch nicht! Ich bin ja schon dreißig. Allerdings mach ich ein Doppelstudium, das hält natürlich auf. Internationale BWL und Wirtschaftsinformatik. Ich war auch zwei Jahre in Paris, das zählt wenigstens als Auslandserfahrung. Na ja, und ich habe seit der Matura fast immer nebenbei gearbeitet. Bei Rassling bin ich seit vier Jahren, der Job hier lässt einem natürlich nicht gerade viel Freizeit.«

Als Charakterisierung für Barbara Roths Chef wählte sie die Begriffe »impulsiv«, »sprunghaft« und »fordernd«, offenbar als Gegensatz zu ihrem eigenen strukturierten und konsequenten Vorgesetzten. Cleo hakte nach.

»Das klingt irgendwie schwierig, kommt mir vor«, sagte sie mit einem ermutigenden Lächeln.

»War es auch. Ich hatte nur selten direkt mit ihm zu tun, aber wenn, tat ich mich immer ziemlich schwer, zu verstehen, was er eigentlich brauchte. Und meistens war es dann dringend, da war er dann sehr fordernd, wie ich schon sagte. Aber ich kannte ihn im Grunde kaum. Barbara kam sehr gut zurecht, sie macht den Job ja schon lange.«

Auch Frau Tichy war in letzter Zeit nichts Besonderes aufgefallen, was das Mordopfer betraf. In das RANOU-Projekt war auch sie eingeweiht. Auf die Frage, ob sie und ihre Kollegin sich über Mathieus Privatleben unterhalten hatten, lächelte sie schelmisch.

»Na klar, wenn sich der Boss scheiden lässt und dann ein Haus baut und außerdem ständig seinen Kalender mit nicht näher definierten Privatterminen blockiert, darf man sich untereinander schon ein bisschen *gossip* erlauben. Offenbar gab's eine Freundin, aber die hielt er sehr geheim. Nicht einmal Babs erfuhr etwas Näheres, obwohl er ihr sonst eigentlich sehr vertraute.«

Aber nicht genug, um sie über die neue Firma in Kenntnis zu setzen, dachte Leo.

»Nur der Vollständigkeit halber: Wie war bei Ihnen der Tagesablauf am vergangenen Donnerstagnachmittag und -abend?«, fragte er.

»Ich konnte pünktlich Schluss machen, weil Herr Marc am Nachmittag außer Haus war«, antwortete sie. »Meine

Freundin hat mich abgeholt, wir sind dann nach Neustift gefahren, haben einen Spaziergang gemacht und sind danach
bei einem Heurigen eingekehrt. Die Namen von meiner
Freundin und vom Heurigen können Sie gern haben.«

Abschließend baten sie die beiden Sekretärinnen noch gemeinsam zum Gespräch. Sie brauchten ein Organigramm des
Unternehmens und eine Liste der Beschäftigten mit ihren Tele-
fon-Durchwahlnummern. Barbara Roth schrieb eifrig mit.
»Es sind derzeit natürlich viele auf Urlaub. Zum Beispiel der
Herr Lutz, von dem vorhin die Rede war. Er ist auf den Seychellen, glaube ich, und erst übernächste Woche wieder da.«

Lutz hatte seinen Urlaub am 5. August angetreten und
konnte somit von der Liste der Verdächtigen gestrichen werden, vorausgesetzt, das mit den Seychellen stimmte und er
hatte die Reise vor dem 10. August, dem Tag der Tat, angetreten. Lang sah, dass sich Cleo bereits eine Notiz machte.

»Nun zu einem sehr wichtigen Punkt, bei dem wir dringend
auf Ihre Mithilfe angewiesen sind. Es wurden in Herrn Rasslings Pkw viele Spuren sichergestellt, die Personen zugeordnet werden können. Es besteht eine hohe Wahrscheinlichkeit,
dass eine vom Täter stammt. Aus diesem Grund müssen wir
wissen, wer im Laufe, sagen wir, des letzten Monats in diesem
Auto mitgefahren ist und wo die oder der Betreffende gesessen ist, das heißt auf dem Beifahrersitz oder auf der Rücksitzbank – auch, um die jeweilige Spur ausschließen zu können.
Wir erhoffen uns nun von Ihnen Informationen dazu.«

Nach dieser Ansprache lehnte sich Lang in seinem Sessel
zurück und beobachtete, wie die beiden Frauen Blicke wechselten. Barbara Roth sprach als Erste.

»Gar nicht so einfach. Es sind öfter Kollegen mit Herrn
Mathieu mitgefahren, zum Beispiel, wenn er zur Tochterfir-
ma in Paris fuhr. Das kam ziemlich oft vor, etwa alle zwei
Wochen. Einfach aus Effizienzgründen und um sich die

Fahrzeit zu teilen, aber auch, weil er gern die Gelegenheit wahrnahm, sich ausführlich und ungestört mit Mitarbeitern zu besprechen, mit denen er sonst vielleicht weniger zu tun hatte. Abgesehen davon war er überhaupt viel unterwegs, zu Lieferanten, Veranstaltungen der Wirtschaftskammer, möglichen Kooperationspartnern … am besten, wir setzen uns in Ruhe zusammen und machen eine Liste.«

»Mich kannst du gleich draufschreiben, Babs. Er hat mich vor ungefähr zwei Wochen nach der Arbeit zu einem Arzttermin gefahren, weil er mitbekommen hatte, dass ich spät dran war und ohne Auto unterwegs. Ich saß vorne auf dem Beifahrersitz.«

»Mich schreibe ich auch gleich dazu«, bemerkte Barbara Roth. »Er hat mich mehrmals heimgefahren, wenn es auf seinem Weg lag. Ich saß auch immer vorne, außer einmal, da war mein Sohn mit dabei, weil er bei mir im Büro vorbeigekommen war. Da saß er vorne und ich hinten. Also Pascal kommt auch auf die Liste. Sie bekommen sie so rasch wie möglich, spätestens übermorgen.«

»Wie oft wird das Auto eigentlich gereinigt?«, fragte Lang.

Erstmals lächelten beide Damen belustigt, auch Frau Roth, was, wenn auch nur für kurze Zeit, die Niedergeschlagenheit aus ihrem Gesicht wegwischte.

»Das ist so eine Art Running Gag in der Firma«, erklärte Eva-Maria Tichy. »Der Zawlacky, unser Fuhrparkleiter, läuft den Herren der Geschäftsleitung ständig nach, um die Autos zu reinigen und sie tipptopp instand zu halten. Nur leider wollen oder wollten sie nie auch nur für kurze Zeit auf ihre Wägen verzichten, und so musste er meistens unverrichteter Dinge wieder abziehen. Der Zawlacky ist ein eigener Typ, ein ziemlicher Choleriker. Immer wieder tauchte er im Sekretariat auf und beschwerte sich lautstark bei uns, wenn es wieder einmal ›Nein‹ hieß. Als wäre es unsere Schuld. ›Aber bei mir brauchen sie sich nicht beschweren, wenn alles vor Dreck nur so strotzt! Oder wenn die Karre nicht mehr geht!‹, brüllte er dann und knallte mit der Tür. Also, es könnte gut sein, dass Herrn Mathieus Auto schon über einen Monat nicht mehr sauber gemacht wurde.« Barbara Roth nickte dazu.

Sie ersuchten noch um die Geschäftskontakte und die E-Mails des Mordopfers in elektronischer Form, worüber es ein kurzes Scharmützel gab wegen möglicher vertraulicher Daten, doch Lang duldete keinen Widerspruch. Dann startete er noch einen Versuchsballon.

»Uns liegen gewisse Hinweise über einen heftigen Streit zwischen den beiden Brüdern vor etwa einem Monat vor. Fällt Ihnen dazu etwas ein?«

»Wie meinen Sie das?«, kam es entrüstet von Frau Roth. »Wir belauschen unsere Chefs doch nicht! Wenn sie Meinungsverschiedenheiten hatten, und das kam schon öfters vor, diskutierten sie die natürlich unter sich in einem der beiden Chefbüros.«

Lang sah Cleo das Gleiche denken wie er: Woher weißt du denn, dass sie Meinungsverschiedenheiten hatten, wenn ihr sie nicht belauscht habt? Laut sagte sie: »Ja, klar, aber es könnte ja sein, dass sie sich nachher bei Ihnen dazu äußerten, quasi aus der Emotion heraus. Wenn man sich geärgert hat, ist man geneigt, dem Nächstbesten sein Herz auszuschütten.«

»Ich weiß nur, dass es immer wieder Diskussionen zu RANOU gab. Was sagst du, Eva?«

Die andere sagte nichts, sondern nickte nur.

16

Bei der Rückfahrt tauschten sie ihre Eindrücke aus.

»Die Roth war in ihren Chef verknallt«, zeigte sich Cleo überzeugt.

»Sie hat's auch nicht leicht mit ihrem schwerkranken Mann. Aber ansonsten schien sie mir die geborene Sekretärin. Was hältst du von der Miss Rasslingwerke?«

»Auf mich machte sie einen recht offenen Eindruck«, so Cleo. »Und intelligent, effizient, tüchtig – die bleibt sicher nicht Sekretärin oder Assistentin. Die macht den Job nur, solange sie ihn braucht, die Eva-Maria.«

»Noch mehr affige Vornamen«, knurrte Lang, »Pascal, Eva-Maria«.

»Also hör mal! Mein eigener Cousin heißt Pascal, und was bitte soll an Eva-Maria affig sein? Ist bei dir jeder Name affig, außer Hans, Sepp und Liesl?«

»Na gut«, lenkte Leo ein. »Hat auch nicht gerade große Bedeutung für unsere Mördersuche«. Im Hintergrund seiner Gedanken klangen Cleos Worte nach: intelligent, effizient, tüchtig, als sei es eine Beschreibung ihrer selbst. Auch sie würde wohl nicht ewig die zweite Geige spielen wollen.

17

17. August

Wieder führte Langs erster Weg nach seinem Eintreffen in der Berggasse zu Bruno Sickingers Büro. Dieser schien ungewöhnlich gut gelaunt zu sein. Bei Leos Eintreten schloss er gerade das Fenster, aus dem er sich wie immer gelehnt hatte, um zu rauchen.

»Das hat bald ein Ende!«, verkündete er mit Elan. Auf Langs fragenden Blick setzte er fort: »Ich werde mit dem Rauchen aufhören! Der Sommerurlaub wird diesmal im Zeichen eines Zieles stehen. Zwei Wochen am Neusiedler See ohne Stress und Druck, ideale Voraussetzungen also. Die Zigaretten werden durch Radtouren und Schwimmen ersetzt, damit beuge ich der Gewichtszunahme vor, die oft mit dem Aufhören einhergeht. Ohne Rauchen wird es auch keine Kurzatmigkeit mehr geben. Nachher bin ich frisch, trainiert, gesund und ausgeruht! Was hältst du von der Idee?«

Leo ging einiges durch den Kopf, das, wenn ausgesprochen, Brunos Optimismus dämpfen hätte können. Er selbst mochte sich im Urlaub nicht einschränken durch krampfhaft gesetzte Ziele – man lief Gefahr, dass weder der Urlaub genossen noch das Ziel erreicht werden konnte. Sickinger fuhr jedes Jahr an den Neusiedler See, wo er bereits einen ansehnlichen Freundeskreis hatte. Aus Erzählungen wusste Lang, dass es sich um eine Gruppe Gleichgesinnter handelte. Alle mochten sie im Urlaub Gemütlichkeit, gutes Essen und Trinken und »a Hetz«, wie sogar Sickinger selbst es nannte. Die Gemütlichkeit hatte viel mit Wirtshäusern, Liegestühlen und Sport im Fernsehen zu tun, das Essen orientierte sich an österreichischen Klassikern – Schweinsbraten, Wiener Schnitzel, Gulasch – ohne neumodische Mätzchen wie fettreduziert oder fleischlos. Beim Trinken bevorzugte Bruno eher spritzige Weinviertler Grüne Veltliner als die schweren burgenländischen Roten. Doch die Erfahrung lehrt, dass Alkoholkonsum jeder Art die Hemmschwelle gegenüber genussvollen Versuchungen eher zu senken als die Umsetzung von guten Vorsätzen zu stärken pflegt. Aber wenn dieser es sich nun einmal vorgenommen hatte, würde er es seinem Vorgesetzten bestimmt nicht auszureden versuchen.

»Super Sache!«, sagte er scheinheilig. Dann konnte er es doch nicht lassen, sich vorsichtig zu erkundigen: »Aber solltest du es nicht lieber vorläufig für dich behalten? Auf diese Art setzt du dich selbst ziemlich unter Druck, und falls etwas dazwischen kommt …«

»Das ist ja gerade der Trick!«, meinte der Ältere triumphierend. »Ich erzähle es jedem, der es hören will – auf diese

Art kann ich nicht mehr zurück. Das wird mich motivieren, falls ich zwischendurch einmal einen Durchhänger haben sollte. Hat mir Anna Bruckner übrigens geraten, und als Psychologin muss sie es ja wissen.«

Soviel Hinterlist hätte er der Leiterin des Psychologischen Dienstes und seiner ehemaligen Therapeutin gar nicht zugetraut. Ob Sickinger es ihr danken würde, wenn er entweder blamabel scheitern sollte oder die Abstinenz mit schweren Entzugserscheinungen bezahlen musste? Bei seinem Zigarettenkonsum würde es bestimmt kein Spaziergang werden.

Nachdem Lang über die wenig ergiebigen Gespräche mit den Sekretärinnen Bericht erstattet hatte, stellte sich heraus, dass Sickinger eine weitere Frohbotschaft auf Lager hatte.

»Ich habe dein Personalproblem lösen können, was sagst du dazu? Ich habe eine junge Frau aufgetrieben, eine äußerst tüchtige Studentin, die euch als Praktikantin zur Seite stehen wird. Sie kann gleich morgen anfangen, du kannst dir heute schon Aufgaben für sie überlegen.«

»Was, morgen schon?«, war Leos verblüffte Reaktion. »Was studiert sie denn, Psychologie wie die beiden, die uns Anna damals vermittelt hat? Das wäre prima. Wie weit ist sie denn mit dem Studium?«

»Sie ist schon ziemlich weit, hat einen Bachelor in Soziologie und macht jetzt einen Master. Sie wird euch bestimmt sehr nützlich sein. Ihr Onkel sitzt übrigens in gehobener Position im Innenministerium, der hatte natürlich gleich ein offenes Ohr für mein Anliegen.«

Jetzt fiel der Groschen bei Leo. Ganz offensichtlich hatte dieser Großkopferte im Innenministerium seinen Chef schon vorher bearbeitet, um seiner unvermittelbaren Soziologienichte ein Praktikum zuzuschanzen. Was hatte Sickinger gestern gesagt? »Mir schwebt schon was vor ... «

Da musste man auch noch Angst haben, dass die Dame ihrem Onkel alles brühwarm berichtete, was im Team getan und vor allem gesagt wurde. Sich mit Politikern oder politisch besetzten Beamten herumzuschlagen, war Lang ein Gräuel, an das er gar nicht denken mochte. Kurz erwog er, das Angebot rundweg abzulehnen, doch das würde ihm nur den Gram seines Vorgesetzten und einen dicken schwarzen Punkt beim Ministerium einbringen. Stattdessen begnügte er sich damit, ein grimmiges Gesicht zu machen. Doch Sickingers gute Laune war unerschütterlich.

»Morgen bin ich ja noch da, da kann ich sie euch vorstellen. Ein Glück, dass sie so flexibel ist.«

Keine Frage, Bruno Sickinger war zweifellos schon in Urlaubsstimmung.

18

Bei der Teambesprechung konnte er die freudige Nachricht gleich an Nowotny und Cleo weitergeben. Um nicht demotivierend zu wirken, bemühte er sich um einen sachlichen, neutralen Ton. Vergebliche Liebesmüh, wie sich sofort herausstellte. Die beiden waren viel zu clever, um den Braten nicht zu riechen.

»Soziologie«, war alles, was Nowotny sagte, aber sein Gesicht sprach Bände.

»Feind hört mit«, kommentierte Cleo, auf das Ministerium, ihre oberste vorgesetzte Stelle anspielend.

»Lassen wir uns überraschen. Jammern können wir immer noch, wenn wir wirklich einen Grund dazu haben«, beendete Leo die Diskussion.

Sie ließen die Gespräche mit den Sekretärinnen noch einmal Revue passieren. Dann berichtete Nowotny über die

Erkenntnisse in Verbindung mit den Handys des Opfers und Helene Leebs. Von Letzterer hatten sie vorläufig nur die Daten des Geräts. Die Telefonproviderdaten waren nur über richterliche Anordnung zu haben, wofür Leo vorerst keine Veranlassung sah. Was Mathieu Rassling betraf, hatten sie mittlerweile alles in Händen, was es diesbezüglich zu wissen gab, inklusive Ortungsdaten. Die Ergebnisse bestätigten die bisherigen Aussagen.

»Er hat sehr oft mit seiner Sekretärin telefoniert, ned erstaunlich. Zletzt um achtzehn Uhr zehn, wie Barbara Roth gsagt hat. Kane Anrufe mit der Leeb. Viele Anrufe diverser Firmen und Behörden und mit an Architekturbüro. Aans mit der Schwester, a Handvoll mit dem Bruder. Bei der Ortung auf den ersten Blick nix Auffälliges.«

»Gut, lassen wir es einmal dabei bewenden. Bei Bedarf können wir ja immer noch darauf zurückgreifen.«

»Was machen wir mit diesem Verfolger?«, warf Cleo in die Diskussion. »Wenn es ihn überhaupt gegeben hat.«

»Mir ist da eine Idee gekommen.« Wie immer, wenn Nowotny seinen Ausführungen besonderes Gewicht verleihen wollte, sprach er plötzlich hochdeutsch und artikulierte präzise und langsam. »Es gibt keine Videos aus der Garage bis einige Tage zurück. Was, wenn der Verfolger der Täter war, der den Tatort ausgekundschaftet hat? Dann ist er vielleicht auf früheren Videos zu sehen. Oder auf einer Videoüberwachung in der Nähe, von einer Bank oder einem Geschäft.«

»Das ist aber wie die Suche der Nadel im Heuhaufen. Es könnte ja praktisch jeder sein. Außerdem müssen Überwachungsvideos laut Gesetz spätestens nach 72 Stunden gelöscht werden«, wandte Lang ein.

»Wer's glaubt, wird selig«, meinte Cleo sarkastisch. Ihr Vertrauen in die Gesetzestreue der Kamerabetreiber war in Bezug auf das Datenschutzgesetz nicht gerade unerschütterlich. Lang musste ihr recht geben. Ohne viel Hoffnung auf ein Aufspüren dieser »Nadel« machte er einen Eintrag in die To-do-Liste. Auch die näheren Umstände des Autounfalls von Abdi van Henegouwen landeten dort.

All das würde warten müssen, denn zuerst wollten sie sich weiteren Befragungen und den Spuren im Auto Mathieu Rasslings widmen. Es lag mittlerweile eine Liste der Spurensicherung vor, auf der alles Gefundene minutiös aufgelistet und der jeweilige Fundort auf einem Plan des Wagens eingezeichnet war. Die Liste hatte siebzehn Einträge, die meisten davon vom Beifahrersitz – ein reiches Betätigungsfeld, sobald sie die Liste der Mitgefahrenen von den Sekretärinnen bekommen würden.

»Mir fällt gerade noch etwas ein«, sagte Cleo. »Was, wenn der Mörder nach der Tat seelenruhig mit dem Lift in die Hotelhalle gefahren oder über die Treppe dorthin gegangen und an der Rezeption vorbei ins Freie spaziert ist?«

»Stimmt, das sollte unbedingt so schnell wie möglich geklärt werden – nicht, dass wir auf das Offensichtlichste vergessen!«, stimmte Leo ein. »Könntest du das bitte anschließend klären, während Helmut und ich zu Claire Rassling fahren? Wenn wir großes Glück haben, bekommen wir wenigstens ein Phantombild, wenn's schon keine Videos gibt.«

19

Claire Rassling bewohnte ein Einfamilienhaus mit Garten in der Hoheneckstraße in Liesing. Einen Großteil der Fahrt legten sie schweigend zurück, jeder in seine eigenen Gedanken vertieft. Erst als sie sich dem Ziel schon näherten, kam so etwas wie ein Gespräch in Gang. »Ich weiß nicht, die faschierten Laibchen von der Kantine heute Mittag liegen mir schwer im Magen«, bemerkte Leo. »Ganz anders als die Soutzoukakia, die ich neulich gemacht habe. Ich glaube, es liegt am Olivenöl.«

»Soutsou – was?«

»Soutzoukakia, ein griechisches Essen nach Originalrezept. Kleine Würstchen aus faschiertem Fleisch, pikant gewürzt und in Tomatensauce geschmort.« So etwas kannte Nowotny natürlich nicht – viel zu exotisch.

»Ah so, du meinst griechisches Beefsteak. Mag ich auch ganz gern.«

Nun war es an Leo, sich verwundert zu zeigen. »Griechisches Beefsteak?«

»Ja, ein Klassiker der Wiener Küche. Faschiertes in Tomatensauce. Meine Frau macht halt Kugerl, kane Wiaschterl.«

Ein Klassiker der Wiener Küche! Vielleicht kein Zufall, dass ihn die alte Griechin in Alexandroupolis so an seine Waldviertel-Oma erinnert hatte.

»Ich mache jetzt die Kiwi-Diät«, trug Nowotny noch zur kulinarischen Debatte bei.

»Echt?« Das war nun wirklich erstaunlich. »Wie geht die?«

»Ganz einfach, darfst alles essen außer Kiwis«, sagte Nowotny ganz ernst und schüttelte sich dann vor Lachen.

Claire Rassling erwartete sie in der Tür, ein braunschwarzer Settermischling an ihrer Seite. Ihr Haus war wie sie: bescheiden. Einzig der Garten, eine Oase voller Blumen und Gemüsebeete, strahlte eine gewisse Üppigkeit aus. Sie folgte Leos Blick und lächelte.

»Mein Garten, meine große Leidenschaft«, sagte sie.

Sie führte die beiden Beamten ins Wohnzimmer und bot Kaffee an, was sie akzeptierten. So hatten sie Gelegenheit, sich unbeobachtet ein wenig umzusehen, während Frau Rassling in der Küche hantierte. Lang stellte fest, dass ein gut gefülltes Bücherregal viel deutsche und französische Lyrik enthielt und die CD-Sammlung hauptsächlich französische Chansons. Eine grau- und eine rotgetigerte Katze dösten vor sich hin, den Setter in friedlicher Koexistenz ignorierend.

Der Kaffee erwies sich als stark und aromatisch, ein Labsal nach dem schweren Kantinenessen. Lang musste sich selbst energisch daran erinnern, dass sie hier nicht zu Besuch, sondern zum Arbeiten waren.

»Frau Rassling, Sie waren offenbar eine enge Vertraute Ihres Bruders, wenn nicht sogar die Einzige. Sie wussten Bescheid über seine Zukunftspläne, die neue Firma, das neue Haus, Helene Leeb ... was war denn Ihre Meinung zu alldem?«, eröffnete er die Befragung.

Sie antwortete langsam und konzentriert.

»Wie ich schon sagte, fand ich, dass Helene sehr gut zu ihm passte. Sobald er sich zu der Scheidung entschlossen hatte, blühte er förmlich auf. Er war schon vorher sehr umtriebig, aber als die Würfel zugunsten von Helene gefallen waren, wurde er zu einem richtigen Tausendsassa. Allerdings war er dann so beschäftigt, dass ich ihn kaum mehr sah.«

»Und die ehemalige Frau Rassling, die Ex-Frau, wie hat die ihre Scheidung aufgenommen?«, ließ sich Nowotny hören.

»Sie war natürlich nicht erfreut, das ist klar. Wir waren zwar keine richtigen Freundinnen, aber doch öfter mal zusammen bei verschiedenen gesellschaftlichen Anlässen, oder zum Lunch oder bei einem Stadtbummel.« Vermutlich, dachte Lang, war sie es gewesen, die damals mit Ingrid Marlenes »Atelier Anguissola« besucht hatte.

»Nachher ist mein Kontakt zu ihr dann komplett abgerissen. Ich weiß aber, dass sie großzügig abgefunden wurde und das Haus behalten konnte. Ich glaube nicht, dass sie emotional sehr gelitten hat. Es war schon lange keine Liebe mehr zwischen den beiden, wenn überhaupt jemals. Mathieu wollte in erster Linie eine repräsentative Ehefrau, ihr ging es mehr um Status als um eine Beziehung. Das wird ihr sicher wehtun, der Verlust dieses Status.«

»Und mit Frau Leeb war das anders?«, fragte Lang.

»Ganz anders! Allein schon die Art, wie sie sich kennengelernt haben …« Sie lächelte bei der Erinnerung und nahm die graugetigerte Katze, die in Wirklichkeit ein Kater war und um ihre Beine strich, auf den Schoß. Leo nickte ermutigend, um sie zum Weitererzählen zu animieren.

»Also, das war wirklich eine unmögliche Geschichte. Fällt da im Zug über eine wildfremde Frau her, nur weil er sie irgendwie angeschaut und sie seinen Blick angeblich erwidert hat – stellen Sie sich vor, wie leicht hätte er im Gefängnis landen können! Oder auf den Titelseiten der Klatschblätter, was auch nicht viel besser gewesen wäre. Von einer Frau wie ihr würde man das auch nicht erwarten. Wie die Tiere! Schamlos! Sex im Zug, wie in einem Pornofilm! *So* haben unsere Eltern uns nicht erzogen! Ça ne se fait pas, pas du tout!«

Ihr weiterhin amüsierter Gesichtsausdruck strafte diese Große-Schwestern-Schimpftirade Lügen. Sie schaffte es offenbar nicht, ihrem unartigen kleinen Bruder und dessen Freundin böse zu sein.

»Wie ist denn Ihr Verhältnis zu Ihrem anderen Bruder, Dr. Marc Rassling, und dessen Familie?«, knüpfte Lang an. Schlagartig verschwand das Lächeln aus ihrem Gesicht.

»Gut«, kam es zu schnell und in zu hohem Tonfall. »Marc hat eine wunderbare Familie. Seine Frau Charlotte ist nett, und die Kinder sind alle sehr fleißig. Jörg und Marianne studieren schon, Felix geht noch auf die HTL. Alles schöne und strebsame junge Menschen. Wir haben aber wenig Kontakt, sie wissen ja, wie das ist. Neben Firma, Schule und Studium bleibt ihnen kaum Freizeit, und wenn, gibt es Interessanteres als die Schwester beziehungsweise Tante.«

Sie hatte bei ihrer Lobrede auf Marc Rasslings Familie keinerlei Gefühlsworte gebraucht, was Lang und, wie er an dessen Miene erkennen konnte, auch Helmut Nowotny nicht entgangen war. Die Schwägerin sei nett – »nett ist die kleine Schwester von scheiße«, hatte Cleo neulich in einem anderen Zusammenhang gesagt, er wusste nicht, woher sie das hatte – und die Kinder fleißig, schön und strebsam. Über Marc selbst hatte sie überhaupt nichts gesagt.

»Wie standen denn die beiden Brüder zueinander? Dem Vernehmen nach soll es vor einiger Zeit einen Streit gegeben haben«, erwähnte er scheinbar beiläufig.

»Na ja, Streit gibt's unter Brüdern doch immer wieder, oder?« Als von keinem der beiden Männer eine Antwort kam, fuhr sie fort: »Sie waren immer schon Gegenpole und Rivalen, schon als Kinder. Marc versuchte, seine Stellung als der Ältere auszunutzen, aber Mathieu hat sich schon sehr früh gegen ihn behaupten können. Das wiederum fand Marc dann wahnsinnig ungerecht, dass der kleine Scheißer ihm den Rang als Stammhalter streitig machte. Und ich als die kluge große Schwester mittendrin musste es dann ausbügeln, wenn sie wieder einmal gerauft hatten. Später wurden die Differenzen zwar nicht mehr mit den Fäusten ausgetragen, aber richtig dicke Kumpel wurden sie trotzdem nicht. Vater hat lange gezögert, den beiden die Leitung der Firma zu übertragen. Als es dann soweit war, haben sie es aber ganz gut geschafft, vor allem, weil jeder seinen eigenen Bereich hatte. Natürlich gab es trotzdem genügend Reibungsflächen. Von diesem speziellen Streit, den Sie erwähnten, weiß ich aber nichts.«

»Und Sie? Kamen Sie für die Firmenleitung gar nicht in Frage?«, fiel Nowotny ein.

Sie lächelte ein wenig gezwungen. »Die Firma hat mich ehrlich gesagt nie auch nur im Geringsten interessiert. Zum Glück hatte ich altmodische Eltern, die angesichts zweier

Söhne die Tochter gar nicht zu einer Unternehmenskarriere drängten. Ich glaube, sie waren froh, dass ich eine andere Richtung einschlug. Ich durfte Französisch studieren an der Sorbonne, sie drängten mich nicht einmal zu einem Abschluss. Später hat mein Vater mich mit etwas Geld ausgestattet, davon habe ich mir dieses Haus gekauft, und der Rest erlaubt mir, vom Ertrag zu leben.«

»Sie sind gar nicht berufstätig?« In Nowotnys Stimme lag ein Quäntchen Neid.

»Nein, war ich nie. Ich habe genug zu tun mit meinem Garten, dem Haus und meinen Tieren. Außerdem schreibe ich – Lyrik, auf Französisch und ab und zu auf Deutsch.«

»Kann man Ihre Gedichtbände kaufen?«, fragte Leo.

Sie schüttelte den Kopf.

»Nein, ich habe noch nichts publiziert. Ich bin noch nicht so weit. Vielleicht eines Tages.«

Nowotny konzentrierte sich weiter auf das Wirtschaftliche. »Wie ist eigentlich die Erbschaft Ihres Bruders geregelt?«

Sie blickte erstaunt vom Graugetigerten auf und hielt mit dem Streicheln inne, was das Tier veranlasste, von ihrem Schoß zu springen. »Keine Ahnung – da Mathieu keine Kinder hatte, sind Marc und ich wahrscheinlich seine Erben, falls er testamentarisch nichts anderes bestimmt hat.«

»Ist das Firmenkapital nicht gebunden? Gibt es keine Familienstiftung oder etwas Ähnliches? Und wurden Sie nicht ohnehin schon abgefunden?«, bohrte Nowotny weiter, mehr Fachwissen vortäuschend, als er in Wahrheit besaß.

»Nein, es gibt keine Stiftung. Meine Abfindung, wie Sie es bezeichnen, bezog sich nur auf das Vermögen meines Vaters, als das Unternehmen an meine Brüder übergeben wurde. Es ist eine Aktiengesellschaft, wie Sie wahrscheinlich bereits wissen, deren Anteile nicht gehandelt werden, sondern zu je fünfzig Prozent meinen Brüdern gehören – gehörten. Das bedeutet, dass die Rasslingwerke dann zu drei Vierteln Marc und zu einem Viertel mir gehören würden.«

Sie schwiegen beide, um das Gesagte seine Wirkung entfalten zu lassen. Die Taktik zeigte Wirkung.

»Meine Güte, meinen Sie denn, dass wir beide ein Motiv hätten? Das ist doch absurd! Ich habe meinen Bruder geliebt, und außerdem mache ich mir nichts aus Geld – ich habe genug davon!«

»Trotzdem wäre es gut, wenn Sie uns sagen könnten, wo Sie vergangenen Donnerstagnachmittag waren.« Langs Frage nach dem Alibi war zwar höflich formuliert, ließ aber keinen Zweifel daran, dass Claire Rassling nicht von vornherein aus dem Kreis der Verdächtigen auszuschließen war, Katzen und französische Lyrik hin oder her.

Sie zögerte. »Das war, als Marc mich spät am Abend angerufen hat mit der furchtbaren Nachricht. Ich habe an diesem Nachmittag nichts Besonderes gemacht – einkaufen, normale Dinge des täglichen Bedarfs, Lebensmittel und solche Sachen. Dann habe ich im Garten gearbeitet und bin mit Chérie« – eine Kopfbewegung zur Hündin, die beim Hören ihres Namens den Kopf hob – »hinausgegangen. Dann habe ich ihr Futter zubereitet, sie bekommt Rohfütterung, das ist ziemlich aufwendig. Ach ja, und dabei ist mir eingefallen, dass ich das Katzenfutter vergessen hatte, da bin dann nochmal hinaus um das zu kaufen. Nachher habe ich für mich selbst gekocht, gegessen, Fernsehnachrichten geschaut und dann Musik gehört und etwas geschrieben, wie fast jeden Abend. Anschließend bin ich ins Bett und habe geschlafen, bis Marcs Anruf mich geweckt hat.«

»Kann jemand etwas davon bestätigen?«, versuchte Lang, ihr auf die Sprünge zu helfen.

Sie blickte betreten auf ihre im Schoß zusammengelegten Hände.

»Wohl kaum. Ich war im Supermarkt und beim zweiten Mal in einem Drogeriemarkt einkaufen, das ist eher unpersönlich. Ich glaube nicht, dass eine Verkäuferin sich speziell an mich an diesem Tag erinnern kann. Beim Äußerln sind mir bestimmt Leute aus der Nachbarschaft begegnet, aber ich kann mich an nichts Besonderes erinnern, das über einen Gruß hinausgegangen wäre – ein Gespräch oder so. Nein, ich glaube, da muss ich passen.«

»Anrufe am Festnetz?«

»Da ruft so gut wie nie jemand an. Ich habe ihn eigentlich nur wegen des Breitbandinternet-Anschlusses.«

»Wären Sie bereit, uns Ihr Handy für kurze Zeit zu überlassen, Frau Rassling?«

Entgeistert blickte sie Nowotny an, der diese Frage gestellt hatte. Erst jetzt schien ihr zu dämmern, dass man in ihre privatesten Angelegenheiten Einblick nehmen wollte.

»Also gut … wenn es unbedingt sein muss … ich telefoniere ohnehin wenig, und soziale Medien nutze ich überhaupt nicht.« Sie nahm das Gerät vom Teetischchen und überreichte es Nowotny.

Die Atmosphäre hatte sich während des Gesprächs, das sich von einer Art Plauderstunde zu einer formellen Befragung entwickelt hatte, merklich getrübt. Lang versuchte, seine abschließende Frage einigermaßen zivilisiert klingen zu lassen.

»Ihren Aussagen entnehme ich, dass Sie allein leben. Sind Sie in einer Beziehung?«

Claire Rasslings Gesichtsausdruck war nun entschieden feindselig. Lang kam es vor, dass auch Chérie, die aufrecht dasaß und von einem Beamten zum anderen blickte, ihre sanfte Ausstrahlung eingebüßt hatte.

»Ich habe einige wenige wirklich gute Freunde, aber keine ›Beziehung‹, wie Sie das nennen. Keinen ›Freund‹, auf den ich exklusive Ansprüche erheben kann oder will. Nicht, dass Sie das etwas anginge.«

Beim Hinausgehen drehte Lang sich noch einmal um – jetzt war es schon egal.

»Würden Sie Ihrem Bruder Marc diesen Mord zutrauen?«, fragte er geradeheraus.

»Natürlich nicht!«, stieß sie hervor, doch auf ihrem Gesicht zeichnete sich anstatt der zu erwartenden Entrüstung ein Ausdruck der Angst, des Entsetzens ab. Als sei sie bei einem Gedanken ertappt worden, der tief in ihrem Inneren verborgen hätte bleiben müssen.

20
18. August

Kaum, dass Langs »Rest-Team« vollständig eingetroffen war, marschierte ein aufgekratzter Bruno Sickinger zur Tür herein mit einer jungen Frau im Schlepptau. Leo hatte sich vorgenommen, der Innenministeriumsnichte vorurteilslos zu begegnen, doch ihre Erscheinung pulverisierte alle seine guten Vorsätze in Sekundenbruchteilen.

Dass die Studentin klein und stämmig war, war natürlich kein Problem. Wohl aber die Inszenierung, denn als Styling konnte man ihre Aufmachung kaum bezeichnen. Die kurzen, robusten Beine steckten trotz sommerlicher Temperaturen in dicken schwarzen Wollstrümpfen und Springerstiefeln. Darüber trug sie einen schwarzen, extrem kurzen Rock und ein ganz und gar durchlöchertes, ebenfalls schwarzes Oberteil, das Ausblick auf einige Tätowierungen bot. Neben anderem zierte ein aggressiv die Zähne fletschender Wolf ihre Schulter. Fast erwartete Lang, ihn knurren zu hören. Ihre Frisur, falls man das so nennen konnte, zeigte auf der einen Seite einen brutalen Undercut sowie einen messerscharfen Kurzpony mit langen Strähnen auf der anderen. Dazwischen blickten kleine dunkle Knopfaugen trotzig in die Runde. Das linke, durch die Rasur freigelegte Ohr war mit einem riesigen stählernen Anhänger garniert, der das Venuszeichen mit integrierter erhobener Faust darstellte. Das konnte ja heiter werden – und kein Goncalves da zum Einpapierln.

Lang hoffte, dass sich seine Gedanken und Gefühle in diesem Augenblick nicht in seinem Gesicht spiegelten. Ein rascher Seitenblick bewies, dass Cleo und Helmut richtige Pokerfaces aufgesetzt hatten.

Sickinger machte eine weit ausholende Armbewegung in Leos Richtung.

»Chefinspektor Leo Lang und sein derzeit durch Urlaub und Krankenstand etwas dezimiertes Team, das Sie in den nächsten sechs Wochen unterstützen werden. Bitte stellen Sie sich selbst vor.«

»Alithia Podiwinsky«, sagte sie, Leo steif die Hand hinhaltend. Überraschenderweise besaß sie ein dünnes Piepsstimmchen.

»Ich hab noch nie eine kennengelernt, die Alissia hieß, du bist die Erste«, ließ sich Nowotny hören, nachdem Cleo und er ebenfalls ihre Namen genannt und der Neuen die Hand gegeben hatten. »Ich dachte, es heißt Alice.«

Nun kam ein wenig Bewegung in die Frau.

»Nicht Alissia, sondern Ali-thia, mit ›th‹ wie im englischen ›thing‹. Es kommt aus dem Griechischen und bedeutet ›Wahrheit‹. Es wäre mir aber ohnehin lieber, wenn wir uns siezen.«

Lang räusperte sich. »Wie sieht's denn mit Ihren bisherigen Berufs- und Studienerfahrungen aus? Damit wir wissen, wie wir Sie am besten einsetzen können.«

»Ich habe einen Bachelor in Soziologie und jetzt mache ich den Master in Gender Studies«, antwortete sie nicht ohne Stolz.

Lang wagte gar nicht, in Nowotnys Richtung zu schauen.

»Tschender Staddies? Was lernt man denn da?«, kam es prompt von dessen Seite.

»Also, zuallererst geht es darum, zu verstehen, dass der Begriff ›Gender‹ nur eine soziokulturell bedingte Konstruktion ist, keine naturbedingte Tatsache«, verfiel sie sofort in einen belehrenden Tonfall. »Wir untersuchen, welche Bedeutung dieser Geschlechterbegriff in der Gesellschaft hat und welche Wirkung davon ausgeht. Gegenstand der Betrachtung sind zum Beispiel Machtverteilung, Sozialstrukturen, Sprache, Ungleichheit und deren Konsequenzen, alles natürlich interdisziplinär.«

Nowotny schüttelte nachdenklich den Kopf bei diesem mit dünner Stimme vorgebrachten Vortrag der kleinen Person in der seltsamen Aufmachung.

»Tut mir leid, ich kann mir nichts darunter vorstellen. Können Sie uns vielleicht ein konkretes Beispiel geben? Geht es um Diskriminierung, Schlechterstellung von Frauen gegenüber Männern?«

»Nun ja, das ist natürlich ein wichtiger Aspekt. Aber man kann es nicht darauf beschränken, es gibt ja klarerweise auch nicht nur zwei Geschlechtsidentitäten, sondern eine ganze Vielfalt. Sehr verräterisch ist immer, wenn im Sprachgebrauch nur das männliche Geschlecht genannt wird mit dem Argument, Frauen seien ›mitgemeint‹. Man könnte ja umgekehrt auch nur die weiblichen Formen verwenden und sagen, Männer seien mitgemeint. Als konkretes Beispiel fällt mir übrigens eine Studie ein, die wir letztes Semester in einem Seminar analysiert haben. Dabei ging es um Sexismus in Witzen.«

»Also da kenne ich mich aus!«, rief Nowotny, bevor Lang oder Sickinger ihn zum Schweigen bringen konnten. »Ich erzähle jetzt einmal einen, der ist garantiert nicht sexistisch. Sitzen drei Freunde im Wirtshaus, kommt die Kellnerin und fragt, was sie trinken wollen. Sie bestellen alle a Krügel Bier, und der Letzte sagt noch dazu: ›aber Anni, in an saubern Glasl, gö?‹ Dann kommt die Kellnerin zurück mit drei Krügeln Bier und fragt: ›Wer kriagt jetzt des saubere Glasl?‹«

Nowotny lachte lauthals heraus, und der zwischenzeitlich erbleichte Sickinger sowie Lang stimmten erleichtert ein. In das Fettnäpfchen eines frauenfeindlichen Witzes war Helmut zum Glück nicht getreten. Es wäre zu peinlich gewesen, wenn man dieser Podiwinsky gleich bei der Begrüßung einen Grund geliefert hätte, zu ihrem Onkel zu laufen. Cleo lachte nicht richtig, sondern verzog nur sarkastisch den rechten Mundwinkel, wie sie es von ihr kannten. Leo brauchte einige Sekunden, um zu realisieren, dass auch Alithia nicht lachte oder auch nur lächelte. Im Gegenteil, ihr Gesicht war zu einer entrüsteten Maske erstarrt. Das Lachen der anderen erstarb.

»Das nennen Sie nicht sexistisch?«, herrschte sie Nowotny an, was zusammen mit ihrer hohen Stimme einen ausgesprochen komischen Eindruck hinterließ. »Die Protagonisten sind drei erwachsene, wahrscheinlich ältere Männer, die ihre Zeit in einer Gaststätte verbringen, während ihre Ehefrauen vermutlich das Essen zubereitet haben und nun warten müssen, bis die werten Herren nach Hause zu kommen geruhen. Es tritt eine junge Frau in einer dienenden, unterwürfigen Rolle auf, die von den Männern geduzt wird. Am Schluss folgt noch eine Pointe, bei der die dienende Frau als gleichzeitig einfältig und unsauber, ihrer Aufgabe nicht gewachsen, dargestellt wird. Und das soll nicht sexistisch sein?«

Betretenes Schweigen machte sich breit. Das war wohl danebengegangen.

21

Noch vor der Teambesprechung verabschiedete sich Sickinger in den Urlaub, nicht ohne Nowotny mit Blicken durchbohrt zu haben. Lang begleitete ihn noch kurz in den Vorraum. Der Oberst gab ihm keine Gelegenheit die Vorwürfe vorzubringen, die in Leo tobten. Stattdessen raunte er ihm zu, auf Nowotny aufzupassen und ihn selbst notfalls im Urlaub anzurufen, »aus welchem Grund auch immer«. Leo kannte als Einziger in der Dienststelle die private Handynummer seines Vorgesetzten.

»Schönen Urlaub, und viel Spaß bei der Raucherentwöhnung!«, rief er dem Rücken des sich Entfernenden als Rache nach.

Die Teambesprechung verlief in gespannter Atmosphäre. Lang hatte keine Ahnung, was er mit Alithia anfangen sollte und hatte sie – nach sehr kurzer Einführung zum laufenden Fall – folglich angewiesen, erst einmal nur gut zuzuhören und dann wechselweise ihn, Cleo und Helmut zu begleiten. So wie er selbst würden sich die anderen in ihrer Gegenwart bestimmt auch unwohl und beobachtet fühlen.

Wenigstens hatten sie jetzt von Barbara Roth und Eva-Maria Tichy die Liste der Autopassagiere in Mathieu Rasslings Wagen bekommen, die den beiden Sekretärinnen nach gemeinsamer Überlegung eingefallen waren. Es waren zwölf an der Zahl. Wie angekündigt, waren drei davon die beiden Damen selbst und Barbaras Sohn Pascal. Alle Passagiere waren fein säuberlich aufgelistet mit ungefährem Datum, Kontaktdaten, Ziel oder Grund der Fahrt, Position des Mitfahrenden. Einige der angeführten Personen kannten sie bereits.

»Marc Rassling, der Bruder, bei einer Fahrt zur Wirtschaftskammer. Seine beiden Kinder Felix, der jüngere Sohn, und Marianne – die saß hinten. Hier steht, dass sie die

Geschäftsleitung zu einer Preisverleihung bei einem Lehrlingswettbewerb begleiteten. Macht wahrscheinlich einen guten Eindruck, wenn da junge Leute mitkommen. Das Auto ihres Vaters war schon voll, deshalb nahm Mathieu sie mit. Claire Rassling, er hat sie einmal in die Stadt gefahren, als sie ihren Wagen zum Service in der Firma abgegeben hatte. Anscheinend betreute dieser Zawlacky, der Fuhrparkleiter, nicht nur die Firmenautos, sondern auch die der anderen Familienmitglieder. Der Zawlacky steht selbst auch auf der Liste, klar, er wird mit dem Auto beim Fahren auf dem Firmengelände, unterwegs zur Tankstelle und beim Reinigen in Kontakt gekommen sein. Hier steht ›Fahrersitz‹ und ›Beifahrersitz‹, das ist schlüssig.«

Er sah in die Runde, alle nickten, außer der Podiwinsky. Cleo hatte angefangen, parallel zu Langs Ausführungen die Falltafel zu gestalten.

»Dann noch vier Firmenangehörige. Steffen Immig, Entwicklungschef bei Rassling, bei einer Dienstreise nach Paris dabei; Heinrich Faust, der IT-Leiter, ebenfalls Paris, aber bei einer späteren Reise als Immig.«

»Das mit dem Faust ist ein Witz, oder?«, unterbrach ihn Nowotny.

»Keineswegs, wieso?«, entgegnete Lang, der nicht zum Scherzen aufgelegt war.

»Na, Faust und dann aa noch Heinrich! ›Heinrich, mir graut's vor dir!‹, kriegt er bei Goethe an den Kopf geworfen, der Doktor Heinrich Faust. Vielleicht ein Zeichen?«

Die Namensgleichheit mit dem Protagonisten aus Goethes berühmter Tragödie war Leo bisher entgangen. Er zuckte die Achseln.

»Eher ein Zeichen, dass Heinrichs Eltern bei der Namensgebung einen sonderbaren Sinn für Humor hatten«, erwiderte er. »Aber vielleicht ist er, ähnlich wie Goethes Faust, ein

Hexenmeister, besonders im IT-Bereich.« Er nickte Cleo zu, die Fausts Namen die Anmerkung ›IT!!!‹ hinzufügte.

»Die beiden Letzten sind erstens Wolfgang Lutz, der Produktionsleiter, bei einer gemeinsamen Reise zu einem Lieferanten. Er war zur Tatzeit auf den Seychellen, richtig?« – Cleo nickte, sie hatte das bereits verifiziert – »und kommt erst am 27. August wieder zurück. Zweitens Frau Mirjana Stranzinger, CFO bei Rassling, auf dem Weg zu einer Veranstaltung.«

»Was ist ein Si-Ef-O?«, wollte Nowotny wissen.

»Chief Financial Officer, Leiterin des Finanzwesens«, antwortete Alithia unerwartet.

»Die Helene Leeb schreibe ich auch gleich dazu. Sie steht natürlich nicht auf der Liste, aber ihrer eigenen Aussage nach hat sie sich auf den Beifahrersitz gesetzt, als sie Mathieu im Auto entdeckt hat«, meinte Cleo.

»Gut, dann haben wir jetzt also dreizehn Personen, die im Auto waren und dort Spuren hinterlassen haben könnten. Laut Spurensicherung gibt es Spuren von siebzehn Personen im Auto. Mindestens vier davon können keiner dieser Personen zugeordnet werden, sind also von Personen, die wir nicht auf der Liste haben.«

»Zum Beispiel diese Pokornys, die Familie von der Leeb«, ergänzte Nowotny. »Oder der Psychopath, dieser Konkurrent in spe, wie haaßt der wieder?«

»Klinka«, erwiderte Cleo. »Genauso die Verhandler dieser Firma Sanoria, die Mathieus Anteile kaufen wollte. Oder irgendwelche mitgenommene Leute, von denen die Sekretärinnen nichts wussten. Autostopper, Freunde, wer auch immer.«

»Wenn die Spuren von einem der Pokornys stammen, hätten sie jedenfalls extremen Erklärungsbedarf«, so Lang. »Sie kannten den Namen ihres Geliebten ja nicht, sagte Helene Leeb.«

»Und abgesehen von den ganzen Spuren und Mitfahrenden kanns sein, dass die Mörderin gar keine Spuren hinterlassn hat«, rundete Nowotny die Betrachtungen ab.

»Mörderin? Du gehst davon aus, dass eine Frau den Mord begangen hat?«, wunderte sich Lang, dem bisher keinerlei Hinweise in diese Richtung aufgefallen waren.

»Keineswegs!« Nowotnys Miene war undurchdringlich. »Ich habe nur die Anregung unserer neuen Kollegin beherzigt und ausschließlich die weibliche Form benutzt. Männer sind selbstverständlich mitgemeint.«

Die Genannte schaffte es nicht, ein Lächeln hervorzubringen oder ein neutrales Gesicht aufzusetzen. Die Frustration war ihr deutlich anzumerken.

»Aber jetzt wo du es erwähnst«, fuhr Nowotny fort, »wäre es natürlich leicht möglich. Diese überwuzelte Claire Rassling mit ihrem schöngeistigen Getue, Hund, Katzerl, Blumerl und so weiter ist vielleicht ein tiefes Wasser. Zum Beispiel: Attraktiver Strizzi bandelt mit unscheinbarer Frau an, um an ihr Geld zu kommen, und stiftet sie zum Mord an. Oder Helene Leeb, auch nicht mehr die Jüngste und nicht grad Miss Welt, wenns mi fragts. Wenn die Tichy, diese Sekretärin, wirklich so fesch is wie ihr sagts, ist es doch viel plausibler, dass der Rassling sich mit der was angefangen hat, wo er sie dauernd vor der Nase hat im Büro. Und sie, die Leeb, steht auf amoi vor dem Nichts. Mann weg, Freund weg, Haus weg. Logisch, dass sie sich da rächen wollte.«

»Das mit Claire Rassling scheint mir sehr weit hergeholt, auch wenn sie kein Alibi hat«, meinte Lang. »Auf dem Handy gibt es nur wenige Gesprächspartner, die müssen natürlich noch analysiert werden. Helene Leeb ist da schon ein anderes Paar Schuhe. Dieser Sexspielzeugkoffer, der schon seit einiger Zeit nicht mehr geöffnet wurde … mir fällt jetzt auch ein, dass Frau Tichy unser Mordopfer unter anderem als ›fordernd‹ bezeichnet hat. Das könnte sich natürlich sehr wohl auf eine Affäre beziehen.«

Cleo räusperte sich.

»Könnte, aber ich glaube es nicht. Ich hatte den Eindruck, dass Eva-Maria Tichy nicht auf Männer steht. Ihre Freundin hat sie von der Arbeit abgeholt, hat sie gesagt. *Ihre* Freundin, nicht *eine* Freundin.«

»Interessant«, zeigte sich Leo verblüfft. »Das hätte ich nicht so aufgefasst. Frauen reden doch oft von ›meiner Freundin‹, auch wenn sie mehrere haben? Wir sollten versuchen, das zu verifizieren.«

Alithia war während dieser Diskussion zunehmend unruhiger geworden. Mit missmutigem Gesichtsausdruck platzte sie nun heraus: »Einfach unglaublich, wie sexistisch Ihre Betrachtungsweise ist! Eine etwas ältere Frau soll leicht von einem attraktiven Mann zum Mord anzustiften sein! Eine durchschnittlich aussehende Frau wird automatisch sitzen gelassen für eine junge, gutaussehende! Und das alles ohne irgendeinen näheren Hinweis! Merken Sie nicht, wie klischeehaft diese Annahmen sind?«

»Klischeehaft vielleicht, aber sehr oft entwickeln sich Verbrechen leider wirklich anhand von Klischees. Wir sind erst in der Anfangsphase der Ermittlungen, da muss es möglich sein, Hypothesen aufzustellen und die Gedanken und Ideen frei fließen zu lassen, auch ohne nähere Hinweise. Da können und werden wir keine Rücksicht darauf nehmen, ob Ihnen diese Vorgehensweise nun sexistisch erscheint oder nicht, Frau Podiwinsky!« Leo hatte sich mehr von seinem Unmut mitreißen lassen, als er beabsichtigt hatte. Innerlich zählte er bis drei, bevor er weitersprach.

»Gut, aber kehren wir jetzt zurück zu den Fakten und zu unseren Aufgaben. Wir müssen uns die Passagiere der

Reihe nach vornehmen. Wir werden versuchen, von allen DNA-Proben und Fingerabdrücke zu bekommen, die wir dann mit den Spuren vergleichen können. Außerdem hören wir uns an, was die Damen und Herren zu ihren Alibis zu sagen haben und überprüfen diese. Gleichermaßen bei den Pokornys, dem Klinka, dem Konkurrenten, und wir versuchen herauszufinden, wer der Verhandler der Sanoria war. Vielleicht kann uns die Frau Leeb dabei helfen. Ach ja, und bei der Befragung der Firmenangehörigen sollten wir versuchen herauszubekommen, worum es bei diesem Streit zwischen den Brüdern gegangen sein könnte. Außerdem stehen noch etliche unerledigte Punkte auf der To-do-Liste. Es gibt Arbeit genug.«

Mit diesen Worten beendete er die Sitzung.

22

Beim Verlassen des Büros am späteren Nachmittag wartete er noch kurz auf Cleo, die auch schon dabei war, die Arbeit zu beenden, bei der ihr Alithia wortlos zugesehen hatte. Die Letztgenannte und Helmut hatten sich bereits ins Wochenende verabschiedet.

»Ziemliche Nervensäge, die Kleine, was?«, eröffnete Leo die Plauderei.

»Ja, schon. Vielleicht muss man ihr ein bissl Zeit geben und eine sinnvolle Aufgabe. Kann sein, dass sie sich mit der Zeit entwickelt.«

»Dein Optimismus in Ehren. ›Bedeutung des Geschlechterbegriffs in der Gesellschaft‹, ›soziokulturelle Konstruktionen‹, ›Vielfalt von Geschlechtsidentitäten‹, ›Sprachgebrauch mit dem männlichen Geschlecht‹, ich bin mir vorgekommen wie in einem Feminismus-Umerziehungslager.«

Cleo schmunzelte, wurde aber gleich wieder ernst. »Mit dem Sprachgebrauch hat sie allerdings zum Teil recht, finde ich.«

»Im Ernst? Meinst du wirklich, wir sollten nur die weiblichen Formen verwenden oder versuchen, das Binnen-I zu sprechen?« Leo spielte auf den Brauch mancher Personen an, beim Sprechen nach der männlichen Bezeichnung kurz innezuhalten, um dann die weibliche Endung quasi als neues Wort anzuhängen. Polizist-Pause-Innen. Da war ihm die längere Formulierung »Polizistinnen und Polizisten« weitaus lieber, wenn sie auch zu sperrigen und schwer verständlichen Sätzen führen konnte, besonders in der Einzahl, wenn auch noch »er«, »sie« und die weibliche und männliche Form der Artikel und Adjektive berücksichtigt werden mussten.

»Nein, aber es wäre schon schön, wenn die Sprache – als Spiegel der Gedanken – manchmal ein bisserl sensibler gehandhabt werden würde. Zum Beispiel hatte ich bei Polizeiseminaren schon Vortragende, die uns prinzipiell mit ›meine Herren‹ anredeten, obwohl sicher ein Fünftel der Teilnehmenden Frauen waren. Die meinten das gar nicht böse, sie haben uns Frauen halt einfach nicht wahrgenommen. Stell dir vor, du redest vor einem gemischten Publikum, vielleicht auch noch von Ranghöheren, und begrüßt es mit ›meine Damen‹! Oder wenn immer nur von ›Lehrern‹ die Rede ist, obwohl siebzig Prozent Lehrerinnen sind, an Volksschulen sogar neunzig Prozent. Oder dass Fußballspielerinnen trotzdem eine ›Mannschaft‹ bilden. Oder dass Frau Klasnic seinerzeit als ›Frau Landeshauptmann‹ angesprochen werden wollte, wahrscheinlich weil sie Angst hatte, sonst nicht ernstgenommen zu werden. Beispiele gibt's viele.«

»So habe ich das bisher noch nicht betrachtet. Es stimmt schon, ich möchte auch nicht mit ›meine Damen‹ angesprochen werden. Vielleicht gelingt es mir, in Zukunft ein bisserl sensibler zu sein und die Frauen sowohl mitzudenken als mitzunennen. Das mit den ›Teilnehmenden‹, wie du sie genannt hast, ist eigentlich auch eine ganz gute Möglichkeit, mit einem Wort beide Geschlechter zu nennen.«

Jetzt verzog Cleo in altgewohnter Weise ihren rechten Mundwinkel. »Toll! Bei der Podiwinsky wird das allerdings nicht genügen, da müsstest du schon Gender-Sternchen verwenden.«

»Was?«

»Na, du hast es ja gehört. Eine Vielfalt von Geschlechteridentitäten. Deshalb verwenden sie und ihresgleichen jetzt statt dem Binnen-I das Gender-Sternchen. Das besagt, dass nicht nur Männer und Frauen gemeint sind, sondern auch alle anderen Geschlechter. Also statt ›Lehrer-groß-Innen‹ jetzt ›Lehrer-Sternchen-innen‹.«

»Alle anderen Geschlechter! Und wie spricht man das dann aus? Lehrersterninnen?«

»Finde es heraus«, sagte Cleo, jetzt definitiv grinsend, während sie die Tür ansteuerte. »Schönes Wochenende!«

23

19. August

Der Nieselregen, der bereits in der Nacht eingesetzt hatte, hielt auch am Samstagvormittag an. Weder Marlene noch Leo wollten sich dadurch die Laune verderben lassen, sodass sie beschlossen, einen langen Praterspaziergang zu machen. Der dreizehn Kilometer lange Stadtwanderweg 9 war wie geschaffen für dieses Vorhaben. Marlene schlüpfte mühelos in ihre angeblich zu engen Lieblingsjeans, in eine selbst geschneiderte, sehr fröhlich wirkende gemusterte Tunika und einen knallroten Lack-Regenmantel mit Kapuze. In ihren wasserdichten Sportschuhen stand sie schon bei der Tür, als Leo noch beim

Anziehen war. Ein bisschen erinnerte sie ihn an einen Hund, der freudig schwanzwedelnd den Gassigang erwartet, doch er hütete sich natürlich, diesen Gedanken laut auszusprechen.

»Uralt«, sagte sie, mit dem Finger auf sich selbst zeigend. Sie meinte den Regenmantel. »Ich würde ihn aber nie weggeben, er wird spätestens alle drei Jahre wieder modern.«

Beim flotten Gehen im ebenen Gelände blieb ihnen genügend Atem zum Reden. Leo berichtete in anklagendem Ton von der Praktikantin, die Sickinger ihm »aufs Aug gedrückt hatte«, wie er sagte. Er erwartete, dass Marlene sich angesichts seiner Schilderung ihres Äußeren köstlich amüsieren würde. Dem war aber nicht so.

»Klingt pubertär und unsicher«, meinte sie nachdenklich. »Sie will provozieren, vielleicht weil sie glaubt, dass ihr Aussehen – ich meine ihre natürliche Erscheinung, so wie sie wirklich ist – ihrer Umwelt nicht gefällt. Das müsste ihr als Feministin natürlich egal sein, weshalb sie maximal anecken will. Vielleicht steckt ein ganz anderer Mensch unter diesem Trotzpanzer.«

»Na, sie eckt bei uns jedenfalls maximal an mit ihren arroganten Vorträgen zum Thema Sexismus, Geschlechtervielfalt, über verbotene Witze und richtiges Gendern!«

»Findest du das denn so schlimm? Dein Nowotny kann da sicher ein bisserl Nachhilfeunterricht gebrauchen, wenn ich mir deine Erzählungen so anhöre. Und Frauen sind nun einmal unterrepräsentiert in der Sprache, da schadet es doch nicht, sie extra zu nennen – allerdings ohne Endungswürste, die gefallen mir auch nicht.«

»Interessant, die Cleo hat fast dasselbe gesagt«, erwiderte er.

»Hattest du eigentlich mal was mit der Cleo?«, fragte sie leichthin. Die plötzliche Frage rief in ihm eine so automatische Abwehrreaktion hervor wie die Immunantwort des Körpers auf eindringende Bakterien.

»Aber nein, wie kommst du darauf?«, hatte er bereits ge-antwortet, bevor sein Verstand Gelegenheit gehabt hatte, das Kommando zu übernehmen. Das wäre doch *die* Gelegenheit gewesen, ihr diese beschämende Episode, lange bevor sie beide sich kennengelernt hatten und lange bevor Cleo seine Mitarbeiterin geworden war, zu beichten – wie besoffen er ge-wesen war und wie er sich kaum mehr erinnern konnte, was wirklich geschehen war. Noch war es möglich, noch konnte er mit einem »außer damals als ...« der Wahrheit die Ehre geben – doch schon eine Sekunde danach war es zu spät.

»Ach, nur so. Wäre ja nichts Schlimmes gewesen, du als Geschiedener und sie, die anscheinend keine Gelegenheit auslässt. Schau mal, das Schweizerhaus, die müssen ihre Stelzen heute drinnen servieren. Ich krieg Hunger, wenn ich dran denke. Was machen wir heute, indischen Reis mit Gurkensalat?«

»Ja, und Datteln im Speckmantel als Vorspeise«, bestä-tigte er. Themenwechsel, vorbei die Gelegenheit, zu groß der Kontrast zu ihrer lackrotbemäntelten Fröhlichkeit. Der »indische Reis« war ein vegetarisches Essen, das er selbst er-funden hatte: Gewürze wie Kardamom, Cumin und Panch Puren wurden mit Basmatireis angeröstet, mit Gelbwurz und Currypaste abgeschmeckt und nach dem Fertigdünsten mit Pinienkernen vermischt. Der Gurkensalat dazu mit viel Knoblauch und gerösteten Sesamkörnern war unerlässlich. Die Aussicht auf das gemütliche gemeinsame Kochen erlaub-te ihm, seine kleine Schwindelei von vorhin erfolgreich zu verdrängen.

Marlene nahm nun ihrerseits die Gelegenheit wahr, ihm eine Essenseinladung ihrer Eltern für den nächsten Sams-tag zu unterbreiten. Er kannte die beiden noch nicht, wusste aber, dass Marlenes Verhältnis zu ihnen nicht ganz unprob-lematisch war.

»Gern! Bis dahin musst du mir halt beibringen, welche Themen tabu sind und womit ich mich bei ihnen beliebt machen kann«, sagte er zu, ohne auch nur im Geringsten über den Pflichttermin an einem Samstag zu lamentieren. Ob ihn das schlechte Gewissen so großzügig hatte werden lassen?

24
21. August

Nowotny hatte herausgefunden, dass die früheren Video-überwachungen der Hotelgarage, wie Cleo richtig vermutet hatte, doch nicht nach 72 Stunden gelöscht worden waren. Im Gegenteil, es lag ein ganzer Monat an Videomaterial vor. Das kam Lang sehr gelegen. Weniger, weil er an Hinweise auf den mysteriösen Verfolger, der vielleicht auch der Täter war, glaubte, sondern weil er Alithia Podiwinsky damit längere Zeit beschäftigen konnte. Die Beschlagnahmeanordnung würde er gleich anschließend bei Brodnig, dem Staatsanwalt, beantragen.

»Ich möchte, dass Sie sich die Videoaufzeichnungen des ganzen Monats sehr sorgfältig ansehen und auffällige Tiefgaragenbesucher herausfiltern, Frau Podiwinsky. Das könnte sehr wichtig sein für unseren Fall.«

»Des ganzen Monats? Das dauert ja eine Ewigkeit! Und woher soll ich überhaupt wissen, ob jemand auffällig ist?«

»Wir suchen nach einem jungen Mann«, half Cleo. »Einem, der die Örtlichkeiten auskundschaften wollte. Normale Tiefgaragenbenutzer fahren ein, steigen aus, sperren ihr Auto ab, gehen direkt zum Ausgang. Oder umgekehrt kommen sie von der Rezeption, sperren das Auto auf und fahren weg. Jeder, der sich nicht so verhält, ist auffällig. Jemand, der herumspaziert oder herumlungert. Jemand, der vielleicht ohne Auto unterwegs ist, der zum Beispiel von oben kommt, herumgeht und wieder mit dem Lift nach oben fährt oder über die Treppe hinaufgeht. Jemand, der vielleicht mit einem Fahrrad unterwegs ist. Jemand, der eher groß ist und kurze braune Haare hat, laut Frau Leeb.«

Alithia seufzte und fügte sich in ihr Schicksal. Lang setzte noch eins drauf, indem er das Resultat der Suche nach umliegenden Kameras einforderte, doch hier hatte die Praktikantin Glück: Es gab nur welche in einer benachbarten Bank.

»Die rücken ihre Aufzeichnungen nicht freiwillig heraus, und die Staatsanwaltschaft wird da auch nicht mitspielen«, sagte Cleo. »Außerdem ist der Mörder nach der Tat bestimmt nicht in eine Bankfiliale gegangen. Und selbst wenn, hätte er sich dort wohl kaum auffällig verhalten.« Alithia bedachte sie mit einem Blick, den man als dankbar interpretieren konnte.

»Ach ja«, setzte Cleo fort, »die Frage, ob der Mörder die Garage über die Rezeption verlassen hat, konnte ich klären. Definitiv nicht, da sind sich die Dujmović und der Föderl einig.«

In diesem Augenblick läutete das Telefon. Lang schaltete auf Lautsprecher, als sich herausstellte, dass der Anrufende Vedran Simic, der Leiter der Suchtmittelgruppe war.

»Hallo zusammen. Ich hatte ja versprochen, dass wir uns wegen des Fentanyls umhören. Leider kann ich euch da wenig bieten, was euch weiterhelfen könnte. In Amerika ist das Zeug schon zu einer richtigen Seuche geworden, die meisten Drogentoten dort sind mittlerweile darauf zurückzuführen. Zum Beispiel Prince, der Popstar, starb an einer Überdosis Fentanyl. Und auch bei uns ist der Dreck stark im Kommen und schon weit verbreitet. Es wird sehr gern zum Strecken von Heroin verwendet, weil es vergleichsweise billig ist – dabei ist es fünfzigmal so stark. Und in letzter Zeit ist etwas aufgetaucht, das noch einmal hundertmal so stark ist wie Fentanyl. Nennt sich Carfentanyl. Davon kannst durch den bloßen Hautkontakt schon sterben. Aber gut, das hat jetzt nichts mehr mit eurem Toten zu tun. Tatsache ist, dass jeder, der sich Heroin beschaffen kann, auch Fentanyl bekommt. Und das sind nicht wenige.«

Das betretene Schweigen, das auf diese Worte folgte, unterbrach Simic rasch.

»Es gibt aber etwas anderes, das sehr interessant ist. Wir hatten eure Anfrage an die einzelnen Polizeiinspektionen weitergegeben, weil die ihre Grätzel am besten kennen. Am Freitagnachmittag hat sich ein Kollege von der Polizeiinspektion Viktor-Christ-Gasse gemeldet, einer von denen, die weiter denken als ihre Nase lang ist. Der Mann heißt Johnson Awaziem, er hat übrigens nigerianische Wurzeln. Jetzt muss man wissen, dass sie dort am Gaudenzdorfer Gürtel und im Haydnpark in letzter Zeit öfters Probleme hatten. Die Drogenhändler und ihre Klientel übersiedeln dauernd, um unseren verschärften Kontrollen seit der Gesetzesnovelle zu entgehen, und manche waren halt auch schon dort tätig. Das regt die Anrainer natürlich gewaltig auf, vor allem, weil im Park auch Kinder spielen. Manche sind der Meinung, dass die Polizei zu wenig tut. Sie passen also selbst zusätzlich auf, kontrollieren inoffiziell und so weiter. Gschaftlhuberei, aber wir können kaum was dagegen machen. Sie gehen ja sozusagen nur dort spazieren. Einer von denen – ein Pensionist, ein gewisser Chvala – kontrolliert die Mistkübel und der hat im Park, in der Nähe des Gürtels, eine Spritze und einen Elektroschocker aus dem Müll gefischt. Er ist damit zur Inspektion marschiert, hat es dem Awaziem auf die Budel geknallt und ihm dann noch halb unterstellt, dass er gemeinsame Sache mit der nigerianischen Drogenmafia macht. Der Awaziem hat den Hilfssheriff beruhigen können, ein Protokoll aufgenommen und die Sache erst einmal nur auf dem Dienstweg weitergeleitet. Als er unsere Anfrage wegen des Fentanyls und der aktuellen Drogenaktivitäten in den Inspektionen zu Gesicht bekam, dachte er, dass dieses Zeug vielleicht in der Spritze gewesen sein könnte und er hat uns angerufen. Da bin ich natürlich hellhörig geworden – vor allem, weil ihr einen Tatablauf mit Elektroschocker hattet und weil man so ein Ding normalerweise nicht in den Müll wirft.«

»Wann war das, und wo genau? Wurden die Sachen sichergestellt? Hat der Mann sonst noch etwas gefunden? Gummihandschuhe?«, sprudelte es aus Leo heraus.

»Alles der Reihe nach. Der Awaziem hat zum Glück ein recht genaues Protokoll angefertigt. Gefunden wurden die Dinge am Freitag, dem 11. August, ungefähr um elf Uhr Vormittag, also einen Tag nach eurem Mord. Die Mülleimer werden am Freitagnachmittag ausgeleert, der Inhalt kommt in einen Sammelcontainer und die MA 48 kommt am Montag früh. Vom Chvala habe ich hier Vorname und Adresse. Er hatte sonst nichts Verdächtiges im Müll gesehen, aber zur Sicherheit ist der Kollege mit ihm mitgegangen und hat den restlichen Inhalt noch einmal gemeinsam mit ihm durchgesehen. Nichts, nur normaler Müll. Der Aufstellungsort des Mülleimers ist hier in einer Skizze eingezeichnet. Die Spritze und der Schocker sind säuberlich in einem Plastikbeutel verwahrt. Schätze, der Awaziem kann bald bei euch anfangen, wenn er so weitermacht. Du bekommst das Protokoll, die Sachen gebe ich am besten gleich express der Spurensicherung, oder?«

»Ja, bitte. Ich danke dir sehr für deine Hilfe, Vedran. Vielleicht geht sich demnächst einmal ein Bierchen aus?«

Sie mussten die Ergebnisse der Untersuchung durch Sendlingers Leute zwar abwarten, doch alle waren sie bereits jetzt überzeugt, auf die Tatwaffen gestoßen zu sein.

»Keine Gummihandschuhe. Das bedeutet, er hat keine getragen oder er hat sie woanders entsorgt.« Nowotny, fernab des Wienerischen.

»Letzteres«, sagte Cleo mit einer Sicherheit, als sei sie dabei gewesen. »Nur so passt es zur restlichen akribischen Planung. Die Spritze wurde dort entsorgt, wo er dachte, dass sie nicht auffallen würde. Wer beachtet eine Spritze in einem Junkiepark? Der Schocker ist in diesem Milieu wahrscheinlich auch nichts Ungewöhnliches. Sollte er von einem miststierlenden Junkie gefunden werden, konnte er damit rechnen, dass ihn der Finder behalten und selbst nutzen würde.«

»Wo sind also jetzt diese Gummihandschuhe, voller DNA und Fingerabdrücke?« Nowotny klang richtig begierig.

»Wenn er sie in einen anderen Mistkübel geworfen hat, sind sie jedenfalls weg«, erwiderte Lang. Ihr habt ja gehört, dass die MA 48 immer Montag früh kommt, also haben sie inklusive heute die Kübel schon zweimal geleert. Er könnte sie auch durch ein Kanalgitter geworfen haben. Verbrannt eher nicht, so was würde im Sommer auffallen. Wer immer das getan hat, war schlau genug um zu bedenken, dass die Handschuhe Spuren enthielten und deshalb getrennt entsorgt werden mussten. Ich fürchte, da haben wir keine Chance. Aber der Fundort ist interessant, vielleicht gibt es dort Überwachungskameras. Wie weit entfernt ist das vom Tatort?«

»Sechs Minuten mit dem Auto, acht Minuten mit dem Fahrrad, halbe Stunde zu Fuß, zehn Minuten für einen Läufer, zwölf Minuten mit Öffis«, antwortete Alithia, die auf ihrem Tablet herumgetippt hatte, zum Erstaunen der Übrigen. Sie hatten sie ganz vergessen gehabt. »Zwei Kilometer.«

»Okay, wir kümmern uns als Erstes um den Finder, noch bevor wir mit den Autopassagieren anfangen. Befragung, Fingerabdrücke, DNA, um seine Spuren ausschließen zu können. Wir stellen fest, wo die nächsten Überwachungskameras sind, außerdem alle Videokameras zwischen dem Papaya und dem Park. Diesen Kollegen – Awa ... Awa ...«

»Awaziem«, half Cleo aus.

»Genau, Awaziem, den befragen wir auch. Seine DNA und Fingerabdrücke sind vermutlich schon in unserer eigenen Datenbank enthalten und werden sicher gleich von der Spurensicherung abgeglichen. Wenn nicht, brauchen wir die auch. Machst du bitte den Hilfssheriff, Helmut? Cleo und ich gehen zum Awaziem, und Sie bleiben bitte hier und sichten die Videos, Frau Podiwinsky.«

25
22. August

Weil er Struktur in ihre Arbeit bringen und die Gedanken präzisieren und zusammenfassen wollte, hatte Lang eine große Lagebesprechung angesetzt mit dem Ziel, Motive und Theorien zu entwickeln. Am Freitag hatten sie schon ein wenig herumspekuliert, nun war es an der Zeit, die bisher bekannten Personen in ein Rahmenwerk einzupassen. Zur besseren Einordnung möglicher Motive hatte er Anna Bruckner, die weißhaarige, jugendlich-elegant wirkende Leiterin des Psychologischen Dienstes, um ihre Teilnahme gebeten. Schon ihre bloße Erscheinung schien der kleinen Gruppe mehr Tiefe und Professionalität zu verleihen. Sie nickte allen gleich offen und freundlich zu. Falls Alithias Aufmachung sie überraschte, ließ sie sich jedenfalls nichts anmerken. Lang graute schon jetzt vor dem hoffentlich noch sehr fernen Tag, an dem seine ehemalige Therapeutin in Pension gehen würde.

Gerade als sie beginnen wollten, meldete sich Sendlinger mit den Ergebnissen der Untersuchung des Elektroschockers und der Spritze.

»Das wird euch nicht gefallen«, warnte der Gerichtsmediziner, noch bevor er dem Resultat ein Wort gewidmet hatte.

»Abgesehen von den reichlichen Spuren dieses Herrn Chvala und den ganz wenigen des Johnson Awaziem fand sich nichts auf den Gegenständen. An der Nadel der Spritze konnten wir Blutspuren von Mathieu Rassling feststellen. Der Schocker entspricht genau den Spuren an der Leiche. Fazit: zweifelsfrei die Tatwaffen, beides Massenware, keine Täterhinweise.«

Sendlinger hatte recht gehabt, dieses Ergebnis gefiel niemandem. Weder der Pensionist noch der Kollege hatten mit ihren Aussagen etwas über das bereits Bekannte hinaus beitragen können. Die Ausbeute an Videokameras in der Umgebung des Fundorts war vernachlässigbar: lediglich zwei Bankfilialen, drei Trafiken und ein kleiner Juwelierladen überwachten ihre Innenräume, was für die Ermittlungen nicht von Bedeutung war. Die polizeiliche Videoüberwachung beschränkte sich auf einige wenige Hotspots wie Schwedenplatz und Karlsplatz. Der Haydnpark war nicht darunter.

»Das ständige Gerede von der totalen Überwachung ist ein Riesenblödsinn«, bemerkte Lang missmutig. Alithia schien etwas erwidern zu wollen, überlegte es sich aber wieder und schwieg mit bockigem Gesichtsausdruck. Anna Bruckner räusperte sich dezent.

Leo nickte ihr zu. »Die Auffindung der Gegenstände ist aber ein weiterer Mosaikstein im Täterprofil, oder?«, sagte er. »Bei der Entsorgung wurden keine Fehler gemacht. Keine Spuren auf Spritze oder Elektroschocker. Gummihandschuhe, die zwangsläufig Spuren enthalten müssten, getrennt und unauffindbar weggeworfen.«

»Genau. Das passt sehr gut zu den bisherigen Erkenntnissen. Ich schlage vor, dass ich euch erst einmal meine Analyse präsentiere. Danach kann ich, falls gewünscht, etwas zu den möglichen Verdächtigen sagen.«

Alle nickten. Lang forderte Alithia noch auf, das Protokoll zu führen, was diese mit einem bösen Blick quittierte, bevor sie anfing, ihre Tastatur zu bearbeiten. Wenn sich alle so anstellen würden, könnten wir gleich aufhören zu arbeiten, dachte er gereizt.

Anna Bruckner präsentierte ihre Theorien ohne technische Hilfsmittel und mit konzentriertem Blick, abwechselnd in alle vier ihr zugewandten Gesichter. So hatten alle das Gefühl, besonders angesprochen zu sein. Sie wussten, mit Ausnahme der Praktikantin, dass sie sie bei Fragen jederzeit unterbrechen konnten.

»Die Täterin oder der Täter ist eine extrem kalt berechnende Person, die um eines persönlichen Vorteils willen getötet hat. Hass liegt mit großer Wahrscheinlichkeit nicht vor. Das Opfer wurde nicht gequält. Es fand keine Triebbefriedigung mittels Stichwaffen, Würgen oder nachträglicher Verstümmelung statt. Es gab keine symbolische Zerstörung der Person. Es ging einzig und allein um seine Beseitigung. Das Motiv ist, wie gesagt, in einem objektiven persönlichen Vorteil des Täters zu suchen.«

»Täter oder Täterin?«, unterbrach Nowotny. »Wir haben es ja im weitesten Sinn mit einem Giftmord zu tun. Ist es nicht so, dass die meisten Giftmorde durch Frauen begangen werden?« In Anwesenheit Anna Bruckners befleißigte sogar Helmut sich einer gepflegten Sprache, dachte Lang und unterdrückte ein Schmunzeln.

»Nein, das ist ein Missverständnis«, erwiderte die Psychologin. »Untersuchungen zufolge greifen Frauen, wenn sie zu Mörderinnen werden, zwar zu neunzig Prozent zu Gift – häufig dadurch bedingt, dass ihnen zum Erwürgen oder Erstechen oft die Körperkräfte und die Gewaltbereitschaft fehlen, andererseits ist die Gelegenheit zu Giftmorden bei Frauen durch Essenszubereitung oder Krankenpflege vielfach günstig. Der Umkehrschluss ist aber nicht zulässig, also dass neunzig Prozent der Giftmorde von Frauen begangen würden. Auch Männer greifen gerne zu tödlichen Substanzen. Außerdem begehen Männer etwa zehnmal so viele Morde wie Frauen. Man kann von der Giftspritze keineswegs auf eine Frau schließen.«

Alithia Podiwinsky wirkte besänftigt, während sie diese Erkenntnisse protokollierte. Die der Nowotnysch-sexistischen Betrachtungsweise unterliegenden weiblichen Verdächtigen wurden dadurch zumindest nicht noch zusätzlich belastet.

»Welcher Art könnte der objektive persönliche Vorteil des Täters sein, den du erwähntest?«, fragte Lang. »Geld?«

»Geld ist ein naheliegendes Motiv, ganz klar. Eine Erbschaft, ein Geschäft, das vom Opfer verhindert worden wäre, die Bezahlung im Falle einer Auftragstat. Aber auch andere Beweggründe sind möglich: etwa die Beseitigung einer Bedrohung oder eines Nebenbuhlers.«

»Steht der Nebenbuhler nicht im Widerspruch zu der berechnenden eiskalten Ausführung?«, gab Cleo zu bedenken. »Da wäre dann doch sehr wohl Hass im Spiel gewesen, oder?«

»Nicht notwendigerweise«, war die Antwort. »Ein Nebenbuhler mit narzisstischer Persönlichkeitsstörung könnte sich aufgrund seines überzogenen Selbstwertgefühls und fehlenden Einfühlungsvermögens einfach berechtigt fühlen, diese Trübung seines Wohlbefindens zu entfernen. Etwa so, wie man eine Fliege erschlägt. Kein Hass auf die Fliege, sie stört nur. Fliege weg, Welt wieder in Ordnung.«

»Wäre es möglich, dass der Ermordete nur Mittel zum Zweck war?«, hakte Cleo nach. »Dass gar nicht Mathieu Rassling getroffen werden sollte, sondern in Wirklichkeit eine andere, ihm nahestehende Person? Helene Leeb zum Beispiel?«

»Interessante Frage«, meinte die Angesprochene nachdenklich. »Ja, natürlich, das wäre denkbar. In diesem Fall käme das Emotionale, das Hassmotiv, wieder zum Tragen. Jemand, der tötet, um eine andere Person zu treffen – zu bestrafen, ihr etwas wegzunehmen, sie zur Verzweiflung zu treiben. Die eigentliche Tötung konnte dann emotionslos stattfinden. Gegen Rassling wäre der Hass ja nicht gerichtet gewesen.«

»Das heißt, dass wir auch mögliche Feinde Helene Leebs untersuchen müssen«, schloss Cleo. »Sie scheint die Einzige zu sein, die unter Rasslings Tod leidet.«

»Eine Auftragstat wäre also denkbar, hast du gesagt«, nahm Lang den Faden von vorhin wieder auf. »Das würde die kalte Perfektion erklären. Dann wäre das eigentliche Motiv beim Auftraggeber zu suchen. Das könnte dann sehr wohl emotional bedingt sein, oder?«

»Glaube ich nicht«, gab sich Anna skeptisch. »Ein emotional gesteuerter Täter will selbst töten und beauftragt keinen Killer. Es ändert sich im Grunde genommen nichts.«

»In diesem Fall müsste der Auftraggeber oder die Auftraggeberin aber ein Mensch sein, der Mitwisser in Kauf nimmt und damit auch eine mögliche Erpressung«, gab Nowotny zu bedenken. Die anderen nickten.

»Das Gleiche würde gelten, wenn es mehrere Täter gäbe«, so Lang. »Fassen wir also zusammen. Am wahrscheinlichsten ist ein Einzeltäter, der empathielos nur auf seinen Vorteil bedacht ist und ohne Hass handelt, zumindest ohne Hass auf das direkte Opfer. Er oder sie ist außerdem technisch begabt – siehe Sabotage der Videoüberwachung –, vertraut mit intravenösen Injektionen, organisatorisch talentiert und Perfektionist. Diese Person konnte sich Fentanyl besorgen, verkehrt also möglicherweise in Drogenkreisen. Ich tippe auf hohe Intelligenz.«

»Das würde auch auf einen Irren zutreffen, der einfach einmal einen umbringen will, nur um zu beweisen, dass er es kann«, ließ sich nun Alithia zum ersten Mal hören. »So wie in diesem alten Hitchcock-Film, wo zwei Studenten ihren Kommilitonen umbringen und dann ein Partybuffet anrichten auf der Truhe, in der sie ihn versteckt haben.«

»Da muss ich Ihnen leider recht geben«, antwortete Anna Bruckner zu Langs Überraschung. »Es gibt Menschen mit einer sogenannten dissozialen oder antisozialen Persönlichkeitsstörung, kurz APS. Sie sind nicht in der Lage, Empathie oder Schuldgefühle zu empfinden. Menschen, die kein Gewissen besitzen und in der schwersten Ausprägung als Psychopathen angesehen werden müssen. Sie können auch sehr intelligent sein. Es ist allerdings extrem selten, dass solche Menschen derart strukturiert planen wie bei dieser Tat.«

»Also dann doch wieder eher unwahrscheinlich«, schloss Lang dieses Thema ab. Es brachte ihnen nichts, einen völlig unbeteiligten Psychopathen als Täter zu vermuten, im Gegenteil, es unterminierte die Zielstrebigkeit ihrer Ermittlungen.

»Wie habt ihr euren Fall eigentlich benannt?«, fragte Anna jetzt ihrerseits. Sie hatte recht, die Falltafel trug noch keine Überschrift, und das fast zwei Wochen nach Tatbegehung. Natürlich hätten sie einfach vom »Fall Rassling« sprechen können, aber im Allgemeinen erwies es sich als nützlich, einen nur ihnen bekannten Fallnamen zu haben. So konnten sie auch in der Öffentlichkeit darüber sprechen, ohne dass gleich jeder wusste, wovon die Rede war. Normalerweise mochte Leo es, den Namen im Team herauszuarbeiten. Es war eine kreative Tätigkeit, die das Zusammengehörigkeitsgefühl stärkte und kurz aus dem Alltag entführte. Doch bei Mathieu Rassling fiel ihm so spontan der Titel »der Träumer« ein, dass er diesen gleich laut aussprechen musste.

»Seid ihr einverstanden?«, bezog er die anderen pro forma noch ein. Allgemeines Nicken, damit war das festgelegt, und Cleo schrieb den Namen oben an die Falltafel.

»Gut, dann nutzen wir deine Mitwirkung für die Einschätzung der bisher bekannten möglichen Verdächtigen, Anna«, leitete Lang zur nächsten Phase über. Sie erwiderte mit einem kleinen Lächeln, nickte, strich sich eine Haarsträhne ihres weißen Pagenkopfs hinter das Ohr und lehnte sich zurück. Wie schaffte diese Frau es, in ihrem Alter und mit der überaus korrekten Kleidung – hellgraue Seidenbluse, weinroter Bleistiftrock, elegante Pumps in Rockfarbe – solch einen jugendlichen Optimismus zu verbreiten? Als einzigen Schmuck trug sie eine Perlenkette mit viereckigem Goldanhänger, der mit den runden Perlen kontrastierte und Alithias riesigen stählernen Feminismus-Ohranhänger noch aufdringlicher wirken ließ.

Das Erbschaftsmotiv wies auf Claire und Marc Rassling. Anna Bruckner stimmte jedoch mit den anderen überein, dass die Schwester des Ermordeten nicht ins Profil passte, besonders was die Empathielosigkeit betraf. Auch Nowotny hatte sich mittlerweile dieser Ansicht angeschlossen. Leo hatte ihn in Verdacht, Claire nur aus Freude an der Provokation Alithias einen geldgierigen Strizzifreund angedichtet zu haben.

Bei Marc hingegen lagen die Dinge ganz anders.

»Er profitiert zweifach«, sagte Cleo. »Er muss keinen Verkauf der halben Firma mehr befürchten und erbt wahrscheinlich die Hälfte von Mathieus Anteilen, besitzt also dann drei Viertel des Unternehmens und kann alles allein entscheiden. Mathieu war ihm als Mensch egal. Das würde passen.«

»Aber er ist kein Techniker, sondern Kaufmann. Woher sollte er in seiner Position die Drogenkontakte haben? Intelligenz und organisatorische Fähigkeiten sind bei ihm allerdings schon vorhanden. Er wäre der typische Auftraggeber, würde aber nie die Einbeziehung eines möglichen Erpressers riskieren. Ich kann ihn mir ehrlich gesagt ganz einfach nicht als Mörder vorstellen«, schloss Lang und schüttelte den Kopf. Alithia bedachte ihn mit einem verächtlichen Blick.

»Sie meinen, weil er ein mächtiger weißer Mann ist, ein angesehenes Mitglied der Gesellschaft? Schließlich hat er drei Kinder, die Drogenkontakte haben könnten. Der eine

Sohn geht auf die HTL, kennt sich also mit Technik aus. Die Kinder würden ihn nicht erpressen, weil sie automatisch mitprofitieren.« Wo sie recht hatte, hatte sie recht.

»Noch was«, trug Nowotny bei. »Er musste sich beeilen. Der frisch geschiedene, häuslbauende Bruder war doch ein Heiratskandidat und möglicher Familienvater, womit das Erbe flöten gegangen wäre.«

»Habt ihr schon in Betracht gezogen, dass es unbekannte Erben geben könnte? Außereheliche Kinder des Träumers?«, erkundigte sich Anna Bruckner. Das hatte zwar nichts mit psychologischer Expertise zu tun, war aber eine sehr berechtigte Frage. Schließlich war Mathieu Rassling, wie sein Verhalten im Zug gezeigt hatte, ein sexuell aktiver Mann gewesen, der überdies erst mit über dreißig Jahren geheiratet hatte.

»Bis jetzt haben wir keinerlei Hinweise in diese Richtung, insbesondere keine Unterhaltszahlungen auf seinem Konto«, so Lang. »Wenn es wirklich einen gäbe, würde er sich jedenfalls dadurch verdächtig machen, dass er seinen Erbteil beansprucht – es sei denn, er ließe sich solange Zeit, bis Gras über die Sache gewachsen ist und wir keine belastenden Indizien mehr auftreiben können …«

»… was wiederum gut zum kühl berechnenden, perfekt planenden Täter passen würde«, gab Anna zurück.

Cleo hatte inzwischen im Internet herumgesucht und konnte zu dieser Diskussion etwas beitragen.

»Er oder sie könnte sich tatsächlich Zeit lassen. Wenn das stimmt, was ich hier auf die Schnelle gefunden habe, kann das Erbe innerhalb von drei Jahren nach Kenntnisnahme beansprucht werden. Wenn diese Kenntnis nicht vorhanden ist, dauert die Verjährung 30 Jahre, steht hier. Er oder sie kann also in aller Ruhe nach x-beliebigen Jahren kassieren, nachdem er jetzt einmal dafür gesorgt hat, dass keine neuen Erben mehr nachwachsen.«

»Und wie sollen wir den finden, wenn keine Alimente ge-
zahlt worden sind?«, drückte Nowotny das aus, was sich Lang
dachte.

»Schwierig«, gab Cleo zurück, ein Wort, das sie sonst
selten benutzte. »Ich habe mich ein bissl mit Mathieus
Lebenslauf beschäftigt, wie ihr wisst. Vor zweiundzwanzig
Jahren – da war er selbst ebenfalls zweiundzwanzig – ist er
nach Paris, um zu studieren, vier Jahre lang. Dann hat er die
französische Auslandstochter vier Jahre geleitet, bis er vor
vierzehn Jahren nach Österreich zurückgekehrt ist und im
Jahr darauf die Firmenleitung übernommen und geheiratet
hat. Er könnte also sowohl in Österreich ein Kind gezeugt
haben – vor der Abreise nach Paris oder zwischendurch bei
Heimaturlauben –, in Frankreich oder wo auch immer auf
irgendwelchen Reisen.«

»Am ehesten weiß seine Schwester etwas, wir müssen
noch einmal mit ihr reden«, beschloss Leo. Dann wandte er
sich den weiteren möglichen Motiven zu.

»Ein verhindertes Geschäft hätten wir bei diesem Klinka,
dem Konkurrenten. Der wurde vom Träumer selbst als ›Psychopath‹ beschrieben. Bestimmt ist er auch technisch ver-
siert und intelligent. Klingt sehr vielversprechend. Bei diesen
Sanoria-Leuten, die die Firmenanteile kaufen wollten, sehe
ich auf den ersten Blick kein logisches Motiv. Sie haben durch
den Mord keine Chance mehr auf die Rasslingwerke.«

Nowotny schnitt eine Grimasse. »Es sei denn … überleg
mal. Die Rasslingwerke sind am absteigenden Ast, sie stag-
nieren. Dieser Marc ist nicht wirklich bereit, groß etwas zu
ändern. Was, wenn er genug vom Geschäft hatte? Wenn er
auch verkaufen wollte, aber heimlich? Die Sanoria will kaufen,
aber Mathieu taktiert hin und her. Da ist es doch viel einfacher, ihn zu beseitigen und den Deal mit Marc zu machen!«
Helmut schien sich durch übersteigerten Enthusiasmus selbst

überzeugen zu wollen, was bei diesen Argumenten kein Wunder war. Alithia hatte es bemerkt und gab ihm sofort Kontra.

»Das ist doch völlig unlogisch! Wenn Marc, genauso wie Mathieu, verkaufen hätte wollen und die Sanoria wusste das, hätten sie gleich mit beiden Brüdern verhandeln können. Und wer sollte bei so einem großen Konzern einen so starken persönlichen Vorteil haben, dass er dafür einen Mord begeht? Die Sanoria ist ein multinationaler, börsennotierter Konzern. Die Aktien gehören großteils Kapitalgesellschaften und Investmentfonds. Glauben Sie vielleicht, dass ein Fondsmanager ihn aus dem Weg räumen hat lassen, damit die Aktie steigt?«

»Wär ja ned das erste Mal«, maulte Nowotny, doch dieses Scharmützel hatte er verloren.

»Eine weiteres Motiv wäre, wie wir vorhin gehört haben, die Beseitigung einer Bedrohung oder eines Nebenbuhlers«, erinnerte Lang an Anna Bruckners Analyse. Cleo nickte.

»Genau. Hier scheinen mir die Pokornys, Mann und Sohn, gut hineinzupassen. Der Alte sieht seinen lukrativen Gemeinderatsjob davonschwimmen, und der Junge kann das Autohaus nicht übernehmen, weil der Papa es mangels Politikerkarriere notgedrungen weiterführt. Außerdem hasst er seine Mutter, wie sie selbst gesagt hat. Er hält sie für eine Schlampe, sie lässt ihn an seiner Herkunft zweifeln und um seine Stellung in der Familie bangen. So schlägt er zwei Fliegen mit einer Klappe: Er bestraft seine Mutter und beseitigt die Bedrohung. Immer vorausgesetzt, dass er oder sein Vater die Identität des Träumers herausgefunden hat.«

»Aber die Trennung war schon vor über einem Jahr«, gab Nowotny zu bedenken. »Sie hatte doch versprochen, mit der Scheidung bis nach den Wahlen zu warten. Warum sollte dann gerade jetzt einer der beiden dieses Risiko eingehen? Und wenn der Sohn so intelligent und perfektionistisch wäre wie es der Täter sein soll, hätte er wahrscheinlich maturiert und ein Studium begonnen statt Kfz-Mechaniker zu lernen, so geltungssüchtig, wie er zu sein scheint. Ich glaub auch nicht, dass ein Mechaniker eine Videoüberwachung manipulieren kann.«

Alithia, die Helene Leebs Aussagen im Detail noch nicht kannte, machte große Augen bei der Beschreibung des Sohnes.

»Und auf der anderen Seite: die Ex-Frau?«, erinnerte Anna daran, dass es nicht nur männliche Nebenbuhler geben könnte.

»Sehr unwahrscheinlich«, gab Leo zurück. »Sie wurde großzügig abgefunden. Für sie stand nichts auf dem Spiel, im Gegensatz zu den Pokornys. Kein Vorteil, kein drohender Nachteil. Sie ist eine Society-Lady, die bestimmt nicht technisch begabt ist und bei der Kontakte zu Drogenkreisen unwahrscheinlich sind. Ich würde sie, wenn überhaupt, ans Ende der Verdächtigenliste reihen.«

Dann tippte er mit seinem Stift auf die Namen der Firmenangehörigen, die in Rasslings Auto mitgefahren waren.

»Diese fünf kennen wir noch nicht, aber wir werden sie bei den Befragungen besonders darauf abklopfen, ob der Träumer für sie in irgendeiner Art eine Bedrohung darstellte. Vier davon, besser gesagt. Der Produktionsleiter Lutz hat ja ein wasserdichtes Alibi. Bleiben also der Immig, Entwicklungschef, Faust, IT-Leiter, Frau Stranzinger, CFO, und Zawlacky, Fuhrparkleiter.«

Die beiden Sekretärinnen, die sie bereits befragt hatten, schienen in puncto Organisationstalent und des zweifellos vorhandenen Perfektionismus in das Täterprofil zu passen. Eva-Maria Tichys Alibi, die Freundin, musste erst überprüft werden, Barbara Roths Einkäufe würden sich wohl nur schwer verifizieren lassen.

»Und sie hat einen schwerkranken Mann, mit dem sie jede freie Minute verbringt, ist also vielleicht vertraut mit der

Verabreichung von Injektionen«, ergänzte Cleo. »Die Frage ist, was bei ihr das Motiv sein soll.«

»Außerdem passt eine Frau, die sich so um ihren kranken Mann kümmert, überhaupt nicht in das Bild der empathielosen Täterin«, gab Anna Bruckner zu bedenken.

»Was ist eigentlich mit diesen Strichern von dem Escortservice? Ein Mann und eine Frau, hat die Leeb gesagt. Wollen wir denen auch nachgehen?«

Hastig antwortete Lang, bevor Alithia Nowotny mit erhobenem Zeigefinger belehren konnte, dass man nicht »Stricher« sage. »Ich sehe zwar kein Motiv, aber sie kannten das Hotelzimmer, insofern können wir sie nicht außer Acht lassen. Leider – als hätten wir nicht schon genug zu tun mit den anderen«, ließ er missmutig folgen.

»Manche Prostituierte sind emotionslos, sonst könnten sie den Beruf gar nicht ausüben«, ergänzte Anna. »Das lässt sich natürlich nicht generalisieren.«

Die einzige mögliche Täterin, die nun noch verblieb, um sie Anna Bruckners scharfem Psychologenblick zu unterwerfen, war Helene Leeb. Leo formulierte langsam sprechend eine Hypothese.

»Nehmen wir einmal an, die Geschichte mit der großen Liebe ist gelogen. In Wirklichkeit ist sie eiskalt und berechnend, jedenfalls kaltblütig genug für eine schnelle Nummer im Zug. Sie ist zwar seit Jahren seine Geliebte, aber es geht ihr nur um sein Geld. Sie glaubt, sich finanziell mit ihrem Träumer entscheidend verbessern zu können und trennt sich deshalb von ihrem Mann. Der Träumer baut ein Haus und plant eine neue Zukunft – sichere Zeichen, dass er sie bald heiraten will. Sie sprach ja auch schon von ihm als ›meinem Mann‹. Doch dann passiert irgendetwas, irgendein blöder Zufall. Sie erfährt, dass seinerseits keinesfalls eine Ehe mit ihr geplant ist. Es ging ihm immer nur um Sex. Das Haus, das er baut, ist nicht für sie beide, sondern für eine neue Liebe. Er will Schluss machen, das Treffen im Hotel sollte ein Abschiedstreffen sein. Sie steht vor dem finanziellen Ruin, zumal sie alle Brücken hinter sich abgebrochen hat. Sie beschließt, sich zu rächen. Die ganzen Geschichten von dem mysteriösen Verfolger, dem Konkurrenten, dem rachsüchtigen Ehemann und Sohn, all das ist erfunden. Sie bittet ihren Geliebten unter irgendeinem Vorwand, beim nächsten – und letzten – Treffen unten im Auto auf sie zu warten. Als es soweit ist, geht sie wegen der Rezeptionisten hinauf zum Zimmer, wartet, geht dann hinunter, steigt ein, betäubt ihn mit dem mitgebrachten Schocker und verpasst ihm die Spritze. Er erwartet, dass sie zu ihm ins Auto steigt, natürlich wehrt er sich nicht. Er ist sofort tot. Sie stürzt zur Rezeption und spielt die Verzweifelte.«

Als Antwort begannen alle gleichzeitig zu reden. Lächelnd nickte Leo Anna zu.

»Extrem unwahrscheinlich. Warum sollte sie das tun? Der Tod des Träumers bringt der eiskalt Berechnenden, die wir hier unterstellen, keinerlei Vorteile. Ein Hassmord aufgrund einer narzisstischen Kränkung sieht anders aus, wie ich am Anfang geschildert habe. Rache, ohne das Opfer leiden zu sehen? Kann ich mir nicht vorstellen.«

»Und woher hätte sie die tiefgehenden IT-Kenntnisse haben sollen? Das Wissen bezüglich Injektionen? Die Drogen?«, ergänzte Cleo.

»Sie verkehrt im Künstlermilieu, da gibt es auch Drogen«, erwiderte Lang ohne Überzeugung und nur der Ordnung halber. Doch auch Nowotny hatte Einwände.

»Es passt außerdem überhaupt nicht zu der Beschreibung, die uns Claire Rassling von ihr gegeben hat.« Anscheinend hatte sich die schöngeistige Schwester vor seinem inneren Auge von einem wenig attraktiven Strizzi-Opfer zu einer verlässlichen Quelle gewandelt.

Auch Alithia wollte noch etwas beitragen. »Die Sache im Zug beweist doch eher, dass sie impulsiv ist anstatt berechnend. Sie trafen sich zufällig, sie kannte ihn nicht und wusste nichts von seinem Reichtum.«

»Dann machen wir jetzt Schluss«, sagte Lang. »Ich habe Marc Rassling und seine Kinder für morgen Nachmittag vorgeladen – mal sehen, was wir dem ›mächtigen weißen Mann‹ entlocken können«, – dies mit einem Seitenblick zu Alithia.

26
23. August

Lang hatte nur rasch ein vegetarisches Roggenweckerl mit Rote-Rüben-Hummus und Gurkenscheiben geholt und die Mittagspause genutzt, um in Ruhe die kommende Befragung vorzubereiten. Die anderen waren alle in der Kantine, sogar Nowotny, dessen Frau heute anscheinend keine Zeit gehabt hatte für die Zubereitung seiner Mittagsjause. Doch mit der Ruhe war es vorbei, als Cleo und Alithia den Gruppenraum betraten. Von seinem Büro aus konnte, oder besser gesagt, musste er mitverfolgen, wie eine der beiden mit der Tür knallte – das konnte nur Alithia sein – und anschließend laut stampfend den Raum in Richtung Kaffeeautomat am Gang wieder verließ, abermals die Tür misshandelnd. Neugierig geworden, verließ er sein Büro. Sein fragender Blick angesichts Cleos spöttisch gekräuseltem rechtem Mundwinkel blieb nicht unbeantwortet. Ihre Miene steigerte sich zu einem breiten Grinsen.

»Helmut war der Übeltäter. Er hat sich in der Kantine zu uns an den Tisch gesetzt und versucht, ein bissl netten harmlosen Smalltalk mit unserer Freundin zu treiben, wahrscheinlich eine Art Friedensangebot. Das hat aber nicht funktioniert, als Lohn hat sie ihn nur angegiftet. Irgendwann hat er dann gesagt: ›Ach bitte, Frau Kollegin, könnten Sie mir bitte die Salzstreuerin herüber reichen?‹ – und dann war es um ihr motziges Überlegenheitsgetue geschehen. Ich dachte, ich begleite sie lieber zurück, wer weiß, was sonst noch passiert.«

Leo lachte leise, doch brach er diese Gefühlsregung abrupt ab, sein Gesicht in eine ausdruckslose Maske verwandelnd, als er Alithia zurückkommen hörte. Zum Glück erlaubten weder die Springerstiefel noch die Gehweise ihrer erregten Trägerin ein Heranschleichen. Um seine Anwesenheit zu rechtfertigen, richtete er sich in neutralem Ton an Cleo, die ihr Grinsen ebenfalls in den Griff bekommen hatte und konzentriert auf ihren Bildschirm zu starren vorgab.

»Gut, mit den Vorbereitungen sind wir dann soweit. Die Rasslings müssten in einer halben Stunde hier sein, wenn sie pünktlich sind. Wir werden sie getrennt befragen. Du kommst bitte mit in den Verhörraum, Helmut soll uns hinter dem Spiegel beobachten, wenn er fertig ist mit seiner Raucherei. Sie«, – sich an die Entrüstete wendend – »sind sicher noch lange nicht fertig mit dem Sichten der Videoaufzeichnungen. Wenn Sie möchten, können Sie sich trotzdem zu Herrn Nowotny gesellen. Sie haben ja noch keine Befragung miterlebt, vielleicht ist es ja interessant für Sie.«

In Alithias Gesicht spiegelte sich das Ringen zwischen dem Widerwillen, längere Zeit still neben Nowotny ausharren zu müssen, und dem Interesse für diesen direkten Einblick in die Polizeiarbeit. Schließlich gewann Letzteres und sie knurrte: »Ja, gern«.

27

Wie erwartet waren die Rasslings pünktlich, wie erwartet wurden sie von einem sehr renommierten Anwalt begleitet.

Daniel Epstein galt als überaus korrekt, aber auch als unerbittlich der Polizei gegenüber. Prinzipiell wurde immer nur das Nötigste an Informationen herausgegeben – so ging er auch in diesem Fall vor. Gleich zu Beginn wurde festgehalten, dass niemand der Anwesenden einer Straftat beschuldigt wurde und alle nur als Zeugen geladen waren.

»Mein Mandant, dessen Tochter und die beiden Söhne werden nach bestem Wissen mit Ihnen zusammenarbeiten, sofern keine privaten Interessen dagegenstehen. Die Befragung des Herrn Felix Rassling ist jedoch nur in Anwesenheit seines Vaters möglich, da er mit siebzehn Jahren noch minderjährig ist.«

Das musste notgedrungen akzeptiert werden. Leider war Felix der Sohn, der mit dem Auto des Träumers mitgefahren war und die HTL besuchte, wo er die nötigen IT-Kenntnisse erlangt haben könnte. Jörg, der Ältere, war BWL-Student und schien in der Liste der Mitfahrer nicht auf. Lang hatte ihn eigentlich nur der Vollständigkeit halber vorgeladen. Er beschloss, unter diesen Umständen die Kinder warten zu lassen, was eine eventuell vorhandene Nervosität aufgrund eines schlechten Gewissens verstärken würde. Er würde Marc Rassling als Ersten und Felix als Letzten befragen, wodurch der Vater, der bei Felix' Gespräch anwesend sein wollte, bis zuletzt ausharren würde müssen. Geduld war bestimmt keine Tugend, die der Industrielle im Übermaß besaß.

»Herr Dr. Rassling, können Sie uns als Erstes beschreiben, wo Sie zur Tatzeit – am Donnerstag, dem 10. August am frühen Abend – gewesen sind?« Lang fixierte Rassling mit seinem ruhigen, forschenden, für Befragungen reservierten Blick.

»Wenn's denn sein muss. Ich war auf einer Dienstreise bei der Firma Convexion in St. Pölten im Zuge eines Benchmark-Vergleichs unserer beiden Unternehmen, zu der ich nach dem Mittagessen aufgebrochen bin. Ich hatte eine

Besprechung mit dem CEO, Gustav Larsson, und zwei Mitarbeitern von Convexion bis gegen fünf. Dann bin ich direkt nach Hause gefahren.«

»Bei einer Fahrzeit von etwa einer Stunde heißt das also, dass sie etwa um sechs Uhr in Wien waren«, stellte Cleo fest, die, obwohl ordnungsgemäß durch Lang einbezogen, bisher von Rassling und seinem Anwalt komplett ignoriert worden war. Anstelle des Befragten ergriff Epstein das Wort.

»Wohl kaum. Wie Sie zweifellos wissen, ist der Verkehr um diese Zeit immer besonders dicht. Mein Mandant hat trotz seines schnellen Wagens fast eineinhalb Stunden für die Fahrt gebraucht.«

»Kann jemand bezeugen, wann Sie heimgekommen sind?« Wieder antwortete der Anwalt.

»Nein. Die Gattin meines Mandanten kam erst später von einem Verwandtenbesuch heim, die Tochter war auswärts und die Söhne waren im rückwärtigen Garten und konnten dessen Eintreffen folglich nicht bemerken, zumal er sich direkt in die Bibliothek begab, die ihm als Arbeitszimmer dient.« Die geschraubte Ausdrucksweise des Anwalts irritierte Lang zwar, doch er ließ sich nichts anmerken. Animositäten konnten nur schaden. Immerhin schien der Mann soeben zugegeben zu haben, dass Rassling über kein Alibi verfügte. Er war jedoch noch nicht fertig.

»Mein Mandant hat sich aber nach seiner Rückkehr in seinen Firmenaccount eingeloggt, um E-Mails durchzuarbeiten und die Umsatzstatistiken des Tages abzurufen.«

Wieder übernahm Cleo die Rolle der Skeptikerin, wahrscheinlich mit Vergnügen, dachte Lang, Cleo kennend.

»Sie haben beim Heimkommen also Ihre Söhne gar nicht begrüßt, sondern sind gleich in Ihr Arbeitszimmer? Hat es Sie denn gar nicht interessiert, ob die beiden zu Hause sind und wie es ihnen geht? Wie sie ihren Tag verbracht haben?«

Marc Rassling funkelte sie feindselig an. Es gefiel ihm offensichtlich nicht, als kaltherziger Geschäftsmann hingestellt zu werden, den seine Umsatzzahlen mehr interessierten als seine Familie. Lang bemerkte, wie ihn Epstein mit seinem Ellbogen wie zufällig leicht am Arm berührte. Er verstand die Bedeutung dieser Geste ebenso gut wie der Berührte: »Lassen Sie sich nicht provozieren!«

»Ich ziehe es vor, erst die Arbeit vollständig zu erledigen und mich dann entspannt und in Ruhe meiner Familie zu widmen, die mir sehr wichtig ist. Aber das kann wohl kaum Gegenstand Ihrer Untersuchungen sein.« Die Berührung hatte funktioniert.

»Sie können das Einlogg-Verhalten meines Mandanten in seinen Firmenaccount gerne überprüfen«, meldete sich Epstein wieder. »Für diesen Fall entbindet mein Mandant die IT-Abteilung seines Unternehmens von der Schweigepflicht und gestattet Ihnen, seine An- und Abmeldedaten dieses Tages einzusehen. Sie werden feststellen, dass er sich etwa um halb acht ausgeloggt hat. Somit ist der Aufenthaltsort und die Tätigkeit meines Mandanten bis zu dieser Zeit lückenlos belegt.«

Natürlich war allen Beteiligten klar, dass dieses vom Anwalt gekonnt dargelegte Alibi in Wirklichkeit nichts wert war. Die Fahrzeit von St. Pölten konnte ebenso gut fünfzig Minuten wie eineinhalb Stunden betragen, und wann genau war Marc Rassling losgefahren? Gegen fünf, vielleicht also schon um dreiviertel fünf. Und einloggen konnte er sich wohl von überall, nicht nur von seiner Bibliothek aus. Einloggen hieß nicht zwangsläufig, dass er anschließend am Computer gearbeitet hatte. Außerdem hätte auch ein anderer seine Anmeldedaten benutzen können, zum Beispiel eines der Kinder. Doch Lang tat, als läge hier tatsächlich ein zu beachtender Nachweis vor.

»Gut, das werden wir dann überprüfen. Nun zu einem anderen Thema. Wie wir von mehreren Seiten erfahren haben, gab es vor etwa einem Monat einen sehr heftigen Streit zwischen Ihnen und dem Ermordeten. Worum ging es denn da?«

Dem Blickwechsel zwischen Anwalt und Mandanten entnahm Lang, dass diese Frage nicht im Vorfeld abgestimmt worden war. Rassling räusperte sich und nahm einen Schluck aus dem bereitstehenden Glas Wasser, ein sicheres Zeichen, dass er Zeit gewinnen, sich sammeln wollte.

»Nun, lassen Sie mich kurz nachdenken. Bei der Führung eines so großen Unternehmens gibt es natürlich sehr viel zu besprechen, manchmal auch Kontroverses. Das würde ich allerdings nicht als Streit bezeichnen, schon gar nicht als heftigen. Vermutlich haben Ihre Gewährsleute diesbezüglich übertrieben. Ein viel diskutiertes Thema zwischen uns beiden war in letzter Zeit das neue Firmenkonzept, das die Zukunft des Unternehmens sichern sollte. Ich nehme an, dass ein Außenstehender die Diskussion darüber als Streit interpretiert hätte können.«

Epstein nickte kräftig, um zu unterstreichen, wie überzeugend diese Erklärung auf ihn wirkte, doch sowohl Cleo als auch Lang hatten jene Schwankungen in Rasslings Stimme wahrgenommen, die mit Unsicherheit und – wahrscheinlich – Lüge einhergingen. Keiner von beiden ging darauf ein, wer die »Gewährsleute« waren, die über den Streit berichtet hatten.

»Sie sind vor einiger Zeit mit Ihrem Bruder mitgefahren, auf dem Beifahrersitz«, wechselte Cleo das Thema.

»Korrekt«. Rassling wirkte nicht überrascht. Es konnte ihm kaum verborgen geblieben sein, das die Sekretärinnen eine Liste der Mitfahrer angelegt hatten.

»Wir benötigen von Ihnen, ebenso wie von allen anderen Personen, die Spuren im Wagen hinterlassen haben könnten, eine DNA-Probe und Fingerabdrücke«, sagte Lang in einem entschiedenen Ton, mit dem er sein Wissen um die schwache Rechtsposition der Polizei zu überspielen versuchte.

»Außerdem brauchen wir Ihr Mobiltelefon, um Ihr Alibi zu untermauern. Wenn Sie es uns jetzt gleich aushändigen, können wir es Ihnen morgen im Laufe des Tages wieder zurückgeben.«

Auf diese Forderungen reagierte Epstein wie ein Raubtier, das nach einem Köder schnappt. Rassling kam nicht einmal dazu, den Mund zu öffnen.

»Mein Mandant lehnt all diese Ansinnen ab. Wie Sie feststellen konnten, räumt er selbst ein, mitgefahren zu sein. Eine DNA-Probe oder Fingerabdrücke zur Feststellung dieses Umstandes sind daher überflüssig. Mein Mandant wurde völlig zu Recht keiner Straftat beschuldigt und wird daher auch kein Mobiltelefon oder sonstige persönliche Gegenstände aushändigen. Das gilt im Übrigen auch für Doktor Rasslings Tochter und Söhne«.

»Die DNA-Probe und die Fingerabdrücke würden uns aber helfen, im Ausschlussverfahren Mitfahrerinnen und Mitfahrer festzustellen, die nicht auf unserer Liste aufscheinen«, versuchte es Cleo noch mit Logik. Doch diese Schlacht war verloren. Als Antwort erntete sie nur ein minimales Kopfschütteln von Epstein. Der Mann war sein Geld wirklich wert.

Nun fand Lang es an der Zeit, sein schwerstes Geschütz auszupacken – Marc Rasslings Motiv.

»Wie uns bekannt ist, plante Ihr Bruder, seinen Anteil an den Rasslingwerken zu verkaufen. Sie konnten das Kapital dazu nicht auftreiben, folglich mussten Sie einen Verkauf an einen Konkurrenten, konkret die Firma Sanoria, befürchten. Sie standen deshalb unter enormem Druck. War es nicht so, dass Sie diesen Verkauf um jeden Preis verhindern mussten? Koste es, was es wolle? Auch um den Preis einer Gewalttat?«

Er hatte seine Stimme im Laufe dieser Anschuldigungen immer lauter und aggressiver werden lassen, allerdings ohne in Geschrei zu verfallen. Zugleich beugte er sich über den Tisch zum Befragten, ihn mit seinem Blick fixierend. Doch Marc Rassling ließ sich nicht einschüchtern, auch wenn er sich im Stillen fragen musste, woher die Polizei dieses Wissen hatte.

»Keineswegs«, erwiderte er kalt, ohne seinen Anwalt zu Wort kommen zu lassen. »Ich stand nicht unter Druck. Hätte mein Bruder seinen Anteil tatsächlich an die Konkurrenz verkauft, hätte ich mich eben mit denen arrangiert, so wie vorher mit Mathieu. Ich sagte ja schon, dass wir manchmal Kontroversen hatten. Das wäre nach einem Verkauf nicht anders gewesen. Mir gehören genau fünfzig Prozent des Unternehmens, ich bin genau gleich stark wie der Miteigentümer. Es ist eine Schicksalsgemeinschaft, einer ist auf den anderen angewiesen.«

»Und wenn die Sanoria dann alle Ihre Vorhaben blockiert hätte mit dem Ziel, die Rasslingwerke zu ruinieren, um sie vom Markt zu verdrängen? Das hätten Sie auf Dauer doch nicht durchstehen können, oder?«, setzte Cleo nach, aber Rassling schüttelte den Kopf. Seine Stimme war ruhig und fest, anders als bei der Frage nach dem Bruderstreit.

»Vielleicht unangenehm, aber kein wirkliches Problem«, antwortete er. »Im Extremfall hätte ich immer noch meinen Anteil ebenfalls veräußern können. Damit wäre mir und meiner Familie genügend Geld für den Rest unseres Lebens geblieben, und die Sanoria wäre beim Zusperren der Rasslingwerke als arbeitsplatzvernichtender Bösewicht dagestanden.«

»Wer erbt denn nun eigentlich die Anteile Ihres Bruders? Gibt es ein Testament?«, versuchte Lang, dem Motiv des Befragten noch mehr Gewicht zu verleihen. Doch auch das war nicht von Erfolg gekrönt.

»Ich habe keine Ahnung«, war die knappe Erwiderung, und Epstein ergänzte: »Über etwaige letztwillige Verfügungen des Verschiedenen, seien sie aktuell oder zu einem früheren Zeitpunkt festgelegt, ist meinem Mandanten nichts bekannt.«

Die Befragung Marianne Rasslings ergab, dass sie am Nachmittag und frühen Abend alleine »shoppen« war, ohne etwas zu kaufen, und ab acht Uhr in verschiedenen Lokalen mit ihrer »Clique«, wie sie sie nannte. Kein Alibi, aber auch kein direktes Motiv. Sie bestätigte das Mitfahren auf dem Rücksitz von Mathieus Auto. Die Fragen nach einer DNA-Probe oder dem Handy waren angesichts Epsteins Anwesenheit überflüssig. Mariannes Haltung war höflich wohlwollend, aber auch unmissverständlich Grenzen setzend. Sie studierte wie ihr Bruder Jörg BWL.

Letzterer, von farblosem Äußerem und mit eintöniger Stimme, betete brav seine Geschichte herunter. Ab etwa fünf Uhr sei er mit dem kleinen Bruder Felix gemeinsam zu Hause gewesen, habe im Garten gesessen und geredet, bis der Vater etwa um halb acht dazugekommen sei, zeitgleich mit der Mutter. Die sei vom Verwandtenbesuch heimgekehrt und hatte einen leichten Abendimbiss im Garten serviert, der zuvor von der Haushälterin, die am Nachmittag frei gehabt hatte, zubereitet worden war. Nein, niemals sei er mit dem Onkel im Auto mitgefahren.

»Was gab's denn Gutes zu essen?«, wollte Cleo wissen. Der junge Mann, bestens vorbereitet, beging nicht den Fehler, auf Kommando eine genaue Beschreibung des vor fast zwei Wochen Gegessenen zu liefern.

»Irgendwelche Sandwiches, wie immer«, antwortete er ausweichend. »Genau weiß ich's nicht mehr«.

Es war wenig verwunderlich, dass Felix, flankiert von Vater und Anwalt, die exakt gleiche Geschichte erzählte. Auch er lieferte keine Details in Bezug auf das Essen oder die Themen, die die Brüder im Garten erörtert hatten. Er bestätigte, auf dem Beifahrersitz neben seinem Onkel im Auto gesessen zu sein.

»Mochten Sie Ihren Onkel eigentlich?«, fragte Cleo in einem Versuch, die vorbereitete Geschichte aufzubrechen.

»Geht so«, sagte der Junge schulterzuckend, »wir hatten nicht so viel Kontakt. Aber sein Oldtimer ist schon ein geiles Teil«, fügte er spitzbübisch grinsend hinzu. Richtig, für einen Siebzehnjährigen musste ein fünfzehn Jahre altes Auto als Oldtimer gelten. Cleo lächelte mit, die scheinbar harmlose Plauderei fortführend.

»Und Sie gehen in die HTL? Welche Richtung?«

»Chemie«, kam es umgehend, »eigentlich Biochemie«. Der Junge wirkte bedeutend pfiffiger als sein Bruder.

»Wow, stell ich mir schwer vor«, tat Cleo bewundernd. »Chemie, Physik, viel Mathematik, oder? Und wahrscheinlich auch viel Informatik?«

»Das weniger«, gab Felix Rassling bereitwillig Auskunft, »nur ein paar Stunden am Anfang, das hab ich schon hinter mir. Mathe und Physik ist viel, aber ich find's nicht schwer. Na, und Chemie hab ich mir schließlich ausgesucht.«

Bei einer kurzen Nachbesprechung waren sie sich einig, dass alle Verdächtigungen an Marc Rassling und seiner Familie abperlten wie an einer Teflonschicht. Alithia machte ein überhebliches Ich-habe-es-ja-gewusst-Gesicht, das von den anderen ignoriert wurde.

»De anzig greifbare Unsicherheit woar der Streit«, kommentierte Nowotny, womit er völlig recht hatte.

»Genau, deshalb bleiben wir da dran. Da ständig diese neue Firmenstrategie bemüht wird, werden wir den Produktionsleiter, den Lutz, dazu befragen, wenn er nächste Woche von den Seychellen zurück ist. Natürlich überprüfen wir auch alles, was es an diesen fadenscheinigen Alibis zu checken gibt: Die Besprechung mit diesem Gustav Larsson, die Einloggdaten Marcs, die Leute von Mariannes Clique ... ach ja, und mit der verwandtenbesuchenden, sandwichservierenden Frau vom Rassling sollten wir der Ordnung halber auch noch kurz reden. Machst du das, Helmut?« Nowotny nickte.

»Morgen, übermorgen und nächste Woche sind wir voll mit Befragungen, außer wenn sich zwischendurch etwas Heißes ergibt«, fuhr Lang fort. »Sind alle Termine fixiert, Cleo?«

»Alle bis auf Ingrid Rassling, die Exfrau des Träumers. Ich war nicht ganz sicher, ob wir die auch mit einbeziehen sollen – die Frau am Ende der Verdächtigenliste.«

»Wird uns wohl nix anderes übrigbleiben«, stieß Lang resigniert hervor, »als ob wir nicht schon genug mit all den anderen zu tun hätten!«

28

24. August

Der Donnerstag war Rasslingwerke-Mitarbeitern gewidmet, die auf der Mitfahrerliste aufschienen. Als Erster erschien der IT-Leiter Heinrich Faust, ein ruhiger, unauffälliger Mann in den Vierzigern. Er wirkte entspannter, als es angesichts der ungewohnten Situation der polizeilichen Befragung zu erwarten gewesen war.

»Ja, ich bin mit ihm nach Paris gefahren. Schade um ihn, ich konnte ihn gut leiden, auch wenn er nicht immer einfach war. Er war seiner Zeit halt manchmal um einiges voraus, sogar was ein schnelllebiges Fachgebiet wie die IT anbelangt.«

Die Frage nach einem Alibi erstaunte den Mann. Offenbar hatte er nicht damit gerechnet, eines zu benötigen. Nach einigem Suchen im Terminkalender seines Smartphones schüttelte er den Kopf.

»Tut mir leid, damit kann ich nicht dienen. Ich hatte eine Besprechung bis fünf und bin dann bestimmt nicht mehr lange in der Firma geblieben. Meine Frau kann nichts bestätigen, die war zu dieser Zeit auf Kur. Ich bin, wenn ich mich recht erinnere, in dieser Woche jeden Tag gegen Abend laufen gegangen, allein.«

Eine gewisse Heiterkeit lösten die Erkundigungen nach seinen Hacker-Fähigkeiten bei dem IT-Spezialisten aus.

»Oh je, da sind Sie an der falschen Adresse«, versicherte er schmunzelnd. »Wir sind froh, wenn wir nicht selbst gehackt werden, und dazu reichen nicht einmal die Fähigkeiten meiner eigenen Leute. Ich beauftrage in regelmäßigen Abständen eine Spezialfirma, einen Hackingversuch des Unternehmens durchzuführen, um Schwachstellen aufzuzeigen und die anschließend zu beseitigen. Und ob Sie's glauben oder nicht, die finden immer etwas. Die Entwicklung schreitet so rasant voran, dass die Security wirklich zu einer Dauerbaustelle geworden ist.«

»Aber wenn Sie wollten, könnten Sie als IT-Spezialist doch sicher einen Virus oder Wurm oder wie die Dinge heißen, in ein System einschleusen, oder? Schließlich sind Sie der Chef der IT«, insistierte Lang.

»Das stellen Sie sich zu einfach vor«, widersprach Faust. »Ich beschäftige mich fast ausschließlich mit Managementaufgaben: Mitarbeiterführung, Festlegung und Verfolgung von Strategien und Zielen, Setzen von Standards, Leiten von gewissen Großprojekten, Organisatorisches, Besprechung mit Kollegen und mit der Geschäftsführung … es ist Jahre her, dass ich selbst etwas programmiert habe. Das ist etwa so, als würden Sie den VW-Chef ersuchen, ein Getriebe auszubauen.«

Ein wenig enttäuscht, dass die Hacker-Fähigkeiten des bisher einzigen IT-Experten im Umkreis des Träumers wie Seifenblasen zerplatzt waren, ließ sich Lang noch den Namen der von Faust erwähnten Spezialfirma geben, bevor er den Mann ziehen ließ.

Auch die beiden anderen Firmenangehörigen erwiesen sich als unergiebig. Der fünfundfünfzigjährige Fuhrparkleiter

Gerfried Zawlacky war genauso, wie ihn Eva-Maria Tichy beschrieben hatte: ein Choleriker. Klein, drahtig und aggressiv, erinnerte er Lang an einen schlecht erzogenen Foxterrier. Da er zur fraglichen Zeit daheim gewesen war und allein lebte, konnte er mit keinem Alibi aufwarten, im Gegensatz zu Entwicklungschef Steffen Immig. Dieser war Anfang fünfzig, Deutscher und erst seit einem Jahr Mitarbeiter der Rasslingwerke. Ein Machertyp, kräftiges, markantes Kinn, sehr helle Augen, zackiges, selbstbewusstes Auftreten. Er war Lang unsympathisch, ohne dass er sich dies erklären konnte. Leider hatte der Mann ein Alibi: Er hatte die Firma um halb sechs verlassen und den Rest des schönen Abends in zwei Lokalen bei Aperitif und Abendessen verbracht. Die Kellner, so meinte er, könnten sich bestimmt an ihn erinnern, aber mehr noch die Kellnerinnen. Dabei grinste er anzüglich. Schade, dass Alithia nicht zusah.

Die Praktikantin war noch immer mit der Videoüberwachung beschäftigt, als Lang, Cleo und Nowotny sich am Ende des Tages kurz austauschten. Nowotny war nach sorgfältiger Prüfung der Anrufe Claire Rasslings zum Ergebnis gekommen, dass sich kein Verhältnis mit wem auch immer daraus ableiten ließ.

»Ich habe mir Gedanken gemacht über Helene Leeb«, verkündete Cleo. Sie hatte die ungeteilte Aufmerksamkeit der beiden Männer. Die Persönlichkeit dieser Frau hatte etwas Geheimnisvolles, Widersprüchliches, Unergründliches.

»Also, sie steht vor dem Hotelzimmer und niemand macht auf, obwohl die vereinbarte Uhrzeit schon überschritten ist. Sie steht auf dem Gang und wartet und wartet. Es kommt ihr nicht in den Sinn, die Nummer anzurufen, die ihr Mathieu »für Notfälle« gegeben hatte, wie sie in einem Nebensatz erwähnte. Lieber steht sie zehn Minuten tatenlos dort. Außerdem baut ihr Freund ein Haus für sie beide. Sie treffen sich aber niemals außerhalb des Hotels, sie kennt die Baustelle und das jetzt fertige Haus also nur von Zeichnungen und Fotos. Gleichzeitig verlangt sie aber immer wieder Änderungen, wie Barbara Roth andeutete. Kann man sich das vorstellen?«

»Sehr schwer. Worauf willst du hinaus, Cleo?«, fragte Lang interessiert.

»Ich bin fast sicher, dass die beiden geheime Zweithandys hatten, die sie nur für die gegenseitige Kommunikation nutzten. Dass sie sich sehr wohl öfters auf der Baustelle verabredet haben, um die Fortschritte am gemeinsamen Haus zu checken. Und dass sie dieses Handy angerufen hat, als der Träumer nicht im Hotelzimmer war, und dass keiner abgehoben hat.«

»Und wo wär des dann hingekommen?«, wollte Nowotny wissen.

»Ich schätze, es lag im Auto und sie hat es mitgenommen, zusammen mit ihrem eigenen. Vielleicht hat sie es noch. Wir sollten sie auf jeden Fall darauf abklopfen, wenn sie morgen kommt.«

»Einverstanden«, nickte Leo. Helene Leeb war für den nächsten Tag vorgeladen. »Dann hätte sie auch etwas mehr Zeit in der Garage gehabt, als sie behauptet.«

»Noch etwas«, fuhr Cleo fort. »Ich finde es seltsam, dass sie jede Art von Medikamenten so kategorisch ablehnt. Wenn ihre Geschichte stimmt, macht sie gerade einen Albtraum durch. Sie könnte zumindest Schlaf- oder Beruhigungsmittel gebrauchen. Als sie letzthin da war, wollte sie irgendwas sagen wie ›ich kann nichts nehmen‹, dann hat sie sich noch korrigiert und ›ich glaube nicht an Medikamente‹ oder so ähnlich gesagt. Ich glaube, sie ist schwanger. Deshalb will sie nichts einnehmen.«

Leo erschrak, als Nowotny mit der flachen Hand hart auf den Tisch schlug. »Natürlich! Sie erwartet an Erben! Der

Träumer hat sie sitzenlossn und sie hat ihn schnö hamdraht, bevor er den Gschroppn enterben hätt können!«

»Stimmt das, Cleo?«, fragte Lang in der Gewissheit, dass diese die Gesetzeslage längst geprüft hatte. »Ist ein Kind, das erst nach dem Tod des Erblassers geboren wird, überhaupt erbberechtigt?«

»Schon. Sobald es lebend zur Welt kommt, ist es voll erbberechtigt. Nur, überlegt doch mal: Das Kind erbt zwar, aber es kann jahrelang nicht über das Geld verfügen. Solange es unmündig ist, also bis zur Volljährigkeit, wird das Erbe normalerweise pflegschaftsgerichtlich gesperrt – bei so einem großen Vermögen wie dem Träumer-Nachlass erst recht. Die Mutter kann in Bezug auf das Erbe keinen Finger rühren, ohne das Gericht zu fragen. Ich kenne selber einen Fall von einer Frau, die von ihrem Mann nur den Pflichtteil geerbt hat und alles andere hat der kleine Sohn gekriegt, darunter den Familienbauernhof. Jetzt ist sie sozusagen moralisch verpflichtet, den für den Sohn zu bewirtschaften, kann aber nichts selbst entscheiden. Gar nicht lustig, das könnt ihr mir glauben. Scheint mir als Mordmotiv nicht zu taugen.«

Doch Nowotny war nicht gewillt, seine schöne Theorie kampflos aufzugeben.

»Wia mas nimmt. Sobald des Kind stirbt, erbt die Mutter vom Kind, oder? So an klan Gschroppn kann doch leicht was passieren, ned? Und schwupp hat sie die ganze Marie!«

Der Gedanke, dass Helene Leeb zuerst ihren Geliebten umgebracht hatte und jetzt Pläne schmieden sollte, ihr noch zu gebärendes Kind wegen der Erbschaft zu töten, ließ die beiden anderen zu Eis erstarren. Cleo fand als Erste ihre Sprache wieder.

»Also bitte, Helmut! Dazu müsste sie eine Art Medea sein, die Mann und Kind allerdings nicht aus Hass umbringt, sondern aus eiskalter Berechnung. Sozusagen eine Kreuzung zwischen Medea und Agrippina. Antike Tragödie vermischt mit römischer Hofintrige. Ich glaub, wir sollten die Fantasie nicht mit uns durchgehen lassen.«

»Genau, lassen wir die Mythen und Sagen und kehren wir zurück zu den Fakten. Aber zu der möglichen Schwangerschaft werden wir sie morgen befragen, genau wie zu dem Zweithandy. Und inzwischen vergessen wir nicht, alle anderen offenen Fragen zu bearbeiten.« Mit diesen Worten hob Lang die Sitzung auf, Nowotnys grimmigen Aber-es-könnte-doch-so-sein-Blick ignorierend.

29
25. August

Auf dem Weg zur Arbeit war Leo mit Schrecken der morgige Essenstermin bei Marlenes Eltern eingefallen, für den noch nichts vorbereitet war. Mitbringsel besorgen, aber welche? Welche Gesprächsthemen passten, welche weniger? Konnte er etwas Bequemes anziehen oder musste er sich formell kleiden? Sofort ärgerte er sich über seine eigenen Grübeleien, als sei er ein Schuljunge, dem die Eltern seines Mädchens das Ausgehen mit ihr verbieten könnten. Heute Abend konnte er das alles in Ruhe mit Marlene besprechen bei einem Glas weißen Txakolí in einem neuen baskischen Restaurant namens »Gozoak«, das sie kennenlernen wollten. Und morgen Vormittag konnte er in Ruhe noch alles besorgen, was eventuell als Mitbringsel angebracht war. Sie würden ohnehin nicht groß frühstücken, wenn sie zum Mittagessen eingeladen waren.

Helene Leeb würde erst am Nachmittag kommen. Am Vormittag plante er, zusammen mit Helmut den General Manager der Sanoria Österreich, einen gewissen Peter Mauskoth, unter die Lupe zu nehmen. Sie hatten Frau Leebs

Mitwirkung bei der Ausforschung des Namens nicht benötigt. Die Sekretärin Mauskoths hatte auf ihre Anfrage hin gleich bestätigt, dass ihr Chef selbst der Gesprächspartner Mathieu Rasslings gewesen war. Das fand Lang zunächst erstaunlich, bis ihn Nowotny aufklärte, dass die Sanoria in Österreich nur eine Vertriebsniederlassung mit etwa vierzig Mitarbeitern unterhielt.

»Mauskoth möcht i aber aa ned haaßen«, bemerkte er. Lang gab ihm insgeheim recht, obwohl er sich eigentlich nicht gern über Namen lustig machte. Er hoffte nur, dass Nowotny jetzt nicht zum x-ten Mal den Witz erzählen würde von dem Mann namens Stinkloch, der eine amtliche Namensänderung beantragt und dem verständnisvollen Beamten, der ihn nach seinen Wünschen fragt, antwortet: »Alfred. Ich möchte mich von Adolf Stinkloch auf Alfred Stinkloch umbenennen lassen.« Doch heute stand Nowotnys Sinn nach anderen Scherzen: »Da wär ma Elefantenkoth ehrlich gsagt liaba.«

Der Manager erwies sich als Arroganzler erster Güte. Er legte ein Gehabe an den Tag, als sei er nicht für vierzig, sondern für vierzigtausend Mitarbeiter verantwortlich. Obwohl er die Frage des Mitfahrens in Rasslings Auto – was sie bis dahin nicht gewusst hatten – und die Übernahmeverhandlungen bejahte, war er, was alles andere betraf, nicht im geringsten kooperativ, anscheinend aus Prinzip. Keine DNA-Probe, keine Fingerabdrücke, kein Aushändigen des Handys, keine Auskunftsbereitschaft über den Stand der Verkaufsgespräche oder die Beziehung zum Träumer. Die Frage nach einem Alibi wurde mit der Gegenfrage »Wissen Sie nicht, wer ich bin?« beantwortet. Im Laufe des Gesprächs begann Leo es ernsthaft zu bedauern, dass dieser Fatzke kein Motiv hatte.

Diese Zeitverschwendung endete damit, dass Mauskoth – ohne zu fragen, ob sie fertig waren – mit den Worten »So, ich gehe jetzt. Es gibt auch Menschen, die einer wirklichen

Arbeit nachgehen und nicht vom Staat alimentiert werden«
aufstand und die Tür ansteuerte. Leo fühlte eine glühend
heiße Wut in sich aufsteigen, die ihn gleich veranlassen würde, sich durch Gebrüll Erleichterung zu verschaffen. Gerade
als er Luft holte, drehte sich der Manager noch einmal um.

»Meine Sekretärin schickt Ihnen Kopien der Flugtickets
vom Firmenmeeting in der Zentrale in Chicago am neunten
August. Am siebten hin, am elften zurück. Sie können es von
mir aus mit der Fluggesellschaft checken.«

Nach Mauskoths grußlosem Abgang blieben sie beide wie
versteinert einige Sekunden sitzen. Langs verhindertes Gebrüll hatte sich in seinem Hals zu einem Knödel des Grolls
verwandelt. Kaum brachte er den Atem auf, Nowotny die
rhetorische Frage »Hätte er das nicht gleich sagen können?«
zu unterbreiten.

»Schon. Aber dann hätt ma sei liebenswürdiges Naturell
ned kennenglernt«, entgegnete dieser sarkastisch.

Cleo hatte mit einer Überraschung bezüglich Steffen Immigs Alibi aufzuwarten. Ihre triumphierende Haltung erinnerte Leo an eine Katze mit einer Maus im Maul, doch
vermutlich war es sein Ärger über Mauskoth, der ihm diese
Assoziation eingab.

»Extrem interessant«, begann sie, »was mir die Kellnerin
der ›Bar-Bar‹ erzählt hat. Ihr erinnert euch, das war die Bar,
wo unser Entwicklungschef den frühen Abend des 10. August
verbracht haben will, nachdem er die Firma um halb sechs verlassen hatte. Ich habe ihr ein Bild gezeigt – sie konnte sich sehr
gut an ihn erinnern. Eigentlich komisch, nach so langer Zeit.
Aber dann sagte sie, dass er ihr nach ein paar Drinks auf den
Hintern und auf den Busen gegriffen hat. Sie protestierte natürlich, schließlich ist es eine Bar und kein Puff. Sie war knapp
davor, ihm eine zu schmieren. Er wurde frech, es gab einen
Riesenwirbel und am Schluss haben sie ihn hinausgeworfen.«

»Nicht gerade sympathisch, aber als Alibi ganz brauchbar«, bemerkte Lang. »Diese ›Bar-Bar‹ ist sehr weit weg vom Tatort. Der Weg dorthin, ein paar Drinks und der Rauswurf, und danach war er ja auch noch essen.«

»In Prinzip ja. Das Blöde ist nur, dass die Kellnerin bis einschließlich 10. August Urlaub hatte. Die Handgreiflichkeiten von unserem deutschen Gentleman haben sich an ihrem ersten Arbeitstag nach dem Urlaub, dem 11. August abgespielt.«

Nowotny verengte seine Augen hinter den Brillengläsern zu Schlitzen und pfiff anerkennend durch die Zähne.

Cleo fuhr fort: »Das hat mich natürlich hellhörig gemacht, also habe ich im Restaurant ›Rinascimento‹ gleich ganz genau nachgefragt. Ihr wisst schon, das ist so ein Nobelitaliener, nicht weit von dieser Bar. Dort haben sie sich auch gleich erinnert: Er hatte sich nämlich aufs Gröbste über das Essen beschwert. Die Suppe sei lauwarm und versalzen, so etwas könne man nicht essen. Die Pasta total verkocht, und das bei diesen Preisen. Als er dann noch behauptet hat, das Fleisch stinke, haben sie den Koch dazu geholt. Der hat vor seinen Augen gekostet – tadellos. Sie vermuteten einen Provokateur von der Konkurrenz und haben ihn, ohne das Essen zu berechnen, hinauskomplimentiert. Ich habe den Oberkellner gefragt, an welchem Tag das gewesen sein könnte. Leider hatte der *ignorante*, wie er ihn nannte, nicht reserviert. Es war irgendwann gegen Ende der Woche gewesen. Dann fiel ihm ein, dass das angeblich stinkende Fleisch ein Gericht von der Tageskarte gewesen war, und schon hatten wir das Datum: Freitag, elfter August!«

Leo bedachte diesen streng genommen etwas zu ausführlichen Bericht mit einem anerkennenden Nicken.

»Alles klar. Er hat sich mit großem Trara ein falsches Alibi konstruiert in den beiden Lokalen, sodass sie sich später an ihn erinnern würden. Unangenehmes bleibt ja immer am besten im Gedächtnis, das war psychologisch gut ausgedacht. Dass die Kellnerin Urlaub gehabt hatte, konnte er nicht wissen, das war Pech. Und vielleicht hättest du im Restaurant nicht so gebohrt, wenn die Sache in der Bar nicht aufgeflogen wäre.«

»Dann ist der Immig also unser Mörder? Aber warum?« fragte Nowotny.

»Entweder das, oder er hätte zumindest ein starkes Motiv gehabt und wusste, dass er ein Alibi brauchen würde, als er vom Tod des Träumers erfuhr«, antwortete Lang. »Aber du hast recht, Helmut, das ›Warum‹ ist die Frage. Wir machen Folgendes: Vorläufig lassen wir den Immig in Ruhe, damit er sich nicht aus dem Staub macht. Am Montag haben wir die Damen vom Sekretariat bei uns, vielleicht können uns die etwas Näheres zu Immig und zu seinem Verhältnis zum Träumer sagen. Erst danach holen wir ihn uns, ad hoc.«

Helene Leeb sah bei ihrem Eintreffen sehr viel besser aus als beim letzten Mal. Sie trug keinen Haarreifen mehr, hielt sich gerade und wirkte ernst, aber gefasst. Dunkelblaue Leinenhose, locker darüber fallende beige Batistbluse – keine Trauerkleidung, aber auch nicht gerade fröhlich. Etwas Zartrosa auf den Lippen ließ das Gesicht nicht mehr so nackt erscheinen. Doch die Augen, diese Augen! Das ganze Leid dieser Person schien sich in den Augen zu konzentrieren, kam Leo nicht umhin zu denken.

Sie begannen mit der Frage nach möglichen Feinden, nach einem Menschen, der ihren Geliebten töten würde, um sie zu treffen. Sie dachte eine Weile nach, dann schüttelte sie den Kopf.

»Das kann ich mir nicht vorstellen. Ich habe immer versucht, ein verträgliches Leben zu führen, meinen Weg zu gehen, ohne anderen Schaden oder Verletzungen zuzufügen. Die einzige Ausnahme war die Trennung von meinem Mann, aber wie gesagt, ihm war das ziemlich egal. Gerhard, meinem Sohn, zwar nicht – trotzdem ist es völlig ausgeschlossen, dass er mit dem Mord etwas zu tun haben könnte. Völlig ausgeschlossen.«

Lang hatte das Gefühl, dass sie mit dieser Wiederholung mehr sich selbst als ihn und Cleo zu überzeugen versuchte, beließ es aber dabei. Den Herrn Sohn würden sie ohnehin noch unter die Lupe nehmen.

Cleo änderte nun, wie vorher abgesprochen, die Tonart der Befragung von mitfühlend in misstrauisch. Sie stellte die Frage der Zweithandys in den Raum, als handle es sich um eine erwiesene Tatsache und nicht um eine bloße Theorie. Doch erstaunlicherweise leistete die Befragte keinen direkten Widerstand.

»Sie haben recht, das wäre logisch gewesen. Aber ich werde nichts dazu sagen«, meinte sie nur. Leo empfand, wenig professionell, Respekt vor dieser Frau, die lieber schwieg als zu lügen.

»Wenn es so gewesen wäre«, baute er eine goldene Brücke, »wo könnten dann die geheimen Handys von Ihnen und Mathieu Rassling geblieben sein?«

Bei der Erwähnung des Namens »Mathieu« blinzelte sie. Dann ging sie über die Brücke. »Wenn es so gewesen wäre, hätte ich sie sicher im Auto eingesteckt. Dann hätte ich sie klugerweise wegwerfen oder vernichten müssen. Aber vielleicht hätte ich es aus sentimentalen Gründen nicht über mich gebracht, wer weiß? Dann wären sie wohl heute noch in meinem Besitz. Aber dann würde ich sie nur aushändigen, wenn ich dazu gezwungen werden würde.«

Das war klar genug: nicht ohne einen richterlichen Befehl.

»Wir glauben auch, dass Sie einen guten Grund haben, auf Medikamente zu verzichten«, legte Cleo nach. »Frau Leeb, sind Sie schwanger?«

Diesmal versuchte sie nicht, auszuweichen – sie nickte.

»Sie haben es erraten. Das ist zurzeit das Einzige, was mich aufrecht erhält. Dass Mathieu auf diese Art nicht ganz tot ist. Ich bin jetzt in der fünfzehnten Woche, unser Kind soll im Februar zur Welt kommen.«

»Wusste Herr Rassling davon?«

»Klar, ich hab's ihm gesagt, sobald ich mir sicher war, so Anfang Juli. Sie können sich gar nicht vorstellen, wie sehr er sich freute.«

Damit war der Grundstein gelegt für die Breitseite, die Lang nun abfeuerte.

»War es nicht vielmehr so, dass sich Mathieu Rassling gar nicht freute, Frau Leeb? Wollte er die Beziehung vielleicht beenden, und die Nachricht der Schwangerschaft hat seinen Entschluss beschleunigt? Hatte er eine andere heimliche Geliebte, mit der er in das neue Haus einziehen wollte? Sahen Sie Ihre Zukunftspläne, für die Sie Ihren Mann und Ihre gesicherte Existenz verlassen hatten, wie ein Kartenhaus in sich zusammenstürzen? War das Treffen vom 10. August ein Abschiedstreffen? Haben Sie Mathieu Rassling getötet, weil Sie vor dem Nichts standen? Haben Sie die Geschichte mit diesem Verfolger erfunden, um uns von sich abzulenken?«

Die traurigen Augen hatten sich während dieser in aggressivem Ton vorgebrachten, als Fragen getarnten Anschuldigungen in Entsetzen geweitet. Sie starrte Lang an wie ein Kind, das aus heiterem Himmel eine Ohrfeige bekommen hat. Ihr Mund öffnete sich, schloss sich wieder, sie schluckte. Sie sah aus, als würde sie gleich zu weinen beginnen. Er fühlte sich nicht wohl bei der Sache, auch wenn es Teil seiner Arbeit war.

Nach fast zwei Minuten des Schweigens hatte sie einen Teil ihrer Beherrschung wiedergefunden.

»Sie müssen das wahrscheinlich machen, das gehört zur Polizeiarbeit, nehme ich an. Theorien aufstellen, niemandem glauben. Aber der Gedanke ist so monströs … Mathieu war die Liebe meines Lebens … wir waren wie zwei Teile eines Ganzen … er sagte doch, er würde sich für mich in Stücke reißen lassen …«

Ihre schwankende Stimme erstarb, sie schluckte wieder. Ihre Beteuerungen hatten etwas Rührendes, als seien sie Beweise für etwas, das nicht zu beweisen war. Das schien ihr auch aufzugehen, denn nach einer Weile setzte sie mit mehr Fassung fort:

»Sie glauben mir nicht, Sie brauchen etwas Handfestes. Vielleicht überzeugt es Sie, wenn ich Ihnen sage, dass das Grundstück in Penzing und das Haus mir gehören. Er hat es mir schon vor Monaten überschrieben. Es war ihm ernst mit uns beiden, mit uns dreien, ihm, mir und dem Baby. So ernst, dass er mir ein sehr wertvolles Grundstück mit einer Villa geschenkt hat, einfach so.«

Nun war es an Lang und Cleo, verblüfft zu schweigen. Wenn das stimmte, und es ließ sich ja leicht nachprüfen, war die These der sitzengelassenen Rächerin tatsächlich nicht mehr haltbar. Lang musste sich eingestehen, dass er ohnehin nie daran geglaubt hatte. Er fühlte sich der harten Anschuldigungen wegen vage schuldig, ließ es jedoch nicht erkennen. Stattdessen verabschiedeten sie sich so kühl, wie es der Gesprächsverlauf vorgab.

Zurück im Büro kamen sie nicht dazu, die Befragung Revue passieren zu lassen. Alithia kam ihnen entgegen und las von einem Zettel ab: »Ein Herr Schneebauer hat angerufen und lässt ausrichten, dass sich seine Sache positiv entwickelt hat und dass er am Montag wiederkommt. Er wird bis dahin versuchen, sich von daheim aus in den Fall einzuarbeiten.« Verwundert blickte sie auf, als Lang, Nowotny und Cleo simultan in eine Art Freudengeheul ausbrachen. Ohne auf eine Erklärung zu warten, drehte sie sich pikiert um und verließ mit einem gemurmelten »Bis Montag dann« den Raum.

30

26. August

Trotz des festen Vorsatzes, ihren Eltern völlig entspannt gegenüberzutreten, fühlte sich Leo ziemlich befangen, als Marlene kurz vor Mittag die Türklingel zur Wohnung des Ehepaares Kirchmayr betätigte. Er hatte, ihrem Rat und den herrschenden Sommertemperaturen folgend, nur eine helle Sommerhose und ein neues graugrünes T-Shirt angezogen. Sie selbst hatte sich ein dunkelblaues Leinenkleid mit kompliziertem Rückenausschnitt genäht, das sie heute zum ersten Mal trug. Dazu hatte sie die schöne handgearbeitete Silberkette angelegt, die Leo ihr im Griechenlandurlaub geschenkt hatte. Sofort hatte er sich zurückversetzt gefühlt in das winzige Geschäft mit der sympathischen jungen Künstlerin, mit Marlenes strahlenden Augen und ihrer Unschlüssigkeit, welches der vielen Schmuckstücke nun am besten zu ihr passte, mit der Spätnachmittagshitze und dem ohrenbetäubenden Zikadengeschrei, sobald sie wieder ins Freie getreten waren.

Marlenes Ratschläge bei dem ausgezeichneten baskischen Essen gestern Abend hatten ihm auch nicht gerade viel Zuversicht eingeflößt. »Bemüh dich erst gar nicht, Fettnäpfchenthemen zu vermeiden. Meine Eltern sorgen bestimmt dafür, dass sie direkt unter deinen Füßen zu stehen kommen, sodass du zwangsläufig hineintreten musst. Zweifellos wird es sich irgendwann um fehlende Enkel und um meine falsche Berufswahl, für die das Studium die reine Verschwendung war, drehen. Wenn du unverfängliche Themen suchst, bitte: Mein Vater ist Fußballfan – Anhänger der Violetten – und sie gehen beide gerne wandern. Voriges Jahr waren sie übrigens auch in Griechenland, auf Rhodos. Aber ich garantiere dir, egal wo du anfängst, sie finden immer einen Weg zu Thema

Nummer eins und zwei«, sagte sie und biss verschmitzt lächelnd in ihr Chistorra-Pintxo.

Im Zuge der überschwänglichen Begrüßung mit Überreichung von Wein und Blumenstrauß wurde gleich festgelegt, dass man sich mit Vornamen ansprechen würde. Gleichzeitig siezten die Eltern Leo aber weiterhin beharrlich, eine für ihn falsch klingende Kombination, zu der er sich zwingen musste. »Kann ich Ihnen nachher in der Küche helfen – Andrea?« war einer seiner holprig vorgebrachten Sätze. Doch bald erkannte er an der übertriebenen Fröhlichkeit der beiden, dass sie noch nervöser waren als er selbst. Das neue Kleid und die Kette wurden bewundert, die Hilfe in der Küche abgelehnt und der – tatsächlich sehr anständige – Wein sowie die bunten Sommerblumen über den grünen Klee gelobt.

Im Laufe des Essens entspannte sich die Stimmung ein wenig. Leo dachte insgeheim, dass Marlene das Kochtalent von ihrer Mutter geerbt haben musste. Er bemühte sich redlich, nicht zu scheinheilig klingende Worte der Anerkennung für die trockenen Schweinsmedaillons in der mehlig-klumpigen Rahmsauce mit den nicht ganz durchgegarten Erdäpfeln zu finden, wobei er Marlenes spöttischen Blick von der Seite auf sich ruhen fühlte. Gerd Kirchmayr, pensionierter Bank-Filialleiter, schien diesbezüglich Kummer gewöhnt zu sein, denn er nickte bei Leos hohlen Lobesworten beifällig. Als Vorspeise hatte es zum Glück nur Prosciutto mit Melone gegeben, doch auch dabei hatte Andrea es geschafft, eine unreife, geschmacklose Melone mit versalzenen, zusammengeklebten Rohschinkenscheiben zu kombinieren.

»Marlene sagt, Sie können wunderbar kochen, Leo. Bestimmt finden Sie meine stümperhaften Hausfrauenkünste nur mittelmäßig, aber ich kann es halt nicht besser.« Damit zwang sie ihn zum Widersprechen, zu neuerlichen Notlügen. *Mal eine Abwechslung*, dachte er, *in den Verhören werde ich oft belogen, jetzt kann ich das Gelernte anwenden.* Aber gut fühlte es sich nicht an.

Verständlicherweise nutzten Marlenes Eltern die Gelegenheit, den Freund/Partner/Verlobten/Lebensgefährten oder Was-auch-immer ihrer Tochter gehörig auszuhorchen. Er vermutete, dass Marlene bei früheren Zusammenkünften schon Rede und Antwort hatte stehen müssen, aber es geht doch nichts über Informationen aus erster Hand. Die beiden konnten weder ihre Freude über Leos Beamtenstatus noch ihre Sorge in Bezug auf die vermeintliche Gefährlichkeit seines Berufs verbergen.

»Na ja, als Sachbearbeiterin beim AMS war mein Arbeitsalltag auch nicht immer reibungslos«, meinte Andrea. »Es gab schon öfters schwierige Klienten, die sehr fordernd und sogar drohend auftraten. Ich war ganz froh, als ich vor drei Jahren in Pension gehen konnte.«

»Bei uns gab's auch manchmal Ärger«, trug Gerd bei. »Wenn wir zum Beispiel einen Kredit fällig stellen mussten oder wenn ein riskantes Wertpapier plötzlich nichts mehr wert war. Die hohen Zinsen haben sie aber schon gern genommen. Wie die Leute eben sind.« Leo behielt für sich, dass seine Sympathien in diesem Fall eher bei den verärgerten Kunden als bei der Bank lagen. Er selbst hatte zum Glück – wenn er ehrlich war, nicht aus Bedacht, sondern mehr aus Mangel an Zeit und Interesse – nie in scheinbar lukrative Papiere investiert, auch wenn Roberto Goncalves, Spezialist in solchen Sachen, Spott und Hohn über die dummen Kollegen ausgeschüttet hatte, die ihr Geld auf Sparbüchern dahinsiechen ließen, seinen Vorgesetzten nicht aussparend. Der Halbbrasilianer besaß anscheinend genügend Wissen und Risikofreude, um bei Direktbanken auf eigene Faust erfolgreich in Aktien und Wertpapierfonds zu investieren.

Sie waren so vertieft in den Austausch ihrer Berufserfahrungen, dass keiner von ihnen auf Marlene achtete, die verstummt war und mit ihrer Gabel ein Muster im Tischtuch nachzog. Es war aus beigefarbenem Damast, dessen sehr zurückhaltende Farbe durch eine ziemlich komplizierte Musterung kontrastiert wurde. Quadrate, Rechtecke und Rauten in allen möglichen Größen wurden von spiralförmigen Gebilden umschlossen, von denen manche in den Zentren zusammenliefen oder nach außen in gegenläufige Spiralen übergingen.

»Woher hast du denn dieses Tischtuch, Mama?« fragte sie plötzlich, ohne eine Pause im Gespräch abzuwarten. Das Gesicht der Angesprochenen strahlte, während Gerd Kirchmayr, der mitten in einer ausführlichen Anekdote unterbrochen worden war, pikiert wirkte.

»Gefällt es dir? Das ist ja wirklich einmal ein schönes Kompliment aus deinem Mund, wo du doch die große Stoffexpertin bist. Also, ich habe es beim Stockner am Graben gekauft – ich sage lieber nicht, was es gekostet hat, auch wenn's verbilligt war. Du brauchst gar nicht so schauen, Gerd. Es ist halt was Edles. Ich weiß aber nicht, ob das Herumgestochere mit der Gabel ihm guttut. Du magst es also?« Letzteres war wieder an die Tochter adressiert.

»Das Muster ist ausgesprochen interessant«, sagte Marlene versonnen. »Es bringt mich auf eine ganz neue Idee in Zusammenhang mit der Riemann-Hypothese. Hast du irgendwo einen Zettel und etwas zum Schreiben?«

Während die Mutter das Gewünschte herbeischaffte, etwas gedämpft, weil das Interesse nicht ihrem guten Geschmack, sondern lediglich den mathematischen Funktionen des Tischtuchmusters galt, verfinsterte sich die Miene des Vaters immer mehr. Er schwieg verbissen, als Marlene sich andächtig in Skizzen und Kritzeleien verlor und Leo versuchte, das Muster mit der Handykamera einzufangen. Schließlich hielt er es nicht mehr aus.

»Finden Sie nicht auch, dass das wirklich die Höhe ist, Leo? Da sitzt eine Person, die ein abgeschlossenes Mathematikstudium in der Tasche hat! Eine, die sich nur zum Spaß mit den schwierigsten Problemen der Mathematik beschäftigt. Die mit dieser Ausbildung und diesem Talent eine wissenschaftliche Karriere einschlagen oder zumindest einen seriösen und soliden Beruf ergreifen könnte. Aber nein, sie hat nichts Besseres zu tun, als eine Schneiderwerkstatt zu betreiben!«

Leo fing einen Seitenblick Marlenes – die nicht von ihrer Beschäftigung aufgesehen hatte – auf, in dem vieles enthalten war: Belustigung über das Eintreffen ihrer Vorhersage, Irritation, Resignation, etwas Bitterkeit. »Ich stehe auf eigenen Beinen, Paps«, sagte sie kühl. »Ich mache nichts Unanständiges und brauche keine finanziellen Zuschüsse. Also lass mich bitte in Ruhe. Übrigens ist es ein Atelier, keine Werkstatt.«

»Aber dein Vater hat recht, Kinderl«, sprang jetzt auch Andrea auf den elterlichen Vorwurfszug auf. »Stell dir vor, du hättest ohne Weiteres Lehrerin werden können, könntest es immer noch. Meine Freundin Sandra ist doch beim Stadtschulrat, ich könnte einmal mit ihr reden, ganz unverbindlich … eine Menge Freizeit und soziale Sicherheit, eine fixe Anstellung, du hättest jederzeit die Möglichkeit, in Karenz zu gehen, ein Baby zu bekommen …«

Nun war es also vollbracht, das zweite Hauptthema auch auf dem Tisch. Marlene, die dergleichen nicht zum ersten Mal hörte, reagierte nach Leos Empfinden ziemlich brüsk.

»Ich will aber kein Baby, Mama. Ich bin kranken-, unfall- und pensionsversichert, also mach dir keine Sorgen über meine soziale Sicherheit. Ich hab auch nicht vor, mich selbst hinauszuschmeißen, daher ist mein Job ziemlich fix. Wie schon mehrfach besprochen.«

Was folgte, war ein betretenes Schweigen. Bevor es sich allzu sehr breitmachen und den ganzen Raum ausfüllen konnte, deutete Leo auf den Tisch und fragte: »Ist das eigentlich ein Dessertlöffel? Kann ich Ihnen jetzt vielleicht doch helfen, Andrea?«

Doch die Angesprochene hatte sich schon wieder gesammelt und war bereits auf dem Weg in die Küche, den Kopf schüttelnd. Während Leo Gerd in ein Gespräch über die Bundesliga und das jüngste Abschneiden der Violetten verwickelte, bereitete sie Topfennockerl mit Zwetschkenröster zu, die – diesmal zu Recht – von allen gelobt wurden.

31

Als er und Marlene später den lauen Sommerabend auf der Dachterrasse genossen, schenkte er sich einen kleinen Whiskey ein, anstatt ein Glas des spritzig-pfeffrigen Grünen Veltliners zu nehmen, von dem noch ein halbe Flasche im Kühlschrank stand. Sie, die sich einen leichten G'spritzten gemacht hatte, lachte, als sie seine Wahl sah.

»Ist dir noch schlecht vom Mittagessen, dass du einen Schnaps brauchst?«, fragte sie spitzbübisch.

»Na ja, schlecht … manches war vielleicht ein bisserl schwer verdaulich. Aber die Topfennockerl waren gut.«

»Ich schätze, die gibt es tiefgekühlt fertig zu kaufen. Bei Beachtung der Zubereitungsanleitung gelingen die sogar meiner Mama. Und ein paar Zwetschken weichkochen schafft sie auch noch. Du siehst, ich habe ihr Kochtalent geerbt. Aber das hast du dir eh schon gedacht, stimmt's?«

Er lachte und nahm ihre freie Hand. Sie hatte ihn durchschaut, leugnen hatte keinen Zweck. »Kann schon sein. Aber dafür hast du andere Talente.«

Sie wirkte ein wenig abwesend. Wahrscheinlich weilte ein Teil ihres Bewusstseins bei diesem Riemann und seiner Vermutung, die der Mann irgendwann im neunzehnten Jahrhundert aufgestellt hatte. Es schien etwas mit Primzahlen zu tun zu haben, aber Leo hatte es aufgegeben, Näheres verstehen zu wollen.

Seine Gedanken schweiften ebenfalls ab. Das gestrige Gespräch mit Helene Leeb ging ihm nicht aus dem Kopf. Sie, die drei Jahre älter, aber wie Marlene kreativ tätig war, würde ein Kind bekommen. »Das Einzige, was mich aufrecht erhält«, hatte sie gesagt.

»Möchtest du eigentlich irgendwann einmal noch Kinder haben?«, hörte er sich fragen. »Mal abgesehen von den Lehrerinnenplänen deiner Mutter?«

»Nein. Du?«, antwortete sie.

»Nein, ich auch nicht«, sagte er wahrheitsgemäß, erstaunt feststellend, dass er anstelle der logisch erscheinenden Erleichterung absurderweise eine gewisse Enttäuschung über ihre Antwort empfand. Wie einer, der, fest entschlossen, eine Party nicht zu besuchen, verstimmt ist, wenn die Einladung dazu ausbleibt.

32
28. August

Gabriel Schneebauer strahlte über das ganze Gesicht. Geduldig ertrug er die Fragen der Kollegen, das Schultergeklopfe Nowotnys, dem Körperkontakt gewöhnlich suspekt war, das Lächeln Cleos, Langs unverhohlene Freude und Sympathie.

»Marias Krankheit hat sich als Pfeiffersches Drüsenfieber herausgestellt, sie haben Krebs ausschließen können. Es wird zwar noch eine Zeit dauern, bis sie wieder die Alte ist, aber die Ärzte sagen, sie wird wieder ganz gesund. Unsere Eltern und ihre Schwester helfen uns, solange sie noch nicht wieder ganz auf dem Damm ist. Wir sind alle so unglaublich erleichtert und froh, das könnt ihr euch nicht vorstellen! Auch sie selbst fühlt sich seit der Diagnose schon wieder viel besser, und die Buben, die wissen zwar nichts von den Hintergründen, aber sie spüren ganz genau, dass es jetzt wieder gut ist mit ihrer Mama.«

Lang bemerkte, dass die etwas später eingetroffene Alithia abseits bei ihrem Schreibtisch stand. Ihre Körperhaltung drückte Verlegenheit, Unbehagen und Ausgeschlossensein aus. Er beeilte sich, sie und Gabriel einander vorzustellen. Sie zog die Winkel ihrer zusammengepressten Lippen etwas hinauf, das sollte wohl ein Zeichen von Freundlichkeit sein. Gabriel war viel zu euphorisch, um ihrer Verkrampftheit nicht sein breitestes, offenstes Lächeln entgegenzusetzen. Lang ließ sich anstecken – nun war die Harmonie im Team wiederhergestellt und es würden sich auch in ihrem schwierigen Fall die Dinge positiv entwickeln.

Er hatte die Rechnung aber ohne den Wirt gemacht, in diesem Fall ohne Berücksichtigung der besonderen Beziehung Nowotny-Podiwinsky, die wie jene zwischen Don Camillo und Peppone auf der unwiderstehlichen Lust zu beruhen schien, sich ständig gegenseitig zu provozieren und Streit vom Zaun zu brechen.

Zuallererst hatte Lang eine ausführliche Teambesprechung angesetzt, um Gabriel auf den neuesten Stand zu bringen und die heutige Befragungstaktik festzulegen. Wenn es ihnen gelang, dem Entwicklungsleiter Immig im Verhör gehörig zuzusetzen, konnte das der Durchbruch sein. Von entscheidender Bedeutung war es, ob sich ein Tatmotiv finden ließ. Ohne konkrete Begründung würde jede Beschuldigung ins Leere gehen.

»Zuerst kommen doch die Sekretärinnen, oder?«, begann Nowotny ganz harmlos. Dann wandte er sich an Alithia.

»Haben Sie das mitbekommen, Frau Kollegin? Ich habe mich Ihrer Anregung angeschlossen und nur die weibliche Form gebraucht! Etwaige Sekretäre sind natürlich mitgemeint. Was mich jetzt aber beschäftigt, das sind die ganzen anderen Geschlechtsidentitäten. Ich hoffe, es ist klar, dass auch die mitgemeint sind.«

Cleo machte ein Geräusch, das man bei gutem Willen als unterdrücktes Niesen interpretieren konnte. Sie holte sogleich ein Papiertaschentuch hervor und putzte sich umständlich die Nase. Schneebauer wirkte verwirrt, Lang presste die Kiefer zusammen. Alithia verschränkte die Arme und funkelte zuerst Nowotny und dann den Rest des Teams wütend und schweigend an. Keine große Sache, aber die lockere Stimmung war dahin.

»Gut, wir wollen doch bitte bei der Sache bleiben«, warf Lang ein, ärgerlich, dass ihm nichts Besseres einfiel. Damit gelang es ihm keineswegs, Spannung herauszunehmen, geschweige denn, die Kontrahenten – nein, die Streitenden, geschlechtsneutral – zu versöhnen. »Wir werden zwei Teams bilden und die beiden Damen parallel noch einmal befragen. Gabriel, Helmut, ihr kennt die beiden noch nicht, ihr habt sozusagen einen frischen Blick auf die Frauen. Ich möchte, dass du die Befragung Eva-Maria Tichys führst, Gabriel, gemeinsam mit Cleo. Helmut, du leitest das Gespräch mit Barbara Roth und ich setze mich dazu. Wir sollten alles daransetzen, die Beziehung zwischen Immig und dem Träumer zu verstehen. Ach ja, und in einer halben Stunde kommt Ingrid Rassling vorbei, die Ex-Frau. Macht ihr das bitte gemeinsam, Cleo, Gabriel? Das Übliche, vor allem in Bezug auf ein Alibi. Vergesst auch nicht zu fragen, ob sie in letzter Zeit im Bentley mitgefahren ist, schließlich haben wir vier nicht identifizierte Mitfahrer. Wenn ja, bitte DNA-Probe.«

»Hast a Masl, Schneezi, kriagst die feschen Katzen.« Na klar, jetzt musste Helmut noch eins draufsetzen, um die Podiwinsky vollends auf hundertachtzig zu treiben. *Auch schon wurscht*, dachte Lang trotzig, Nowotny hätte das wahrscheinlich auch ohne Alithia gesagt. Den Mund würden sie sich nicht verbieten lassen, Innenministeriumsnichte hin oder her.

33

Barbara Roth trug die gleiche Art Kleidung wie bei der letzten Befragung, nur in anderen Farben. Blassblaue Seidenbluse, marineblaues Kostüm, Strümpfe, Pumps. Lang sah Helmuts Gesicht an, dass ihm die Frau mit ihrem gepflegten Äußeren und ihrer ruhigen, kompetenten Art imponierte.

Sie gingen mit ihr die Rassling-Beschäftigten durch, die auf der Mitfahrliste standen, speziell im Hinblick auf Probleme, die diese mit dem Träumer gehabt haben könnten.

»Der Zawlacky ist ein Choleriker, wie gesagt, aber mehr so in der Art eines ständig bellenden Hundes, der nicht beißt. Außerdem unterscheidet er nicht, wer der gerade Angebellte ist. Er macht einen kleinen Angestellten, der beim Parken eine Felge beschädigt hat, genauso zur Schnecke wie das Topmanagement, wenn es ihn die Autos nicht warten lässt. Ich kann mir nicht vorstellen, dass der jemanden vergiftet. Aber wenn sie nach Problemen fragen, ja, natürlich hatte er die üblichen Probleme mit Herrn Mathieu, ständig sogar.«

Im Stillen amüsierte sich Lang darüber, dass die Chefsekretärin seine Hunde-Assoziation in Bezug auf den Fuhrparkleiter teilte.

»Frau Stranzinger? Da kann ich Ihnen wirklich nichts Besonderes sagen, ich habe wenig mit ihr zu tun, sie untersteht Herrn Marc. Vielleicht fällt Eva-Maria ja etwas ein. Die Mirjana ist nach außen hin eher der gemütliche Typ, eine der wenigen Frauen im Management. Ist wahrscheinlich nicht leicht für sie, aber sie macht ihre Sache recht gut, glaube ich. Als CFO bekleidet sie natürlich eine sehr verantwortungsvolle Position.«

»Der Herr Faust aber auch, oder? Eure IT-Koryphäe?« Damit wollte Nowotny suggerieren, dass der IT-Manager tiefgehende Kenntnisse in der Manipulation von EDV-Systemen besitze. »Der wichtigste Mann, wenn der Computer nicht geht! Heinrich Faust, der Hexenmeister der Programmierung!«

Sie lächelte kurz zum Zeichen, dass sie die Anspielung verstanden hatte und wurde dann wieder ernst. »Herr Faust hat tatsächlich ebenfalls eine sehr wichtige Position inne, er ist CIO. Allerdings hat er für das Operative natürlich seine Leute. Wenn etwas nicht geht, gibt es die Supportmitarbeiter oder die Programmierer, die sich darum kümmern. Er selbst tritt nicht als Hexenmeister in Erscheinung, trotz seines Namens.«

»Und wie würden Sie sein Verhältnis zu Herrn Rassling einschätzen?«, erkundigte sich Nowotny, der lieber nicht nachfragte, was denn ein »Si-Ei-O« nun wieder sei.

»Nicht einfach, aber im Großen und Ganzen gut«, befand Barbara Roth. »Herr Rassling war immer der Meinung, dass mit Technik praktisch alles machbar sein müsste, und er war sehr ungeduldig. Wenn irgendwo über eine Neuerung im Versuchsstadium berichtet wurde, wollte er sie bei Rassling schon umgesetzt haben. Davon waren vor allem Herr Faust und Herr Immig betroffen, weil es meistens um IT-Erfindungen oder um produktbezogene Innovationen ging, die sofort in die Produktentwicklung einfließen sollten. Herr Faust musste ihn da oft bremsen, dann gab es Diskussionen. Ich erinnere mich an eine Sache vor etwa einem Jahr, da gingen die Wogen hoch. Ich glaube, Herr Rassling war damals auch etwas angespannt wegen seiner Scheidung. Aber schließlich einigten sie sich darauf, dass Faust drei Monate Zeit bekam, um die Materie gründlich zu untersuchen und eine Machbarkeitsstudie zu erstellen. Es stellte sich heraus, dass die Technologie noch in den Kinderschuhen steckte und kein sinnvolles Projekt möglich war. Außerdem gab es in der Fachpresse mittlerweile warnende Stimmen. Fragen Sie mich aber nicht, worum es da eigentlich ging. Ich kann mich nur erinnern, dass Herr Faust sehr erleichtert war, als die Sache vom Tisch war.«

»Und Immig?«, setzte Nowotny sofort nach. »Ich könnte mir vorstellen, dass der mit seiner zackigen Art schon öfters aneckte. Können Sie sich da auch an irgendein größeres Problem erinnern?«

Die Sekretärin dachte eine Weile nach, dann atmete sie plötzlich scharf ein.

»Sie haben recht, da war etwas! Vor gar nicht allzu langer Zeit! Warten Sie mal … wann war das? An einem Nachmittag, als mir Herr Mathieu etwas gab … ja, Protokolle von einer Dienstreise, Sprachaufzeichnungen zum Abtippen. Er war in Paris gewesen, jetzt weiß ich es wieder, im Juli. Er und Immig waren gemeinsam nach Paris gefahren. Dabei muss etwas vorgefallen sein, er war nämlich sehr verärgert und kurz angebunden. Normalerweise gibt's bei der Rückkehr immer etwas Smalltalk über die Reise – wie war das Wetter, viel Verkehr, das französische Essen und so weiter – aber diesmal war er nicht dazu aufgelegt. Stattdessen platzte er plötzlich heraus: ›Der Immig wird gehen müssen!‹ Das war ganz und gar gegen seine sonstige Art. Sonst sprach er eigentlich nie mit mir über andere, Tratsch war ihm völlig fremd. Aber in diesem Fall hatte er sich anscheinend so aufgeregt, dass es hinausmusste. Er sagte dann noch etwas, das ich wie ›Söldnermentalität‹

und ›mangelnde Loyalität‹ in Erinnerung habe. Allerdings ist dann weiter nichts passiert, Immig wurde nicht gekündigt. Ich musste auch keinen Recruiter kontaktieren, um verdeckt oder offen einen neuen Entwicklungschef suchen zu lassen. Ich hatte es ehrlich gesagt vergessen.«

Lang nickte zufrieden und verließ den Raum, um die Vorführung Immigs durch eine Streife zu veranlassen. Mit dieser Geschichte und den falschen Alibis konnten sie ihm gehörig zusetzen. Die weitere Befragung Barbara Roths zu ihrem eigenen Alibi und etwaigen neuen Erkenntnissen über den Streit zwischen den Brüdern konnte er getrost Helmut überlassen.

Gabriel Schneebauer, dessen Gespräch mit Cleo und Eva-Maria Tichy nichts Neues ergeben hatte, gab ihm zwischendurch rasch und effizient Informationen zu Ingrid Rassling, der Ex-Frau des Träumers, die er und Cleo ebenfalls befragt hatten.

»Sie ist seit der Scheidung nie im Auto mitgefahren. Am betreffenden Tag war sie mit zwei Freundinnen shoppen, bis die Kreditkarte glühte, weil es da irgendeinen Mode-Event in Hinblick auf den kommenden Herbst gab. Es wurde auch tatsächlich alles mit Kreditkarte bezahlt. Danach waren sie zu dritt bei einer von den dreien Mojitos und Prosecco trinken und das gekaufte Zeug anprobieren, bevor sie es zu einer Charity-Veranstaltung ausgeführt haben. Wird noch nachgeprüft. Wenn's stimmt, können wir sie von der Liste streichen.«

34

Obwohl eingeschüchtert wegen der Abholung durch wortkarge Uniformierte, riskierte Steffen Immig beim Eintreten Langs und Cleos eine dicke Lippe. Sie hatten ihn etwas warten lassen, ihn von jenseits des venezianischen Spiegels gemeinsam mit Nowotny und Schneebauer beobachtet. Um Alithia ein wenig zu besänftigen, hatte Leo ihr angeboten, bei diesem wichtigen Verhör auch zuzusehen, doch sie spielte weiterhin die Beleidigte.

»Ich habe eine Verabredung, bin dann gleich weg«, brummte sie, ohne den Blick von ihrem Bildschirm zu lösen. Sollte ihm recht sein, ein Bittgesuch würde er nicht einreichen.

»Würden Sie mir bitte verraten, was dieses Schmierentheater soll?«, begrüßte sie der Entwicklungsleiter mit deutlich erhobener Stimme. »Ich habe Ihnen letzten Donnerstag ausführlich Rede und Antwort gestanden, und jetzt lassen Sie mich wie einen Schwerverbrecher vorführen? Wie wäre es mit etwas Respekt, oder ist das bei der österreichischen Polizei nicht vorgesehen?«

Das war ein gutes Stichwort für Cleo, der Lang als Aufdeckerin von Immigs Alibitricks den Vortritt ließ. »Meinen Sie die Art von Respekt, die Sie der Kellnerin der ›Bar-Bar‹ bei Ihrem letzten Besuch – letzten im doppelten Sinn – haben zukommen lassen?«

»Ach so, jetzt verstehe ich!« Immig zog den Mund schief und versuchte, Langs Blick aufzufangen, doch der ignorierte ihn. So musste er Cleo ihre Frage direkt beantworten.

»Ich hatte einiges getrunken, da habe ich mich nicht ganz korrekt benommen, das lässt sich leider nicht bestreiten. Ich stehe nicht an, dem Mädchen meine Entschuldigungen anzubieten. Obwohl, ganz abgeneigt schien sie ja nicht zu sein. Ich hoffe aber doch nicht, dass Sie mich deswegen verhaften wollen, oder?« Dies mit einem süffisanten Lächeln in Cleos völlig ausdruckloses Gesicht.

»Nein, leider ist dazu eine Anzeige der belästigten Frau vonnöten, und eine solche ist bisher noch nicht bei uns eingegangen. Aber was nicht ist, kann ja noch werden. Anschließend haben Sie, obwohl Sie betrunken waren, noch das

Restaurant ›Rinascimento‹ aufgesucht und dort eine Auseinandersetzung vom Zaun gebrochen, nicht wahr?«

»Na na, vom Zaun gebrochen, betrunken, wie das klingt. Ich war durch die Drinks vielleicht etwas enthemmt und sagte dem Personal ganz einfach in aller Deutlichkeit, was ich von den Speisen hielt. Wenn man so anspruchsvoll ist wie ich, lässt man sich nicht so einen Schweinefraß andrehen, noch dazu zu Höchstpreisen! Ich bekam letztlich auch recht, denn man hat es nicht gewagt, mir das Essen zu berechnen, wenn man das Servierte überhaupt so nennen kann!«

Lang kannte Cleo gut genug, um zu wissen, dass sie mit ihren provokanten Fragen den arroganten Macher auf einen Spannungsbogen hievte, nur um diesen anschließend mit Getöse zerbersten und den Unsympathler herunterpurzeln zu lassen.

»Tja, Herr Immig, wenn man Ihre Spur der Unverschämtheiten und Gesetzesübertretungen an diesem Abend so betrachtet, muss man sich wirklich fragen, ob das ihr gewohntes Benehmen ist, das Sie allabendlich an den Tag zu legen pflegen. Wie ist es sonst erklärbar, dass Sie, nach Ihrem Alibi befragt, uns den falschen Tag genannt haben?«

Immig hatte seine Lügen zwar offenbar gut einstudiert, aber seine Reflexe beherrschte er nicht. Das Blut wich ihm augenblicklich aus dem Gesicht.

»Den falschen Tag? Das kann nicht sein! Die Kellnerin lügt! Woher will sie nach so langer Zeit noch wissen, wann genau ein bestimmter Gast da war?«

»Weil Sie am 10. August aus Kroatien zurückgekehrt ist, da ihr wohlverdienter Urlaub an diesem Tag zu Ende war. Leider währte der Erholungseffekt nicht lange, weil sie gleich tags darauf von einem deutschen Gast sexuell belästigt wurde. Derselbe Gast behauptete später im ›Rinascimento‹, das Fleischgericht der Tageskarte – jener des 11. August – sei verdorben.«

Immig hatte ganz offensichtlich nicht mit der Aufdeckung seiner falschen Alibis gerechnet. Er machte den Mund auf und wieder zu, sah sich ratlos im Raum um und rieb sich die Hosenbeine mit den Händen. Als er schließlich anfing zu sprechen, kam ein zusammenhangloses Gestottere heraus: »Das verstehe ich nicht … wie kann das sein … Donnerstag … dass ich mich so getäuscht haben soll …« Sein Satz erstarb in immer leiser werdendem Gemurmel. Lang sah seine Chance zum Angriff gekommen.

»Wir hingegen verstehen es sehr gut, Herr Immig. Ich werde Ihnen jetzt einmal sagen, wie es gewesen ist. Sie hatten bei der Rückfahrt aus Paris am 7. Juli einen heftigen Streit mit Mathieu Rassling. Er wollte Ihnen kündigen, Sie wollten dem zuvorkommen. Sie beschlossen, Rassling zu beseitigen. Nachdem Sie ihn einige Zeit hindurch verfolgen ließen, kannten Sie seine Donnerstagabende im Hotel Papaya. Als Techniker war es für Sie eine Kleinigkeit, die Videoüberwachung lahm zu legen. Dann lauerten Sie Rassling in der Garage auf und verpassten ihm eine Giftspritze. Am nächsten Tag verschafften Sie sich durch auffallend schlechtes Benehmen in der Bar und dem Restaurant ein falsches Alibi, das vielleicht sogar funktioniert hätte, wenn der Urlaub der Kellnerin nicht gewesen wäre. Woher hatten Sie eigentlich das Gift? Wen hatten Sie mit der Beschattung beauftragt?«

Immig starrte Lang mit weit aufgerissenen Augen entsetzt an.

»Nein, nein, so war es nicht! So war es nicht!« Dann setzte er eine weinerliche Grimasse auf, bevor er die Hände vor das Gesicht schlug.

Nach einer vollen Minute Stille äußerte Cleo mit einer nun weichgebügelten Stimme: »Dann sagen Sie uns doch einfach ganz genau wie es war, Herr Immig.«

Das tat er. Auf der Reise nach Paris hatte »der Rassling«, wie er ihn nannte, ihm im Vertrauen von seinem neuen Projekt erzählt. Er hatte ihm eine Stelle als Entwicklungsleiter bei Mathabdi angeboten, wo er die Lücke füllen sollte, die Abdi van Henegouwens Tod aufgerissen hatte. Er sollte während des Parisaufenthalts darüber nachdenken und bei der Rückreise seine Entscheidung bekanntgeben.

»Er war wie besessen von diesem Klartraum-Unfug. Wir waren da wohl absolut nicht auf der gleichen Wellenlänge. Ich habe vor einem Jahr bei Rassling begonnen wegen der guten Entlohnung und der Benefits, großer Dienstwagen, großzügige Spesenregelung und so weiter. Für mich ist ein Job ein Job, ich verkaufe meine Arbeitsleistung und versuche, einen möglichst hohen Preis dafür zu erzielen. Ein Wechsel zu einem Start-up mit einem einzigen, nebulosen Produkt, von dem niemand weiß, ob es wirklich funktioniert und ob es am Markt ankommt, ist extrem riskant. Noch dazu, wenn der Hauptentwickler nicht mehr zur Verfügung steht. Das sagte ich dem Rassling auch. Ich wäre nur bereit, den Job zu übernehmen, sagte ich, wenn mir mein Risiko finanziell abgegolten würde, und zwar mit Geld, nicht mit einer Gewinnbeteiligung als Prämie, wie er mir vorgeschlagen hatte. Ich bin ja nicht blöd, auch das sagte ich ihm. Das kam aber gar nicht gut an. Er hatte sich so in diesen Kram hineingesteigert, dass er glaubte, jeder müsse seine Begeisterung teilen. Die Summe, die ich genannt habe, machte ihn fassungslos. Ich hätte eine ›Söldnermentalität‹, sagte er, was immer das heißen sollte. Er hat gut reden mit all seinem Geld.« »Hatte«, unterbrach Lang.

»Ja, hatte. Jedenfalls gab ein Wort das andere, auf einmal warf er mir zusätzlich noch vor, ich würde mich auch in den Rasslingwerken nicht genügend einbringen. Er hätte mich für neue Ideen, für einen ›Paradigmenwechsel‹ eingestellt, und von mir wäre bisher nichts gekommen. Mir fehle das ›innere Brennen‹, das ›Leuchten in den Augen‹. Ich sei nur am Geld interessiert – was ja im Grunde genommen auch stimmt. Ich gab ganz klar zu, dass ich für Gefühlsduseleien nichts übrighabe und dass es mir egal ist, für welche Firma ich arbeite, solange die Gage passt. Wir Deutsche sehen das wahrscheinlich nüchterner als ihr Österreicher, weniger emotional. Am Ende hatte er sich so echauffiert, dass er mir den Stuhl vor die Tür stellte, sei es auch mit einer Galgenfrist. Ich hatte mir ja im eigentlichen Sinn nichts zuschulden kommen lassen. Ich bin zweiundfünfzig Jahre alt – kein leichtes Alter für die Arbeitssuche – und erst ein Jahr bei Rassling. Auch meinen vorherigen Job hatte ich nur zehn Monate. Das macht sich in meiner Vita denkbar schlecht, besonders wenn mich der Arbeitgeber kündigt. Ein richtiger Karrierekiller. Der Rassling setzte mir eine Frist von sechs Wochen, mir bei aufrechtem Dienstverhältnis eine neue Arbeit zu suchen – neue Herausforderung und so. Anschließend hätte ich selbst kündigen können.«

»Und, wie lief ihre Jobsuche?«, ermunterte ihn Lang, die Erzählung fortzusetzen.

»Schlecht. Ich habe erst nach zwei Wochen angefangen, weil ich zuerst dachte, er würde es sich noch anders überlegen – tat er aber nicht. Dann merkte ich, wie schwierig die Suche auch bei aufrechtem Dienstverhältnis war, besonders im Sommer. Ich habe einige Male versucht, mit ihm zu sprechen, zum letzten Mal am Tag seines Todes, aber sein Entschluss war unverrückbar. Dabei habe ich mich wohl auch zu missverständlichen Bemerkungen hinreißen lassen …«

»Sie meinen: Sie haben ihn bedroht«, stellte Cleo fest.

»So hätte man es auffassen können, obwohl es nicht so gemeint war. Als dann am Freitagvormittag Dr. Rassling die Führungskräfte und die Sekretärinnen zusammenrief und uns über den Mord in Kenntnis setzte, bekam ich Panik. Ich wusste ja nicht, ob er mit jemandem über unsere ... äh ... Differenzen gesprochen hatte. Da beschloss ich, mir rasch ein Alibi für den ganzen Abend zuzulegen, sozusagen rückwirkend, auch wenn ich nicht das Geringste mit dem Mord zu tun hatte. Das mit dem Urlaub der Kellnerin konnte ich ja nicht ahnen. Es tut mir leid!«

»Was denn? Dass Sie die Frau so schändlich missbraucht haben, oder dass Sie dabei erwischt wurden?«, schaltete Cleo jetzt wieder auf barsch, wozu sie sich offensichtlich nicht verstellen musste. Der Angesprochene schwieg betreten.

Lang nahm den Entwicklungsleiter noch scharf in die Mangel zum Thema IT-Kenntnisse, doch dieser behauptete, abgesehen von der Beherrschung eines CAD-Werkzeugs aus seiner Studienzeit keinerlei elektronisches Fachwissen zu besitzen. Darin erkannte er sodann eine Gelegenheit, seine Unschuld zu untermauern.

»Ich habe in erster Linie Managementaufgaben, und das seit Jahren. Meine CAD-Kenntnisse sind völlig überholt, ich bin nur ein ganz gewöhnlicher EDV-Benutzer wie jeder andere auch. Ich glaube, ich gelte da sogar als eher tollpatschig. Sie können den IT-Helpdesk des Unternehmens fragen, oder einen meiner jüngeren Mitarbeiter. Ich glaube, sie lachen mich manchmal hinter meinem Rücken aus. Niemals hätte ich irgendein Videosystem manipulieren können, glauben Sie mir!«

Sie ließen ihn schließlich gehen mit der Auflage, die Stadt nicht zu verlassen. Cleo riet ihm, sich nach einem guten Anwalt umzusehen.

»Wird denn eine Mordanklage gegen mich erhoben?«, fragte er.

»Vorläufig noch nicht. Aber wer weiß, was Frau Kroll unternehmen wird?«

»Frau Kroll? Welche Frau Kroll?«, erkundigte er sich sichtlich verwirrt.

»Die Kellnerin. Sexuelle Belästigung kann in Österreich mit einer Freiheitsstrafe bis zu sechs Monaten bestraft werden. ›Wer eine andere Person durch eine intensive Berührung einer der Geschlechtssphäre zuzuordnenden Körperstelle in ihrer Würde verletzt‹, heißt es im Gesetz. Ihr Anwalt wird Ihnen das sicher bestätigen.«

Wie von Cleo beabsichtigt, war von der Zackigkeit Immigs nicht viel übriggeblieben, als er den Raum eilig verließ.

35
29. August

Trotz des gestrigen nicht gerade sehr ergiebigen Verhörs Steffen Immigs war Leo gut gelaunt, als er am Morgen in die Berggasse fuhr. Der Entwicklungsleiter würde natürlich bis auf Weiteres auf ihrem Radar bleiben, doch Lang glaubte nicht, dass sie es hier wirklich mit dem Täter zu tun hatten. Selbst wenn man die Übereinstimmungen mit dem Täterprofil Anna Bruckners betrachtete – Empathielosigkeit, drohender Nachteil seitens des Mordopfers – schien ihm das Motiv zu schwach, zu offensichtlich die Unstimmigkeit in Sachen IT-Expertentum, was natürlich noch zu prüfen war. Im Radio kamen die Neun-Uhr-Nachrichten, er war spät dran. Marlene hatte ihn aufgehalten – wahrscheinlich der Grund, weshalb er so gut aufgelegt war.

Immer noch mit einem leisen Lächeln auf den Lippen betrat er die Büroräume, sodass er in den ersten Sekunden gar nicht bemerkte, dass dicke Luft herrschte.

»Morgen, Leo«, begrüßte ihn Nowotny. »Schaust ned so aus, als obsd die Schlagzeilen im Blattl schon gsehn hättst.«

So wie die meisten nannte auch Nowotny das »Neue Allgemeine Blatt«, die traditionsreiche Massen-Boulevardzeitung mit den dicken Überschriften und den kurzen Artikeln, nur »Blatt«. Er drehte seinen Bildschirm zu Leo und zeigte – überflüssigerweise – mit dem Finger auf die Balkenlettern der Topmeldung: »Papaya-Mörder unter Mitfahrern!«

Leo näherte sich dem Monitor und überflog den Artikel. Der Verfasser »F. H.« bewies detailliertes Insiderwissen über die Liste der Mitgefahrenen, ohne jedoch Namen zu nennen. Auch die im Wagen sichergestellten Spuren waren ihm bekannt. Er erklärte seinen Lesern, dass die Polizei den Mörder unter den aufgelisteten Personen vermute und am Abgleich zwischen Liste und Spuren arbeite. Was dem Fass aber den Boden ausschlug, war der Satz: »Wie das ›Neue Allgemeine Blatt‹ weiters in Erfahrung bringen konnte, war eine Frau am Tatort anwesend, die dem Ermordeten nahestand und ein Kind von ihm erwartet.«

Lang spürte die Wut wie eine heiße Säule in sich aufsteigen. Der Zorn verschlug ihm regelrecht den Atem. Er sah seinen Gemütszustand in den Gesichtern der anderen gespiegelt: Helmuts Augen waren zu Spalten verengt. Cleo kniff die Lippen zusammen. Ja, sogar Schneebauers Mundwinkel zeigten nach unten. Einzig Alithia starrte angestrengt auf ihren Bildschirm, als ginge sie das Ganze nichts an.

»Wer ist dieser F. H.? Was fällt Ihnen ein, dem Schmieranten unsere Informationen auf die Nase zu binden?«, fuhr er die Praktikantin mit sich überschlagender Stimme brüsk an. Man konnte hören, dass er sie am liebsten geschlagen hätte.

Sie wählte sofort den Angriff als beste Verteidigung. Mit schriller Stimme zeterte sie: »Wie kommen Sie auf die Idee, dass ich das war? So eine Frechheit! Nur weil Sie Ihre Leute nicht im Griff haben, hacken Sie auf mir herum! Kein Wunder, da herinnen kann mich keiner ausstehen! Ich werde die ganze Zeit nur gemobbt und mit sinnlosen Arbeiten sekkiert! Da kann ich ja gleich gehen, bevor ich mich noch weiter beleidigen lasse!« Alithia schnappte ihre Handtasche und stürmte zur Tür hinaus, wo sie fast mit Frau Kovac von der Telefonzentrale zusammenstieß. Diese hatte sich persönlich hinaufbemüht, um Leo schonend beizubringen, dass man seitens des Innenministeriums seinen Rückruf erwarte. Er musste sich beherrschen, um sie nicht auch noch anzubrüllen. Stattdessen atmete er ein paarmal tief durch.

»Danke, Karina. Wissen die, dass ich im Haus bin?«

Sie schüttelte den Kopf. »Nein, ich habe gesagt, ich weiß es nicht.«

»Gut so. Ich werde mir die Anruferei nämlich sparen. Ich leite mein Telefon auf dich um. Wenn sie nachfragen, kannst du ja sagen, ich wär nicht da und du erreichst mich nicht. Machst du das für mich?«

Sie nickte.

Als sie wieder gegangen war, blickte er Cleo, Helmut und Gabriel nacheinander in die Augen.

»Sollte ich mich bezüglich der Podiwinsky getäuscht haben und jemand von euch mir etwas zu sagen haben, dann erwarte ich den Besuch der- oder desjenigen in den nächsten zehn Minuten in meinem Büro«, sagte er, steuerte seinen Schreibtisch an und schloss die Tür. Er war sehr erleichtert, dass ihn anschließend niemand besuchte.

Schneebauer fuhr mit zu den Pokornys, die sie, so hatte Lang entschieden, in ihrer Firma aufsuchen wollten. Gabriel hatte sich inzwischen über den »Blatt«-Journalisten mit Kurzzeichen F. H. erkundigt.

»Er heißt Frank Hofinger und ist der Shootingstar bei denen. Jung, smart, sehr ehrgeizig, gerissen, rücksichtslos, wie man hört. Könnte mir schon vorstellen, dass der diese

Podiwinsky übertölpelt hat, auch wenn ich sie kaum kenne. Scheint mir innerlich ziemlich unsicher zu sein. Das könnte auch der Grund sein, warum sie nach außen hin so arrogant tut. Wenn da zur richtigen Zeit einer kommt, der sie zu nehmen weiß ...«

Na klar, dachte Lang, *Gabriel, der Frauenversteher.*

»Leider hat er bei seinem Artikel keine Fehler gemacht«, fuhr der Frauenversteher fort. »Keine Namen genannt, keine Unwahrheiten behauptet. Nichts, wofür wir ihn belangen könnten.«

»Wie wär's mit ›die Ermittlungen gefährdet?‹«, knurrte Lang, doch im Grunde wusste er, dass Schneebauer recht hatte. Die Veröffentlichung war mehr peinlich als schädlich.

Das Autohaus befand sich in Simmering. Sie passierten die Gasometer, die Lang, sooft er sie sah, faszinierten. Schon immer hatten die markanten Backsteinzylinder seine Fantasie beflügelt. Seit der Revitalisierung Anfang des Jahrtausends konnte man dort einkaufen, Veranstaltungen besuchen und sogar wohnen. Ob die Wohnräume gekrümmte Wände hatten? Das musste aber dann schwierig sein, was die Möbel anbelangte. Er sprach Gabriel darauf an, doch der wusste es auch nicht.

»Keine Ahnung. Oft ist der Alltag in so bekannten Bauten gar nicht so einfach. Ich hab gehört, dass es im Hundertwasserhaus gewellte Böden in den Gängen gibt, ich weiß nicht, ob das für alte Leute so gut ist, und kann man da was hinstellen? Und wie ist das beim Bodenwischen? Da vorn ist es, gleich rechts.«

Helene Leebs Noch-Ehemann und ihre Kinder erwarteten sie schon – allein, ohne Anwalt, an der Tür eines großen, grell beleuchteten Schauraumes, in dem Neuwägen jeder Größe und Farbe, Kleinwägen, Limousinen, Familien-Vans und SUVs glänzten. Über den Fahrzeugen schienen große Schilder deren jeweilige Vorzüge neben den zu vernachlässigenden Leasingraten in die Welt zu schreien. Schneebauers Blicke schweiften sehnsüchtig zu den weit vorne positionierten schnittigen Sportcabrios, die absolut nicht zu seiner familiären Situation passten.

»Edel, nicht wahr?«, ließ sich Klaus Pokorny, dem Gabriels Blick als guter Verkäufer nicht entgangen war, vernehmen. »Der da links in Cognacbraun-metallic mit den Spezialfelgen ist übrigens eine besondere Gelegenheit, Vorführwagen mit üppiger Sonderausstattung zu einem Sensationspreis, da müsste man allerdings schnell sein … wenn Sie möchten, kann ich Ihnen im Anschluss an Ihre Fragen gerne ein Angebot machen. Aber nicht, dass Sie es als Bestechung auffassen, haha!« Der Fünfziger mit der – trotz weißem Haarschopf – sportlich-jugendlichen Ausstrahlung zeigte ein einnehmendes Lächeln. Gut vorstellbar, wie dieser Mann seinen Charme »bei jedem weiblichen Wesen«, wie Helene Leeb es ausgedrückt hatte, spielen ließ.

Zu Langs Erleichterung war Schneebauer viel zu viel Profi und zu wenig Autonarr, um dem Autohauschef auf dem Leim zu gehen.

»Danke, aber ich denke zurzeit nicht an einen Wechsel. Gibt es einen Raum, wo Chefinspektor Lang und ich die Befragung mit Ihnen und Ihren Kindern durchführen können? Getrennt, natürlich. Zuerst Sie, dann Ihr Sohn, dann Ihre Tochter.« Das »Bitte«, das ein Gebot der Höflichkeit gewesen wäre, ließ er weg, um sein Gegenüber merken zu lassen, dass mit einer polizeilichen Befragung nicht zu spaßen war.

Klaus Pokorny führte sie mit berufsmäßigem Dauerlächeln zu einem Verkaufsbüro, dessen Glastür zum Schauraum er schloss. Der Schnöselsohn, wie ihn Lang bei sich nannte, wie erwartet in Anzug und Krawatte, ging in sein eigenes Büro, während seine Schwester sich an einen freien Arbeitsplatz hinter die Empfangstheke setzte. Außer ihre Namen hatten die beiden noch nichts gesagt.

»Wie Sie vermutlich bereits wissen, ermitteln wir im Mordfall Rassling«, begann Lang ohne Umschweife. Er hatte richtig vermutet. Die Informationen waren von der Tochter Karin, der ihre Mutter alles erzählt hatte, an den Rest der Familie weitergegeben worden.

»Wie stehen Sie dazu, dass Ihre Frau Sie verlassen hat und eine Beziehung mit Matthieu Rassling hatte?«, fragte er daher geradeheraus.

Der Autohausbesitzer und Lokalpolitiker hatte sein joviales Gehabe abgelegt. Es war klar, dass er dieses Gespräch so schnell wie möglich hinter sich bringen wollte.

»Na ja, Freude hat es mir natürlich keine gemacht, das ist klar. Schließlich waren wir einmal eine glückliche Familie. Aber wir hatten uns halt auseinandergelebt, das war nun einmal so, nicht nur von ihrer Seite. Als die erste Empörung vorbei war, konnten wir aber ganz gut miteinander reden. Ich bin seit einiger Zeit politisch aktiv und kandidiere für die Gemeinderatswahl. Sie willigte in eine Verschiebung der Scheidung und Geheimhaltung ihrer Beziehung bis nach den Wahlen ein, weil die Vorwahlzeit ein bisschen … heikel für mich ist, wenn Sie verstehen. Dafür hat sie vorweg eine kleine Abfindung gekriegt und ist zu ihrer Freundin gezogen. Keine Ahnung, was sie jetzt machen will.« Danach hatte aber auch niemand gefragt.

»Wo waren Sie denn am Nachmittag und Abend des 10. August?«, fiel Schneebauer ein. Pokorny zeigte ein kleines Lächeln.

»Das dachte ich mir schon, dass Sie das fragen würden«, antwortete er. »Deshalb habe ich es mir herausgesucht: An diesem Tag hatten wir eine Parteisitzung, den ganzen Nachmittag und Abend, bis nach acht. Es ging um strategische Fragen im Wahlkampf. Anschließend sind meine Parteikollegen und ich noch auf ein Bier zum ›Schwarzen Kater‹ gegangen, bis zur Sperrstunde. Das alles können Sie gerne nachprüfen, mindestens zehn Parteifreunde können es bestätigen.«

»Das werden wir«, versicherte Lang, wobei er im Stillen schon überlegte, wer die Aufgabe übernehmen sollte, die Ultrakonservativen der »Donauheimat« abzuklappern. Am besten Alithia, gab ihm die Häme ein. Ach nein, die war ja draußen.

Als nächstes nahmen sie sich den Schnöselsohn vor. Er richtete mit finsterem Blick seinen Krawattenknoten, als sei ihm der dezent gestreifte Schlips zu eng, und schob als Nächstes seine auffällige, bestimmt recht teure Markenuhr am Arm zurecht. Gerade erst einundzwanzig und schon zusammengesetzt aus lauter Statussymbolen, dachte Leo. Das Herumgefummle zeigte jedenfalls, dass Pokorny junior ziemlich nervös war.

»Herr Pokorny, wie wir wissen, waren Sie mit den Handlungen und Plänen Ihrer Mutter, gelinde gesagt, nicht einverstanden«, eröffnete Lang die Befragung.

»Na ja, ich fand es einfach schade, dass unsere Familie auseinanderbrach, das ist doch ganz normal«, erwiderte der junge Mann scheinheilig gelassen.

»Und dieser Herr Rassling, wie standen Sie zu dem? Fanden Sie den neuen Mann Ihrer Mutter sympathisch?« Schneebauer konnte, seiner freundlichen Ausstrahlung zum Trotz, ganz schön hinterhältig sein. Bevor Gerhard Pokorny antworten konnte, entglitt ihm sein krampfhaft neutraler Gesichtsausdruck und machte Platz für einen gleichzeitig weinerlichen wie hasserfüllten Gefühlsausbruch.

»Sympathisch? Wie sollte ich eine Drecksau, die meine Mutter zu einer Schlampe macht, sympathisch finden? Außerdem kannte ich ihn gar nicht, sie hatte uns nicht gesagt, wie ihr neuer Macker hieß. Aber hätte ich ihn gekannt, wäre er mir ganz sicher nicht sympathisch gewesen!« Seine Stimme überschlug sich – auch diese hatte er nicht mehr im Griff.

»Gut, verstanden. Vielleicht hatten Sie ja eine Möglichkeit gefunden, die Identität dieser ›Drecksau‹ herauszubekommen, zum Beispiel mittels eines Privatdetektivs, der Ihrer Mutter folgte? Und dann hätten Sie diesem wenig sympathischen ›Macker‹ den Garaus machen können. Zum Beispiel mit dem Suchtgift, das Sie einem Ihrer einschlägig bekannten Freunde abgekauft hatten?« Lang spielte auf einen Vorfall an, bei dem der Firmenchef in spe bei einer Drogenrazzia in einer Disco vor etwa einem Jahr kurzzeitig festgenommen, aber gleich wieder laufengelassen worden war, wie Cleo herausgefunden hatte. Seine Worte verfehlten ihre Wirkung nicht. Noch mehr Gezerre am Krawattenknoten und hektische Blicke in Richtung des väterlichen Büros.

»Das mit den Drogen war ein Irrtum, ich war nur zufällig zur falschen Zeit am falschen Ort, bitte sagen Sie meinem Vater nichts davon! Ich habe überhaupt keinen Kontakt mehr zu den Leuten von damals. Und ich habe auch keine Ahnung, was Sie mit dem Detektiv meinen. Ich kannte diesen Rassling wirklich nicht, ich schwöre es!«

Jetzt übernahm Schneebauer wieder. Sie hatten verabredet, beim geschniegelten Junior keine »Good-cop-bad-cop-Taktik« anzuwenden, sondern etwas, was Nowotny wahrscheinlich »Watschn-links-Watschn-rechts« genannt hätte, hätte er davon gewusst. »Diese Sache mit Ihrer Mutter durchkreuzte Ihre Pläne ja ziemlich, oder? Wenn der Parteiführung der ›Donauheimat‹ zu Ohren gekommen wäre, dass ihr Kandidat seine Frau nicht im Griff hat, völlig zerrüttete Familienverhältnisse sozusagen, dann wäre das womöglich das Ende seiner politischen Karriere gewesen, er hätte weiterhin diesen Betrieb geführt und Sie hätten bei der Übernahme der Firmenleitung durch die Finger geschaut. Zehn bis fünfzehn Jahre warten, bis der Vater in Pension geht? Sie waren ja förmlich gezwungen, zu handeln!«

»Blödsinn!«, wandte der Junior heftig ein. »Paps hatte sich doch mit der Mama geeinigt, dass sie alles bis nach den Wahlen geheim halten wollten. Es war – ist – fast sicher, dass er den Gemeinderatsposten bekommt, dann kann ich schon einmal interimsmäßig den Laden übernehmen, und dann offiziell, wenn ich die Meisterprüfung habe, das kann auch nicht wirklich das große Problem sein. Es konnte mir doch wurscht sein, was mit dem Arschloch war!«

Lang registrierte mit Interesse, dass das Wortpaar »Paps/Mama« an die Stelle von »Vater/Mutter« getreten war, während »Drecksau/Macker« noch um das Prädikat »Arschloch« bereichert worden war. Der Junge schien nicht wirklich in das Profil des eiskalten, berechnenden, intelligenten Mörders zu passen, das sie sich zurechtgelegt hatten.

»Das klingt wie eine typische Ausweichtaktik«, entgegnete er kühl. »Sie können uns sicher sagen, wo Sie am betreffenden Tag gewesen sind? Uns interessieren vor allem Nachmittag und Abend.«

»Ich bleibe in letzter Zeit immer noch nach Betriebsschluss – das ist um fünf – allein in der Firma, um mich einzuarbeiten. Es ist nicht so einfach, wie ich zuerst dachte. Ich will ja nachher nicht dastehen wie der letzte Idiot. Meistens bin ich bis halb acht, acht da. An den Tag erinnere ich mich noch gut, Paps war in einer Parteisitzung und ich war gespannt, wie sie seine Chancen einschätzten. Als er zurückkam, da war es schon spät, haben wir noch darüber geredet.«

»Das bedeutet mit anderen Worten, dass Sie keinerlei Alibi haben für die Zeit zwischen fünf Uhr und spätabends.« Schneebauer ließ eine bedeutungsvolle Pause folgen. »Sie werden verstehen, dass wir unter diesen Umständen auf einen

DNA-Test und die Ausfolgung Ihres Handys bestehen müssen. Bedenken Sie, dass die Auswertung Sie entlasten kann.«

Der Schnösel, der jetzt eher einem begossenen Pudel glich, gab widerstandslos eine Speichelprobe ab und rückte das Mobiltelefon heraus.

Die Tochter Karin, ein etwas farbloses junges Mädchen, befragten sie im Büro ihres Vaters, der mit einem potenziellen Kunden zu einem protzigen SUV gegangen war, wohl um diesen von den Vorzügen des Wagens zu überzeugen. Sie klopften sie routinemäßig nach Motiven ab, doch war hier offenbar nichts zu holen. Die junge Frau hieß die Entscheidung ihrer Mutter, ein neues Leben zu beginnen, gut, war aber von dieser vor dem Mord genauso wenig in die Identität des neuen Mannes eingeweiht worden wie der Rest der Familie.

»Wie stehen Sie eigentlich zu den politischen Ambitionen Ihres Vaters?«, fragte Gabriel Schneebauer.

»Er muss selbst wissen, was er tut. Mir sind seine Parteikollegen nicht gerade sympathisch – frauenfeindlich, wenn Sie mich fragen. Eigentlich passt das gar nicht so besonders gut zu Papa, eher zu meinem Bruder. Der lebt noch im neunzehnten Jahrhundert.«

»Glauben Sie, dass er etwas mit der ganzen Sache zu tun hat?«, hakte Lang ein, doch sie schüttelte sofort energisch den Kopf.

»Nein, Blödsinn, der Gerhard ist zwar ein Trottel, aber mit Gewalt hat er nichts am Hut. Er ist eher feig, wenn es darauf ankommt. Ich muss es wissen, schließlich sind wir miteinander aufgewachsen. Er ist innerlich sehr unsicher, darum ist er so versessen auf Prestige und Status. Er hat sogar schon einmal vorgeschlagen, unseren Namen zu ändern, weil ihm Pokorny zu ausländisch klingt. Da hat er bei Papa aber auf Granit gebissen, der hat ihm erklärt, was ein renommierter Firmenname wert ist und wie lange es dauern würde, bis die Leute begriffen haben, dass das Autohaus Polt oder Posch oder Pokleitner in Wirklichkeit das bewährte Autohaus Pokorny ist.«

Lang musste sich beherrschen, nicht laut herauszulachen. Namensänderung, das sah dem Fatzke ähnlich. »Zurück zum Mord an Herrn Rassling. Nur der Form halber: Wissen Sie noch, was Sie am 10. August nachmittags gemacht haben?«

Karin Pokorny nickte nachdenklich.

»Ja, ich war zuerst in der Unibibliothek, dann bin ich irgendwann am späteren Nachmittag in dieses neue Einkaufszentrum bei Korneuburg gefahren. Eigentlich bin ich nicht so die Shopperin, aber ich brauchte eine neue Hose und wollte es mir einmal anschauen. Ich bin auch fündig geworden – hier ist die Rechnung von der Hose, ausgestellt um 19:18. Als ich gerade unterwegs zum Auto war, rief mich Winnie, die Freundin meiner Mama, bei der sie auch wohnt, an und sagte mir, dass sie im Krankenhaus liegen würde. Dann bin ich natürlich gleich dorthin. Sie tut mir so leid, was soll sie jetzt nur machen? Ohne die Liebe ihres Lebens, und mit einem Baby?«, fügte sie übergangslos hinzu. Tränen waren in ihre Augen getreten.

36
30. August

Leo hatte nicht damit gerechnet, Alithia wiederzusehen. Nach seinem frühen Eintreffen war er gerade mit Widerwillen dabei, sich eine Geschichte für das Innenministerium zurechtzulegen, als es an der Tür klopfte und zu seiner Verwunderung die Praktikantin seinem »Herein!« Folge leistete.

Sie sah ganz anders aus als sonst, wie ihm sofort auffiel. Die dicken Strümpfe und der schwarze Minirock waren ganz normalen engen Jeans gewichen und die Springerstiefel durch schmal geschnittene graue Sneaker ersetzt worden. Ein unauffälliges T-Shirt ohne Löcher verdeckte die Mehrzahl ihrer Tätowierungen, auch der zähnefletschende Schulterwolf war darunter verschwunden. Die Haare ließen sich nicht so schnell ändern, aber der Undercut war mittlerweile etwas ausgewachsen und ließ die Frisur geradezu charmant wirken. Der unförmige Stahlanhänger im Ohr fehlte. Alles in allem stand eine nicht sehr große, durchschnittlich gekleidete junge Frau mit offenem Gesicht vor ihm. Ja, das Gesicht war wohl die bedeutendste Wende in ihrer ganzen Erscheinung: Nicht nur kam es durch das Fehlen des unsäglichen Ohrschmucks viel mehr zur Geltung, sondern es hatte auch seinen verkniffenen, motzigen Ausdruck verloren.

»Kann ich Sie sprechen? Bitte?«, sagte sie leise mit ihrer unverändert dünnen Stimme. Anstelle einer Antwort deutete Leo auf einen der Stühle vor seinem Schreibtisch.

»Ich möchte mich bei Ihnen entschuldigen. Sie hatten recht, die undichte Stelle, die dem ›Blatt‹ die Informationen geliefert hat, war ich, allerdings unfreiwillig. Dieser Frank hat mich nach Strich und Faden hereingelegt. Nach ein paar Stunden tiefgründiger Gespräche und einigen Drinks – ich trinke normalerweise kaum Alkohol – habe ich dem Schleimer die Infos unter dem Siegel der Verschwiegenheit auf dem Silbertablett geliefert, ich weiß ehrlich nicht, was mit mir los war. Er lässt sich lieber erschlagen, als irgendetwas davon auszuplaudern, hat er gesagt. Ich schäme mich in Grund und Boden, dass ich mich wie eine blöde Tussi so habe ausnützen lassen. Ich hab vergangene Nacht kein Auge zugemacht – logisch, dass der Schaden nicht mehr gutzumachen ist. Mir ist auch klar geworden, dass ich mich Ihnen gegenüber schon vorher nicht immer korrekt verhalten habe. Ich weiß, dass ich einen Haufen Scheiße gebaut habe – bestimmt sind Sie froh, wenn Sie mich los sind. Aber trotzdem wollte ich Sie noch um Verzeihung bitten, bevor ich verschwinde.«

Leo musterte das Häufchen Elend vor seinem Schreibtisch halb amüsiert, halb bewundernd. Gegen Ende ihrer Erklärung hatte sich ihre Stimme so verändert, dass man Tränen darin vermuten konnte. Was musste sie dieser Auftritt an Überwindung gekostet haben! Schneid hatte sie, das musste er ihr lassen. Ohne die übertriebene Aufmachung wirkte sie viel sympathischer und irgendwie schutzlos. Außerdem nagte ein klein wenig Schuldgefühl an ihm. Ihr am Vortag ihm entgegengeschleuderter Vorwurf, dass er ihr die uninteressantesten Arbeiten zugeschanzt habe, stimmte ja im Grunde.

»Lassen wir die Kirche mal im Dorf«, sagte er nach einer kleinen Pause, in der sein Gegenüber den Boden vor dem Schreibtisch betrachtet hatte. Sie sah überrascht auf.

»Das mit dem Reporter war tatsächlich Scheiße, aber ich will glauben, dass er Sie hereingelegt hat. Das wird Ihnen bestimmt kein zweites Mal passieren. Ich akzeptiere Ihre Entschuldigung. Was halten Sie davon, wenn wir noch einmal von vorne anfangen? Ganz von vorne, meine ich. Sozusagen bei der Vorstellung. Hier in der Gruppe duzen wir uns. Ich bin der Leo.« Er streckte ihr seine Hand entgegen.

Ungläubig starrte sie ihn an, dann erleuchtete ein Lächeln ihr ganzes Gesicht. Sie ergriff die angebotene Hand wie eine Ertrinkende den Rettungsring, schluckte und sagte dann mit immer noch belegter Stimme: »Und ich die Alithia!«

»Voraussetzung ist aber, dass du mit den Kollegen ins Reine kommst. Mit denen musst du ja schließlich den ganzen Tag zusammenarbeiten.«

»Mach ich!«, nickte sie strahlend und stand auf. »Vielen Dank!«

»Ach ja, bevor ich es vergesse«, drehte sie sich vor dem Verlassen des Büros noch einmal um. »Sie brauchen – ich meine, du brauchst dir keine Gedanken mehr zu machen wegen des Anrufs vom Innenministerium. Ich habe heute in aller Frühe meinen Onkel angerufen und ihm alles erzählt. Aus seiner Sicht ist die Angelegenheit vom Tisch.«

Kurze Zeit später hörte er durch die angelehnte Tür Gelächter, ein Hinweis darauf, dass die Aussöhnung Alithias mit den Kollegen ebenfalls gelungen war. Auf dem Weg durch den Gruppenraum zum Kaffeeautomaten – ein Vorwand, in Wirklichkeit wollte Leo seine Neugier befriedigen – bekam er den letzten Teil der Unterhaltung mit.

»Die Begegnung war scheinbar ganz zufällig. Er hat mich im ›Uni-Versum‹, das ist ein Studentenlokal in der Nähe der Uni, angeredet und behauptet, meine Freundin Sofie zu kennen – die gibt's wirklich, da hatte er gut recherchiert, das Schwein – und ob ich die bin, die den Master in Gender Studies macht. Dann hat er mich einige Zeit darüber ausgefragt, das sei so wahnsinnig interessant, endlich einmal eine Frau mit Hirn und blablabla – er hat mich halt eingewickelt mit seinem angeblichen Interesse, so locker und cool, und ich trink doch ein Glas Wein mit, oder doch lieber einen Mojito? Ich glaube, der Barkeeper war bestochen, jedenfalls waren die Mojitos ziemlich kräftig, naja, ich bin schließlich nichts gewöhnt. Und ob ich jetzt in den Ferien auch an meinem Studium arbeite? ›Ach, ein Praktikum bei der Polizei? Wow, mega-interessant! Was macht frau denn da so? Echt, dieser Fall in der Papaya-Garage? Allerhand! Da geht man ganz harmlos in eine Bar und lernt eine Frau kennen, die ein tolles Studium macht und nebenbei auch noch ein Kriminalrätsel löst!‹ Und so weiter, und so fort. Das plumpste Geschleime, das man sich vorstellen kann, und ich falle drauf rein!«

»Kann jedem passieren«, meinte Cleo, die ständig angeschleimt wurde und nie darauf hereinfiel.

»Er hat behauptet, dass er auch studiert – Publizistik. Er war nett, keine Anmache, nichts über mein Aussehen. Das hätte ich ihm aber auch nicht abgenommen, wo ich von den Kerlen sonst nur blöde Bemerkungen über meine kurzen Beine zu hören bekomme.«

»Was soll denn ned passn mit deine Haxn? Gehen doch haarscharf bis zum Bodn!«, ließ sich Nowotny jetzt erstmals hören.

»Genau wie bei mir!«, ergänzte die große, schlanke Cleo mit den langen Beinen. »Da haben wir etwas gemeinsam!«

Das Unglaubliche passierte: Alithia sah verdutzt in die Runde und brach dann in ein Gelächter aus, in das die anderen erleichtert einstimmten.

Gemeinsam mit Cleo befragte Lang den Produktionsleiter Wolfgang Lutz, groß, kräftig, schwarzhaarig, Mitte vierzig und geradezu unverschämt braungebrannt nach seinem Seychellenaufenthalt. Hatte der Mann noch nie etwas von Hautkrebs gehört?

»Uns würde in erster Linie diese Sache mit dem RANOU-Konzept interessieren«, sagte Lang. »Sie sind der Projektleiter, wenn wir richtig informiert sind. Anscheinend ging es mit dem Projekt aber nicht so voran, wie Mathieu Rassling es sich gewünscht hatte.«

»Das stimmt leider. Ein sehr schwieriges Projekt, das mich sogar im Urlaub noch verfolgt hat. Das Problem lag darin, dass die Aufgabenstellung unpräzise, ja sogar widersprüchlich war – ein Projektkiller. Die beiden Geschäftsführer hatten recht unterschiedliche Vorstellungen und Zielsetzungen. Herr Mathieu wollte die ganze Firma radikal umkrempeln, während Herr Marc vermutlich am liebsten alles beim Alten gelassen hätte mit einigen kosmetischen Korrekturen hier und da. Eine unlösbare Aufgabe, wenn Sie mich fragen. Ich habe im Urlaub darüber nachgedacht und bin zum Entschluss gekommen, dass ich bei meiner Rückkehr die Projektleitung zurücklegen werde, auch wenn mich das vielleicht den Job kosten würde. Aber jetzt ist all das offenbar überholt. Keine Ahnung, wie es mit RANOU jetzt weitergehen wird.«

»Die beiden Herren waren also uneins über die Zielsetzung, sagen Sie. Haben Sie mitbekommen, dass es diesbezüglich einen recht heftigen Streit zwischen den beiden etwa einen Monat vor der Tat, also Mitte Juli, gegeben haben soll?«, fragte Cleo mit stimmlicher Hervorhebung der Heftigkeit des Streits.

Lutz wirkte erstaunt. »Was, schon wieder ein heftiger Streit über RANOU? Das wundert mich aber schon, dass ich davon gar nichts mitbekommen haben soll. Die Eva hätte mir bestimmt davon erzählt. Die Damen vom Sekretariat kriegen nämlich einiges mit, wenn in den Vorstandsbüros lauter geredet wird. Ganz am Anfang des Projekts, eigentlich noch vorher, gab's tatsächlich ein ziemliches Hickhack. Das war aber Anfang des Jahres. Dann wurde es formell aufgesetzt mit mir als Projektleiter. Seither waren sie zwar geteilter Meinung, aber die Auseinandersetzung lief auf einer anderen Ebene ab, mehr so … mit sarkastischen Bemerkungen und über Dritte, über mich vor allem. Zum Beispiel sagte mir Herr Mathieu einmal im Zweiergespräch: ›Sagen Sie meinem Bruder, dass das Unternehmen sich neu erfinden muss, wenn es überleben will!‹ Und wenn ich dann mit Herrn Marc allein war, hieß es wieder: ›Überleben, als stünden wir an einem Abgrund! Er soll sich mal die Bilanzen ansehen!‹ Ich kam mir vor wie ein Briefträger. Es war eher das Gegenteil von einem offenen Streit, eher so ein Machtspielchen zwischen den beiden mit mir als Billardkugel. Schätze, bei diesem heftigen Streit, den Sie erwähnt haben, ging's um etwas anderes.«

»Was könnte das denn gewesen sein?«, setzte Lang gespannt nach.

»Keine Ahnung. Wahrscheinlich etwas Persönliches, Emotionales, wenn sie so laut gewesen sind.«

Die Informationen des Produktionsleiters hatten den Verdacht verstärkt, dass der Streit ein Schlüssel zur Lösung des Falls sein könnte. Bei der Teambesprechung am Nachmittag kamen sie jedoch zu dem Schluss, dass es hier kein Weiterkommen gab. Die Information über den Streit stammte von Helene Leeb, die geglaubt hatte, dass es um RANOU ging – die Sekretärinnen hatten die Auseinandersetzung nur indirekt und auch nur im Zusammenhang mit dem Projekt bestätigt.

»Lassen wir das also einstweilen«, stellte Leo resignierend fest.

»Ich habe das Alibi von Klaus Pokorny schon überprüft, es stimmt«, meldete sich Schneebauer. Damit konnten sie ihn von der Liste der Verdächtigen streichen. »Lavinia Drexler, also Winnie, bestätigt, Karin Pokorny angerufen zu haben und ihr mitgeteilt zu haben, dass ihre Mutter im Krankenhaus lag. Das Handy von dem Sohnemann, dem Gerhard, ist auch schon ausgewertet, hat nichts ergeben. Es war zur fraglichen Zeit in Simmering und somit nicht in der Nähe des Tatorts. Bleibt noch die Speichelprobe für den endgültigen Ausschluss, die Auswertung ist noch im Gang.«

»Der reizende Mauskoth is wirklich im Chicago-Flieger gsessn, hin und zruck wie er gsogt hat«, trug Nowotny zum Abschluss des Kapitels »Polizei verschwendet Zeit und Geld für Jagd auf fleißigen Sanoria-Manager« bei, wie es der reizende Mauskoth wahrscheinlich selbst formuliert hätte.

Die Überprüfung der vom IT-Leiter Heinrich Faust erwähnten Spezialfirma stand noch aus. »Das mache ich später selbst. Der Mann hat zwar kein Alibi, aber auch kein Motiv«, bemerkte Lang. Nachdenklich betrachtete er die immer noch sehr umfangreiche To-do-Liste. »Wie weit bist du eigentlich mit diesen Garagenvideos, Alithia?«

»Ich hab ungefähr die Hälfte«, erwiderte sie. »Eine Woche werde ich schon noch brauchen.«

»Dann unterbrich das mal kurz, bevor du viereckige Augen kriegst, und versuche, Näheres über diesen Unfall des Abdi von Dingsbums herauszufinden. Vor allem interessiert uns, ob es überhaupt ein Unfall war oder ob mehr dahintersteckt, wie der Träumer anscheinend vermutete. Dazu musst du Kontakt mit den holländischen Behörden aufnehmen, dabei kann dir Cleo helfen.«

»Abdi van Henegouwen – gerne!«, strahlte Alithia, überglücklich wegen der neuen, interessanten und verantwortungsvollen Aufgabe.

»Morgen kommen unsere letzten bisher bekannten Befragungskandidaten«, fasste Leo zusammen. »Mirjana Stranzinger, Leiterin des Finanzwesens bei Rassling, die im Bentley mitgefahren ist. Dann Pascal Roth, der Sohn von Barbara Roth, ebenfalls mitgefahren. Und dieser Klinka, der ebenfalls eine Klarträume-Firma gründen wollte und angeblich intelligent, aber unsympathisch, wenn nicht gar ein Psychopath sein soll. Auf den bin ich schon gespannt.«

Damit hob Leo die Sitzung auf. Kein Durchbruch, aber auch kein Grund, den Kopf hängen zu lassen. Er freute sich schon auf das Oktopusgulasch, das er als Abendessen kochen würde. Marlene hatte in irgendeinem Geschäft vorgekochte Tentakel entdeckt, mit denen er versuchen würde, den Griechenlandurlaub noch einmal auferstehen zu lassen. Vorher einen Avocadosalat und dazu den vorsorglich eingelagerten Retsina – der kam ins Glas, nicht ins Gulasch, Letzteres machte er lieber mit Rotwein. Er war gespannt, was Marlene zu den Entwicklungen in Sachen Alithia sagen würde.

37
31. August

Mirjana Stranzinger, von Barbara Roth als »gemütlicher Typ« bezeichnet, passte auf den ersten Blick gut in das Klischee des liebenswürdigen Dickerchens. Sie hatte ihren üppigen Körper, den Leos Waldviertel-Oma wahrscheinlich »vollschlank« genannt hätte, in ein enganliegendes, aber gutsitzendes Business-Kostüm mit weißer Bluse gezwängt. Ein breites, immer wieder hervorbrechendes Lächeln auf dem sympathischen Gesicht und die natürliche Grazie ihrer Bewegungen komplettierten die angenehme Erscheinung der Fünfzigjährigen. Leo drängte sich der unpassende Gedanke auf, warum die meisten Frauen unbedingt lieber dürr sein wollten. Er hatte den Ohrclip, der im Auto des Träumers gefunden worden war, auf den Tisch gelegt. Noch bevor sie fragen konnten, identifizierte sie ihn freudestrahlend als ihren.

»Oh, das ist ja meiner! Da bin ich aber froh, dass der wieder aufgetaucht ist, die Clips waren ein Geschenk meines Mannes zum Hochzeitstag. Wo haben Sie den denn gefunden?«

Nachdem Cleo erklärt hatte, dass das Schmuckstück aus Mathieu Rasslings Auto und damit vom Tatort stammte, wurde sie ernst. Ja, sie sei einmal mit ihm mitgefahren zu einer Veranstaltung. Sie habe in ihrer Funktion als CFO sonst wenig mit ihm zu tun gehabt, aber bei dem Wenigen habe sie sich gut mit ihm verstanden.

»Er hatte großen Respekt für den Finanzbereich, das erstreckte sich auch auf mich als Bereichsleiterin. Er wusste, wie wichtig die Zahlen waren, das Controlling, die Kontakte mit den Banken, das Finanzmanagement, Fremdwährungsbeobachtung, das Asset Management, Finanzrisiken, Bonitätsüberlegungen bei den Debitoren – gleichzeitig verstand er selbst nichts davon und strebte es auch gar nicht an.«

Das hatten wir dann also gemeinsam, dachte Leo. Aber wenn man dafür eine eigene, kompetente Finanzmanagerin mit einem ganzen Bereich von zahlenaffinen Wirtschaftsexperten hatte, konnte man sich das wohl leisten. Vielleicht sollte er sich doch einmal etwas näher mit seinen eigenen Finanzen beschäftigen.

Cleos Frage, ob sie in das RANOU-Projekt eingebunden war, verneinte sie. »Ich wusste zwar prinzipiell darüber Bescheid, aber es war alles noch viel zu unbestimmt, um irgendetwas rechnen zu können.« Auch über einen Streit war ihr nichts bekannt. Die Brüder mochten des Öfteren Meinungsverschiedenheiten gehabt haben, aber nicht im Finanzbereich.

»Wissen Sie noch, wo Sie am Todestag Herrn Rasslings am Nachmittag gewesen sind?«, wollte Lang wissen. Auf ihren erstaunten Blick hin ergänzte er rasch, dass routinemäßig alle, die im Auto mitgefahren waren, diese Frage vorgelegt bekamen.

»Ich verstehe.« Wie Faust, der IT-Leiter, suchte sie in ihrem Smartphone nach diesem Tag.

»Ich hatte eine Routinebesprechung mit unserer Hausbank bis fünf, sie bekommen gleich die Daten. Danach bin ich direkt nach Hause und mit meinem Mann in den Prater, einen Spaziergang machen und ins Schweizerhaus. Ich erinnere mich genau, es war ein sehr schöner Abend, ich war froh, dass es bei der Bank nicht länger gedauert hatte. Mein Mann wird das sicher bestätigen können.«

Lang unterdrückte die Frage, ob sie dort einen gewissen Nowotny gesehen hatte, der sich über einen deutschen Gast amüsierte. Stattdessen ersuchten sie noch um eine Speichelprobe und bedankten sich bei der Finanzmanagerin.

Der Student Pascal Roth war jung, schlank, dunkelhaarig, etwas größer als Lang und das, was die meisten Beobachter einen Durchschnittstypen nennen würden. Tiefliegende Augen von unbestimmter Farbe, ein freundliches Lächeln und auch sonst eine einnehmende Art. Lang nahm an, dass ihn seine Mutter auf dieses Gespräch vorbereitet hatte.

»Sie sind im Auto des Chefs Ihrer Mutter mitgefahren?«, eröffnete Lang die Befragung, nachdem die Vorstellungsformalitäten erledigt waren.

»Ja genau, aber nur einmal. Da hatte ich Mama in der Firma besucht, um ihr etwas zu bringen. Sie machte kurz darauf Schluss und Herr Rassling fuhr sie heim. Das kam öfters vor, wenn sie ohne Auto unterwegs war, weil er ja wusste, dass Papa so krank ist und meine Mutter jede Minute mit ihm verbringen will. Weil ich dabei war, durfte ich auch mitfahren. Geiles Teil, dieser alte Bentley.«

»Was brachten Sie Ihrer Mutter ins Büro?«, fragte Cleo.

»Das war eine Einkaufskarte, mit der Firmenangehörige bei verschiedenen Geschäften Rabatt bekommen und die sie sich ausgeborgt hatte. Als sie in der Früh zur Arbeit musste, konnte sie sie nicht gleich finden, das war ihr peinlich. Zusätzlich wollte der Wagen nicht anspringen, sie war in Eile und wollte unbedingt, dass das Ding bis Tagesende wieder in der Firma ist. Da habe ich versprochen, es ihr vorbeizubringen, wenn ich es finden sollte, und das habe ich dann auch. Gefunden und vorbeigebracht. Es war hinter die Garderobenablage gerutscht.«

»Und das kaputte Auto?«, wollte Lang wissen.

»Keine große Sache, das konnte ich am Abend selber wieder flott machen. War in meinem eigenen Interesse, weil ich es mir für den nächsten Tag ausborgen wollte.«

»Ach, Sie können Autos reparieren?«, stellte Cleo interessiert fest.

»Ja, wenn's nicht zu kompliziert ist. Ich bin ein begeisterter Technikbastler, Kleinigkeiten mache ich selbst. Bei den neueren Autos wird das allerdings immer schwieriger, weil die meisten Komponenten abgekapselt sind. Da kommst du als Bastler gar nicht mehr hinein.«

Dieser Aspekt schien Lang von Bedeutung. »Sie haben dann vermutlich auch ein technisches Studium gewählt?«

»Allerdings, ich studiere Mechatronik«, verkündete der junge Mann nicht ohne Stolz.

Lang und Cleo wechselten einen Blick.

»Da ist doch auch jede Menge Informatik dabei, oder? Sie können bestimmt gut programmieren!«

»Na, das möchte ich hoffen, sonst hätte ich kaum Chancen auf einen Abschluss. Nächstes Jahr will ich den Bachelor machen.«

»Könnten Sie auch Schadsoftware programmieren?«

Der Angesprochene lachte. »Mit diesen Dingen habe ich mich zusammen mit ein paar Klassenkameraden zuletzt in der dritten HTL beschäftigt. Das war ganz lustig, aber wir haben das Ding natürlich nicht produktiv gesetzt. Und seither habe ich wirklich etwas Wichtigeres zu tun. Aber wenn Sie mich so fragen, können täte ich es wahrscheinlich schon, wenn ich mich jetzt aktuell damit beschäftigen würde.«

Es gab keinerlei Hinweise auf eine Drogenvergangenheit des jungen Mannes. Trotzdem bohrte Lang ein wenig in diese Richtung, doch Pascal Roth verneinte kategorisch, jemals etwas mit Drogen, und sei es nur mit Cannabis, zu tun gehabt zu haben. »Jedenfalls nicht mit illegalen. Ein Bier wird ja hoffentlich noch erlaubt sein, oder zwei.«

»Können Sie für die fragliche Zeit ein Alibi nennen?«, wählte Lang die direkte Formulierung statt des höflicher klingenden »Wo waren Sie denn am …?« Der Befragte ließ sich jedoch nicht aus der Ruhe bringen.

»Leider nicht wirklich. Das war an dem Abend, bevor wir in aller Herrgottsfrüh von Mamas Kollegin angerufen wurden, auf dem Festnetz, weil Mama das Handy außerhalb der Arbeit immer ausschaltet. Ich war den ganzen Nachmittag und Abend daheim auf meinem Zimmer und habe fürs Studium gearbeitet. Mein Vater war natürlich auch da, aber halt unten im Wohnzimmer. Vielleicht hat er mich ja gehört – ich bin ein paarmal angerufen worden, das könnte er gehört haben. Er schläft aber sehr viel, weil er sehr starke Medikamente bekommt. Wahrscheinlich nicht das, was man bei der Polizei ein wasserdichtes Alibi nennt.« Er lächelte bedauernd, aber weiterhin freundlich. »Zum Essen bin ich dann hinuntergegangen zu meinen Eltern, das muss so um acht gewesen sein, da essen wir meistens.«

Lang nickte kurz. »Unter diesen Umständen müssen wir auf die Abgabe einer Speichelprobe und die Ausfolgung Ihres Mobiltelefons bestehen«, drängte er.

Pascal Roth hatte keine Einwände gegen die Speichelprobe, doch der Verzicht auf das Handy, wenn auch nur für kurze Zeit, machte ihm keine Freude. Kein Wunder, dachte Lang, mittlerweile vergaßen die Leute eher aufs Essen als aufs Handy-Schauen.

38

Wie alle anderen außer Nowotny, der sein Pausenbrot und eine Zigarette auf einer nahe gelegenen Parkbank genoss, war Leo zum Mittagessen in die Kantine gegangen, hatte sich aber für keine der angebotenen Speisen – Grießschmarrn mit Zwetschkenkompott oder gefüllter faschierter Braten mit Erdäpfelpüree – erwärmen können und war mit einer Packung Kaminwurzen und einem schlechten Gewissen gleich wieder an seinen Arbeitsplatz zurückgekehrt. Die fette Dauerwurst fiel wahrscheinlich nicht in die Kategorie

»gesunde Ernährung«. Lieber las er nicht auch noch auf der Packung nach, welche Konservierungsstoffe drin waren und mit wie vielen Kalorien die Dinger zu Buche schlugen.

Kaum hatte er abgebissen, hörte er, wie Cleo und Alithia, sich angeregt unterhaltend, den Gruppenraum betraten. Sie mussten annehmen, dass alle anderen noch unterwegs und sie somit allein waren. Die Tür seines Büros war nur angelehnt, sodass er das Gespräch mühelos verstehen konnte.

»… doch überall dasselbe, kannst mir nicht einreden, dass das bei der Polizei anders ist. Im Gegenteil, das ist doch gerade eine ganz krasse Männerbastion!« Alithia mochte ihr Aussehen und ihre Einstellung zu den Kollegen geändert haben, nicht aber ihre Überzeugungen.

»Klar sind Frauen immer noch in der Minderheit, aber die Gleichstellung ist zumindest grundsätzlich festgeschrieben. Es gibt auch eigene Förderprogramme für Frauen.«

»Aber geh, das ist doch alles nur Theorie! Der Polizeiapparat ist ein historisch gewachsener hierarchischer Männerverein. Klar gibt's auch Frauen, aber wenn's um die Karriere geht, schauen sie durch die Finger! Ohne Quoten gibt's da keine Chance auf Führungspositionen!«

»Wie kommst du denn darauf? Was sagst du zum Beispiel zu Manuela Kalteis, Generaldirektorin für die öffentliche Sicherheit und damit Chefin der gesamten Polizei?

»Wahrscheinlich eine Alibiaktion. Nimm dich doch einmal selbst. Du bist bestimmt die Beste in der Gruppe, bist intelligent, kannst mit Menschen umgehen – wieso bist du noch nicht Chefinspektorin und hast deine eigene Gruppe?«

»Wow, danke für die Blumen«, erwiderte Cleo mit einem Lächeln in der Stimme. »Ich hab einfach noch nicht die Dienstjahre, das ist alles. Das kommt schon noch, wirst schon sehen. Und vorläufig brauche ich mich wirklich nicht zu beklagen. Leo lässt mir fast immer freie Hand.«

So ging es noch eine Zeit lang hin und her. Leo beschlich dabei ein äußerst unangenehmes Gefühl, als ihm aufging, dass er die beiden Frauen heimlich belauschte. Es war zu spät, sich bemerkbar zu machen, doch früher oder später würde er sein Büro verlassen müssen. Dann würde vor allem Cleo zu Recht stinksauer auf ihn sein.

Der Zufall kam ihm in Form von Cleos Kaffeesucht zu Hilfe. Mit den Worten »Jetzt brauch ich aber erst noch einen Kaffee, bevor's wieder losgeht, du auch?« marschierte sie mit Alithia hinaus zum Automaten. Leo nahm dieses Geschenk dankbar an und sauste wie der Blitz aus seinem Büro, durch den zum Glück noch leeren Gruppenraum und vorsichtig auf den Gang, sobald die beiden Frauen um die Ecke gebogen waren. Dann ging er lautlos ein paar Schritte in Richtung Kantine, um gleich wieder umzudrehen und mit normaler Geräuschentwicklung die Tür des Gruppenraums von außen zu öffnen, hineinzugehen und zu schließen, als wäre er gerade vom Essen zurückgekehrt. Cleo mit ihrer scharfen Beobachtungsgabe würde das mit Sicherheit registrieren. Gerettet!

Tut mir leid, Cleo, dass ich dir etwas vorschwindle. Bin nicht stolz darauf. Soll nicht wieder vorkommen, leistete er ihr im Stillen Abbitte. Die Stimme in seinem Kopf redete aber noch weiter: *Alithia hat recht, wenn sie dich die Beste nennt. Dass du irgendwann befördert wirst und eine eigene Gruppe bekommst, ist sicher. Ich gönne es dir von Herzen, aber was sollen wir dann nur ohne dich machen?*

39

Der Höhepunkt des Tages stand, so empfand es das ganze Team, mit der Befragung des »Psychopathen« Oliver Klinka noch bevor. Während Lang sich den Mann gemeinsam mit

Nowotny vornahm, durften Cleo, Schneebauer und Alithia das Gespräch beobachteten. Es war zwar nicht üblich, für ein Verhör das ganze Team einzuberufen, aber diesmal hatte Lang eine Ausnahme gemacht. Wenn der Befragte psychisch auffällig war, war es vielleicht von Vorteil, wenn möglichst viele Augen zusahen.

Der erst 27-jährige Klinka war nicht groß, aber auch nicht klein. Seine gedrungene Gestalt war in einen schmuddelig wirkenden Anzug mit gestreiftem Hemd gehüllt. Er verbreitete einen leichten Schweißgeruch; auch der zögerliche schlaffe Händedruck war schweißfeucht. Fettige Haare, ein Bart, der eine Fassonierung vertragen hätte, und eine Brille mit massivem schwarzem Gestell komplettierten das Bild. Am auffälligsten fand Lang jedoch, dass der Mann jeden Augenkontakt vermied. Er beschloss, ihn, wie man so sagt, »kommen zu lassen«.

»So, Herr Klinka, erzählen sie uns doch bitte mal was über sich selbst«, begann er. Das hatte zur Folge, dass der Angesprochene eine Weile wortlos auf seine zusammengelegten Hände starrte. Kaum zu glauben, dass es sich hier um einen noch jungen Mann handelte.

»Was soll ich denn erzählen? Bin Erfinder und Unternehmensgründer. Kenn mich sehr gut aus im Bereich der Informatik und Technik, besser als alle anderen. Beschäftig mich ständig mit diesen Dingen und werd damit sehr erfolgreich sein. Das heißt, wenn mich niemand von der Arbeit abhält.« Letzteres ein klarer Vorwurf an die Beamten.

Kein Wort über Herkunft, Familie, Ausbildung, soziales Umfeld, keinerlei Erwähnung des Mordopfers, kein Lächeln, pure Überheblichkeit. Schon nach diesen ersten beiden Sätzen war klar, dass Klinka in seiner eigenen Welt lebte, zu der Fremde keinen Zutritt hatten. Dazu passte, dass er monoton und sehr leise sprach.

»Wie Sie wissen, untersuchen wir den Mord an Herrn Mathieu Rassling. Kannten Sie ihn?«, ignorierte Nowotny den letzten Satz geflissentlich.

»Ich hab mich einmal mit ihm getroffen, aber das war die reine Zeitverschwendung, so wie jetzt. Hatte keine Ahnung, der Typ. Wollte mich irgendwie einfangen. Hatte Angst vor meinem Vorsprung. Dachte, ich interessier mich für sein Geld oder für den Murks vom Abdi.« Bei diesen verächtlich gemurmelten Worten fixierte er die rechte Ecke des Raumes.

»Vom Abdi? Kannten Sie Abdi van Henegouwen?«, entfuhr es Lang.

»Klar. Hab ihn voriges Jahr auf einer Business-Angel-Veranstaltung getroffen. Hatte ein bissl Ahnung, aber nicht viel. Bei Weitem nicht so viel wie ich. War eigentlich schon fast fix mit dem Rassling verbandelt. Hab ihm gesagt, dass sein Zeug nicht funzen wird. Er hat aber behauptet, er wär bald soweit. Mehr wollt er nicht sagen. War der Einzige, mit dem man sich dort unterhalten konnte.«

»Funzen?«, fragte Nowotny verwirrt. Lang hätte darauf wetten mögen, dass der Ältere einen Zusammenhang mit »furzen« vermutete. Rasch kam er zu Hilfe: »Und Ihre Erfindung funzt, also funktioniert schon? Sie werden sie bald auf den Markt bringen?«

Mittlerweile schien sich der Erfinder an der rechten Zimmerecke sattgesehen zu haben und fixierte nun die linke. Zum ersten Mal zeigte er etwas wie Unsicherheit, indem er kurz mit den Schultern zuckte.

»Wär an sich kein Problem. Habs noch nicht gebaut, aber die Pläne stimmen. Brauch nur noch einen Venturecapitalist, der investieren will. Deswegen war ich ja auf dieser blöden Veranstaltung. Fünfzig Pro reichen, Rest Crowdfunding. Dann Prototyp und Erstserie, weiter läufts von selbst.«

Mittlerweile war Nowotny wieder aufgegleist. »Aber Sie haben bisher noch keinen Investor, oder? Wie soll denn Ihr Unternehmen heißen?«

»KEDW!«, kam es für Klinka-Verhältnisse laut und deutlich.

»Ka-e-de-we?«, echote Nowotny. »Was heißt das?«

»Klinka Electronic Devices Worldwide! Ke-i-di-dabbelju auf Englisch!« Der noch eine Nuance verächtlichere Ton als zuvor bewies, dass dieser klingende und für jeden denkenden Menschen sofort verständliche Name an den nach Klinkas Empfinden bodenlos dummen Kriminalbeamten verschwendet war.

»Sie haben also noch keine Finanzierung, keine Produktionsmöglichkeit und schon gar kein Vertriebskonzept«, holte Lang den Möchtegern-Firmengründer zurück auf den Boden der Tatsachen. »Während Rassling und van Henegouwen Geld, Business-Know-how, Kontakte und eine zum Patent angemeldete Erfindung hatten. Hat Sie das nicht beunruhigt? Hatten Sie gar keine Angst, dass sie Ihnen zuvorkommen könnten?«

»Phhhh!«. Wohl Klinkas Art, Belustigung auszudrücken. »Hab doch schon gesagt, dass Abdis Pfusch nix ist! Kann er gleich seine alten Socken zum Patent anmelden!«

»Aber trotzdem ist es günstig für Sie, dass zuerst van Henegouwen verunglückte und dann Rassling ermordet wurde, oder? Jetzt haben Sie wieder Ihre Ruhe und können ungestört weiterarbeiten«, ging Nowotny nun zum Angriff über.

»Was, der Abdi ist auch tot? Wusst ich nicht.« Der Murmler klang erstaunt, aber weder schockiert noch betroffen. Als hätte man ihm eine Verkehrsbehinderung mitgeteilt: »Was, der Ring ist blockiert? Wusst ich nicht.« Kalt wie ein Fisch, dachte Lang.

»Ja, und wie mein Kollege schon erwähnt hat, musste Ihnen das sehr gelegen kommen. Wir möchten daher von

Ihnen wissen, wo Sie am 10. August am frühen Abend gewesen sind. Weiters würde uns interessieren, ob Sie jemals in Mathieu Rasslings Auto mitgefahren sind.«

Wieder wurde ein elektronischer Kalender durchsucht, dann schüttelte Oliver Klinka den Kopf.

»Kein Eintrag, bin also die ganze Zeit allein in der Wohnung gewesen, ist gleichzeitig mein Firmensitz. Bin nicht mitgefahren mit dem Rassling«, sagte er, an den leeren Raum zwischen Lang und Nowotny gewandt. Eine Speichelprobe konnten sie ihm noch abringen, die Aushändigung des Mobiltelefons wurde jedoch mit einem überaus arroganten »nie im Leben!« verweigert.

Bei einer kurzen Nachbesprechung waren sie sich zunächst einig, dass Oliver Klinka alle Eigenschaften eines idealen Verdächtigen besaß.

»Ein Nerd, der ein Videosystem mittels Schadsoftware lahmlegen kann. Er hat ein klares Motiv, seine KEDW wäre durch Mathabdi stehend k.o. gegangen. Kein Alibi. Er könnte auch der mysteriöse Verfolger gewesen sein. Drogen von einem Straßenhändler zu beschaffen, wäre für ihn vermutlich kein Problem, bei seiner versifften Erscheinung. Hohe Intelligenz. Völlig empathielos, verachtet alles um sich herum«, fasste Cleo zusammen.

»Ja, a richtigs Oaschloch«, trug Nowotny wenig sachlich bei. Die Befragung war nicht ganz spurlos an ihm vorübergegangen.

Alithia räusperte sich ein wenig gekünstelt. »Na ja, aber ...« Sie ließ den unvollendeten Satz in der Luft hängen, vielleicht weil sie nicht schon wieder als überhebliche Besserwisserin dastehen wollte. Leo fühlte sich bemüßigt, sie zu ermutigen.

»Ja, Alithia? Aber? Sag's ruhig!«

»Also, der Typ ist wahnsinnig von sich überzeugt. Der kann sich doch gar nicht vorstellen, dass andere eine Bedrohung für seine genialen Ideen sein könnten, so realitätsfern wie der ist. Er ist sowieso der Größte, glaubt er. Er lässt sogar das ›Ich‹ beim Reden weg, weil er ohnehin der Einzige ist, über den es zu sprechen lohnt. Also kein Grund, andere aus dem Weg zu räumen. Laut Täterprofil soll der Täter oder die Täterin eiskalt berechnend sein – das trifft wahrscheinlich hier zu – und perfekt planen und organisieren können. Den Eindruck hat er mir aber nicht gemacht. Er ist ja nicht einmal fähig, sich für ein Polizeiverhör ein frisches Hemd anzuziehen oder Dinge für seine eigene Firma zu planen. Auf mich hat er eher den Eindruck eines Chaoten gemacht, für den die Welt außerhalb seines Schreibtisches nicht existiert. Ein richtiger *Master of Disaster*.«

»Das Gleiche hab ich mir auch gedacht«, fiel Schneebauer ein.

»Ja, aber das könnte auch Verstellung sein«, gab Cleo zu bedenken.

»Außerdem glaube ich nicht, dass er der Verfolger ist«, fuhr Gabriel fort. »Im Verhörprotokoll von Helene Leeb steht ›jung, männlich, eher groß als klein, kurze braune Haare‹. Der Mann ist nicht groß, würde ich sagen, und er wirkt auch nicht jung. Okay, das ist ein dehnbarer Begriff. Sie hat nichts von einem stämmigen Menschen gesagt. Er hat braune Haare, aber einen Bart und eine Brille hätte sie sicher erwähnt.«

»Es sei denn, er hat sich den Bart erst nach dem Mord wachsen lassen und damals Kontaktlinsen getragen. Oder es ist Fensterglas in der Brille. Könnte ja sein, wenn er so raffiniert und berechnend ist«, wechselte Alithia jetzt in die Rolle der Klinka-war-es-Befürworterin.

»Das mit dem Bart schaut mir nicht so aus, dafür ist er zu lang, aber wir sollten es nachprüfen«, stimmte Leo zu. »Leider gibt es einen schwerwiegenden Punkt, der Klinka entlasten würde, wenn er stimmt.« Helmuts resignierendes Nicken zeigte, dass dieser wusste, wovon er sprach. »Er sagt, nicht mitgefahren zu sein und hat einer DNA-Probe zugestimmt. Wenn die negativ ist, wird es sehr schwierig. Dann müssten wir wieder auf deine« – er sprach Cleo an – »Hypothese zurückgreifen, dass der Täter schlau genug war, keine Spuren zu hinterlassen, und das kann ich nach wie vor kaum glauben. Wie gesagt, Kopfbedeckung, Mundschutz und so weiter. Nein, wenn seine DNA nicht unter den Spuren aus dem Auto ist, haben wir schlechte Karten.«

40
1. September

Als Leo den Gruppenraum betrat, war Nowotny offenbar gerade dabei, Alithia einen Witz zu erzählen. Er hielt den Atem an – musste Helmut denn schon wieder am Watschenbaum rütteln, jetzt, wo alles in halbwegs geordneten Bahnen lief? Der Ältere, der seinen Gesichtsausdruck bemerkt und richtig interpretiert hatte, unterbrach seine Geschichte.

»Mach dir keine Sorgen, Leo, Alithia und ich haben ein Projekt gestartet. Es geht um Sexismus in Witzen. Sie hat doch mit ihren Kommilitoninnen in einem Seminar so eine Studie zu dem Thema analysiert, und mit zusätzlichem Material kann sie daraus vielleicht sogar eine Masterarbeit machen.« Das Thema war anscheinend so erhaben, dass Nowotny hochdeutsch sprach. Das änderte sich, als er erneut zum Erzählen des aktuellen Studienobjektes – sprich Witzes – ansetzte.

»Oiso, noch amoi von vorn. A ödters Ehepaar geht ins Wirtshaus essen. Sie bestön beide a Gulasch mit Erdäpfln. Dem Mann foid a Erdäpfl von da Gabl ins Gulasch und spritzt eahm des ganze Hemd voi. Sogt er: ›Jessas naa, i schau jo aus wia a Sau!‹ Sogt sie: ›Jo, und apotzt host di aa!‹«

Das Unglaubliche geschah: Alithia Podiwinsky lachte lauthals über einen von Helmut Nowotny erzählten Witz. Erleichtert stimmten Lang und Schneebauer, der sich im Hintergrund gehalten hatte, ein. Nowotny konnte eine gewisse Selbstzufriedenheit nicht verbergen.

»Oiso, was is, is des jetzt sexistisch oder ned?«

Sie wischte sich Lachtränen aus den Augen. Leo schien das sehr übertrieben, so gut war das Witzchen nun auch wieder nicht gewesen.

»Wenn, dann richtet sich der Sexismus in diesem Fall eher gegen den Mann«, urteilte Alithia und prustete wieder los.

Leo räusperte sich. »Es tut mir unendlich leid, eine bahnbrechende wissenschaftliche Forschungsarbeit unterbrechen zu müssen, aber ich möchte kurz daran erinnern, dass wir hier die Kriminalpolizei sind und fürs Ermitteln bezahlt werden. Des Weiteren, dass der Sickinger am Montag vom Urlaub zurück ist und möglicherweise nach dem Stand der Ermittlungen in unserem ungelösten Prominentenmord fragen wird. Ich schlage daher vor, dass ihr die weiteren Studien auf die Mittagspause verschiebt. Teambesprechung dann um drei, bitte.« Er wartete keine Antwort ab, sondern ging in sein Büro. Es kam nur sehr selten vor, dass er sein Team explizit zur Arbeit anhielt – schon gar nicht den Dienstältesten Nowotny –, aber er konnte es nicht offiziell gutheißen, wenn in der Dienstzeit stundenlang Witze erzählt wurden, auch nicht an einem Freitag. Aus dem Augenwinkel sah er noch, wie Alithia und Helmut sich grinsend einen Blick des Einverständnisses zuwarfen, was wieder einmal bewies, dass die Gemeinsam-gegen-den-Chef-Haltung ein gutes Mittel ist, eine Gruppe zusammenzuschweißen.

41

Zur Teambesprechung kam Alithia hoch erhobenen Hauptes und mit glänzenden Augen, voller Stolz und Vorfreude. Leo hoffte, dass sich dies auf den Fall und nicht auf die Witzestudie bezog.

Die Studentin war noch nicht abgebrüht genug, um ihr Ergebnis zurückzuhalten, bis sie an der Reihe war und es dann betont lässig zu verkünden. Sie erinnerte Leo an ein Kind, oder vielleicht an ein Hündchen, das mit dem Schwanz wedelt und freudig bellt. Jedenfalls ein großer Fortschritt gegenüber der motzigen Person, als die sie sich zuvor gegeben hatte.

»Ich habe etwas herausgefunden, soll ich gleich darüber berichten?«, legte sie los, noch bevor Lang die Sitzung offiziell eröffnet hatte. Er nickte. An Cleos amüsiertem Mundwinkel war abzulesen, dass sie bezüglich Alithia ähnlich empfand wie er.

»Also, ich sollte doch versuchen, mehr über Abdi van Henegouwen und seinen Tod herauszukriegen.« Sie projizierte das Bild eines jungen, sehr hübschen Mannes an die Wand des Besprechungszimmers. Ein einnehmendes Gesicht mit breitem, offenem Lächeln. Der dunkelhäutige Erfinder hatte eine Rastafrisur und, wie Helene Leeb erwähnt hatte, blaue Augen.

»Wow!«, stieß Cleo reflexartig hervor, was ihr ein abschätziges »Pfft!« von Helmut Nowotny einbrachte. Doch Alithia beachtete die Reaktionen ihrer Kollegen nicht.

»Geboren und aufgewachsen in Amsterdam. Vater Niederländer, Mutter Somalierin, er Ingenieur, sie Konzertpianistin. Der Sohn war hochbegabt, was früh erkannt und von seinen Eltern entsprechend gefördert wurde. Er konnte mehrere Schulklassen überspringen, bekam nebenbei Privatunterricht und wurde mit fünfzehn als außerordentlicher

Hörer an der Universität zugelassen, wo er sich mehreren Studien parallel widmete: Medizin, Psychologie und Elektrotechnik. Mit Anfang zwanzig war er mit allem fertig, machte aber keinen Abschluss, sondern widmete sich ab da nur mehr dem Erfinden. Er muss eine sehr ambivalente Persönlichkeit gewesen sein – wenn ihn etwas interessierte, warf er sich mit voller Kraft darauf, andererseits vernachlässigte er alles andere, insbesondere alles, was ihn langweilte, wie Finanzielles oder Bürokratisches oder etwas so Profanes wie einen Studienabschluss. Er war aber ausgesprochen extrovertiert und auf sein Äußeres bedacht – wie man auf dem Foto sieht –, hatte im Laufe der Zeit etliche Freundinnen, experimentierte mit Drogen, trank gern Alkohol und war definitiv kein Kind von Traurigkeit. Außerdem liebte er Luxus in jeder Form. Irgendwann dürften seine Eltern aufgehört haben, ihm dieses Leben zu finanzieren, woraufhin er anfing, seine Erfindungen zu Geld zu machen. In dieser Phase muss er den Träumer kennengelernt haben.«

»Wie hast du das denn alles so schnell herausgefunden?«, fragte Cleo mit etwas mehr bewunderndem Staunen als strenggenommen angebracht war.

Alithia versuchte sich in Bescheidenheit. »Oh, ich hatte ziemliches Glück! Ich hab mich zum ermittelnden holländischen Polizeibeamten durchgefragt, das war nicht so schwer, der heißt Pieter Steen und ist wirklich sehr nett. Er spricht super Englisch und ziemlich gut Deutsch. Er konnte mir den Kontakt zu einem von Abdis Studienfreunden vermitteln, der mir seinen Werdegang beschrieben hat. Die beiden waren bis zuletzt befreundet. Er wusste, dass Abdi außer der Firma mit dem Österreicher auch noch andere Dinge am Laufen hatte. Anscheinend konnte er aus einem Fundus von Erfindungen schöpfen. Es war allerdings nichts so konkret wie Mathabdi. Jedenfalls war er wegen einer anderen Geschäftsmöglichkeit in Brüssel, bevor er auf dem Heimweg von dort verunglückte. Der Unfall wurde von der niederländischen Polizei sehr genau unter die Lupe genommen. Schließlich war er nicht nur eine Art Szene-Star, sondern auch der Sohn einer bekannten Künstlerin.« Sie sah es offenbar als selbstverständlich an, dass diese Attribute zu einer besonders genauen Untersuchung des Unfalls geführt hatten. Lang musste ihr insgeheim recht geben. Prominenz führte zu Mediendruck, der sich in Form von Vorgesetztendruck fortsetzte. Das war in den Niederlanden bestimmt auch nicht anders als anderswo. Er hoffte nur, dass sie es mit der Ausführlichkeit der restlichen Berichterstattung nicht übertreiben würde.

»Also, die weiteren Informationen stammen aus dem Polizeibericht. Er war am 29. Juni, das war ein Donnerstag, in seinem Mini Cooper S Cabrio mit fast 200 PS um ungefähr acht Uhr abends losgefahren. Um kurz nach zehn checkte er in seinem Hotel in Brüssel ein, verließ aber sein Zimmer um elf wieder. Dann dürfte er das Brüsseler Nachtleben gecheckt haben, Wiedereintritt ins Zimmer fünf Uhr dreizehn. Am Freitag ab neun den ganzen Tag über Termine mit diversen Geschäftsleuten, nachvollziehbar dank elektronischem Terminkalender. Letzter Kontakt um acht mit anschließendem Essen und neuerlichem Barbummel. Laut diesem Kontakt verabschiedeten sie sich etwa um zwei Uhr nachts. Danach fuhr van Henegouwen los. Zu diesem Zeitpunkt war er dreißig Stunden fast ununterbrochen auf Achse. In der Nähe von Breda flog er mit etwa 230 km/h von der Autobahn. Keine Bremsspur. Er war nicht angeschnallt – sofort tot, Auto Totalschaden. In seinem Blut fanden sie jede Menge Alkohol und ein Aufputschmittel, im Harn Cannabis. Trotzdem wurde das Autowrack minutiös untersucht, aber kein technischer Defekt gefunden. Drogen in Kombination mit Leichtsinn und Geschwindigkeit. Kein Zweifel, Sekundenschlaf.«

»Allerhand!«, entfuhr es Schneebauer. Lang hatte ihn in Verdacht, dass sich seine Reaktion weniger auf den Unfall als auf das Auto bezog, wenn er sich Gabriels Sehnsuchtsblicke im Autohaus Pokorny in Erinnerung rief.

»Ja, das hast du wirklich ausgezeichnet recherchiert, Alithia«, erteilte er ihr nun das verdiente Lob. »Zwar wäre es mir lieber gewesen, wenn du ein Foto gefunden hättest, auf dem Oliver Klinka auf einem Brüsseler Parkplatz gerade das Auto des Abdi van Henegouwen manipuliert, nachdem er ihm in einer Bar etwas ins Getränk getan hat, bevor er ihn überredet, sich nicht anzuschnallen. – Schluss mit dem Sarkasmus, natürlich ist es sehr nützlich, diesen Ermittlungszweig abschließen zu können. Gut gemacht.« Cleo und Gabriel nickten synchron. Einzig Nowotny blickte nachdenklich.

»Waaßt du, ob des Auto vo da Weitn zum Steuern geht?«, fragte er, an Alithia gerichtet.

»Ich weiß schon, worauf du hinauswillst«, antwortete sie. »Eine Remote-Manipulation der elektronischen Steuerung, womit man von außen Gaspedal und Lenkung des Autos übernehmen kann. Das wurde auch untersucht. Es ist bei diesem Modell nicht möglich. Keine elektronische Steuerung der fahrtechnischen Autoteile.«

Cleo hatte sich mit den Alibis von Mirjana Stranzinger und Pascal Roth beschäftigt.

»Die Besprechung der Stranzinger mit dem Banker wurde bestätigt, genauso wie der Abendausflug in den Prater durch ihren Mann. Der Mann ist natürlich kein unbefangener Zeuge, aber er hat sich erinnert, dass sie im Schweizerhaus kurz mit Bekannten gesprochen haben, die konnten das bestätigen.«

»Gut, und Pascal Roth?«, wollte Lang wissen.

Cleo lächelte. »Ja, das ist eigentlich ganz lustig. Weißt du noch, er wollte sein Handy fast nicht herausrücken – dabei verschafft ihm jetzt genau dieses Handy ein ›wasserdichtes

Alibi‹, wie er es selbst nannte. Die GPS-Daten beweisen nämlich, dass er zur fraglichen Zeit zu Hause war.«

»Das Handy war zu Hause, das heißt aber noch lange
nicht, dass er auch zu Hause war«, widersprach Schneebauer.
Ein Dilemma, vor dem sie immer wieder standen.

»In diesem Fall schon. Gechattet hat er in dieser Zeit nicht,
ansonsten verwendet er für Chats übrigens einen alternativen Dienst, nennt sich ›Kommun‹, da ist alles verschlüsselt
und nicht einmal der Dienstbetreiber kann die Inhalte sehen. Man merkt, dass er sich bei der Technik auskennt. Laut
Anrufprotokoll wurde das Handy an diesem Abend dreimal
angerufen, die Anrufe entgegengenommen, kurze Zeit gesprochen und es wurde ein ausgehendes Gespräch registriert.
Ich habe die Nummern gecheckt, alles junge Menschen in
seinem Alter. Beim Gegencheck bei einem der Anrufer und
beim Angerufenen habe ich die Bestätigung bekommen, dass
sie mit Pascal gesprochen haben. Sie hatten ihre Protokolle noch nicht gelöscht. Exakte Übereinstimmung der Gesprächszeit. Er hat von zu Hause aus telefoniert.«

»Dann ist er draußen«, folgerte Lang. »Danke, Cleo.«

»Sollen wir das mit der Befragung des Vaters dann lassen?«

Bevor Lang antworten konnte, meldete Schneebauer sich.

»Liegt auf meinem Weg, ich schau' morgen früh kurz vorbei.«

»Wir haben jetzt so ziemlich alle durch, die irgendwie
zum Umfeld zu zählen sind«, resümierte Leo, die To-do-
Liste und die Falltafel betrachtend, »mit Ausnahme der
Escortservice-Leute.«

»I klemm mi dahinter«, ließ Nowotny verlauten. Es würde
vermutlich nicht leicht sein, zwei namenlose Prostituierte zu
finden, die vor Jahren einmal ein paar Stunden im Papaya
verbracht hatten, aber Helmut war es zuzutrauen.

»Gut, wir machen dann für heute Schluss. Montag ist
Roberto wieder da, bringt ihn bitte am Vormittag auf den

neuesten Stand. Am Nachmittag große Lagebesprechung, wahrscheinlich inklusive Sickinger. Ich werde Anna Bruckner fragen, ob sie auch dazukommen kann.«

Helmut ergriff sofort die Gelegenheit, das Witze-Projekt fortzuführen, bevor alle davonlaufen konnten.

»No schnö vorm Hamgehn. A Frau bestöt im Kaffeehaus: ›Herr Ober, an großn Braunen und an Apfelstrudel, aber bitte ohne Schlag!‹ Der Ober sagt: ›Wir ham kan Schlag mehr, Gnä Frau, derfs aa ohne Vanillesoß sein?‹ Sexistisch oder ned?«

»Ich habe ja das ganze Wochenende Zeit, um darüber nachzudenken«, erwiderte Alithia sarkastisch. Langsam schien sie Nowotny gewachsen zu sein.

»Sexistisch oder nicht, aber wahrscheinlich rassistisch!«, steuerte Gabriel nun bei. Nowotny, der es ansonsten eigentlich gewohnt war, des Rassismus bezichtigt zu werden und auch gerne in diese Richtung provozierte, machte ein verblüfftes Gesicht.

»Na wegen des großen Braunen! Ob du es glaubst oder nicht, in der ›Tribüne‹ ist voriges Jahr ein Artikel gestanden, der zur Diskussion gestellt hat, ob unsere Kaffeesorten politisch korrekt sind, ob der Schwarze noch sein darf und ob der Braune vielleicht NS-Wiederbetätigung ist …«

Das reichte, um die Besprechung unter allgemeinem Gelächter aufzulösen.

42

Zum Abendessen traf er sich mit Marlene bei »Kamon Thai« direkt um die Ecke ihres Ateliers. In letzter Zeit hatte sie viel zu tun – mit dem September zog der Modeherbst ins Land, auch wenn, wie sie ihm erklärt hatte, in Paris und Mailand bereits Ende September die Frühjahrs- und Sommerkollektionen der

Spitzendesigner präsentiert wurden. Auf seinen erstaunten Blick hin hatte sie sarkastisch erklärt: »Damit die Billigketten genügend Zeit haben, die Modelle – natürlich angepasst an den Massengeschmack – zu kopieren und sie in China mit minderwertigen Stoffen und ausgebeuteten Arbeitskräften produzieren zu lassen. Oder Indien, Bangladesch, Vietnam, et cetera, wie du ja weißt.«

»Na ja, aber das ist halt dann, wie du sagst, minderwertige Qualität. Das muss man wahrscheinlich nach zweimal waschen wegwerfen, oder es beult aus oder so ...«

»Wen kümmert das in Zeiten von *fast fashion*? Billig kaufen, anziehen, wegwerfen, was Neues kaufen. Oder noch besser: im Internet bestellen, einmal anziehen, auf eine Party gehen, gratis zurückschicken. So läuft das heutzutage oft.« Ihren Worten merkte man die Verbitterung über Kundinnen an, die ihre Preise kritisierten, ohne Qualität, Originalität und Ausführung zu berücksichtigen. Als ob man Maßkleidung mit Billigfähnchen vergleichen könnte. Wie er wusste, duldete Marlene auch bei ihrer durchaus bezahlbaren, aber nicht spottbilligen Konfektionsware nichts Minderwertiges, Kurzlebiges. So war sie auch heute gekleidet: salopper, aber perfekt geschnittener marineblauer Hosenanzug, weißes T-Shirt, weiße Sneaker, die griechische Silberkette. Nichts davon, mit Ausnahme der Kette, war auch nur annähernd neu. Wie sie es schaffte, das T-Shirt und vor allem die Sneaker so weiß zu halten, blieb ihr Geheimnis.

Beim vorsichtigen Schlürfen seiner herrlichen, aber scharfen Tom Yum Goong beschäftigte ihn jedoch etwas anderes. Sie, die diese kultige Suppe mit extra viel Chili bestellt hatte, war schon fertig. Während sie auf den Hauptgang warteten – Pad Krapao, speziell gewürztes faschiertes Schweinefleisch mit dem namengebenden »heiligen Basilikum«, dazu ein Spiegelei, weil weder Marlene noch er den Mut zu schwarzen

Eiern aufgebracht hatten –, schnitt er das Thema an, das ihn beschäftigte. Zuvor hatte er sich davon überzeugt, dass die Nachbartische weit genug weg standen und im Restaurant eine dämpfende Geräuschkulisse herrschte. Er hatte wenig Lust, seine Worte im morgigen »Blatt« unter irgendeinem reißerischen Balkentext zu finden, oder vielleicht gar in der politisch so korrekten »Tribüne« mit versteckt-perfider, die Polizei subtil denunzierender Überschrift. Gleichzeitig ärgerte er sich über diese seine Vorsicht, die ein kritischer Geist wahrscheinlich als Feigheit beurteilt hätte.

»In letzter Zeit bekomme ich immer mehr das Gefühl, dass man von einer Art überempfindlicher Sprach- und Gesinnungsaufsicht umgeben ist. Ständig gibt es Vorwürfe, dass irgendetwas rassistisch, faschistisch, sexistisch, islamophob, homophob oder was weiß ich ist. Jedes Wort wird auf die Goldwaage gelegt, alles wird sofort breitgetreten und als Beweis für deine unmögliche Gesinnung angesehen.«

»Findest du es denn richtig, wenn Leute rassistisch oder sexistisch sind und sich so ausdrücken?«

»Nein, natürlich nicht, aber so habe ich es auch gar nicht gemeint. Es ist halt so, dass dir vieles von Sprach-Tugendwächtern im Mund umgedreht wird. Ich gebe dir ein Beispiel.« Er erzählte ihr Nowotnys Witz mit dem Apfelstrudel und die Sache mit dem großen Braunen. Sie sah ihn ungläubig an. Dann lachte sie in der gleichen Weise los, wie es Leos Team einige Stunden zuvor getan hatte.

»Na klar, und das dann auch noch in Kombination mit dem weißen Schlag!«

Er lachte mit, wurde aber dann wieder ernst. »Du hast ja wahrscheinlich mitgekriegt, dass jetzt auch Zahlen von der politischen Korrektheit und sogar von Verboten erfasst sind, seit Neonazis irgendwelche Kombinationen als Codes verwenden. Da gibt es Leute, die in deinem Umfeld herumschnüffeln, ob sie vielleicht irgendetwas finden können, was dir falsch ausgelegt werden könnte. Müssen wir jetzt bei jedem Satz, den wir sagen, einen Disclaimer hinzufügen? Oder bei jeder Zahl vorher überlegen, ob die missverständlich ausgelegt werden kann, und die dann vielleicht abändern? Von ›fast neunzig Kilometer Radfahrstrecke‹ reden statt die genaue Zahl zu nennen? Und weil wir vorhin von Witzen gesprochen haben: Da ist es wieder anders, die beziehen ihre Lustigkeit oft erst daraus, dass sie politisch unkorrekt sind. Es hört sich doch auch jedes Kabarett, jede humoristische Äußerung auf, wenn nichts gesagt werden darf, was irgendeine Gruppe verspotten könnte, oder? Sätze wie ›ich sitze im Kaffeehaus und trinke Tee‹ sind halt nicht besonders witzig!«

»Hm« machte sie nachdenklich. Dann sagte sie: »Da habe ich ja Glück gehabt, dass ich mein Geschäft ›Atelier Anguissola‹ und nicht ›Salon Anguissola‹ genannt habe!«

»Wieso?«

»Na, wenn das jemand abkürzen würde, würde es bei ›Salon Anguissola‹ gar nicht gut klingen! Auch wenn die Hausnummer ganz harmlos 34 lautet!«

»Siehst du, was ich meine?«, fühlte sich Leo bestätigt, doch in diesem Moment erschien Kamon höchstpersönlich mit ihrem Essen. Während der köstlichen Mahlzeit verblassten die Sorgen rasch, aber er nahm sich vor, demnächst wieder einmal mit Nowotny zu sprechen. Dessen sprachliche Provokationen konnten allzu leicht einmal nach hinten losgehen.

43
2. September

Marlene war nach dem Frühstück in ihre Wohnung gefahren, um einen alten Entwurf zu suchen und aufzuräumen. Wie schon öfter in letzter Zeit hatte er sich gefragt, weshalb sie sich den Luxus einer eigenen Bleibe weiterhin leistete, anstatt gleich zu ihm zu ziehen. In seiner Wohnung war genug Platz für zwei. Sie konnte, was ihn betraf, das kleine Zimmer ganz für sich haben. Bezüglich der Möbel müssten sie halt entscheiden, welche von ihren und welche von seinen Sachen sie behalten wollten … doch Marlene hatte das Thema von sich aus noch nie angeschnitten, und er wollte sie keinesfalls drängen.

Das Alleinsein ließ ihm Zeit, seinen Gedanken freien Lauf zu lassen. Er würde ein paar häusliche Notwendigkeiten erledigen, Wäsche waschen, einkaufen gehen zum kleinen Markt auf dem Stöttnerplatz. Noch war die Obst- und Gemüsesaison sommerlich genug für die Zutaten zu der geplanten Gazpacho und für die Melone, die er als Dessert vorgesehen hatte. Andererseits herbstlich genug für die Steinpilze, die er sautiert mit Waldviertler Knödeln zubereiten wollte. Dazu grüner Salat mit Kernöl.

Der feine Nieselregen, der weitaus besser zu den Pilzen als zur Gazpacho passte, war kein Anreiz für weitere Freiluftaktivitäten, also beließ er es beim Marktbesuch. Wieder zu Hause, sah er im Internet nach, ob er das Rezept für die Waldviertler Knödel richtig im Kopf hatte. Komplizierte Angelegenheit, er hätte lieber der Versuchung nachgeben sollen, die tiefgekühlten im Packerl zu kaufen. Die gab's sogar in Bioqualität. Na gut, so konnte er der Waldviertel-Oma das nächste Mal wenigstens mit stolzgeschwellter Brust und ohne Schuldbewusstsein entgegentreten.

Seine Gedanken schweiften ab – zum Träumer, zu Abdi van Henegouwen, der schnell und intensiv, aber kurz gelebt hatte, zu ihren gemeinsamen Plänen. Er hatte bisher noch nicht viel über dieses Klartraumgerät nachgedacht, doch jetzt beschäftigte es seine Fantasie. Er erinnerte sich beim Aufwachen nur sehr selten an seine Träume, am ehesten dann, wenn sie einen beunruhigenden Inhalt hatten. Oft wachte er auf im Bewusstsein, dass er geträumt hatte, konnte aber den Traum nicht mehr zu fassen kriegen … schemenhafte Bruchstücke waren noch da, verblassten aber sofort, verschwanden wie der Schatten einer gerade um die Ecke gebogenen Gestalt. Dieses Entwischen von nächtlichen Schlaferlebnissen ließ ihn immer mit einem etwas verlorenen Gefühl zurück, einer Enttäuschung über Versäumtes, einem Bedauern, sich nicht mehr an durchgemachte Abenteuer erinnern zu können. Irgendjemand hatte gesagt, dass man das üben könne.

Doch das, was die beiden vorgehabt hatten, ging weit über das Erinnern von Träumen hinaus. Sie wollten dem Träumenden ermöglichen, sich seines Träumens bewusst zu werden und sogar in dessen Verlauf einzugreifen. Während er sich Helene Leebs Beispiele durch den Kopf gehen ließ, musste er zugeben, dass einiges davon sehr verführerisch klang. Ängste gefahrlos überwinden, trainieren ohne Muskelbeanspruchung, essen ohne zuzunehmen … eigentlich sehr gut vorstellbar, wenn man davon ausging, dass es möglich war. In einem der Träume aus der letzten Zeit – in einem der wenigen, an die er sich erinnerte – war er in schwindelerregender Höhe auf einem schmalen Gesims eine Mauer entlanggegangen, ohne Angst hinunterzufallen. Weil er im Unterbewusstsein spürte, dass es nur ein Traum war? Es war einfach ganz normal gewesen, dort zu gehen. Er hatte im Traum gewusst, dass er nicht fallen würde. Konnte das eine Vorstufe zu einem Klartraum gewesen sein?

Gemächlich begann er, die Vorbereitungen für das Abendessen zu treffen. Für die Begleitmusik durchforstete er Marlenes alte CD-Sammlung. Sie hatten Karten für einen französischen Chansonabend, den Béatrice Chandelier morgen beim Heurigen Fischermandl bestreiten würde.

Zur Einstimmung konnte er wählen zwischen Aznavour, Brel, Piaf, Brassens, Barbara, Moustaki und Mouloudji. Unschlüssig und wenig bewandert in dieser Musikgattung ließ er die CDs schließlich in ihren Hüllen und schaltete ein Internet-Potpourri ein, während er Gemüse putzte und Erdäpfel schälte.

Die Musik brachte seine Gedanken wieder zum aktuellen Fall zurück – Claire Rassling liebte französische Chansons. Helmut hatte schon recht: Das von ihr gelebte Idyll war fast ein wenig zu kitschig, um wahr zu sein. Garten, Haustiere, Lyrik ... war es möglich, dass sie durch ihre kontemplative Lebensweise trotz väterlicher Abfindung in finanzielle Schwierigkeiten geraten war? Dass sie auf Mathieus Erbe aus war?

Gerade schallte »La Mer« von Charles Trenet aus den Lautsprechern, als Marlene zurückkam. Er liebte dieses Lied, sentimental wie es war. Ihr freudig erhelltes Gesicht passte perfekt dazu.

44

4. September

Leos erster Gang an diesem Montagmorgen war zu Bruno Sickingers Büro. Es war noch versperrt, was nicht verwunderlich war, denn er war früh dran. Kein Problem – der sportgestählte Neo-Nichtraucher würde sicher bald auftauchen.

Im Gruppenraum unterhielt sich Goncalves, ebenfalls vom Urlaub zurückgekehrt, bereits ebenso gutgelaunt wie lautstark mit Nowotny und Cleo. Klar, dass es nach drei Wochen Brasilien einiges zu erzählen gab. Jedenfalls sah Roberto attraktiver aus denn je – noch eine Spur dunkler als zuvor, die Athletik seines gutgebauten Körpers durch lässige Haltung betonend. Gerade betastete Cleo die

Oberarmmuskulatur ihres Kollegen, die dieser, wie er behauptete, durch intensives Schwimmen beim Surfen gestählt hatte. »Super Sport, solltest auch ausprobieren«, bemerkte er sarkastisch in Nowotnys Richtung.

Doch dieser ließ sich nicht provozieren. »I trainier lieber meinen Gössermuskel«, erwiderte er. In diesem Moment traten Alithia und Gabriel Schneebauer ein. Lang entgingen die Blicke, die die Praktikantin über Robertos Gestalt gleiten ließ, keineswegs. Wohl als Ausgleich ließ sie bei der Vorstellung etwas von ihrer alten Ruppigkeit hervorblitzen, doch Robertos charmantes Begrüßungslächeln wirkte wie die sprichwörtliche Sonne auf den Schnee und das Lächeln wurde breitest erwidert. *Sie grinst wie ein frisch lackiertes Hutschpferd*, dachte Leo bei sich.

»Apropos, gibt's in Brasilien eigentlich a Bier?«, wollte Helmut nun wissen, in einem Ton, als sei dies nicht anzunehmen. Damit hatte er gerade den Richtigen gefragt. »Bier? In Brasilien ist *Cerveja* das Nationalgetränk, eiskalt getrunken. Aber es gibt bei uns auch Top-Weine, super gute Merlots zum Beispiel.«

Das veranlasste Nowotny dazu, sich in Positur zu werfen und theatralisch zu deklamieren: »Im Lande, wo die Brauer hausen, können sich die Hauer brausen!« An Alithia gewandt, ließ er noch folgen: »Musst schon entschuldigen, funktioniert mit ›Brauerinnen‹ leider nicht so gut!«

Inmitten des allgemeinen Gelächters hatte niemand bemerkt, dass Bruno Sickinger zur Tür hereinkommen war. Der Oberst wirkte wie die fleischgewordene Antithese zu Robertos erholter Erscheinung. Braungebrannt, das schon – aber mit einem Gesichtsausdruck, der wenig Gutes erahnen ließ, komplettiert durch hängende Schultern. Als er näherkam, sah Lang seine Vorahnung bestätigt: Sein Vorgesetzter roch noch genauso intensiv nach Nikotin wie vor

dem Urlaub. Es hatte also nicht geklappt mit der Rauchent-
wöhnung, und darüber hinaus hatte das Urlaubsvergnügen
wahrscheinlich auch noch gelitten.

»Morgen! Freut mich, dass die Stimmung so gut ist. Jetzt
kann es also wieder mit voller Kraft vorausgehen, wo das
Team wieder vollständig ist«, versuchte er sich in einer Mischung aus falscher Jovialität und versteckter Kritik. Doch
was Falschheit anbelangte, konnte Helmut Nowotny es mühelos mit ihm aufnehmen.

»Jetzt bin i oiso der anziche Raucher da herinnen, oder?«,
seufzte er mit gespielter Niedergeschlagenheit, obwohl auch
er die weitere Mitgliedschaft des Obersten im Raucherklub
sofort erkannt hatte.

»Fast!«, blaffte ihn dieser an. »Ist nur ein bisserl aufge-
schoben, umständehalber. Nur eine Frage der Zeit. Fallzusammenfassung?«, Letzteres an Lang gewandt.

»Klar, sofort. Große Lagebesprechung dann um eins,
Anna Bruckner wird auch dabei sein.«

45

Leo war nicht gerade in Hochstimmung, als er die Besprechung mit dem nun wieder vollständigen Team, ergänzt
durch Bruno Sickinger, Alithia und Anna Bruckner eröffnete. Die Fallzusammenfassung, die er Sickinger am Vormittag mündlich gegeben hatte, war durch wenig mehr als
unartikulierte Laute und missmutiges Mienenspiel kom-
mentiert worden. Am Ende der vielen »mmmh«, »ts« und
»hm« seines Vorgesetzten hatte er keine Ahnung, wie Brunos Meinung zu ihrer bisherigen Arbeit eigentlich war. Die
unsäglichen Zeitungsberichte, die mit Sicherheit bis zum
Neusiedler-See-Urlauber durchgedrungen waren, wurden

mit keinem Wort erwähnt. Da war wohl intern einiges an Informationsaustausch gelaufen.

Goncalves hatte den Vormittag – und, wie er in Anwesenheit Sickingers scheinbar beiläufig erwähnte, auch das vorangegangene Wochenende – genutzt, um sich in den Fall einzuarbeiten. So konnten sie gleich loslegen.

»Wir sind mit der Befragung der bisher bekannten, im Auto des Träumers Mitgefahrenen und sonstiger Personen aus seinem Umfeld durch. Die Verifizierung der meisten Aussagen ist zum Großteil abgeschlossen. Ich möchte, dass wir heute alle diese Leute auflisten und durchgehen und eine Tabelle erstellen aus Motiv, Alibi beziehungsweise Tatgelegenheit, ob sie die erforderlichen Kenntnisse besitzen oder besitzen könnten, ob sie im Auto mitgefahren sind und wie ihr Persönlichkeitsprofil aussieht. Dann erstellen wir eine Reihung anhand dieser Kriterien.« Langs Einleitung wurde mit allseitigem Nicken quittiert. Cleo, die in Sachen Tabellenkalkulationsprogramm am geschicktesten war, hatte am Vormittag bereits Vorbereitungsarbeit geleistet und ein Tabellengerüst aufgestellt, dass sie jetzt ausfüllen konnten. Schneebauer hob die Hand. »Ich habe noch eine kleine Ergänzung«, sagte er. »Ich war doch am Freitag noch beim Roth, Norbert Roth heißt er, dem Mann von der Barbara Roth und Vater vom Pascal. Der Mann ist wirklich arm, kann ich euch sagen!« Er hielt inne, um zwischendurch zu schlucken. Lang begriff, dass ihn die Sorgen und die darauffolgende Erleichterung über den Gesundheitszustand seiner Frau eingeholt hatten. »Er kriegt kaum Luft, hängt Tag und Nacht an so einem Sauerstoffgerät, aber das scheint auch nicht mehr viel zu helfen. Er hat seit zehn Jahren COPD, sagt er, und seit drei Jahren Stufe vier. Er ist schon lange berufsunfähig, ans Haus gefesselt und auf stärkste Medikamente angewiesen. Ist anscheinend gar nicht so selten, die Krankheit. Kommt vom Rauchen, hat er gesagt.«

Diese unbedachte Äußerung war klarerweise nicht geeignet, Sickingers Laune zu verbessern. »Und wie hängt das mit dem Fall Rassling zusammen?«, fuhr er Schneebauer an.

»Gar nicht«, erwiderte dieser kleinlaut. »Aber Herr Roth konnte mir bestätigen, dass an dem fraglichen Nachmittag der Sohn oben in seinem Zimmer war. Es ging ihm wieder einmal besonders schlecht, die Frau war noch nicht daheim, da war es für ihn beruhigend, dass er hörte, wie der Junge oben ein paarmal telefonierte.«

»Gut, das wussten wir eigentlich schon von der Handy-Auswertung, aber jetzt haben wir es noch einmal bestätigt. Damit hat Pascal Roth also ein solides Alibi, das können wir gleich eintragen. Abgesehen davon, hat er auch keinerlei Motiv. Seine einzigen Minuspunkte sind die Tatsache, dass er mitgefahren ist, und seine IT-Kenntnisse. In puncto Persönlichkeitsprofil würde ich ihn als unauffällig einordnen – einverstanden, Cleo?«

Da die Angesprochene nickte, konnten sie diese Tabellenzeile als abgeschlossen betrachten.

»Wozu machen wir uns eigentlich die Arbeit bei Leuten, die ein Alibi haben?«, stellte Goncalves jetzt in den Raum. »Bei denen, die es nicht gewesen sein können, ist es doch eigentlich ganz egal, wie ihre Persönlichkeit ist und ob sie ein Motiv gehabt hätten.«

Goncalves' Überlegungen hätten zwar eine große Zeitersparnis bedeutet, dennoch schüttelte Lang den Kopf. Es mochte kleinlich wirken, aber er hatte nun einmal gerne alle Fakten beisammen.

»Wie ist das eigentlich mit diesem Persönlichkeitsprofil? Woran erkennt man denn, ob man einen Psychopathen vor sich hat?«, wollte Alithia, an Anna Bruckner gewandt, wissen. »Oder eine Psychopathin«, ergänzte sie rasch.

»Wenn es sich um einen intelligenten Psychopathen – oder eine intelligente Psychopathin – handelt, leider gar nicht. Diese

Menschen können sehr charmant sein, scheinbar einfühlsam, rücksichtsvoll, achtsam. Sie manipulieren ihre Gesprächspartner, auch Fachleute, indem sie genau die Reaktionen und Emotionen zeigen, von denen sie wissen, dass sie von ihnen in bestimmten Situationen erwartet werden. Wie Schauspieler, die ihre Rollen meisterhaft beherrschen. Eine der Techniken, die gerne angewendet werden, ist das Spiegeln. Dabei passt sich der Manipulator in Mimik, Gestik, Körperhaltung, Stimmlage und sogar im Sprachgebrauch dem Gegenüber an. Er wirkt dadurch automatisch vertraut und sympathisch. Umgekehrt heißt das natürlich nicht, dass ein unsympathischer, grober Mensch nicht auch ein Psychopath sein kann. Man kann also nicht nach dem äußeren Anschein urteilen, sondern muss das Umfeld mit einbeziehen.«

Nach mehreren Stunden mit teils heftigen Diskussionen hatten sie ihre Tabelle fertig. Cleo hatte die einzelnen Felder je nach Inhalt eingefärbt: Rottöne für Dinge, die die jeweilige Person belasteten, Grüntöne im gegengesetzten Fall. Lang musste zugeben, dass das eine sehr gute Idee war, obwohl er es anfangs für eine überflüssige Spielerei gehalten hatte. Auf diese Weise sah man wirklich auf einen Blick, wie eine Person einzuordnen war.

Eine Reihung nach Stärke des Verdachts ergab am unteren Ende der Tabelle acht Personen, die ein Alibi vorgewiesen hatten: neben Pascal Roth der widerwärtige Sanoria-Manager Mauskoth, die Exgattin Ingrid Rassling, die Rassling-Mitarbeiter Lutz, Eva-Maria Tichy und Mirjana Stranzinger, Helene Leebs Tochter Karin Pokorny und ihr Noch-Ehemann Klaus. Letzterer war unter den Alibiinhabern der Einzige, der ein zumindest schwaches Motiv besaß.

Der IT-Leiter Heinrich Faust, der cholerische Fuhrparkleiter Zawlacky und Barbara Roth landeten mangels jeglichen Motivs im unteren Mittelfeld, obwohl sie kein oder, im Falle

Frau Roths, nur ein schwaches Alibi hatten und alle im Auto des Träumers mitgefahren waren. Faust besaß vielleicht auch die nötigen IT-Kenntnisse, Barbara Roth konnte aufgrund der Pflege ihres kranken Mannes sicher mit Spritzen umgehen. Ihr Persönlichkeitsprofil passte jedoch nicht zu einer empathielosen Killerin, wie Anna Brucker schon zu einem früheren Zeitpunkt bemerkt hatte – die Pflege des Mannes, die jahrelange Arbeit als Sekretärin im Hintergrund.

»Die Art Mensch, die wir suchen, ist geltungssüchtig und spielt sich daher meist in den Vordergrund«, ergänzte sie.

An der Spitze der Tabelle befanden sich Marc Rassling und seine Kinder Felix, Jörg und Marianne. Die ganze Familie hatte mit der Erbschaft ein starkes Motiv. Die präsentierten sogenannten Alibis hatten zwar alle dem Faktencheck standgehalten, bewegten sich aber samt und sonders im zeitlich unscharfen Bereich. Die beiden Söhne hatten sich das Alibi gegenseitig gegeben, die vom Vater vergötterte Tochter hatte überhaupt keines. Felix könnte vielleicht die nötigen IT-Kenntnisse besitzen, Marianne und Jörg in ihren jeweiligen Studentencliquen vermutlich an Drogen kommen. Mitgefahren waren alle außer Jörg. Die Persönlichkeitsprofile sorgten für die meisten Diskussionen.

»Marc Rassling wirkt wenig empathisch, außer im Hinblick auf seine Tochter. Seine Assistentin, die ihn offenbar schätzt, beschrieb ihn als ›strukturiert, konsequent und gerecht‹ – kein Wort von nett, freundlich oder gar herzlich. Claire Rassling schien ihrem Bruder eurer Einschätzung nach den Mord zuzutrauen, obwohl sie etwas anderes sagte«, fasste Cleo zusammen.

»Sein Umfeld würde passen«, stimmte Anna zu. »Neben den Dingen, die du gerade erwähnt hast, Cleo, wissen wir auch, dass es seit der Kindheit heftige Rivalitäten und Raufereien – also tätliche Auseinandersetzungen – zwischen den

Brüdern gegeben hat. Ihr habt ihn in Bezug auf die Ermittlungen als sachlich, aber kalt beschrieben.«

»Und die Kinder?«, ließ sich Goncalves hören. »Wie sind die einzuschätzen?«

»Schwer zu sagen«, musste Lang zugeben. »Unauffällig, meiner Meinung nach. Alle höflich, gut erzogen und recht selbstsicher. Alle scheinen sich ihrer Stellung bewusst zu sein. Leute mit Geld, deren Zukunft gesichert ist. Vorausgesetzt, das Geld stimmt weiterhin. Was sagst du dazu, Anna?«

Sie nickte. »Ja, sehr schwierig, das Umfeld scheint kaum etwas zu verraten. Dass Vater und Tochter ein besonderes Naheverhältnis haben, ist nichts Ungewöhnliches. Keinerlei Auffälligkeiten in Richtung aggressives Verhalten.«

»Sie könnten sich zusammengetan haben«, schlug Gabriel Schneebauer vor. »Damit das Geld in der Familie bleibt.«

»Der Herr Papa: Planung und Koordination, hat zufällig von den Donnerstags-Schäferstündchen erfahren. Sohnemann Felix: schlaues Bürscherl, hat die Videoüberwachung gehackt. Sohnemann Jörg: unauffälliger Typ, an den man sich nicht erinnert, hat die Drogen besorgt. Töchterl Marianne: erregt als Frau am wenigsten Verdacht, steigt frech zu ihrem Onkel ins Auto, bringt ihn um und geht dann seelenruhig mit ihrer Clique aus. Alle müssen auf ewig dichthalten, sonst ist er oder sie selber dran. Passt doch!« Nowotny hatte – Sickinger und Anna Bruckner zuliebe – die Fast-Hochdeutsch-Platte aufgelegt. Mit diesem Gedankenkonstrukt hatte er außerdem seine Lieblingshypothese, eine weibliche Täterin, dargelegt.

»Sehr schlechte Planung und Koordination, wenn du mich fragst«, zeigte sich Goncalves skeptisch. »Er selbst ohne gutes Alibi, und die angebetete Tochter ganz ohne. Die Söhne, die ja deiner Theorie nach nicht bei der Tat anwesend waren, hätten sich ein weit besseres Alibi besorgen können, was weiß ich, gemeinsam im Schwimmbad oder so. Für ihn selbst gilt das gleiche. Oder, noch besser, er und die Tochter hätten sich gegenseitig eins geben können.«

»Jedenfalls kann keiner von denen der Verfolger gewesen sein. Der Träumer hätte sie sofort erkannt«, trug Alithia bei.

»Marianne soll hinten gesessen sein, nicht am Beifahrersitz«, rief Lang in Erinnerung. »Wir konnten es allerdings nicht verifizieren, weil die Speichelprobe verweigert wurde.«

Anna schien die Idee auch nicht zu gefallen. »Alle drei Kinder da hineinzuziehen, setzt voraus, sich deren Skrupellosigkeit von vornherein sicher zu sein. Was, wenn eines nicht gewollt hätte? Es scheint mir außerdem extrem unwahrscheinlich, dass Rassling die Zukunft seiner Kinder mit einer derart riskanten Operation aufs Spiel gesetzt hätte. Er ist vom Typ her ein *Pater familias*, ein Patriarch mit dynastischer Denkweise.«

»Viel wahrscheinlicher ist doch ein Auftragsmord«, sah Goncalves seine Chance. »Der Spezialist, der den Auftrag übernommen hat, fädelt alles ein. Er beschattet das Opfer, hat alle nötigen Kontakte zu Hackern und Drogenlieferanten, die ihrerseits gar nicht wissen, wozu ihre Tätigkeit dient. Sie sind ganz einfach Subunternehmer. Der Schwachpunkt ist die Bezahlung. Wenn wir Rasslings Privatkonten durchleuchten könnten …«

»Vergiss es«, reagierten Sickinger und Lang gleichzeitig. Auf ein bloßes Konstrukt hin würden sie nie die Offenlegung der Konten bekommen.

»Und was ist da jetzt mit den Alibis? Da hätte er doch erst recht für sich und alle Kinder irgendwas völlig Wasserdichtes organisieren können!« Es war offensichtlich, dass Nowotny es genoss, jetzt seinerseits Goncalves' Theorie auszuhebeln.

»Wir sollten aber trotzdem versuchen herauszufinden, ob es in der Szene Gerüchte über einen Auftragsmord gibt«, beschloss Leo. »In dieser Größenordnung hätte das nicht unbemerkt bleiben können. Helmut?«

Nowotny, der von ihnen allen die besten Kontakte zu V-Leuten und anderen Informanten besaß, nickte. Als Profi sah er keinen Widerspruch darin, einer Hypothese nachzugehen, an die er selbst nicht glaubte.

Claire Rassling, die als Erbin dasselbe Motiv wie ihr Bruder Marc hatte, wurde wegen ihres Persönlichkeitsprofils in der Tabelle hinter Oliver Klinka gereiht. Allerdings hatten die überprüften Hinweise den mit dem Träumer konkurrierenden durchgeknallten Erfinder eher ent- als belastet. Die DNA-Probe war negativ gewesen, der Mann war also mit an Sicherheit grenzender Wahrscheinlichkeit nicht im Auto mitgefahren. Den Bart hatte er schon lange, was praktisch ausschloss, dass er der Verfolger gewesen war.

Der nächste in der Tabelle war der Alibifälscher Immig, dem nach allgemeiner Ansicht der Mord zuzutrauen war, dessen Motiv – die drohende Kündigung – jedoch als schwächer als das der Erben und Klinkas eingeschätzt wurde.

Ebenfalls negativ ausgefallen war die DNA-Probe von Helene Leebs Sohn Gerhard, dem nächsten in der Tabelle. Helene selbst kam – trotz Gelegenheit und Spuren im Auto – erst danach, nachdem das Motiv der Geldgier bei ihr als Haus- und Grundstückseigentümerin großteils weggefallen war.

»Damit haben wir die namentlich Bekannten durch«, stellte Leo fest. »Es fehlen noch die beiden Prostituierten, die im Grunde keinerlei erkennbares Motiv haben.«

»Außerdem der ›unbekannte Erbe‹, falls es ihn gibt, und der ›unbekannte Psychopath‹, der nur so zum Zeitvertreib einen Mord begeht. Beide hätten ein sehr starkes Motiv«. Diese Ergänzung Cleos, die Anna Bruckner zu einem Kopfnicken veranlasste, bereitete Lang Kopfzerbrechen. Sie war zwar richtig, aber nicht hilfreich.

»Die Befragung Claire Rasslings zu einem möglichen unbekannten Erben steht noch aus«, räumte er ein. »Wie wir einem unbekannten Psychopathen auf die Spur kommen sollten, ist mir aber schleierhaft.« Als Reaktion bekam er vom gesamten Team ein betretenes – in Sickingers Fall ein beunruhigendes – Schweigen.

»Offene Punkte, abgesehen vom unbekannten Erben und den Prostituierten, sind dann noch die bisher nicht zuordenbaren DNA-Spuren im Auto, sieben an der Zahl. Vier davon müssten den Verweigerern gehören – Marc, Felix und Marianne Rassling, außerdem Mauskoth. Bleiben drei. Die würden uns nur etwas nützen, wenn wir Verdächtige zum Abgleich hätten. Weiters der Streit zwischen den Brüdern und die alten Videoüberwachungsaufzeichnungen aus der Hotelgarage. Wie weit bist du eigentlich damit, Alithia?«

»Fast fertig, übermorgen oder spätestens Donnerstag müsste ich durch sein«, war die Antwort.

»Gut, dann also morgen Claire Rassling und ein weiterer Versuch, aus den Sekretärinnen etwas zum Streit herauszubekommen. Gibt's zu unserer Tabelle noch irgendetwas zu sagen?«

Allgemeines Kopfschütteln, die Besprechung löste sich rasch auf. Bruno Sickingers Miene war anzusehen, dass ihm der Ermittlungsstand keine Freude bereitete. Leo konnte es ihm nachfühlen.

46
5. September

Lang hatte geplant, Claire Rassling wieder zu Hause aufzusuchen. Gerade als er gemeinsam mit Goncalves, der unverhohlene Neugier auf »die Dichterin« zeigte, aufbrechen wollte, kam jedoch ein Anruf, dass sich eine Frau Rassling im Haus befinde und mit ihm sprechen wolle. Erstaunt bat er sie in sein Büro und Roberto dazu. Sie machte keine Umschweife, sondern legte nach Robertos Vorstellung sofort los.

»Sie haben mich seinerzeit, als Sie bei mir waren, nach meinem Alibi gefragt. Ich hatte Ihnen gesagt, dass ich zweimal einkaufen war, das zweite Mal in einem Drogeriemarkt, weil ich das Katzenfutter vergessen hatte. Ich kaufe dort regelmäßig ein, gestern wieder.«

Lang nickte ermutigend.

»Also, ich habe so eine Kundenkarte von dieser Kette, mit der man Punkte sammeln kann. Bei Erreichen einer bestimmten Punktezahl bekommt man Rabatt für gewisse Produkte. Wie immer fragte mich die Verkäuferin nach der Karte, damit die Punkte des Einkaufs verbucht werden konnten. Da kam ich auf eine Idee. Ich ging zum Kundenterminal und fragte meinen Kartenstand ab. Dabei sieht man nicht nur die aktuelle Punktezahl, sondern wenn man will, auch alle Umsätze, die zu Punkten geführt haben, komplett mit Datum und Uhrzeit. Und bei mir war am 10. 8. um 18:20 der Kauf von zwölf Schalen Katzenfutter vermerkt. Dann fiel es mir wieder ein: Ich hatte damals noch befürchtet, dass das Geschäft schon geschlossen sein würde, aber zum Glück schließt dieser Drogeriemarkt erst um halb sieben. Ich dachte, ich sage es Ihnen, damit ich weniger verdächtig bin. Ich habe diese Umsatzliste auch ausgedruckt, hier ist sie.« Mit diesen Worten überreichte sie Lang eine Aufstellung, die das Gesagte bestätigte.

Er überflog sie kurz und bedankte sich dann. Ein kurzer Blickwechsel mit Roberto bewies, dass dieser dasselbe dachte wie er: *Sie kann die Karte doch ohne Weiteres auch jemand anderem gegeben haben.*

»Wir haben ohnehin noch eine Bitte an Sie. Sie könnten uns vielleicht in einer wichtigen Angelegenheit helfen«, sagte Leo, um anschließend die Frage des unbekannten Erben aufzuwerfen.

Die Frau – sie wirkte ausgeglichen und versöhnlich, als hätte das vorgebrachte Alibi ihr mehr Selbstsicherheit verliehen – dachte unendliche fünf Minuten schweigend nach, bevor sie antwortete.

»Ich bin zwei Jahre vor Mathieu nach Paris auf die Sorbonne gegangen. Ich kann also nichts sagen über diese zwei Jahre. Er hat als Student in Wien bestimmt nichts anbrennen lassen, soviel ist sicher, und nachher in Frankreich auch nicht, als wir uns öfters gesehen haben. An eine feste Freundin kann ich mich nicht erinnern – es gab einmal eine Bérénice, das dauerte höchstens ein halbes Jahr, eher kürzer – und eine endlose Abfolge von hübschen Mädchen. Aber je länger ich darüber nachdenke, desto weniger glaube ich, dass er ein Kind hatte.«

»Weshalb?«, hakte Roberto ein.

»Zumindest keines, von dem er wusste. Er hätte immer gerne Kinder gehabt und war enttäuscht, dass aus der Ehe mit Ingrid keine hervorgegangen sind. Außerdem war er einer, der zu seinen Verpflichtungen gestanden ist. Er hätte Zahlungen geleistet und Zeit mit dem Kind verbringen wollen. Ich bin mir ganz sicher: Wäre ein Kind dagewesen, hätte er es mir erzählt.«

Sie schwieg, doch irgendetwas schien ihr noch am Herzen zu liegen.

»Und gerade jetzt, wo er eins bekommen sollte, wird er ermordet! Wenigstens hat er noch die kurze Zeit der Vorfreude gehabt, ein schwacher Trost, aber immerhin …« Ihre Stimme brach ab. Leo hatte den Eindruck, dass sie am liebsten geweint hätte.

Als sie gegangen war, ließ er das Gespräch gemeinsam mit Roberto Revue passieren. Wenn das Kundenkarten-Alibi stimmte, konnte sie die Tat nicht begangen haben. Von dem Geschäft zu Fuß zu ihrem Haus und dann mit dem Auto zum Papaya hätte sie mindestens eine halbe Stunde, um diese Uhrzeit eher viel länger, gebraucht. Sie hätte unmöglich vor 18:50 dort eintreffen können, und da war ihr Bruder bereits tot. Außerdem hätte sie eine Begegnung mit Helene Leeb riskiert.

Mit Hilfe eines Komplizen oder eines ahnungslosen Helfers ein solches Alibi zu konstruieren, setzte großes Raffinement und Kaltblütigkeit voraus. Außerdem wäre es dann wohl gleich bei der ersten Befragung auf den Tisch gekommen. Claire Rassling war nicht »draußen«, wie sie es nannten, aber der Verdacht gegen sie war noch geringer geworden, als er es ohnehin schon gewesen war.

47

Ursprünglich hatte Lang die beiden Sekretärinnen neuerlich in das Kommissariat zitieren wollen, einerseits um den Ernst der Lage zu betonen, andererseits weil er befürchtete, dass sie in der Nähe Marc Rasslings nicht die erwünschte Unbefangenheit an den Tag legen würden. Doch Cleo, die bei Eva-Maria Tichy angerufen hatte, plädierte für einen Termin in der Firma.

»Es macht ihnen große Probleme, wenn beide außer Haus sind«, erklärte sie Leo. »Außerdem ist Marc Rassling, Evas Chef, ohnehin nicht da. Er ist mit der ganzen Familie bis zum Wochenende ins Salzkammergut gefahren, wo er ein Haus hat. Die gewohnte Umgebung könnte vielleicht sogar hilfreich sein, um ihrer Erinnerung auf die Sprünge zu helfen. In Bezug auf den Streit, meine ich.«

»Von mir aus«, willigte Lang ein. »Die Eva ist dir sympathisch, oder?«

»Kann man so sagen«, nickte Cleo.

Bei der Fahrt zu den Rasslingwerken kam Lang angesichts des abwesenden Geschäftsführers auf eine Idee, die er sogleich mit Cleo abstimmte. Ihm war eine Bemerkung des Produktionsleiters Wolfgang Lutz eingefallen, die es sich zu überprüfen lohnte.

»Wir würden gerne einen Versuch vor Ort machen, wenn Sie nichts dagegen haben. Dazu müsste ich aber das Büro Herrn Marc Rasslings betreten, natürlich in Begleitung einer von Ihnen«, sagte er, noch bevor die Damen mit ihnen in einen Besprechungsraum gehen konnten. »Ich verspreche, nichts anzurühren und nicht herumzuschnüffeln.«

»Was wollen Sie denn dort?«, zeigte sich Eva-Maria Tichy erstaunt, dabei Cleo anblickend.

»Das merken Sie sofort. Sie können sich darauf verlassen, dass wir nichts Unerlaubtes oder Unstatthaftes machen werden.«

»Na gut«, antwortete sie schulterzuckend und ging mit Lang in das Büro ihres Chefs, während Cleo mit Barbara Roth im Sekretariat blieb. Er achtete darauf, sowohl die Zwischentür als auch die gepolsterte Bürotür sorgfältig zu schließen. Dann stellte er sich hinter den Schreibtisch des Büroinhabers und begann zu sprechen. Zuerst in normaler Lautstärke, dann mit erhobener Stimme, schließlich schreiend. Der Inhalt seiner Sätze entsprach dem Lärmpegel.

»Erstens, das ist ein normal gesprochener Satz. Zweitens, das ist ein laut gesprochener Satz. Drittens, das ist ein Geschrei.« Dann ging er zum Besprechungstisch, setzte sich und wiederholte alles.

Eva-Maria Tichy enthielt sich jeglichen Kommentars. Sie hatte schon verstanden, worauf der »Versuch« hinauslief.

Wieder zurück, sagte Cleo auf seinen fragenden Blick sofort: »Beim ersten Durchgang haben wir Zweitens und Drittens ganz deutlich verstanden. Beim zweiten war Zweitens kaum zu hören, Drittens aber ganz klar verständlich. Die Erstens, die es sicher auch gegeben hat, waren überhaupt nicht hörbar.«

Lang nickte zufrieden. »Sehr gut, dann wissen wir jetzt also, dass ein Gespräch in Marc Rasslings Büro im Sekretariat mühelos mitverfolgt werden kann, wenn entweder geschrien wird, wie bei einem heftigen Streit, oder wenn mit erhobener Stimme in der Nähe des Schreibtisches gesprochen wird.«

Nachdem er diese Erkenntnis einige Augenblicke wirken hatte lassen, fuhr er fort: »Wir wissen aufgrund von Zeugenaussagen, dass es hier etwa Mitte Juli einen Streit zwischen dem Mordopfer und seinen Bruder gegeben hat.« Nur Cleo wusste, dass es diesbezüglich lediglich eine einzige Zeugenaussage gab, nämlich die von Helene Leeb, und die hatte den Ort der Auseinandersetzung nicht gekannt. Doch zusammen mit Marc Rasslings Unsicherheit bei der Befragung gab dies Leo die Selbstsicherheit, die er für seinen Bluff brauchte.

»Weiters wissen wir aus zuverlässiger Quelle, dass der Streit nichts mit dem RANOU-Projekt zu tun hatte. Unser kleines Experiment hat gezeigt, dass mindestens eine von Ihnen – da das Sekretariat ja durchgehend besetzt ist – entweder den ganzen Krach oder wenigstens das Thema, um das es ging, mitbekommen haben muss.«

»Uns ist schon klar, dass Sie nicht gerne eine Indiskretion begehen«, ergänzte Cleo. »Aber bedenken Sie bitte, dass es um vorsätzliche Tötung, um Mord, geht. Wenn Sie Ihr Wissen für sich behalten, verhindern Sie vielleicht, dass der Mörder gefasst wird.«

Die betretenen Blicke der beiden Frauen bewiesen, dass sie ins Schwarze getroffen hatten. Eva-Maria Tichy gab als Erste ihren Widerstand auf.

»Also gut«, sagte sie mit einem Seufzer. »Das, worauf Sie anspielen, kann eigentlich nur dieses Schreiduell kurz vor meinem Urlaub gewesen sein. Es gibt irgendeinen alten Verbindungsschacht in der Decke – da muss man wohl oder übel mithören, wenn es da drin so laut ist. Extrem unangenehm, peinlich. Damals ging es um Herrn Mathieus Testament.«

»Es gab ein Testament?«, entfuhr es Lang.

»Eben nicht, das war es ja, was mein Chef ihm vorwarf, als es anfing, laut zu werden. Ob ihm die Firma egal sei. Ob er denn nicht wisse, dass ohne Testament seine Nachkommen Alleinerben seines Anteils sein würden. ›Wer weiß, wie viele Bankerte von dir in der Gegend herumlaufen, bei deinem Lebenswandel!‹ Die würden alles erben, wenn Herrn Mathieu etwas zustoßen sollte, die Geschwister nichts. Ob ihm denn das Familienvermögen komplett egal sei?«

Nun übernahm Barbara Roth. Damit waren die beiden Frauen unwillkürlich in die Rolle ihrer jeweiligen Vorgesetzten geschlüpft. »Herr Mathieu wollte wissen, was sein Bruder eigentlich für ein Mensch ist. ›Bankert!‹, brüllte er, ›dass du so ein Wort in den Mund nimmst!‹. Im Übrigen habe er gar keine Kinder, Marc brauche sich keine Sorgen um das Familienvermögen machen. Aber wenn er welche hätte, sollten die ruhig erben. Die gesetzliche Regelung sei voll in Ordnung, er brauche kein Testament.

So ging es noch eine Zeitlang hin und her. Eva wollte schon unter irgendeinem Vorwand hineingehen, damit sie endlich aufhörten. Es hätte ja auch zufällig jemand ins Sekretariat kommen können. Schlimm genug, dass *wir* uns das alles anhören mussten. Dann war aber plötzlich Schluss. Der letzte Satz von Herrn Mathieu war nicht mehr so gut verständlich, aber es war etwas mit ›Wer weiß … vielleicht bald ein Kind … heiraten‹, so ungefähr.«

»Ja«, stimmte Eva-Maria Tichy zu. »Dann knallte Herr Mathieu die Bürotür zu, dass das ganze Haus wackelte, und ging in sein eigenes Büro. Er schien mir sehr aufgeregt, aber irgendwie ganz mit sich zufrieden, was sagst du, Babs?«

»Kann man sagen«, stimmte die Ältere zu. »Als ob er es Herrn Marc mal so richtig gegeben hätte. Ich glaube, das Letztere hat er nur gesagt, um seinen Bruder zu ärgern, damit sich der nicht zu früh freut, dass es keine unehelichen Kinder gibt. Wir taten natürlich beide so, als wäre nichts gewesen. Extrem peinlich, wie Eva schon sagte.«

Extrem peinlich konnte das auch für Marc Rassling werden, dachte Lang.

Als sie schon gehen wollten, fiel Cleo die ungewohnte Unordnung im Vorstandssekretärinnenbüro auf. Auf dem Boden rund um Eva-Maria Tichys Schreibtisch standen etliche Schachteln herum, einige geöffnet. Ihr Arbeitsplatz war übersät mit aufgeschlagenen Zeitschriften, in denen viele Post-its steckten. Als sie eine Bemerkung darüber machte, stöhnte die gutaussehende Assistentin auf. Sie war heute, genau wie ihre Kollegin, legerer gekleidet als sonst, vielleicht weil kein Chef im Hause war.

»Erinnern Sie mich nicht! Lauter alte Firmen- und Betriebsratszeitungen, aus denen ich einen Beitrag über die Firmenhistorie zusammenstellen soll. Der erscheint dann in der übernächsten Nummer anlässlich unseres Firmenjubiläums. Eine Sisyphusarbeit!«

»Na dann, gute Verrichtung«, wünschte Cleo, bevor sie sich verabschiedeten.

48
6. September

Lang war schon seit seinem morgendlichen Eintreffen in eine lange, nervenaufreibende Diskussion mit Bruno Sickinger verwickelt. Der Oberst hatte einen Teil seiner Ausgeglichenheit wiedergefunden, weswegen das Gespräch immerhin in sachlicher Atmosphäre und auf Augenhöhe stattfinden konnte.

»Es weist einfach alles darauf hin, Bruno«, sagte Leo zum wiederholten Mal. »Das Motiv der Erbschaft, das durch die angedeutete Drohung einer baldigen Heirat und Nachkommenschaft die Dringlichkeit bekam, die zum raschen Handeln zwang. Die Geheimnistuerei von Marc Rassling in Bezug auf diesen Streit. Der Ärger mit dem möglichen Verkauf und der unerwünschten Firmenumgestaltung. Alles halt. Angesehener Firmenchef, wichtiger Arbeitgeber hin oder her, er steckt ganz tief drin. Ob er jetzt allein oder mit den Kindern, oder als Auftraggeber gehandelt hat, wir finden bestimmt etwas, wenn wir nur tiefer graben. Hausdurchsuchung, Beschlagnahme der Handys, Kontoöffnung, das ganze Arsenal.«

Doch Sickinger schüttelte den Kopf. »Ihr habt nicht den leisesten Hauch eines nur ansatzweise brauchbaren Sachbeweises. Die Geheimnistuerei lässt sich doch ganz leicht damit erklären, dass dieses Thema dem Rassling nach dem Tod seines Bruders unangenehm war, weil es ein schiefes Licht auf ihn wirft. Nur auf reine Vermutungen hin werde ich mich ganz sicher nicht beim Brodnig blamieren.«

»Wie soll ich denn zu Sachbeweisen kommen, wenn ich nicht danach suchen darf?«, ereiferte sich Leo. Insgeheim spielte er schon mit dem Gedanken, jemanden undercover in die Firma oder die Villa einzuschleusen. Leider scheiterte das – abgesehen von der Personalsituation – an den gesetzlichen Bestimmungen. Weder hatte der Eigentümer, Marc Rassling, seine Zustimmung erteilt, noch waren irgendwelche gefährlichen Angriffe abzuwehren.

»Versuch halt, ihn unter Druck zu setzen. Setz ihm zu, heiz ihm ein. Lass ihn spüren, dass du ihn verdächtigst. Vielleicht wird er nervös. Meinen Segen hast du.«

»Wird wohl nix anderes übrigbleiben«, brummte Lang. Er konnte schon fast hören, wie Epstein die Messer wetzte, um die Angriffe gegen seinen Mandanten abzuwehren.

»Vielleicht ergibt sich ja etwas zum Jubiläum«, bemerkte Sickinger noch sarkastisch, als Leo zur Türe und er selbst zum Fenster ging, um zu rauchen.

Leo drehte sich wieder um. »Welches Jubiläum meinst du?«

»Von einem Monat seit Mathieu Rasslings Tod. Kommenden Sonntag.«

49

Bei der Gruppenbesprechung konnte Nowotny mit dem Fund der Escortservice-Leute aufwarten. Die Firma »Gem Escort« wurde sehr professionell geführt. Die Identifikation des Mannes und der Frau, die zum Träumer und Helene Leeb ins Papaya gekommen waren, war aufgrund der Kombination des Hotelnamens und des vom Träumer verwendeten Namens »Müller« eine Leichtigkeit gewesen.

»A Knopfdruck, und die nette Chefin von dem Laden hat die Namen ghabt«, sagte er. Sie hatte sie ihm zwar nicht gleich gegeben, aber Rücksprache mit den beiden gehalten, worauf diese sich bereit erklärten, mit der Kriminalpolizei zu sprechen. Sie konnten sich noch gut an die Termine erinnern – irgendwann letztes Jahr –, da es sehr gute Trinkgelder gegeben hatte. Ansonsten war alles »normal« abgelaufen.

»Was heißt denn ›normal‹ in einem solchen Fall?« Goncalves, Nowotny kennend, war sicher, dass dieser die Prostituierten nach saftigen Details des jeweiligen »Dreiers« ausgefragt hatte. Aber dieser blockte ab und tat so, als sei er Experte auf diesem Gebiet.

»Na, Sex zu dritt halt, kann ma sich ja denken«, war das Einzige, das ihm zu entlocken war. Doch Roberto ließ nicht locker.

»Ja, aber wie denn jetzt genau? Da gibt's doch jede Menge Möglichkeiten! Die zwei Frauen besorgen sich's gegenseitig und der Mann sieht zu, betätigt sich sozusagen als Voyeur, oder er macht gleichzeitig mit bei einer der Frauen ... oder die Frau macht's mit dem einen Mann oral, blasen also, während der andere sie von hinten nimmt ... oder die zwei Männer machen mit der Frau einen Sandwich ...«

»I glaub ned, dass die dabei wos gessn ham«, warf Nowotny mit gespielter Naivität ein.

»Nein, Sandwich, du weißt schon, Doppeldecker ... wenn's der eine von vorne vaginal mit ihr treibt und der andere anal von hinten ...«

»Mir wird gleich schlecht«, kommentierte Alithia, was ihr Leo nicht verübeln konnte. »Ich schlage vor, wir konzentrieren uns jetzt auf fallrelevante Aspekte. Die technischen Details könnt ihr gern später privat austauschen«, schnitt er Robertos Redefluss ab.

Interessant war, dass keiner der beiden einen Folgeauftrag erwartet hatte.

»Des Madl hat wörtlich gsagt: ›Es war mir klar, dass die das nur einmal ausprobieren wollten, einfach aus Neugierde. Aber sie waren gar nicht recht bei der Sache. Viel zu verliebt, wenn Sie mich fragen. Als Dritter stört man da nur‹ «, las Helmut aus dem Protokoll vor.

Die Frau, die sich »Carmen« nannte, war zur Tatzeit mit einer Freundin in Ibiza auf Urlaub gewesen, der Mann, der unter dem Namen »Edin« arbeitete, hatte einen beruflichen Termin in einem anderen, weit entfernten Hotel gehabt. Das war von der Agenturchefin bestätigt worden. Wie zu erwarten, wurde der Name der Kundin mangels gerichtlicher

Anordnung nicht preisgegeben. Weder »Edin« noch »Carmen« waren im Tatort-Auto mitgefahren, jedoch nicht bereit, zum Beweis eine Speichelprobe abzugeben.

Damit war die Frau zur Gänze, der Mann mit sehr großer Wahrscheinlichkeit aus dem Rennen. In Kombination mit dem fehlenden Motiv landeten sie weit hinten in der Verdächtigentabelle. Doch Robertos Neugier war noch lange nicht befriedigt.

»Wie sehen die denn aus? Sieht man denen das an, dass sie Stricher sind?«

»Fesche junge Leit«, war die lapidare Antwort Nowotnys. »Der Mann Ende zwanzig, die Frau Mitte. Sie schauen ganz normal aus, halt ziemlich aufgmascherlt. Es geht ja ned immer nur ums budern, sie gehn aa mit zum Essn, ins Theater, in die Oper, zu Einladungen … überoi, wo der Kunde ned allaa hin wü.«

»Aber warum machen die das, vor allem die Frau?«, bohrte Roberto weiter.

Bevor Helmut ihm das Naheliegende antworten konnte – des Geldes wegen – mischte sich Alithia blitzschnell und äußerst schnippisch ein: »Was soll die Frage? Wo ist der Unterschied?«

»Na ja, schließlich gibt es ja doch gewisse Unterschiede zwischen Männern und Frauen, oder? Eine die sich für Geld hinlegt … als Freundin möchte ich die jedenfalls nicht mehr haben.«

»Es gibt keine Unterschiede zwischen Männern und Frauen«, fing Alithia nun an, zu dozieren, sichtlich in ihrem Element. »Männer und Frauen sind keine Idee der Natur, sondern nur eine gesellschaftliche Konvention, ein soziokulturelles Konstrukt – anerzogen!«

Leo hatte große Mühe, nicht die Augen zu verdrehen. Da war es wieder, das schon überwunden geglaubte

Soziokulturelle-Konstrukt-Gepredige der *Gender-studies*-Studentin. Doch da war sie bei Roberto gerade an der richtigen Adresse. Breit grinsend nahm er die Herausforderung an.

»Keine Idee der Natur? Aber von Zumpferln und so Sachen hast schon etwas gehört, oder? Oder ist der kleine Unterschied für dich auch nur eine gesellschaftliche Konstruktion?«

»Das ist einfach nur Anatomie«, konterte Alithia. »Es ist doch die reine Willkür, Menschen nach ihren Geschlechtsteilen zu sortieren. Genauso gut kannst du sie nach Haarfarbe oder Größe unterscheiden. Genauso wichtig oder unwichtig.«

Nowotny, Schneebauer und Lang folgten der Diskussion schweigend, hauptsächlich deswegen, weil ihnen die Spucke wegblieb.

»Ein Teil der Unterschiede wird schon anerzogen sein. Aber was ist mit Hormonen, Testosteron und so? Was ist mit der Evolution und der unterschiedlichen Entwicklung wegen unterschiedlicher Aufgaben?« Roberto schien sich in dem Thema ganz gut auszukennen. »Es gibt eine Menge wissenschaftlicher Untersuchungen, die beweisen, dass es Unterschiede gibt. Keine qualitativen, natürlich, aber es gibt nun einmal Fähigkeiten, die im Allgemeinen beim einen Geschlecht mehr und beim anderen weniger ausgeprägt sind. Da gibt's doch dieses Beispiel mit dem Multitasking, dass Frauen mehrere Aufgaben gleichzeitig viel besser bewältigen können als Männer.«

Guter Schachzug, dachte Leo. Sie würde wahrscheinlich nicht bestreiten wollen, dass Frauen etwas von Natur aus besser konnten. Doch da hatte er sich getäuscht.

»Ja ja, die wissenschaftlichen Untersuchungen«, kam es hämisch. »Naturwissenschaften reproduzieren herrschende Normen – Mann-Frau-Normen, patriarchalische Normen. Sie gebärden sich als objektiv, aber in Wirklichkeit wird dadurch dem männlichen Weltbild zugearbeitet.«

»Ich wär da mal vorsichtig mit grundsätzlicher Wissenschaftskritik«, meldete sich nun ausgerechnet Cleo mit beträchtlicher Schärfe zu Wort. »Du willst ja auch wissenschaftlich arbeiten, oder? Du glaubst auch nicht, dass die Erde eine Scheibe ist.«

»Allerdings«, fuhr sie fort, als ein unbehagliches Schweigen den Raum auszufüllen begann, »fand ich deine erste Frage völlig richtig. Wo ist der Unterschied zwischen einem Mann und einer Frau, beide erwachsen, die freiwillig als Prostituierte arbeiten? Es ist scheinheilig, Frauen deswegen als schlechter hinzustellen als Männer. *Das* sind patriarchalische Normen: Frau Schlampe, Mann toller Hecht. Um zu erkennen, dass diese Unterscheidung Scheiße ist, brauchen wir keine wissenschaftliche Untersuchung.«

Lang sah seine Chance gekommen. »Da bin ich ganz deiner Meinung, Cleo. Über solche Dinge sollten wir längst hinweg sein. Und jetzt schlage ich vor, dass wir uns wieder dem Fall widmen.«

Roberto startete noch einen verzweifelten Versuch, den erlittenen Gesichtsverlust zu begrenzen. »Ja klar, so war meine Bemerkung natürlich eh gemeint, in Bezug auf den Fall ... dass zum Beispiel der Freund dieser Carmen eifersüchtig war und sich an einem Kunden, eben dem Träumer, rächen wollte. Ich habe nur versucht, mich in den hineinzuversetzen!«

Cleos Mundwinkelgymnastik ersetzte jede noch so sarkastische Antwort. Alithia grinste zufrieden und ein wenig spitzbübisch. Fast hatte es den Anschein, als hätte sie sich nur aus sportlichen Gründen mit Goncalves duelliert.

»Ja, bestimmt, und der eifersüchtige Freund hat sich extra ein Paar ausgesucht, das nur einmal mit der Carmen zusammen war, und dann hat er ein dreiviertel Jahr gewartet, um sich zu rächen. Alles klar, Fall erledigt!«, warf der sonst überhaupt nicht zu polemischen Bemerkungen neigende Gabriel

Schneebauer ein. Das wirkte so komisch, dass alle lachten; damit war die Spannung gelöst.

»Übrigens bin ich mit den Garagenvideos fertig«, kündigte Alithia jetzt übergangslos an. »Es gibt insgesamt sechs auffällige Besucher, anscheinend alle jung und männlich. Alle sind über die Rampe gekommen und auch wieder gegangen, waren also von der Rezeption aus nicht sichtbar. Ich habe Ausschnitte gemacht, soll ich sie vorzeigen?«

Lang nickte. »Klar, bitte, Alithia.«

Die beiden ersten Clips zeigten Männer mit deutlich erkennbaren Gesichtern, die sich sehr ähnlich verhielten. Sie betraten die Tiefgarage, sahen sich kurz um, öffneten die Hose und pinkelten in aller Ruhe gegen einen Pfeiler, fast so, als sei dieser dazu da. Peinlich. Leo fragte sich, ob Alithia sie absichtlich als Erste vorführte.

Es folgte eine kapuzenbewehrte, schlaksige Person, die systematisch, aber erfolglos die Türen der geparkten Fahrzeuge durchprobierte, bevor sie die Garage wieder verließ. Ein weiterer Besucher trug eine tief ins Gesicht gezogene Baseballkappe. Er spazierte einige Zeit durch das Parkdeck und näherte sich den Videokameras an, ohne jedoch zu ihnen hochzusehen. Er hatte etwas in der Hand, das nicht gut erkennbar war.

»Was macht er denn da?«, fragte sich Goncalves.

»Er nimmt alles mit dem Handy auf«, antwortete Cleo. Sie hatte recht. Der Typ hatte die Situation in der Tiefgarage genau dokumentiert.

Die komische Note lieferte ein Junge auf einem Fahrrad mit über Mund und Nase hochgezogenem Schlauchschal, der die Einfahrt heruntergeschossen kam, um einen gewagten Slalom zwischen den Pfeilern und den abgestellten Autos zu absolvieren. Lang hielt unwillkürlich den Atem an – schon war es soweit: Der Jugendliche verschätzte sich, knallte mit dem Ellbogen gegen eine der Betonsäulen und stürzte. »Au!«, war

Nowotnys sehr zutreffender Kommentar. Der Schal wurde heruntergezogen und ein schmerzverzerrtes, Flüche ausstoßendes Gesicht kam zum Vorschein. Mangels Tonaufzeichnung konnten sie die Worte nur erahnen … vielleicht auch besser.

Der Letzte in der Reihe war eine leicht gebückte Gestalt, wieder mit Kapuzenshirt, die die Einfahrt heruntergerannt kam, sofort einen Haken schlug und hinter einem Pfeiler in der dunkelsten Ecke des Raums verschwand. »Dort bleibt er volle zwölf Minuten, ich spule jetzt vor«, kürzte Alithia die Vorführung ab. Danach kam er sehr langsam und vorsichtig wieder hervor, bevor er die Garage über denselben Weg wieder verließ.

»Ich tippe auf Nummer vier«, ließ sich Schneebauer hören. »Der Dritte wollte was klauen, die Pinkler und der Fahrradchampion sind eh klar, und der Letzte hat sich vor irgendeinem Verfolger versteckt.«

»Sehr plausibel, leider. Leider, weil das Gesicht von diesem Vierten nicht zu sehen ist«, stimmte Leo zu. »Aber sicher können wir erst sein, wenn Helene Leeb sich die Videos angesehen hat. Cleo, Alithia, könnt ihr das gemeinsam übernehmen? Wenn möglich, gleich anschließend.«

Die Praktikantin strahlte. »Echt jetzt? Ich darf zu der Leeb?«

»Warum nicht? Du hast ja schließlich auch die Arbeit gemacht. Aus formellen Gründen muss Cleo zwar das Gespräch führen, aber du als Begleitperson kannst natürlich auch Fragen stellen.«

50
7. September

Zwei Vollzugsmeldungen töteten die letzte Hoffnung auf eine baldige Wende im Fall des Träumers noch vor der morgendlichen Kaffeepause ab: Nowotny hatte trotz gründlicher Recherche keinen Auftragsmord in der Szene orten können, und Helene Leeb hatte den vierten Garagenbesucher, den filmenden Baseballkappenträger, als ihren Verfolger identifiziert. Alithia und Cleo wollten sich das Video noch ein paarmal ganz genau ansehen, doch Lang versprach sich nichts davon. Der Mann hatte nicht nur sein Gesicht geschützt, sondern auch unauffällige, nicht enganliegende Allerweltskleidung getragen. Lange Ärmel hatten eventuelle Tattoos verdeckt.

In der Hoffnung, dass sie etwas übersehen hatten, ging er gerade zum x-ten Mal alle Akten durch, als Cleo sein Büro betrat.

»Habt ihr doch noch etwas herausgefunden?«, fragte er, doch es klang hohl anstatt erwartungsvoll.

»Leider nein«, erwiderte sie. »Aber mir ist etwas anderes eingefallen. Wir vermuten doch, dass der Täter oder die Täterin im Umfeld des Träumers zu suchen ist, dass die Sache irgendwie in der Rassling-Familie und im Verhältnis zwischen den Brüdern wurzelt. Als wir neulich im Unternehmen waren, hatte Eva-Maria Tichy diese ganzen Firmenzeitungen herumliegen, erinnerst du dich?«

»Ja klar, war ja erst vorgestern.«

Cleo, die sich unaufgefordert gesetzt hatte, beugte sich über den Schreibtisch.

»Was hältst du davon, wenn wir dieses Zeitungszeug einmal durchgehen? Weit zurück, damit wir nichts übersehen?«

Er hielt eigentlich nicht viel davon. Andererseits gingen ihnen langsam die möglichen zu verfolgenden Spuren aus. An losen Enden hatte er lediglich die verschwundenen mutmaßlichen Zweithandys des Träumers und Helene Leebs und die Überprüfung der vom IT-Leiter Faust beauftragten Hackerfirma gefunden. Für Handys, deren Existenz nicht einmal erwiesen war, würde er wohl kaum die Aushändigung erzwingen können. Das mit der Hackerfirma hatte er sich vorgemerkt. Es war auch nicht viel erfolgversprechender als irgendwelche alten Firmenzeitungen.

»Also gut«, versuchte er seine Lustlosigkeit durch vorgetäuschte Begeisterung zu überspielen. Sie mussten irgendwie weitermachen, nichts unversucht lassen, nicht nachlassen. Seine Leute durften nicht das Gefühl bekommen, dass sie sich hängen lassen konnten. Lieber Aktivismus als Resignation.

Durch die offene Tür drang Nowotnys Stimme: »A Witz mit nur drei Buchstabn. Fertig?«

»Okay«, kam Alithias Antwort.

»Oiso. Vier Männer sitzn im Wirtshaus, meinetwegen könnens aa vier Frauen sein. Ana muas ham, sagt er: ›I geh‹. Sagt der Zweite: ›I geh aa‹. Der Dritte muas aa ham und sagt: ›Aa i geh‹. Der Vierte wü ned allaa im Wirtshaus sitzn bleibm und sagt: ›Geh i aa!‹ Sexistisch oder ned? Oder vielleicht gar wieder amoi rassistisch?«

»Wohl eher linguistisch«, urteilte Alithia kühl, dem Witzchen die Bedeutung zubilligend, die es verdiente. Roberto war weniger höflich. »Wenn schon unbedingt ein ›-isch‹ her muss, dann am ehesten kindisch«, meinte er gnadenlos.

Höchste Zeit, dass sie etwas zu tun bekamen.

51

Die Begeisterung über die neue Aufgabe hielt sich in Grenzen. Cleo, die sich bereit erklärt hatte, alles bei Eva-Maria Tichy abzuholen, wurde von den anderen als die Urheberin der Idee böse angefunkelt. Sie hatte die Zeitungen von 25 Jahren mitgenommen. Da die Firmenpublikation zweimal und das Betriebsratsblatt einmal pro Jahr herauskam,

handelte es sich um insgesamt 75 Exemplare teils beträcht-
lichen Umfangs.

»Wir teilen sie auf, das sind rechnerisch gesehen zwölfein-
halb Zeitungen pro Person«, kündigte Lang an. »Wir lesen sie
jeweils komplett durch und streichen alle Artikel an, in denen
uns bekannte Personen vorkommen oder die uns aus anderen
Gründen interessant vorkommen. Fotos nicht vergessen.«

»Die Nummern zumindest der letzten zehn Jahre müssten
doch digital vorliegen?«, versuchte Roberto, das Schlimmste
abzuwenden. »Und die anderen könnten wir einscannen und
ein Texterkennungsprogramm drüber lassen. Dann geben
wir die Namen ein und schon purzeln die Artikel heraus, die
uns interessieren!«

Leo schüttelte den Kopf. Er war überzeugt, dass die Aufmerksamkeit beim Lesen auf Papier größer war, ebenso wie
die Wahrscheinlichkeit, durch Zufall auf etwas zu stoßen, was
ihnen bei gezielter Suche entgehen würde. Er versuchte, es zu
erklären. Das gelang zwar nur bei Cleo, die derselben Meinung war wie er, und bei Nowotny, der jeder Digitalisierung
stets ablehnend gegenüberstand, aber er war nun einmal der
Chef, also fügten sich auch die anderen in ihr Schicksal.

52

Die »Hackerfirma« erwies sich als kleines, aber hoch spezia-
lisiertes Dienstleistungsunternehmen. Der Chef der Zehn-
Mann-Firma war beschäftigt, rief aber auf Langs Ersuchen
nach einer halben Stunde zurück. Er war naturgemäß sehr
zurückhaltend in Bezug auf seine Kunden.

»Vertraulichkeit ist der Grundpfeiler unseres Handelns,
wie Sie sich vielleicht vorstellen können. Als *white hats*
unternehmen wir im Auftrag der Kunden alles Mögliche,

um Sicherheitslücken in ihrer IT aufzudecken. Klar, dass das Ergebnis viele interessieren würde, aber wir kommunizieren dieses ausschließlich dem Auftraggeber, also dem IT-Verantwortlichen und seinem Security-Team. Unsere Mitarbeiter müssen sich rigorosen Überprüfungen unterziehen und eine sehr strikte Vertraulichkeitserklärung unterschreiben.«

Lang erklärte, dass er überhaupt nicht an Ergebnissen interessiert sei, sondern nur an einer persönlichen Einschätzung der Fähigkeiten Heinrich Fausts. Nach kurzem Zögern verband ihn der Firmenchef weiter an eine Mitarbeiterin, die Projektleiterin für die Rasslingwerke war. Die Frau hieß Priska Ott und wiederholte sogleich den Vertraulichkeitssermon.

»Ich wüsste von Ihnen nur gern, wie die Zusammenarbeit mit den IT-Leuten bei Rassling abläuft, Frau Ott.«

Sie erklärte ihm, dass es am Anfang der jährlich stattfindenden Tests immer ein Gespräch mit Faust und zwei seiner IT-Security-Leute gab, bei dem in erster Linie die aktuellen Ziele festgelegt wurden. Dann liefen die Angriffe ohne Mitwirkung der Rassling-Leute ab. Detailergebnisse, vorgeschlagene Maßnahmen und deren Umsetzung wurden zwischen den Spezialisten beider Firmen diskutiert, bevor es am Ende ein Gespräch gab, bei dem Faust wieder anwesend war. Dabei wurden ihm die Gefährlichkeit der jeweils zu stopfenden Lücke und Vor- und Nachteile der Maßnahmen sowie deren Kosten unterbreitet. Damit war die Arbeit der *white hats* erledigt. Was der Kunde dann tatsächlich umsetzte, blieb ihm überlassen.

»Aber logisch: Beim nächsten Mal prüfen wir als Erstes, ob die alten Lücken gestopft wurden«, machte Priska Ott klar. »Alles wird natürlich minutiös protokolliert, auch damit wir selbst abgesichert sind. Wenn einem Kunden ernsthaft etwas passieren sollte, müssen wir nachweisen können, dass wir auf das Problem hingewiesen haben oder dass es erst nachher entstanden ist.«

»Wie würden Sie denn die Spezialkenntnisse Herrn Fausts in Bezug auf Hacking einschätzen? Glauben Sie, dass er selbst Malware programmieren könnte, zum Beispiel um eine Videoüberwachung unbemerkt lahmzulegen?«

»Scheint mir seeeeehr unwahrscheinlich«, antwortete die Projektleiterin ohne zu zögern. »Der Herr Faust ist ein Manager, kein Programmierer. Natürlich ist er nicht dumm, aber er ist ein Generalist, kein Spezialist. Das mit der Video-überwachung schafft meiner Ansicht nach nur ein sehr begabter *Techie*, der so richtig in den Eingeweiden der Systeme herumwühlen kann.«

Damit war auch diese kleine Hoffnung gestorben, wobei ein Motiv seitens Fausts ohnehin schleierhaft gewesen wäre. Lang bedankte sich und wandte sich seufzend den Zeitungen zu.

53
11. September

Nach einem wunderbaren spätsommerlichen Wochenende in der Wachau fuhr Leo mit gemischten Gefühlen ins Büro. Der Termin war für Marlene gerade noch machbar gewesen vor dem saisonbedingten großen Ansturm, den sie sich für ihr Atelier wünschte. Er selbst hatte, um sein Gewissen zu beruhigen, zwei Firmenzeitungen mitgenommen, in die er schlussendlich keinen einzigen Blick geworfen hatte. Die herrliche Landschaft, die sie mit Leihrädern und zu Fuß durchstreift hatten, die schönen historischen Orte, die gemütlichen Heurigen abseits des Touristenrummels, die Zweisamkeit mit Marlene … er spazierte gerade im Geiste wieder durch die Burgruine Aggstein, das Donautal zu Füßen, als er in der Bergstraße eintraf. In diesem Augenblick erinnerte er sich an Bruno Sickingers Worte: »Einen Monat seit Mathieu Rasslings Tod. Kommenden Sonntag.« Das war gestern gewesen. Kein Grund zum Feiern.

Die üblichen montagmorgendlichen Plaudereien waren eher von der belanglosen Sorte. Gabriel Schneebauer beschwerte sich über einen Kollegen, der ihm am Samstag einen neuen Elektroherd angeschlossen hatte, nachdem der alte den Geist aufgegeben hatte. Der »Funkenschuster«, wie er ihn nannte, hatte vor der Polizeilaufbahn eine Elektrikerlehre absolviert und ihm versichert, dass er diese Kleinigkeit rasch und problemlos erledigen werde. Er könne sich den teuren Handwerker, der noch dazu ewig auf sich warten lassen werde, getrost sparen.

»Es ging wirklich schnell«, so Schneebauer. »Er war auch sehr schnell wieder weg. Als wir dann den Herd probiert haben, waren die Kochplatten vertauscht. Der Knopf für links vorne hat die rechte hintere Platte eingeschaltet. Ich hab mich zuerst noch gewundert, wieso er die Leitungen nicht in die farblich passenden Anschlüsse gesteckt hat. Schließlich habe ich es selbst gemacht, ich hatte ihm ja zum Glück zugeschaut. Wie ich ihn gestern anrufe, sagt er, er ist farbenblind! Drum hat er aufgehört als Elektriker!«

Die anderen schmunzelten, Leo eingeschlossen. Nowotny setzte noch nach: »Des hast davon, wannst an Pfuscher beschäftigst!« Gut, dass er wenigstens keinen Witz erzählte. Lang hatte das Gefühl, dass eine gedrückte Stimmung über dem Team hing, die durch die aufgesetzte Fröhlichkeit nicht wirklich ausgeglichen wurde. Demonstrativ munter ging er nach einem »Dann lesen wir wieder weiter in unseren spannenden Zeitungen!« in sein Büro.

Er war noch nicht weit gekommen, als ihn das Telefon unterbrach. Eine aufgeregte Frauenstimme sagte ohne Begrüßung: »Hier ist Lavinia Drexler – Winnie, die Freundin von Helene. Bitte kommen Sie sofort – Helene ist in der U-Bahn-Station Volkstheater angegriffen worden, jemand hat versucht, sie vor den Zug zu stoßen!«

»Was?! Ist sie verletzt?«

»Ich glaube nicht, sie hat mich gerade mit Zitterstimme angerufen und mich ersucht, dass ich Sie verständige.«

Er rief Cleo zu, dass sie mitkommen solle, griff sich in höchster Eile Dienstausweis, Waffe und Telefon und lief mit dem Autoschlüssel in der Hand hinaus, ihm auf den Fersen Cleo. Während der Blaulichtfahrt erzählte er ihr das wenige, was er wusste. Sie ließen den Wagen auf dem Gehsteig stehen und rannten die Treppe hinunter, wo ein Mitarbeiter der Wiener Linien, mit dem Cleo von unterwegs Kontakt aufgenommen hatte, sie schon erwartete. Er konnte weitere Informationen beisteuern – wenn auch in wenig strukturierter Form –, während sie sich zum Bahnsteig begaben.

»Die Frau hat ein Riesenglück gehabt, dass die Schwarze sie zurückgerissen hat. Wir wussten gar nicht, dass es Absicht war, wir sind erst aufmerksam geworden, als jemand den Notrufknopf auf dem Bahnsteig betätigt hat, was automatisch das Kamerabild in der Leitstelle aufschaltet. Da haben wir die beiden auf der Videoüberwachung auf dem Boden liegen sehen. Das kann schon einmal vorkommen, es gibt ja Leute die stolpern, oder Betrunkene, oder Raufereien, allerdings meistens nicht um diese Tageszeit. Mein Kollege und ich sind dann gleich runter, da hat sie sich gerade aufgerappelt und gesagt, dass sie keinen Notarzt braucht und dass sie angeblich gestoßen wurde. Da habe ich die Polizei angerufen, aber Sie waren anscheinend eh schon unterwegs. Wir haben noch keine Zeit gehabt, uns das Video von vor dem Sturz anzuschauen.«

Die beiden Frauen saßen etwa in der Mitte des langen Bahnsteigs auf einer der Bänke, Helene Leeb in eine Decke gehüllt an die Schulter der anderen Frau gelehnt. Die Wände der riesigen, wie eine Halle wirkenden Station waren mit farbenfrohen Kunstwerken geschmückt, doch im Augenblick hatte niemand der Beteiligten ein Auge dafür. Lang hielt inne, als das Wort »Video« zu ihm durchdrang.

»Cleo, geh bitte mit dem Herrn mit wegen des Videos und nimm seine Aussage auf, ich mache das hier allein. Leite weitere Maßnahmen ein, je nachdem, was auf dem Video zu sehen ist. Immer vorausgesetzt, dass es überhaupt etwas zu sehen gibt. Wäre nicht verwunderlich, wenn die Aufzeichnung verschwunden wäre.«

Cleo machte auf dem Absatz kehrt und zog den Wiener-Linien-Mann, der Lang gerade einen seltsamen Blick zuwarf, mit sich.

Die »Schwarze«, wie sie zuvor genannt worden war, blickte auf, als Leo sich näherte. Sie war, sofern die sitzende Haltung eine Einschätzung erlaubte, eine groß gewachsene, sehr dunkelhäutige Afrikanerin. Ihre Beine steckten in enganliegenden schwarzen Leggings, während ihr Oberkörper in einen äußerst farbenfrohes, üppiges afrikanisches Stoffgebilde gehüllt war, das in Sachen Buntheit durchaus mit den Wandbildern mithalten konnte. Ein Stück des gleichen Stoffs war zu einem breiten Stirnband verarbeitet, mit dem ihre zu unzähligen kleinen Zöpfchen geflochtenen und mit farbigen Perlen fixierten Haare in Zaum gehalten wurden. Bei Leos Erscheinen lächelte sie breit. Ihr Mund mit den blendendweißen Zähnen war wie ein weißes Schiff in einem dunklen Meer. Ihre ersten Worte waren: »Sorry, nix Deutsch. English?«

In seinem Kopf lief sofort ein Film ab: Flüchtling, wahrscheinlich Nigerianerin, noch nicht lange hier. Wie deprimierend – die Anerkennungsquoten für Nigerianer waren extrem schlecht, die Chance auf Asyl praktisch null. Aber für Lebensretterinnen – dass es sich um eine solche handelte, hatte der Wiener-Linien-Mann ja angedeutet – musste es doch Ausnahmen geben? Eine Art Ehrenasyl?

Sie schob Helene behutsam ein Stück zur Seite und stand auf, um Leo überaus kräftig die Hand zu schütteln. Erst da sah er, wie groß die Frau war, größer als er selbst, etwa einsfünfundachtzig, und sehr muskulös. Was sich in ihren Leggings abzeichnete, waren keine Fettpolster, und der weite Ärmel ihres Oberteils erlaubte einen kurzen Blick auf einen beeindruckenden Bizeps und was sich sonst noch so auf durchtrainierten Armen an Muskelgruppen zu tummeln pflegte. Sein Film lief aus dem Ruder – eine geflüchtete Bodybuilderin? Spitzensportlerin?

Sie sprach ausgezeichnet Englisch, besser als Lang selbst, wie er wieder einmal feststellen musste. Vielleicht sollten sie im nächsten Urlaub lieber nach England als nach Griechenland fahren. »Sarah Chebukati«, stellte sie sich freundlich vor. Sie zeigte ihm ihren Ausweis und erklärte, dass sie aus Kenia komme und bei der Botschaft ihres Landes als Security-Mitarbeiterin arbeite. Heute habe sie sich freigenommen, um die Geburtstagsfeier einer Freundin zu besuchen, was ihre auffallende Kleidung erklärte. Was er in der Hand hielt, war ein Diplomatenausweis – von wegen Flüchtling.

Helene Leeb stand die durchlebte Todesangst deutlich ins Gesicht geschrieben. Es war kreidebleich mit einigen Schmutzstreifen, die vermutlich von verschmierten Tränen herrührten. Sie – mit leiser, zittriger Stimme – und Frau Chebukati berichteten nun abwechselnd, was geschehen war. Ein brillentragender, bärtiger Müllmann in seiner typischen orangefarbenen Schutzkleidung und ebensolcher Kappe hatte rechts neben Helene Leeb gestanden, als sich der Wagen der U3 näherte. Sarah Chebukati befand sich links hinter ihr. Plötzlich hatte Helene Leeb einen heftigen Stoß von rechts erhalten, das Gleichgewicht verloren und wäre auf die Schienen gestürzt, um vom Zug zermalmt zu werden, hätte die Botschaftsangestellte sie nicht mit einem blitzschnellen Griff gepackt. Noch im Fluss der Bewegung hatte die bestens trainierte Afrikanerin das einzig Mögliche gemacht: Sie hatte sich kontrolliert nach hinten fallen lassen, ohne Helene loszulassen, wodurch diese rücklings auf ihr zu liegen gekommen war.

»Sind Sie verletzt?« Die Frage war an beide gerichtet. Fast gleichzeitig schüttelten die Frauen den Kopf. Die athletische Sarah war wohl sehr geübt im Stürzen, wenn auch gewöhnlich auf Matten. Leos scharfe Augen hatten eine Abschürfung an ihrem linken Ellenbogen erspäht, doch schien ihr diese offenbar nicht erwähnenswert. Helene war körperlich völlig unverletzt, wie sie sagte. Sie hielt sich mit der rechten Hand den Bauch.

»Ich war auf dem Weg zur Gynäkologin, Routinekontrolle«, sagte sie. »Jetzt komme ich zwar zu spät, aber wenigstens kann gleich festgestellt werden, ob mit dem Baby noch alles in Ordnung ist.«

Aus dem Augenwinkel sah er, wie Cleo mit dem Wiener-Linien-Mitarbeiter zurückkehrte und dieser anhand ihrer Anweisungen einen Teil des Bahnsteiges mit Kunststoffpfosten und -bändern absperrte. Gleich würde die Tatortgruppe eintreffen und etwaige Spuren sichern. Cleo gesellte sich zu ihnen.

»Er hat das Durcheinander nach dem Sturz genutzt und ist einfach in die U3 eingestiegen«, sagte sie nach der Vorstellung in fast perfektem Englisch. »Die war längst weg, als die Nottaste gedrückt wurde. Eigentlich verwunderlich, dass der Fahrer nichts bemerkt hat. Der Typ hat sich im Wageninneren die ganze Zeit ein Papiertaschentuch vors Gesicht gehalten, als ob er Angst vor einer ansteckenden Krankheit hätte.

Nach zwei Stationen ist er in der Station Zieglergasse ausgestiegen. Die Aufzeichnungen sind alle da, aber auf keiner ist das Gesicht erkennbar, zumindest auf den ersten Blick nicht«.

»Ich glaube, es war der Verfolger, der Mann aus der Tiefgarage«, sagte Helene Leeb leise. »Mit falschem Bart, Brille und Müllmannkleidung. Beweisen kann ich es nicht, es ist nur ein Gefühl.«

Auch Sarah Chebukati konnte, obwohl sie von Berufs wegen eine sehr routinierte Beobachterin war, keine näheren Angaben zum Müllmann machen – sie hatte ja alle Hände voll zu tun gehabt. Leo bedankte sich bei ihr. Bevor er Helene Leeb anbot, sie mit dem Auto zur Gynäkologin zu fahren, riet er der Lebensretterin noch, sich die Abschürfung unbedingt gleich behandeln zu lassen. Es war nicht anzunehmen, dass der Bahnsteig der U3 keimfrei gewesen war. Sie lachte, begleitete aber dann doch Cleo zum Sanitäter.

54

»Ich habe ihr Polizeischutz angeboten, aber sie hat ihn abgelehnt. Sie zieht lieber für ein paar Tage zu ihrer Schwester und ihrem Schwager. Die haben ein Einfamilienhaus in Wiener Neustadt, ich habe die Adresse. Dort fühlt sie sich sicher, sagt sie. Die Schwester hat den Namen ihres Mannes angenommen, also gibt es keine Verbindung zu ihr. Außerdem haben sie zwei große Hunde.« Die Rede war natürlich von Helene Leeb. Alle Teilnehmer an der Teambesprechung nickten.

»Dieser Mordanschlag, denn das war es, ist dank Frau Chebukati gescheitert. Eine tolle Frau.« Lang sah aus dem Augenwinkel, wie der stets neugierige Roberto im Internet nach einem Bild von ihr suchte, sagte aber nichts. Goncalves würde ohnehin keines finden. Die »Security-Mitarbeiterin«, die eigentlich für die Gesamtsicherheit der kenianischen Botschaft in Wien verantwortlich war, achtete sorgfältig darauf, dass keine Abbildungen ihrer Person im Netz landeten. Dies und einiges mehr hatte ihm Cleo, die sich noch eine Weile mit ihr unterhalten hatte, verraten.

»Diese zweite Tat sollte uns – zusammen mit den Daten aus dem Mordfall ›Träumer‹ – die entscheidenden Hinweise auf den Täter geben. Zuerst die Fakten. Cleo, bitte.«

Cleo fasste alles zusammen, was die beiden Frauen und der Wiener Linien-Mitarbeiter ausgesagt hatten. Sie führte die Videos von den Bahnsteigen in den U-Bahn-Stationen Volkstheater und Zieglergasse und aus dem Inneren des U3-Wagens vor. Obwohl alle bereits über das Geschehene Bescheid wussten, ging ein Raunen durch die Gruppe, als Helene für Sekundenbruchteile mehr oder weniger über den Gleisen schwebte.

»Verdammter Kerl, beim Volkstheater hat er den Kopf ständig gesenkt gehalten und nachher noch das Taschentuch dazu. Bestimmt ist er nach Verlassen der Station Zieglergasse in irgendein Klo gegangen und hat die Müllmannsachen ausgezogen. Bart und Brille weg, und er ist nicht mehr wiederzuerkennen.« Alithia klang verbittert.

»Kerl – sind wir da sicher?«, fragte Lang in die Runde. Wieder wurde genickt. Zwar verriet die weite Arbeitskleidung keine Körperformen, aber die Bewegungen wirkten männlich. Zudem hätte eine Frau wohl gezögert, durch einen falschen Bart aufzufallen.

»Gut, weiter. Er hat die Sachen irgendwo ausgezogen und sich unter die Massen auf der Mahü gemischt. Wo gibt es öffentlich zugängliche WCs in diesem Bereich? Sind die Eingänge videoüberwacht? Wurde dort etwas gefunden?«

»WCs gibt's dort überall«, bemerkte Schneebauer bedrückt, denn ihm war schon klar, worauf das hinauslief.

»In den U-Bahn-Haltestellen und am Westbahnhof, da sind die Eingänge wahrscheinlich überwacht, und in unzähligen Cafés, Bars, Imbissen, Restaurants, in manchen Geschäften … Museen …«

»Du gehst nicht mit Müllmannkleidung ins Museum«, gab Cleo zu bedenken. »Die Restaurants und Bars hatten zu dieser Zeit sicher noch geschlossen. Aber Cafés und Imbisse, das könnte dort sicher gut funktionieren. Fast nur Laufkundschaft, da fällt einer von der MA 48, der einen Döner isst und dann aufs Klo geht, überhaupt nicht auf.«

»Also all diese Gelegenheiten im Umkreis von, sagen wir mal, zwei Kilometern identifizieren und durchchecken, insbesondere, ob die Kleidung gefunden wurde.« Lang nickte Alithia zu, die die Erstellung der To-do-Liste übernommen hatte.

»Er könnt des Zeug aber aa in an mitbrachten Müllsack gsteckt und mitgnommen ham. Und dann rein in irgendan Container.«

»Gut, wir kontaktieren also auch die MA 48, die sollen auf Müllmannkleidung in den Containern achten. Und ob eine Uniform gestohlen wurde – irgendwo muss er die Kleidung ja hergehabt haben.«

»Auf den Videos war kein MA 48-Abzeichen auf der Jacke zu sehen«, steuerte Cleo bei. »Das heißt, dass sie wahrscheinlich irgendwo gekauft wurde. Orangefarbene Schutzkleidung ist bestimmt leicht zu bekommen.«

»Was sagt die Spurensicherung, Roberto?«

Goncalves hatte vor Beginn der Besprechung noch mit Sendlinger telefoniert. »Sie sind natürlich noch nicht fertig, aber es klang nicht sehr ermutigend. Seit in der U-Bahn Rauchverbot herrscht, gibt's keine Tschick mehr am Boden. Es wird aber jede Nacht gekehrt, alle Fundstücke müssten also von heute sein. Anscheinend haben sie außer einem halb aufgelutschten Lolli, einem zerknüllten Einkaufszettel und

einem Zehncentstück nichts gefunden. Wenig verheißungs-
voll, aber die Dinge werden natürlich gecheckt.«

»Noch andere Ideen, bevor wir uns dem Motiv und damit
dem möglichen Täterkreis zuwenden?« Leo blickte nacheinander in jedes Gesicht. »Gut, wer bleibt also übrig? Wir suchen einen Mann, der einen Grund hat, sowohl den Träumer
als auch Helene Leeb tot zu sehen.«

»Und das Kind der beiden«, ergänzte Alithia leise.

»Genau, und das Kind der beiden. Gehen wir einfach
unsere Tabelle durch. Die, die für den Mord am Träumer ein
Alibi hatten, können wir ausschließen. Ebenso die Frauen.«

»Na ja, das Erbschaftsmotiv liegt ja jetzt auf der Hand,
oder?«, meldete sich Goncalves. »Also die ganze Familie
Rassling, außer der Tochter. Claire Rassling, als Frau und
mit einer Art Alibi für den Mord, können wir ausschließen.
Helene Leeb selbst natürlich auch.«

»Dieser durchgeknallte Erfinder, der Klinka, hat keinen
Grund, auch noch Helene den Tod zu wünschen. Sie stellt
keine Bedrohung für ihn dar. Genauso wenig die ganzen
Rassling-Angestellten – sie hatte ja mit den Rassling-Werken
nichts zu tun. Helenes Sohn kann es nicht gewesen sein –
den hätte sie erkannt, da hätten Müllmannkleidung und Bart
auch nichts genützt. Alle anderen hatten ein Alibi.« Schneebauer blickte konzentriert auf die Verdächtigentabelle.

»Den Callboy hast du vergessen, dessen Alibi konnten
wir nicht überprüfen. Und ein eifersüchtiger Freund des
Callgirls – Carmen – ist jetzt doch wieder wahrscheinlicher
geworden, oder?«, versuchte Roberto, seine zuvor so jämmer-
lich gescheiterte Theorie wiederzubeleben. »Der könnte aus
irgendeinem Grund das Paar, mit dem sie beisammen war,
vernichten wollen. Auch wenn es schon lange her war.«

»Der unbekannte Erbe, von dem wir nicht wissen, ob er
existiert, hat natürlich das gleiche Motiv wie die Rasslings«,

so Cleo. »Außerdem bleibt noch der hoffentlich nicht existierende unbekannte Psychopath. Der ist für mich aber vom Motiv her jetzt eher unwahrscheinlicher geworden. Was wäre denn die Verbindung zu Helene Leeb? Wenn er einfach gern Leute umbringt, um zu beweisen, dass er es kann, wieso dann gerade sie?«

Niemand hatte in den letzten Minuten auf Alithia geachtet. Als sie in die nun eingetretene Stille plötzlich ein merkwürdiges Geräusch von sich gab, wendeten alle sich ihr zu. Leo bemerkte erstaunt, dass es sich um ein schlecht unterdrücktes Schluchzen gehandelt hatte. Die Studentin biss sich auf die Lippen, konnte aber nicht verhindern, dass ihr eine dicke Träne über die Wange rollte.

»Was is denn los, Klane?«, fragte Helmut, sich zu Alithia vorlehnend, besorgt.

Das Mitgefühl des einstigen Kontrahenten ließ alle Dämme bersten. »Ich bin schuld!«, brach es aus ihr hervor. »Ich bin schuld, dass auf die Frau Leeb ein Mordanschlag verübt worden ist, und auf ihr Baby dazu! Oder umgekehrt, besser gesagt!«

»Blödsinn, wieso denn?«, erkundigte sich Roberto vorsichtig.

»Ohne mein dämliches Gespräch mit diesem Scheiß-Frank vom ›Blatt‹ wäre das von der Frau Leeb doch nicht in der Zeitung gestanden!«, schniefte sie weiter. »Dann hätte der Mörder auch nicht gewusst, dass sie schwanger ist, dass ein Erbe unterwegs ist! Das hat ihn doch erst darauf gebracht, dass er den auch noch aus dem Weg räumen muss!«

Leider hat sie recht, dachte Leo, aber gemachte Fehler kann man nun einmal nicht ungeschehen machen. Beschwichtigend sagte er: »Früher oder später wäre es ohnehin herausgekommen, und schließlich ist im Endeffekt nichts passiert. Helene Leeb ist jetzt gewarnt und wird sich schützen, wir haben viele neue Hinweise auf den Mörder und wir werden ihn bald haben. Das Beste, was du jetzt machen kannst, ist, mit voller Kraft die Ermittlungen zu unterstützen.« Das klang aufmunternd und ein wenig gekünstelt, wie er sich eingestehen musste.

Roberto machte es besser. Er lehnte sich vor und blickte ihr fest in die Augen. »Glaub nur nicht, dass du die Einzige bist, die jemals einen blöden Fehler gemacht hat. Wir alle können ein Lied davon singen, was für Scheiße wir einmal gebaut haben. Ich jedenfalls schon. Ich könnte immer noch vor Scham in den Boden versinken, wenn ich daran zurückdenke. Wichtig ist, dass man aus so einem schlimmen Fehler lernt – dass man ihn kein zweites Mal mehr macht. Und, wie Leo sagte, es ist nix passiert. Mach ein Foto davon in deinem Kopf und schau es ab und zu an. Du bist die Treppe ein Stück hinaufgegangen, das Foto pickt unten.« Seine Stimme war leise, aber eindringlich. Sie hatte nichts von dem verlogenen Unterton falscher Bescheidenheit, der sonst manchmal in Robertos Ich-bin-besser-als-ihr-alle-aber-ich-will-es-euch-nicht-so-spüren-lassen-Wortmeldungen mitschwang. Die Umsitzenden nickten alle, als gelte es, eine Wette zu gewinnen. Zu gerne hätte Leo gewusst, auf welche von ihm »gebaute Scheiße« Roberto angespielt hatte. Das hier hatte jedenfalls Klasse. Alithia nickte dankbar und flüsterte kaum hörbar: »Okay, mach ich.«

»Gut, dann gehen wir mit Volldampf an die Arbeit! Erste Priorität haben die Alibis der Rasslings, dann die aller anderen, die beim Mord am Träumer keines oder ein schlechtes hatten, außerdem sprechen wir noch einmal mit dieser Carmen, ob jemand aus ihrem Umfeld in Frage kommt. Danach die Bars und Imbisse rund um die U-Bahn-Haltestelle Zieglergasse und die MA 48 wegen der Kleidung. Wir teilen uns das jetzt auf. Cleo, die Rasslings machen wir beide gemeinsam.«

55
12. September

Der Nachmittag neigte sich schon seinem Ende zu, als sie wieder beisammensaßen. Niemand gab eine Anekdote oder einen lockeren Spruch zum Besten. Als Leo in die Runde blickte, sah er nur ernste, bestenfalls gespannte Gesichter. Über der Gruppe schien eine unsichtbare Wolke zu schweben, die ihren dunklen Schatten auf ihr ganzes Handeln warf.

»Das von den Rasslings wisst ihr ja schon«, begann Lang. »Sie hatten ihren Aufenthalt im Salzkammergut wegen des schönen Wetters noch um einen Tag verlängert und sind erst am Montagvormittag heimgefahren, alle zusammen, genau zu der Zeit, als der Anschlag auf die Leeb verübt wurde. Bestätigt durch gegenseitige Aussagen und der des Nachbarn, der sicher ist, dass sie um halb neun losgefahren sind und alle im Auto waren. Der Nachbar mag die Rasslings nicht, er nannte sie ›überhebliche, g'stopfte Weaner‹, hat also keinen Grund, ihnen einen Gefallen zu tun.«

»Unser Lieblingserfinder Klinka war zwar wieder einmal allein zu Hause, hatte aber irgendeine *heavy-metal*-Musik so laut aufgedreht, dass sich sein kranker Nachbar zweimal persönlich bei ihm beschwert hat«, setzte er fort. »Erst als der mit der Polizei gedroht hat, hat er leiser gedreht.«

»Bese Nachbarn, guade Alibis«, wagte Nowotny einen Zwischenruf, was Lang veranlasste, ihm gleich das Wort zu übergeben.

»Das feine Klärchen Rassling, die ois Frau eigentlich eh ned in Frage kummt, woa mit ana Freindin zsamm, den ganzn Vurmittag bei ihr zhaus. Der Edin, der Stricher, woa im Fitnesscenter, seine Muckis aufblasn. Mehrere Zeugen.«

Gabriel Schneebauer hatte alle Rassling-Mitarbeiter, die für den Mord am Träumer kein oder kein belastbares Alibi hatten, gecheckt. Alle waren nachweisbar an ihren Arbeitsplätzen gewesen, auch der Alibifälscher Immig, ebenso wie Helenes Sohn Gerhard, ohnehin kein wirklicher Kandidat für den Anschlag auf seine Mutter.

Düster beobachtete Lang die Tabelle der Verdächtigen, die immer grüner wurde, was bedeutete, dass immer weniger Personen die Taten begangen haben konnten. Goncalves trug nicht zur Hebung der Stimmung bei, als er über sein Gespräch mit dem Callgirl »Carmen« berichtete.

»Sie hat schon seit Jahren keine intimen Beziehungen mehr, abgesehen von den beruflichen. Sie ist asexuell, sagt sie. Vielleicht kein Wunder. Ihre Familie, Eltern, Geschwister, haben keine Ahnung, womit sie ihr Geld verdient. Die Freundin, mit der sie in Ibiza war, ist eine Kollegin. Sie lebt allein mit zwei Katzen und einem Hund. Ihr ist absolut niemand eingefallen, der etwas gegen ihre ›Begegnung‹ mit dem Paar im Hotel Papaya haben könnte.«

Damit blieben in der Tabelle nur mehr der »unbekannte Erbe« und der »unbekannte Psychopath« übrig. Beide konnten sie schlecht befragen.

Auch Cleo und Alithia, die eineinhalb Tage lang alle möglichen Lokale abgeklappert hatten, konnten nichts vorweisen. Nichts war beobachtet, nichts gefunden worden. Cleo hatte noch die Idee gehabt, bei Second-Hand-Shops nachzufragen und die Altkleidercontainer kontrollieren zu lassen. Nichts. Die MA 48 hatte eher halbherzig zugesagt, beim Entleeren die Müllcontainer »stichprobenartig« auf orangefarbene Schutzkleidung zu überprüfen, verschlossene Müllsäcke würden jedoch nicht aufgemacht.

»Bettler?«, schlug Goncalves vor. Davon gab es genug auf der Mariahilfer Straße. Doch Alithia schüttelte den Kopf.

»Ich habe mit dem Orehounig von Menschenhandel und Bettelei geredet, der hat gesagt, dass die fast alle von

Clanchefs abhängig sind. Wer mit Behörden zusammenarbeitet, hat mit schlimmen Konsequenzen zu rechnen, so seine Aussage. Trotzdem hat er mit einem Bulgarisch und Rumänisch sprechenden Sozialarbeiter versucht, die Leute zu befragen, besonders die, die in der Nähe der U-Bahn-Haltestelle Zieglergasse ständig an der gleichen Stelle sitzen. Wie befürchtet, ist nichts dabei herausgekommen.«

»Wie hast du denn das so schnell geschafft?«, entfuhr es Roberto neidvoll. »Hast den Fuzzi vom BKA mitsamt einem Sozialarbeiter durch die Mahü gescheucht, als Praktikantin ohne Befugnisse, ämterübergreifend und ohne Papierkrieg, wie geht denn das?«

»Beziehungen«, erinnerte Alithia lakonisch an ihren Innenministeriums-Onkel. »Der Sozialarbeiter war inoffiziell, der ist ein Spezl von dem Orehounig.«

»Gut, oder besser gesagt, schlecht«, fasste Lang niedergeschlagen zusammen. »Wir haben also jetzt genau nichts, trotz der vielen guten Arbeit, die ihr geleistet habt. Die Fundstücke vom Bahnsteig haben laut Spurensicherung auch nichts ergeben. Wir haben alles abgearbeitet, und das Resultat ist, dass der Täter ein sehr gerissener Unbekannter ist, von dem wir nichts wissen – außer, dass er ein Mann ist, Hackerkenntnisse besitzt, sich Drogen beschaffen und eine Spritze verabreichen kann und höchstwahrscheinlich eine unidentifizierte Spur im Bentley hinterlassen hat. Noch irgendwelche Ideen?«

»Wir könnten ein Überwachungskamera-Bild an die Zeitungen weitergeben und die Bevölkerung um Hilfe bitten«, schlug Goncalves diensteifrig vor.

»Damit wir uns so richtig lächerlich machen«, erwiderte Cleo sarkastisch. »Gesucht wird ein orangefarbenes Michelin-Männchen ohne Gesicht!«

Während Roberto beleidigt die Lippen zusammenpresste, beendete Lang die Besprechung mit der Feststellung: »Also

dann wieder dort weitermachen, wo wir aufgehört haben
– bei den Firmenzeitungen. Ich werde außerdem die ganze
Akte noch einmal von vorne bis hinten durchgehen.« Auf die
bevorstehende Berichterstattung an Sickinger freute er sich
kein bisschen.

56

13. September

Lang legte die Akte nach längerem Studium gerade mit an-
gewidertem Gesicht zur Seite, als Alithia höflich an seine of-
fenstehende Türe klopfte. Er hatte in der vergangenen Nacht
sehr schlecht geschlafen und fühlte sich müde, obwohl der
Vormittag noch nicht einmal zu Ende war. Ein wirrer Traum
hatte ihn schweißgebadet erwachen lassen, nur um sich sofort
zu verflüchtigen. Das Einzige, an das er sich erinnern konnte,
war das Bild von Marlene, die mit angstverzerrtem Gesicht auf
den U-Bahn-Schienen lag, in afrikanische Kleidung gehüllt.

»Komm nur herein«, sagte er, ohne richtig hinzusehen.
Doch als sie näherkam, bemerkte er ihre kerzengerade Haltung und den triumphierenden Zug um ihren Mund. Er
richtete sich ebenfalls auf.

»Gibt's etwas Neues?«, fragte er hoffnungsvoll.

»Vielleicht hat es gar nichts zu bedeuten«, wimmelte sie ab,
einen gewissen Zweckpessimismus zur Schau tragend. Anscheinend hatte Goncalves sie mit seiner falschen Bescheidenheit angesteckt. »Aber es kommt mir komisch vor, und du hast
ja gesagt, wir sollen dir alle Auffälligkeiten berichten.«

»Klar, sag schon!«

»Also, die Barbara Roth hat laut Protokoll ausgesagt, dass
sie gleich nach der Matura geheiratet und ihren Sohn bekommen hat. Als der drei Jahre alt war, hat sie angeblich bei

Rassling angefangen. Der Sohn ist jetzt einundzwanzig, das wäre also vor achtzehn Jahren, richtig?« Lang nickte.

»Aber hier«, – sie hielt ihm eine Betriebsratszeitung hin –, »sehen wir das Bild einer jungen Frau namens Barbara Szabo. Sie kam mir irgendwie bekannt vor. Und siehe da: Der Geburtsname von Barbara Roth war Szabo, das hat Cleo auf meine Bitte ermittelt. Das Komische ist nur: Das Bild wurde vor zweiundzwanzig Jahren aufgenommen, fast vier Jahre, bevor Frau Roth angeblich bei Rassling angefangen hat!«

Er beugte sich über die vergilbte Zeitung. In der Postille mit dem Namen »die Rassel« mischten sich Erfolgsberichte über die Betriebsratstätigkeit mit Terminankündigungen, Informationen über günstige Einkaufsmöglichkeiten und dem wohl beliebtesten Sujet, den Fotos von Mitarbeitern bei diversen Tätigkeiten. Viel Platz nahmen die Fotos eines Betriebsausfluges ein, darunter auch das von Alithia entdeckte Bild. Sie musste einen sehr scharfen Blick besitzen – es war ein Gruppenfoto von sieben lächelnden jungen Leuten, die einzelnen Gesichter dementsprechend klein. Doch tatsächlich, das hübsche junge Mädchen mit den dunklen, lockigen Haaren hatte große Ähnlichkeit mit Frau Roth. Die Bildunterschrift lautete: »Unsere neu eingetretenen Kolleginnen und Kollegen genießen ihren ersten Betriebsausflug!« Danach waren in bekannter »v.l.n.r.-Weise« die einzelnen Namen aufgelistet, darunter »Barbara Szabo«.

Die Gedanken in seinem Kopf überschlugen sich. Die Frau hatte also schon im Sommer vor der Geburt ihres Sohnes und ihrer Heirat kurz bei Rassling gearbeitet, dies aber verschwiegen. Weil es so unbedeutend war? Oder weil mehr, viel mehr dahintersteckte?

Er sprach Alithia ein dickes Lob aus, worauf sie ihre Bescheidenheitsmaske fallen ließ und ein selbstbewusstes »Freut mich, dass ich helfen konnte!« hören ließ.

Die Müdigkeit war wie weggeblasen. Er bat Cleo zu sich, um ihr einige Ausforschungsaufgaben zu übertragen. Dann rief er Sendlinger an, der ihn unerträglicherweise auf morgen vertröstete. Nachdem er dies zähneknirschend akzeptiert hatte, berief er erst für den nächsten Tag eine Teambesprechung ein und machte sich zu Bruno Sickinger auf. Endlich gab es etwas zu berichten.

57
14. September

Zu der Besprechungsrunde hatten sich, abgesehen von Leos Team, Sickinger, Dr. Sendlinger und dessen Mitarbeiterin Diana, die mit Nachnamen Pilz hieß, gesellt. Lang kannte die von ihm angeforderten Ergebnisse bereits, ließ aber ausführlich berichten, um alle auf den gleichen Wissensstand zu bringen. Zuerst durfte Alithia über ihren Fund Bericht erstatten, was sie mit großer Freude tat.

Cleo hatte die genauen Daten der Beschäftigungsverhältnisse von Barbara Roth, ehemals Szabo, und Mathieu Rassling bei den Rasslingwerken mit Hilfe der Sozialversicherungsdaten ermittelt.

»Sie hat im Sommer vor zweiundzwanzig Jahren gleich nach der Matura dort angefangen, im Juni. Und siehe da, er war Student und als Praktikant von Mitte August bis Ende September desselben Jahres in der Firma seines Vaters tätig, bevor er im Herbst in Paris weiterstudierte. Im März des nächsten Jahres ging sie in Mutterschutzurlaub, hat also fast ein Dreivierteljahr dort gearbeitet. Im Mai ist Pascal zur Welt gekommen. Kurz darauf hat sie den Roth geheiratet und war dann drei Jahre lang in Karenzurlaub.«

Lang nickte Sendlinger zu. »Bitte, Philipp.«

»Ich habe die DNA-Probe von Pascal Roth mit der von eurem Träumer verglichen, beide hatten wir ja schon bestimmen lassen. Sie sind Vater und Sohn – mit 99,9-prozentiger Sicherheit.«

Obwohl alle dieses Ergebnis erwartet hatten, ging ein Raunen durch die Gruppe.

»Weiters habe ich alle anderen im Auto gefundenen DNA-Proben mit der von Mathieu Rassling verglichen. Bei den nicht Identifizierten gibt es drei Treffer, alle drei sind mit dem Mordopfer verwandt, aber nicht seine Kinder. Von den Dreien sind zwei Kinder des Dritten.«

»Klar, Marc Rassling, der Bruder, und zwei seiner Kinder«, murmelte Goncalves.

»Damit haben wir den unbekannten Erben gefunden«, stellte Lang fest. Er sprach es nicht aus, ärgerte sich aber maßlos darüber, nicht schon früher diesen Vergleich in Auftrag gegeben zu haben.

Gabriel Schneebauer formulierte langsam und präzise, was alle dachten. »Die Roth hat über ihr Firmeneintrittsdatum gelogen, um die Aufmerksamkeit nicht auf ihren Sohn zu lenken. Sie hat erst geleugnet, den Erbschaftsstreit der Brüder mitgehört zu haben und dann suggeriert, dass es um dieses RANOU-Projekt gegangen wäre. Als ihr dann den Trick mit der Schreiprobe gemacht habt und die andere Sekretärin, die Tichy, den Inhalt des Streits gebeichtet hat, konnte sie es nicht mehr abstreiten. Aber sie hat noch irgendwie versucht, es abzuschwächen, oder?«

Cleo nickte. »Genau. Laut ihrer Aussage soll er gesagt haben, dass er keine Kinder habe, aber das würde sich vielleicht bald ändern. Und dann, wörtlich: ›Ich glaube, das Letzte hat er nur gesagt, um seinen Bruder zu ärgern, damit sich der nicht zu früh freut, dass es keine unehelichen Kinder gibt.‹ Damit sollte unsere Aufmerksamkeit offenbar auf die

Gegenwart, auf die bevorstehende Heirat gelenkt werden, weg von der Vergangenheit.« Sie hatte das zitierte Befragungsprotokoll für alle sichtbar eingeblendet.

»Sie hat ein sehr starkes Motiv«, fing Roberto jetzt zu dozieren an. »Sie war durch den Streit auf das Erbrecht Pascals aufmerksam geworden. Gleichzeitig musste sie befürchten, dass es durch eine Familiengründung des Träumers wieder geschwächt würde. Sie musste schnell handeln! Außerdem hat sie für den Mord kein richtiges Alibi.«

Nowotny, der Barbara Roth zuletzt gewisse Sympathien oder zumindest Respekt entgegengebracht hatte, reagierte verschnupft, obwohl ihm niemand Vorwürfe gemacht hatte, dass er etwa in Sachen Bruderstreit ihr gegenüber zu leichtgläubig gewesen wäre. Prompt fiel sein Wienerisch dem Ärger zum Opfer, oder vielleicht der Anwesenheit Sickingers und Sendlingers.

Sarkastisch wandte er ein: »Ach so, ein starkes Motiv, kein richtiges Alibi! Und weil sie schnell handeln musste, hat sie im Eilverfahren einen Kurs im Hacken von Videosystemen gemacht und im Schneiderkostüm bei den Drogenhändlern vorbeigeschaut, nicht zu vergessen den Elektroschocker besorgt! Da hat der Sohn doch ein viel stärkeres Motiv! Was is dem sei Alibi überhaupt wert?«, schloss er doch noch in seinem gewohnten Idiom.

»Gute Frage, Helmut«, hakte Lang, der sich diese Frage auch schon gestellt hatte, ein. »Zu diesem Zweck ist Diana Pilz mit Dr. Sendlinger mitgekommen. Du hast Pascals Handy untersucht, stimmt's?«

Die Kriminaltechnikerin nickte. »Ja, stimmt. Sein Alibi beruht ja hauptsächlich darauf. Auch die Aussage des Vaters – ich habe mir erlaubt, die nachzulesen – beruht darauf, dass telefoniert wurde, vermutlich hat er den Klingelton und das Abheben gehört. Pascal Roth hat einen extrem lauten und, wenn ihr mich fragt, nervigen Klingelton, der Musikstil nennt sich ›Deathcore‹. Ist natürlich Geschmackssache. Die Frage war, ob es möglich ist, dass die Gespräche umgeleitet waren zu einem anderen Handy.« Sie blickte in die Reihe gespannter Gesichter, dann fuhr sie fort.

»Leider muss ich euch enttäuschen. Wenn es so gewesen wäre, hätte man das am Handyprotokoll erkennen können. Das betrifft nur die eingehenden Gespräche, und die waren nicht umgeleitet. Außerdem klingelt ein umgeleitetes Handy normalerweise nicht. Aber damit nicht genug: Das noch größere Problem sind die ausgehenden Gespräche. Es geht klar hervor, dass von diesem Handy aus telefoniert wurde, und da nützt dir die Umleitung gar nichts.«

»Aber wenn sie zu zweit waren, passt alles!«, platzte Cleo heraus. »Jeder macht, was er oder sie am besten kann. Der Sohn spioniert die Hotelgarage aus – die Beschreibung des Verfolgers würde auf ihn passen – und legt das Videosystem lahm, das kann er als Mechatroniker. Er besorgt Drogen und Elektroschocker, relativ leicht im studentischen Milieu. Die Mutter verübt dann den Mord, für den der Sohn ein wasserdichtes Alibi hat. Durch ihren kranken Mann ist sie geübt im Verabreichen von intravenösen Spritzen. Beim Anschlag auf Helene Leeb ist es umgekehrt, da hat die Mutter ein gutes Alibi, den Sohn haben wir noch nicht überprüft. Der könnte ohne Weiteres der Müllmann gewesen sein!«

Es wurde rundherum fleißig genickt. Lang beschloss, die Rolle des Advocatus Diaboli einzunehmen. »Wie soll sie denn so schnell an den Tatort gelangt sein? Sie hat zehn Minuten, nachdem der Träumer das Büro verlassen hatte, noch vom Büro aus mit ihm telefoniert, das Gespräch ist in der Rassling-Telefonanlage protokolliert.«

»Öffi«, war die prompte Reaktion Alithias. »Ich habe es gecheckt, um diese Zeit – sechs Uhr abends – bist du mit der U-Bahn sehr viel schneller als mit dem Auto. Sie hat um neun nach aufgelegt. Wenn sie dann gleich los ist, war sie zwischen 18:19 und 18:25 dort. Durch die Beobachtungen Pascals wusste sie, dass die Treffen um 18:30 herum stattfanden. Sie brauchte nur auf sein Eintreffen zu warten und zu ihm ins Auto zu steigen.«

»Woher wussten sie überhaupt von diesem Hotel? Pascal hat kein eigenes Auto, das von Barbara wäre zu auffällig gewesen. Hat er ein Auto gemietet, um ihm tagelang zu folgen?«, ließ Lang den nächsten Einwand los. Diesmal widerlegte Roberto ihn.

»Als seine Sekretärin müsste sie schon sehr unaufmerksam gewesen sein, wenn ihr die dauernden Donnerstagabendtreffen entgangen wären. Der Sohn musste ihm also nur an einem Donnerstag nach Verlassen der Firma folgen. Oder, noch viel einfacher, einen Tracker am Auto anbringen. Das hat er sicher auch drauf.«

»Gut, dann wollen wir diese Annahme einmal weiterverfolgen«, nickte Lang. »Versuchen wir jetzt also, das Geschehen von Anfang an zu rekonstruieren. Cleo?«

»Barbara Roth führt ein ruhiges Leben als Sekretärin des Träumers. Ihr kurzes Abenteuer ist sehr lange her. Dass Pascal von ihm ist, hat sie ihm verschwiegen. Einziges Zugeständnis ist der französische Name, den sie dem Kind gegeben hat.« Sie grinste Leo in Erinnerung an dessen »affige Vornamen«-Bemerkung kurz zu.

»Sie verdient gut, der Sohn studiert. Erst als sie den Erbschaftsstreit mit anhört, kommt ihr der Gedanke, dass Pascal einmal sehr viel Geld erben könnte, allerdings erst in ferner Zukunft. Außerdem droht die Familiengründung mit einer mysteriösen Geliebten. Dass diese schon schwanger ist, weiß sie zu diesem Zeitpunkt nicht. Was, wenn Mathieu mehrere Kinder bekommt und dann vielleicht in einem Testament etwaige voreheliche Kinder auf das Pflichtteil gesetzt hätte? Da er zu Pascal niemals Kontakt hatte, hätte er dieses sogar noch einmal um die Hälfte kürzen können. Wenn es zum Beispiel drei weitere Kinder gäbe, wäre Pascals Pflichtteil die Hälfte des gesetzlichen Erbteils, also von einem Viertel, macht ein Achtel. Die Hälfte vom Pflichtteil wäre dann nur mehr ein Sechzehntel, und das erst irgendwann. Noch schlechter wären die Erbaussichten, wenn Mathieu zum Zeitpunkt seines Todes dann noch mit der Mutter dieser Kinder verheiratet gewesen wäre, denn dann würde die auch noch erben. Sie weiht Pascal ein, gemeinsam beschließen sie zu handeln. Der Rest läuft so ab, wie ihr es vorhin geschildert habt.«

»Was woar mit dem Roth? Hat der des Kuckucksei aafoch gschluckt?« Goncalves nickte beifällig. Er konnte sich das genauso wenig vorstellen wie Nowotny. Seinem Blick nach zu urteilen, war auch Sickinger mit von der Das-gibt's-doch-nicht-Partie. Doch Cleo war nicht um eine Erklärung verlegen.

»Vielleicht war sie schon vorher mit ihm zusammen, parallel zu ihrem Techtelmechtel mit dem Träumer, und er glaubte, dass der Junge von ihm ist. Oder er war einfach verliebt und es war ihm nicht so wichtig – ja, meine lieben Herren Patriarchen, das gibt's, ob ihr es glaubt oder nicht!« Dies an Helmut und Roberto gerichtet. Helmut grinste, Roberto schaute beleidigt drein. Oberst Sickinger, der sich offenbar ertappt fühlte, räusperte sich, dann kehrte er seine Autorität als ihr aller Chef hervor.

»Danke, Oberlehner. Das klingt insgesamt plausibel. Frau Roth hat sich auf jeden Fall verdächtig gemacht. Sie und ihr Sohn haben ein Motiv. Keiner kann den Mord alleine begangen haben, gemeinsam aber sehr wohl. Was planst du als nächsten Schritt, Leo?«

»Wir holen uns die beiden morgen früh und verhören sie getrennt. Überrumpelungstaktik.«

Sickinger nickte, genauso hatte er es sich vorgestellt. Sie arbeiteten noch eine Zeitlang an den Vorbereitungen zu den Verhören, dann beendete Lang die Besprechung.

»Für heute sind wir fertig. Falls jemand von euch Überstunden abfeiern möchte, von mir aus gerne. Vielen Dank für eure Teilnahme, Philipp, Diana.«

Beim allgemeinen Aufbruch hatte niemand es besonders eilig. Helmut Nowotny nutzte die Gelegenheit, Diana Pilz eine seiner Hanswurstereien aufzudrängen: »A Bekannter von mir haaßt Schimmel. Wennsd den heiratst, kannst di Schimmel-Pilz nennen!«

Diana verzog das Gesicht. »Keine Sorge, ich habe nicht vor, demnächst zu heiraten, schon gar keinen Mann!«, konterte sie. Alithia prustete angesichts Helmuts betropetzten Gesichtsausdrucks heraus.

»Das mit dem Foto war aber schon eine reife Leistung«, versuchte sich Roberto bei ihr einzuschleimen. »Dass du sie auf einem so kleinen Bild von vor über zwanzig Jahren erkannt hast, noch dazu mit ihrem Mädchennamen!«

Die Erwähnung des Wortes »Mädchenname« Alithia gegenüber war jedoch nicht sehr geschickt, wie Roberto sofort erleben musste. »Cleo hat völlig recht, du bist wirklich völlig in patriarchalischen Denkmustern gefangen! Würdest du einen Mann vielleicht fragen, wie sein ›Bubenname‹ ist?«

Damit war das Maß für Roberto voll. »Ich weiß wirklich nicht, was ihr die ganze Zeit mit eurem Patriarchatsgelaber habt. Frauen haben doch mittlerweile gleiche Rechte, oder? Wo soll es denn da noch ein Patriarchat geben? Nur wegen ein paar Ausdrücken, die sich im Sprachgebrauch so eingebürgert haben? Oder weil jemand anzweifelt, dass ein Mann freiwillig das Kind eines anderen als sein eigenes ausgibt? Was hat denn das mit Patriarchat zu tun?«

Leo hielt die Luft an – er befürchtete, dass Roberto damit dem Steckenpferd Alithias einen kräftigen Klaps gegeben hatte, und so war es auch. Mittlerweile waren alle aufmerksam geworden. Sickinger, Sendlinger und Diana Pilz hörten der Auseinandersetzung interessiert zu, anstatt in ihre eigenen Büros zurückzukehren.

»Na, alles! Dieser ganze Fall ist überhaupt ein Paradebeispiel für die Auswirkungen des Patriarchats!«

»Wie meinst du denn das? Das verstehe ich jetzt aber nicht!«, sah sich Leo wider besseres Wissen veranlasst zu erwidern, weiteres Futter für das Steckenpferd liefernd.

»Ist doch logisch. Es geht hier ums Erben, wie mittlerweile ganz klar ist, und um die Frage, von welchem Vater ein Kind ist. Das war aber auch der Ausgangspunkt für das Patriarchat.« Die anderen hatten mittlerweile einen Halbkreis um sie gebildet, sodass der Eindruck von Alithia als einer Dozentin mit ihrer Gefolgschaft noch verstärkt wurde.

»Ursprünglich, in präpatriarchalen Zeiten – als die Menschen noch Jäger und Sammler waren – gab es keine fixen Partnerschaften zwischen Mann und Frau. Die körperlich stärkeren Männer gingen auf die Jagd, die Frauen bekamen regelmäßig Kinder und sicherten so den Fortbestand des Stamms. Der Zusammenhang zwischen Kinderkriegen und Geschlechtsverkehr war nicht bekannt, zumindest nicht bei den Männern. Die Kinder wurden den Frauen zugeordnet, es gab Fruchtbarkeitsgöttinnen. Eine bekannte Darstellung ist zum Beispiel die Figurine der Venus von Willendorf, 30 000 Jahre alt. Dann, während einer Periode, die etwa um 20 000 vor unserer Zeitrechnung einsetzte, fand der Übergang zu Ackerbau und Viehzucht statt, die sogenannte neolithische Revolution. Die Menschen wurden sesshaft, sie brauchten

Land für ihre Tiere und zum Anbau der Feldfrüchte, sie legten Vorräte an. Man vermutet, dass die Menschen durch die Beobachtung der Tiere, die sie jetzt ja ständig vor Augen hatten, erstmals den Zusammenhang zwischen Geschlechtsverkehr und Fortpflanzung begriffen, und damit auch die Rolle, die der Mann dabei spielte. Eine Frau bekam also nicht einfach irgendein Kind, sondern das Kind eines bestimmten Mannes. Gleichzeitig war mit dem Land und den Vorräten der Begriff des Eigentums entstanden. Der – immer noch körperlich überlegene – Mann besaß nun etwas, das er nach seinem Tod nicht einfach aufgeben, sondern *seinen* Nachkommen vererben wollte. Dazu musste er aber verhindern, dass die Frau Nachkommen anderer Männer bekam. Leider gab es keinerlei Möglichkeit, die Vaterschaft eines Kindes im Nachhinein festzustellen. Die einzige Möglichkeit war, die Frauen einem strengen Regelwerk – patriarchalisch geprägten Religionen und Verhaltensvorschriften – zu unterwerfen und sie so zu zwingen, nur die Kinder eines einzigen Mannes zu bekommen. Alles diente diesem Zweck: die Bindung der Frau an das Haus, das Verbot, mit Männern außerhalb der engsten Familie zu verkehren, die Verhüllung, die Verweigerung von Bildung, die Genitalverstümmelung, der Nachweis der Jungfräulichkeit bei der Ehe, die Verheiratung möglichst noch im Kindesalter, um genau diese Jungfräulichkeit zu garantieren, die Dämonisierung außerehelicher Nachkommenschaft, strengste Strafen für außereheliche Beziehungen, die Rechtlosigkeit und mangelnde Geschäftsfähigkeit der Frauen und vieles mehr. Vererbung und Legitimität der Kinder, darum ging es und geht es noch heute, wie man am Fall des Träumers erkennen kann.«

In der nun eintretenden Stille schienen alle ihren eigenen Gedanken nachzuhängen. Leo fiel ein lateinischer Satz ein – aus seiner Gymnasialzeit? Nein, wohl eher aus dem Fach »Römisches Recht« seines abgebrochenen Jusstudiums:

mater semper certa est, pater numquam. Die Mutter ist immer sicher, der Vater niemals. Weshalb die ebenso patriarchalisch wie pragmatisch orientierten Römer den Rechtsgrundsatz *»pater est, quem nuptiae demonstrant«* – Vater ist der, der mit der Mutter verheiratet ist – festgelegt hatten. Alithia schien da nicht ganz unrecht zu haben.

Nowotny war der erste, der die Sprache wiederfand. »Aber Frauen erben doch genauso, oder? Und können vererben.«

»Vollkommen richtig, Helmut, du hast es genau erkannt!« Es war schon unfreiwillig komisch, wie die Studentin dem Älteren gönnerhaft eine gute Note für seinen erwünschten Einwand gab. »Die Reform des Erbrechts war überall der erste schwere Schlag gegen das Patriarchat, obwohl das bisher noch nicht erschöpfend untersucht wurde, glaube ich. Wäre vielleicht ein gutes Thema für eine Masterarbeit.«

Mittlerweile hatte sich auch Roberto wieder gesammelt. »Das mit dem erschöpfenden Untersuchen wäre vielleicht überhaupt eine gute Idee! Woher willst du denn die ganzen Dinge wissen, die du uns da aufgetischt hast? ›Die Männer wussten nicht, woher die Kinder kamen‹ – wer's glaubt! So blöd kann doch nicht einmal ein Steinzeitmann gewesen sein! Du erzählst das, als wärst du dabei gewesen. Gibt's irgendwelche handfesten Beweise, etwas, was diese Behauptungen wissenschaftlich haltbar macht?«

Damit war Alithia ein wenig in die Defensive gedrängt. »Also, schriftliche Zeugnisse gibt es natürlich nicht. Schließlich wurde die Schrift erst vor ungefähr fünftausend Jahren erfunden. Aber es gibt, wie gesagt, Objekte, Idole, Höhlenmalereien … daraus lassen sich Deutungen ableiten. Klar, dass vieles Theorie ist, aber das ist bei der Geschichts- und vor allem bei der Vorgeschichtsforschung immer so.«

Jetzt meldete sich Cleo in gewohnt sachlicher Weise. »Egal wie das im Einzelnen beweisbar ist, der Zusammenhang zwischen Besitz und Vererbung einerseits und dem Wunsch nach Beherrschung der Frauen andererseits scheint mir aufgrund von deinen Erklärungen schon sehr plausibel, Alithia. Und auch, dass das Patriarchat noch lange nicht überwunden ist, vor allem in den Köpfen vieler.«

»Gut, da haben wir also wieder etwas gelernt«, beendete Lang die Vortragsstunde. »Vergessen wir aber bitte trotzdem nicht, dass das Mordopfer in diesem Fall ein Mann und die mutmaßliche Täterin eine Frau und ihr Nachkomme ist, Patriarchat hin oder her.«

»Genau«, kam ihm Helmut ungebeten zu Hilfe. »Kennts den? Des Ehepaar hat vier Kinder. Sagt da Mann: ›I glaub, der Jüngste is ned von mir!‹ Sagt die Frau: ›Was büdsd da ein, wia kannst sowas sagn? *Grad* der Jüngste is von dir!‹ «

58
15. September

Barbara und Pascal Roth wurden, noch bevor sie oder er in der Früh das Haus verlassen konnten, zur Befragung abgeholt. Frau Roth reagierte erschrocken, fast entsetzt, und bekümmert. Sie rief rasch noch in der Arbeit an und organisierte eine Betreuung für ihren Mann, der mittlerweile nicht mehr alleingelassen werden konnte. Die beiden wurden in getrennten Fahrzeugen in zwei verschiedene Verhörräume gebracht. Ein Anwalt war nicht verlangt worden, auch nicht auf Nachfrage durch Lang.

Lang nahm sich gemeinsam mit Gabriel Schneebauer die Frau vor, während Cleo und Nowotny den jungen Mann in die Zange nehmen würden. Hinter dem venezianischen Spiegel beobachtete Roberto die Befragung Pascals. Anna

Bruckner, die auf Leos Bitte hin dazugekommen war, würde das Gespräch mit Barbara Roth verfolgen. Alithia hatte wählen dürfen und sich dafür entschieden, der Psychologin Gesellschaft zu leisten.

Barbara wirkte immer noch niedergeschlagen und eingeschüchtert. Sie hatte zwar ihre perfekte Vorstandssekretärinnenaufmachung bereits vollendet gehabt, als sie sie abholten, aber der Gesichtsausdruck und die Körperhaltung passten nicht zu der diesmal cognacbraunen Bluse mit dunkelbraunem »Schneiderkostüm«, wie Nowotny es genannt hatte.

»Frau Roth, Sie sind hier, weil Sie uns wesentliche Fakten in diesem Fall verschwiegen und uns belogen haben«, begann Lang. Dann ließ er eine unbequeme Stille entstehen.

Als sie nicht reagierte, setzte er nach. »Sie sind wesentlich früher bei den Rasslingwerken eingetreten, als Sie behauptet haben. Die Babypause hat Ihre Tätigkeit nur unterbrochen.«

»Ist das denn so schlimm? Man kann sich doch auch einmal irren. Die Zeit vor Pascals Geburt ist in meinem Bewusstsein gar nicht so präsent … meine wirkliche Laufbahn bei Rassling begann doch erst nach meiner Rückkehr aus dem Karenzurlaub … und wieso ist das so wichtig?« Sie hatte extrem leise und unartikuliert gesprochen, sodass die Männer sich anstrengen mussten, sie zu verstehen.

»Die Zeit vor Pascals Geburt war die Zeit, als Sie Mathieu Rassling kennenlernten. Es war die Zeit, als Sie beide ein Verhältnis hatten. Es war auch die Zeit, als Sie von Mathieu Rassling schwanger wurden.«

Barbara Roth hatte ihre Gesichtsfarbe nicht unter Kontrolle. Sie wurde puterrot. Jeden Blickkontakt vermeidend, stieß sie hervor: »Wie kommen Sie darauf?«

»Wir verstehen ja, dass Sie es nicht publik machen wollten«, brachte der scheinbar mitfühlende Schneebauer mit sanfter Stimme vor. »Schon wegen Ihres Mannes, nicht wahr? Der hat wahrscheinlich keine Ahnung, und Sie wollten ihn nicht verletzen.«

Wiederum lange Stille. Dann schüttelte sie nur den Kopf, ohne etwas zu sagen.

»Gut, wenn Sie dazu die Aussage verweigern, müssen wir Ihnen die harten Fakten halt unter die Nase halten. Schade, Sie hätten Ihre Position mit wahrheitsgemäßen Angaben sicher verbessern können. Hier also das DNA-Gutachten zu Ihrem Sohn und Ihrem ermordeten Chef: Vater und Sohn.« Lang legte seinem Gegenüber das Schriftstück hin, das sie jedoch nicht beachtete. Stattdessen lief eine stille Träne an ihrer Wange herunter. Lang fragte sich, ob das nun das kalkulierte Verhalten einer kaltblütigen Mörderin war, die sich als Opfer der Umstände stilisieren wollte. Schneebauer bot ihr ein Papiertaschentuch an.

»Es stimmt, Pascal ist Mathieus Sohn«, begann sie, als sie sich einigermaßen in den Griff bekommen hatte. »Mathieu hatte aber keine Ahnung davon. Wir hatten nur eine kurze Sommeraffäre – ich war noch sehr jung. Im Herbst ging er nach Paris, um zu studieren. Danach führte er die französische Niederlassung. Als ich ihn wiedersah, waren neun Jahre vergangen, ich war verheiratet und er stand knapp davor. Ich hatte damals als Sekretärin seines Vaters einen sehr guten Job. Es gab überhaupt keinen Grund, einen Skandal vom Zaun zu brechen.«

»Ist Ihr Mann denn informiert? Und Pascal selbst?«, versuchte Gabriel der nun endlich auskunftsbereiten Frau weitere Details herauszulocken.

»Meinem Mann machte es nichts aus, dass ich schwanger war. Er war sehr verliebt in mich und wollte mich unbedingt heiraten. Er hat sich mit der Erklärung zufriedengegeben, dass ich mich nach einem Discobesuch beschwipst mit einem

Unbekannten eingelassen hatte«, antwortete sie. »Pascal haben wir nichts gesagt«, ließ sie nach einer kurzen Pause folgen.

Lang versuchte, sich die damenhafte Barbara Roth beschwipst beim Herummachen mit einer Zufallsbekanntschaft vorzustellen, was ihm nicht gelang. »Wie war denn das, als Sie später die Sekretärin Ihres ehemaligen Geliebten wurden? Ging es da wieder von vorne los? Was sagte Ihr Mann eigentlich dazu?«

Sie wurde langsam böse, was ihrem Selbstbewusstsein guttat. »Nichts ging los! Erst habe ich für seinen Vater gearbeitet, da sahen wir uns kaum. Dann, als der Senior das Geschäft übergeben hat, war ich die logische Kandidatin für den Job als Mathieus Sekretärin. Unsere Beziehung war strikt beruflich, ob Sie es glauben oder nicht. Ich bin eine gute Sekretärin, ich kann Berufliches und Privates trennen und die Vergangenheit Vergangenheit sein lassen. Als alte Bekannte waren wir per Du und redeten uns mit Vornamen an, aber nur, wenn niemand zuhörte. Mehr war nicht. Schließlich waren wir beide verheiratet. Mein Mann hatte natürlich nichts gegen diese Position – er wusste ja nichts von unserer lange zurückliegenden Affäre.«

Gabriel übernahm wieder: »Später erkrankte Ihr Mann schwer, nicht wahr?« Das Mitgefühl in seiner Stimme war echt, dachte Leo. Sie nickte bekümmert.

»Ja, das war ein furchtbarer Schock. Es fing schleichend an, dann hat sich sein Zustand über die Jahre immer mehr verschlechtert. Heute ist er nur mehr ein Schatten seiner selbst. Wir tun, was wir können, aber das Ende ist unausweichlich. Er sehnt es schon herbei, sagt er. Ich kann es verstehen.«

»Sie betreuen ihn, sooft Sie können. Dazu gehört auch das Verabreichen von Injektionen, oder?«, schlüpfte Lang nun wieder in die unsympathische Rolle. Sie schien jedoch nicht gleich zu bemerken, worauf er hinauswollte.

»Ja, das ist seit einiger Zeit sogar offiziell erlaubt, dass der behandelnde Arzt Tätigkeiten an Angehörige überträgt, natürlich nur mit Einverständnis des Patienten. Mein Mann braucht des Öfteren eine Spritze oder eine Infusion – wozu fragen Sie eigentlich? Oh Gott!«, entfuhr es ihr, als ihr der Grund dieser Frage zu Bewusstsein kam.

»Kommen wir zu den Ereignissen der jüngsten Zeit«, setzte Lang ungerührt fort. »Sie hören den Streit zwischen den Brüdern Rassling mit an. Dabei kommt Ihnen der Gedanke, dass Pascal – ein ›Bankert‹, wie Marc ihn nennt – erbberechtigt sein könnte. Gleichzeitig wird Ihnen blitzartig klar, dass eine Ehe Mathieus mit nachfolgendem Kindersegen den Erbanteil Ihres Jungen beträchtlich schmälern würde. Sie sind eifersüchtig und hegen schon lange einen mühsam unterdrückten Hass gegen Ihren ehemaligen Geliebten, der jetzt eskaliert. Es geht Ihnen immer schlechter, je besser es ihm geht. In Ihnen reift ein Plan, den Sie alleine aber nicht verwirklichen können. Sie klären Pascal über seine Herkunft auf und beauftragen ihn zunächst nur, Mathieu an einem seiner geheimnisvollen Donnerstagabende zu folgen. Dadurch erfahren Sie beide von den Papaya-Schäferstündchen. Ihr Plan nimmt immer konkretere Züge an. Sie verlangen von Ihrem Sohn, dass er weitere Beschattungen durchführen und das Videosystem lahmlegen soll. Außerdem muss er ein sehr starkes Suchtgift und einen Elektroschocker besorgen.

Am fraglichen Donnerstag telefonieren Sie noch mit Mathieu, bevor Sie mit der U-Bahn zum Papaya fahren. Sie gehen in die Tiefgarage, wo Sie ihn abpassen. Bevor er aussteigen kann, steigen Sie zu ihm ins Auto. Sie wissen, dass eventuell dort von Ihnen hinterlassene Spuren Sie nicht belasten werden, weil Sie vorher mehrmals mit ihm mitgefahren sind. Vielleicht kann er noch etwas sagen wie: ›Barbara, was machst du denn da?‹, dann setzen Sie den Schocker an und injizieren das Gift. Sie verlassen das Gebäude so, wie Sie es betreten haben, fahren aber nicht gleich heim, sondern machen einen Umweg über den Haydnpark, wieder mit Öffis. Dort werfen Sie Spritze und Schocker weg – Sie wussten nicht, dass wir die dort gefunden haben, oder? Die gefährlichen Gummihandschuhe werden Sie anderweitig los, dann fahren Sie heim, wo Sie kurz nach sieben eintreffen. Mord um halb sieben, eine Viertelstunde zum Park, fünf Minuten zum Wegwerfen der Mordwaffen, zwanzig Minuten Heimfahrt. Um zehn nach sieben konnten Sie daheim bei Ihrem Mann sein. Dort hatten Sie schon am Vortag die Lebensmittel deponiert, die Sie – als schwaches Alibi – angeblich auf dem Heimweg besorgt hatten. In dem Geschäft erinnert sich natürlich niemand an diesen speziellen Einkauf. Pascal selbst legt sich mittels seines Handys ein wasserdichtes Alibi zu. Alles scheint glattzugehen. Dann müssen Sie aber in der Zeitung lesen, dass die Geliebte, die Ihnen durch Pascals Beschattung bereits bekannt war, ein Kind von Mathieu erwartet! Zwar wird der Erbanspruch dadurch nur halbiert, aber jetzt, wo Sie schon so weit gegangen sind, gibt es kein Zurück mehr. Sie wollen nicht für die Hälfte gemordet haben. Helene Leeb wird einen tödlichen Unfall erleiden, vor die U-Bahn gestoßen durch Pascal, verkleidet als Müllmann. So machen Sie Ihren Sohn nicht nur zum Handlanger, sondern auch noch – fast – zum Mörder. So war es doch, Frau Roth? Sie hatten keine Scheu, Ihren eigenen Sohn in ein Mordkomplott hineinzuziehen?«

Während Langs Beschreibung hatte Frau Roth nichts eingewendet, ihre Körpersprache war aber beredt genug. Mit weit aufgerissenen Augen und herunterhängender Kinnlade schüttelte sie wie unter Zwang fortwährend den Kopf.

Gabriel versuchte, ihr durch Abmilderung eine Brücke zu bauen. »Vielleicht wollten Sie ja gar nicht, dass Herr Rassling stirbt? Sie haben zuerst noch versucht, mit ihm zu reden, nicht wahr? Dass Pascal sein Sohn ist und Sie Rechte für ihn beanspruchen. Er hat es aber ins Lächerliche gezogen und Sie beleidigt, da sind Sie ausgerastet und haben Ihre mitgebrachten Waffen tatsächlich benutzt. Stimmt's, Frau Roth?«

Nun hatte sie endlich ihre Sprache wiedergefunden. »Sie beide müssen verrückt sein!«, stieß sie hervor. »Von Ihrer ganzen Geschichte ist nichts richtig, außer dass ich etwas von diesem Streit mitbekommen habe, und das hatte ich Ihnen ja neulich schon gesagt! Alles, was sie da erzählt haben, ist eine von A bis Z erfundene, nein erlogene Geschichte! Ich hegte überhaupt keinen Hass gegen Mathieu, es gab überhaupt kein Mordkomplott! Und schon gar nicht hätte ich meinen Sohn in irgendetwas hineingezogen. Ich wusste weder, wie Mathieus neue Partnerin hieß, noch wo sie sich trafen. Ich war schon sehr lange nicht mehr im Haydnpark. Ich war auch noch nie in diesem Hotel, weder in der Garage noch sonst wo. Dass diese Frau Leeb einen Unfall hatte, höre ich zum ersten Mal. Ich finde Ihre Unterstellungen unverschämt!« Sie hatte sich in Rage geredet, auf ihren Wangen waren rote Flecken entstanden.

»Möchten Sie ein Glas Wasser?«, tat Schneebauer so, als hätte er ihre Anschuldigungen überhört. Sie schluckte und nickte dann. Als Gabriel mit dem Wasser zurückkam, stand Lang auf und verließ mit dem Langen gemeinsam den Verhörraum, nachdem er Barbara Roth noch ein »Denken Sie in Ruhe darüber nach. Mit einem Geständnis können Sie Ihre Situation nur verbessern!« zukommen hatte lassen. Manchmal half es, Verdächtige ein wenig dünsten zu lassen.

Die beiden gingen mit Anna Bruckner und Alithia in den Besprechungsraum für eine kurze Zwischenbilanz. Auf die Frage nach ihrem Eindruck erwiderte die Psychologin: »Falls sie lügt, muss sie eine Meisterin darin sein. Ich habe keines der klassischen Anzeichen erkennen können. Das Einzige, was mir aufgefallen ist, war die Pause vor ›Pascal haben wir nichts gesagt‹. Das scheint mir ein Hinweis auf eine versteckte Lüge zu sein. Sie lügt nicht gerne und musste kurz nachdenken, wie sie es formulieren sollte. Es stimmt wahrscheinlich, dass sie und ihr Mann Pascal nichts davon gesagt hatten, dass Roth nicht sein Vater war, aber ich glaube, dass sie selbst es ihm irgendwann doch gesagt hat. Damit hätte sie nicht direkt gelogen, nur etwas verschwiegen.«

Der Widerstand Frau Roths war ein Rückschlag. Da sie keine Beweise für ihre Theorie hatten, waren sie auf Geständnisse oder zumindest Widersprüche in den Aussagen von Mutter und Sohn angewiesen.

Lang fragte über den Chat, den Cleo bei der Befragung Pascals laufen hatte, den Status ihrer Befragung ab. Wenig später kam sie gemeinsam mit Goncalves, der seinen Beobachterposten kurz verlassen hatte, zur Türe herein.

»Teflon«, war ihre Zusammenfassung zu Pascals Befragung. »Alles perlt ab. Nichts von dem, was wir vorgebracht haben, ist wahr. Er war während der Tatzeit zu Hause. Seine Mutter eines Mordes zu bezichtigen, sei völliger Unsinn, geradezu lächerlich. Er habe niemandem nachspioniert, keinen Virus programmiert und niemals Elektroschocker oder Drogen besorgt, egal was Nowotny versucht hat. Opa-Schmäh, leicht drohender Unterton, eine Andeutung, dass seine Mutter wohl nicht so zurückhaltend ist – nichts. Er ist die ganze Zeit ruhig, höflich und sachlich geblieben. Begrüßungslächeln, fester Händedruck. Natürlich leugnet er auch, sich eine Müllmannkluft besorgt und Helene Leeb geschubst zu haben. ›Unsinn, so etwas würde ich nie übers Herz bringen‹, war seine Reaktion. Ich glaube ihm nicht, hab aber keine Hinweise, dass er lügt. Meine Gefühle allein sind zu wenig. Was sagst du, Roberto?«

»Das ist im Großen und Ganzen auch mein Eindruck. Er hat mehrmals geradeaus in den Spiegel geschaut, mir ins Gesicht – ich glaube, es war ihm bewusst, dass er beobachtet wird. Keine Auffälligkeiten. Normaler Typ.«

»Was hat er denn als Alibi für den Mordversuch in der U-Bahnstation angegeben?«, wollte Lang wissen.

»Das ist der größte Rückschlag. Er sagt, wieder zu Hause gewesen zu sein, diesmal allein. Sein Vater war wegen einer ambulanten Behandlung im Krankenhaus.«

»Na also, passt doch!«, frohlockte Lang, aber Cleo schüttelte den Kopf.

»Leider nein. Ich habe ihm gleich als Erstes sein Handy abgenommen und es an Diana weitergegeben. Vorhin hat sie mir das Ergebnis weitergegeben: Wie beim Mord am Träumer ist es den ganzen Vormittag in der Roth-Wohnung lokalisierbar. Und wieder hat er telefoniert, ein- und ausgehend. Er kann nicht der Müllmann gewesen sein.«

Nach dem Ausstoßen mehrerer unflätiger Flüche, was ihm einen erstaunten Blick Alithias und ein Augenbrauenheben Anna Bruckners eingebracht hatte, beschloss Leo, es weiter zu versuchen. Die beiden sollten ruhig alles noch ein paarmal erzählen, alle Fragen noch einmal beantworten müssen – vielleicht tat sich die eine oder andere offene Flanke auf.

Die Taktik erwies sich jedoch als erfolglos. Barbara Roth hatte bei Langs und Schneebauers Rückkehr eine Härte im Blick, die sie vorher nicht an ihr bemerkt hatten. Sie saß kerzengerade in ihrem Stuhl, die Hände im Schoß, ausdruckslos das Wasserglas betrachtend. Kurz angebunden beantwortete sie ihre in anderer Formulierung wie zuvor gestellten, aber inhaltlich gleichen Fragen. Lang versuchte es mit Annas Hinweis und fragte sie geradeheraus, ob Pascal nun über seine Herkunft Bescheid wisse oder nicht.

»Nein«, war alles, was sie dazu sagte.

Nach weiteren zwei Stunden gaben sie auf. Für eine Festnahme oder gar Untersuchungshaft reichte die Beweislage nicht aus. Das Verschweigen der ehemaligen Beziehung mit dem Träumer und dessen Vaterschaft war keine Straftat. Darüber hinaus bestand aufgrund des Zustandes von Norbert Roth keine Fluchtgefahr. Pascal konnten sie in Wahrheit gar nichts zu Last legen. Nach Rücksprache mit Sickinger beschloss er, die beiden zwar gehen zu lassen, aber sie gleichzeitig unter Beobachtung zu stellen. Vielleicht ließen sie sich zu unbedachten Aktionen hinreißen, wie die Beseitigung irgendwelcher tatsächlich oder vermeintlich belastender Materialien. Doch innerlich spürte Leo Ansätze von nagendem Zweifel: Hatten sie heute ihre Zeit verschwendet? Waren sie überhaupt auf der richtigen Spur gewesen?

Trotz des bevorstehenden Wochenendes war die Stimmung im Team gedrückt. Sie standen wieder mit leeren Händen da. Nicht einmal Nowotny war zu Scherzen aufgelegt. Darüber hinaus hatte es zu regnen begonnen und eine unangenehme Kälte kündigte den nahenden Herbst an. Wenigstens würde das die Beschattung vereinfachen, versuchte Leo sich aufzumuntern, aber es wollte nicht recht gelingen.

59
16. September

Auch am Samstag kreisten Leos Gedanken fast ununterbrochen um den Fall des Träumers und Helene Leebs. Nachdem er lustlos in seinem Frühstück herumgestochert hatte, ließ er sich von Marlene überreden, sie zu einer Wiener-Werkstätten-Ausstellung im MAK zu begleiten. Er hatte nicht wirklich Lust darauf, aber das Regenwetter verleitete auch nicht zu Freiluftaktivitäten.

Im Museum bemühte er sich, Marlenes Begeisterung für die Jugendstil-Objekte und -Entwürfe zu teilen, doch seine Gedanken schweiften immer wieder ab. Tiefgarage, U-Bahn-Station, Luxusauto, afrikanische Lebensretterin, Giftspritze, Erbschaftsstreit, Handy-Alibi, Mathieu und Barbara, Mathieu und Helene, Barbara und ihr Mann Norbert ... in seinem Kopf wechselten sich die Bilder ab, ohne dass sich daraus ein klarer Zusammenhang formen ließ. Zwischendurch blickte er immer wieder verstohlen auf das auf Vibration geschaltete Handy, ob er vielleicht eine Nachricht der die Familie Roth observierenden Kollegen übersehen hatte.

Nachdem er zehn Minuten auf eine Entwurfszeichnung Gustav Klimts für den Fries des Palais Stoclet gestarrt hatte, zupfte Marlene ihn am Ärmel. »Ich glaube, du bekommst nicht allzu viel mit, hab ich recht? Lass uns irgendwo einen Kaffee trinken gehen!«

Erst da sah er sie zum ersten Mal an diesem Tag wirklich an – ihr Gesicht voller Zuneigung, umrahmt von den kastanienbraunen Haaren, ihr weicher Pulli in genau demselben Blau wie ihre Augen. Er war schon ein verdammter Idiot, die Zeit mit ihr nicht zu nützen.

»Kaffee ist eine super Idee«, antwortete er, den Arm um ihre Schulter legend.

Erst gegen Abend wich seine Spannung zur Gänze. Kochen half doch fast immer, dachte er beim Putzen der roten Spitzpaprika. Er würde sich an »Florines« versuchen, wobei die Schoten zuerst im Ofen erhitzt, geschält und dann mit Feta gefüllt und nochmals kurz erwärmt wurden. Als Kontrapunkt zum griechischen Vorgericht würde es als Hauptspeise köstliche Krautfleckerl geben, für die er das Kraut schon mit der Hand in kleine Quadrate geschnitten und eingesalzen hatte. Er bevorzugte das klassische Rezept ohne Speckwürfel, weil er den guten, satten Krautgeschmack durch nichts übertönen lassen wollte. Als kleine Abweichung erlaubte er sich, gutes Pflanzenöl anstatt Schweine- oder Butterschmalz zu verwenden. Obwohl, Butterschmalz wäre schon einmal einen Versuch wert … nächstes Mal dann. Dazu ein grüner Salat, den sie auf dem Heimweg noch ganz frisch gekauft hatten.

Marlene saß am kleinen Schreibtisch. Er hatte die von ihr angebotene Hilfe beim Kochen abgelehnt, weil er annahm, dass die in der Ausstellung gesammelten Eindrücke sie zu Ideen inspiriert hatten, die sie zu Papier bringen wollte. Es erstaunte ihn, dass sie immer wieder Details der Kleidung von Sarah Chebukati von ihm wissen wollte.

»Stoffgebilde, sagtest du, und sehr farbenfroh. Etwa so?« Sie hielt den Laptop hoch, auf dessen Bildschirm ein afrikanisches Stoffmuster aufschien, das sie im Internet gefunden hatte.

»Nein, nicht so vorherrschend Orange, eher Rot – es war auch viel leuchtendes Blau und Grün dabei, und Gelb, ziemlich viel Gelb. Und beim Muster keine Zacken, sondern runde, abstrakte Ornamente, soweit ich mich erinnere. Wozu willst du das wissen?«

»Mir ist da so eine Idee gekommen, eine Art Kombination von afrikanischer Tradition und Jugendstil. Bei sehr auffälligen Mustern müsste der Schnitt natürlich sehr einfach sein, oder man müsste einen einfarbigen Teil dazu kombinieren.«

»Die Frau Chebukati hatte schwarze Leggings an«, versuchte Leo beizutragen, doch sie schüttelte den Kopf. »Passt nicht zu meinen Überlegungen. Ich möchte etwas sehr Elegantes, Fließendes, eben vom Jugendstil inspiriert … wie dieser Emilie-Flöge-Entwurf heute, weißt du noch?«

»Klar!«, antwortete er rasch, ohne eine Ahnung zu haben, von welchem Entwurf die Rede war. Wie immer gelang es ihm nicht, glaubhaft irgendwelches Interesse für Kleidung vorzutäuschen. Sie lachte. »Na, ist ja auch egal, jedenfalls möchte ich etwas mit diesen traumhaften afrikanischen Stoffen machen, soviel ist sicher.«

»Und woher willst du die nehmen?«, fragte er, um das Gespräch weg vom Glatteis des Kreativ-Modischen hin zu praktischen Überlegungen zu lenken.

»Ob du es glaubst oder nicht, viele der edelsten und schönsten afrikanischen Stoffe kommen aus Vorarlberg! Feinste Damaste, Organzastickereien, *African Lace*, unglaublich luxuriöse Gewebe! Allerdings dachte ich mehr an bedruckte Baumwollstoffe, *Waxprints* oder *Shweshwe*-Stoffe, die sind online erhältlich, sogar in Fairtrade-Qualität. Mal sehen.« Sie vertiefte sich in die Online-Bezugsquellen, was Leo von der Verpflichtung entband, sich die ganzen Fremdwörter erklären zu lassen. Er atmete erleichtert auf, legte Caro Emerald auf und öffnete eine Flasche Wachauer Zweigeltrosé, den er als ideal passend zu den Krautfleckerln empfand. Früher, dachte er, hätte das satte »Plopp« des aus dem Flaschenhals gleitenden Korkens sie wahrscheinlich abgelenkt. Jetzt, mit den allgegenwärtigen Schraubverschlüssen, sah sie erst auf, als er ihr ein Glas in die Hand drückte: »Prost!«

60
18. September

Das ganze verregnete Wochenende hindurch hatte es keinerlei Nachricht von den Beobachtungsteams der Roths gegeben, was Lang nervös machte. Am späten Sonntagabend hatte ihm Helmut Nowotny eine SMS geschickt mit der Bitte, gleich Montagfrüh eine Teambesprechung unter Einbeziehung von Diana Pilz einzuberufen. Die Sitzung hatte Lang ohnehin geplant gehabt, aber erst um zehn Uhr, und ohne Sendlingers Mitarbeiterin. Helmut zuliebe verlegte er sie auf acht Uhr dreißig vor, gespannt, was der Ältere im Sinn hatte, und schickte ebenfalls Verständigungen per SMS aus.

Als sie alle saßen, ausnahmslos mit vollen Kaffeebechern vor sich, erteilte er Nowotny das Wort. Diesen schien seine »I bin i«-Selbstsicherheit verlassen zu haben, was sich darin äußerte, dass ihm die Entscheidung zwischen Hochdeutsch und Wienerisch schwerfiel. Das Resultat war eine merkwürdige, stockend vorgebrachte Mischung aus beiden.

»Oiso i – ich hab um diese Besprechung ersucht, weil ich – wäu ma wos kaa Ruh lasst! Des ganze Wochenende ist mir das im Kopf rumgegangen. Die Frau Roth, die ist doch eine seriöse, respektable Person – a feine Frau, wia mas früher gnennt hat. Der is doch niemois a Mord zuzutrauen. Die Bruckner hat euch doch aa gsagt, dass sie ned lügt, oder? Dann woar sies oba aa ned … habe ich mir gedacht.« Einige nickten.

Leo schwante Übles. Ärger stieg in ihm auf. Konnte es sein, dass Helmuts Schwärmerei für Barbara Roth den alten Fuchs zu voreiligen Unschuldsvermutungen verleitet hatte? Wollte Nowotny diese Besprechung nur, um ihnen die Unmöglichkeit eines Mordes durch die Sekretärin zu beweisen? Mussten sie deshalb am Montag um halb neun vollzählig seinem Gesäusel lauschen? Aber warum hatte er dann auch noch Diana dabeihaben wollen?

»Dagegen der Bersch, der is doch kalt wia a Fisch, da kann er noch so sympathisch und freundlich und höflich daherkommen: ja, nein, bitte, danke, wie soll ich Sie anreden – du glaubst, du bist in da Sonntagsschul. Aber im Inneren ist dem alles Wurscht, kommt mir vor. Flutscht wie Seife. Hob i recht, Cleo? Da is ma a ehrlicher Gauner liaba … da geht mir das G'impfte auf!«

Jetzt also weitere Befindlichkeiten, diesmal nicht für eine »feine Frau«, sondern gegen einen »Berschen«. Langsam wurde Lang neugierig, worauf Nowotny eigentlich hinauswollte.

»Und immer, wenn es brenzlig wird, hat er sein Handy dabei und ist ganz woanders! Jetzt hab ich überlegt. I weiß eh, dass i nix von moderner Technologie versteh, aber … wenn einer ein Videosystem so lahmlegen kann, dass alle es erst merken, wenn es zu spät ist – könnte er dann nicht auch was mit dem Handy angestellt haben? Ist vielleicht eine blöde Frage, aber so ein Handy funktioniert doch auch mit Software, oder? Kann man da nix drehen, sodass es ganz was anderes anzeigt als eigentlich gelaufen ist?« Die letzten Worte waren an Diana gerichtet.

Sie starrte ihn an, als wäre er ein Wesen aus einer anderen Welt. Plötzlich wurde Lang klar, worauf Nowotny abzielte.

Nach einer endlos scheinenden Zeit des Schweigens sprach die Kriminaltechnikerin.

»Ich habe nur die Daten analysiert, die Telefonsoftware habe ich mir nicht angeschaut. Theoretisch kann man natürlich jede Software manipulieren, aber man müsste sich schon verdammt gut auskennen. Das Protokoll war echt, ich habe es mit den Daten des Mobilfunkanbieters verglichen und für die Mordzeit hattet ihr ja auch die Gesprächspartner gecheckt. Die Gespräche wurden also wirklich geführt. Auch die GPS-Ortung stimmte mit der Funkzelle beide Male überein.«

»Das heißt, wir sollten uns das Handy Pascal Roths noch einmal holen, damit du die Software untersuchen kannst«, sagte Lang. »Oder hast du eine Sicherung inklusive Handysoftware gemacht?«

»Hab ich«, antwortete Diana. »Ich habe ein komplettes Image gezogen, obwohl ich es eigentlich für eine überflüssige Fleißaufgabe gehalten habe. Gebt mir ein paar Stunden.«

Als Diana gegangen war, diskutierten sie weiter. Cleo äußerte die Vermutung, dass Pascal vielleicht ebenso gut mit Spritzen umgehen konnte wie seine Mutter. Wie oft hatte er Norbert Roth eine Injektion gegeben, wenn Barbara im Büro war?

»Was, wenn sie das bei unserem Verhör begriffen hat?«, gab Gabriel Schneebauer zu bedenken. »Wenn ihr plötzlich die Erkenntnis gekommen ist, dass es Pascal gewesen sein könnte? Er ist ihr Sohn, sie kennt ihn genau. Wahrscheinlich weiß sie auch, wie gut er programmieren kann – dass er so eine Art Softwaregenie ist. Vielleicht hat sie zwei und zwei zusammengezählt. Deswegen hat sie praktisch nichts mehr gesagt! Sie wollte ihren Sohn schützen. Von uns wusste sie, dass er durch sein Handy ein wasserdichtes Alibi hatte, aber sie wusste auch, dass das manipuliert sein konnte.«

»Dann besteht aber auch die Gefahr, dass sie ihn warnt und ihm zur Flucht verhilft!« Dieser Hinweis kam von Roberto. Nicht zu Unrecht, wie Lang zugeben musste. Doch dafür hatte er ja die Überwachung angeordnet. Von denen lag immer noch nichts vor – kaum zu glauben, da der Vormittag jetzt schon fortgeschritten war. Musste Barbara Roth nicht zur Arbeit? Hatten die Beschatter womöglich geschlafen? Er kämpfte gegen die Wut, die er in sich aufwallen spürte.

Gerade wollte er nachfragen, was da los war, als er von Karina Kovac von der Telefonzentrale ein Gespräch durchgestellt bekam. Das bedeutete, dass es dringend und wichtig war. Es war Eva-Maria Tichy. Er schaltete auf Lautsprecher, sodass die anderen mithören konnten. In ihrer Stimme lag Angst.

»Herr Lang? Barbara ist heute nicht zur Arbeit gekommen, und zwar ohne anzurufen. Das ist noch nie passiert. Ich habe versucht, sie telefonisch zu erreichen, aber das Handy ist ausgeschaltet, wie meistens, und am Festnetz hebt sie nicht ab. Ich habe ein ganz komisches Gefühl, darum bin ich zu ihr nach

Hause gefahren. Ich stehe jetzt vor ihrer Tür, aber es macht niemand auf. Das Auto steht da. Was kann das nur bedeuten? Gerade Barbara, die die Gewissenhaftigkeit selber ist!«

61

Die folgenden Stunden blieben Leo in Erinnerung als eine Abfolge von chaotischen Bildern. Wie in einem nebelverhangenen Zeitlupen-Stummfilm hatten sich die Szenen und ihre Protagonisten in sein Gehirn gebrannt: Einer der Beschatter, der mit weit ausholenden Gesten beteuerte, nichts habe sich im Haus gerührt. Die von unterwegs herbeigerufene Feuerwehrfrau, die ihnen mittels hydraulischem Türöffner Zugang verschaffte. Die drei Toten, äußerlich unverletzt, Norbert Roth auf der Wohnzimmercouch, Barbara auf dem Ehebett, Pascal in seinem Zimmer, vornüber gesunken auf den Schreibtisch; das Notarztteam, der kopfschüttelnde Mediziner – nichts mehr zu machen. Sendlinger, der ihm den GPS-Tracker und die beiden Handys zeigte, die sie in Pascals Zimmer gefunden hatten. Die Briefe auf dem Küchentisch, säuberlich beschriftet in Barbara Roths schöner runder Handschrift mit »für die Öffentlichkeit«, »für meine Schwester« und »mein letzter Wille«.

62

Barbara Roths Brief für die Öffentlichkeit
»Mit diesem Schreiben möchte ich meine Kollegin Eva-Maria um Entschuldigung bitten für die Unannehmlichkeiten, die meine Tat ihr bereiten wird. Ich hatte nicht mehr die Zeit, in der Arbeit alles zu ordnen.

Weiters versichere ich hiermit meinen wenigen Freundin-
nen und Freunden, dass sie keinerlei Schuld an meinem Able-
ben tragen und sie nichts tun hätten können, es zu verhindern.

Ich richte mich auch an Helene Leeb, deren Leben durch
dieselbe Person zugrunde gerichtet wurde wie meines – durch
meinen Sohn. Außerdem an Claire Rassling, die ihren Bruder
geliebt hat und mir dadurch nahe ist.

Die Polizei informiere ich in diesem Brief über die Einzel-
heiten meiner Tat und der Taten meines Sohnes, damit der
Fall ordnungsgemäß abgeschlossen werden kann. Das mag an-
gesichts des Todes seltsam erscheinen, aber ich wurde schon oft
einer übertriebenen Ordnungsliebe bezichtigt.

Über eine Weitergabe einzelner Passagen an die Presse soll
die Polizei entscheiden.

Pascal war immer schon sehr speziell. Kleine Kinder sind
von Haus aus Egoisten, das ist überlebensnotwendig und
das war bei ihm nicht anders. Probleme gab es aber erst zu
Beginn seiner Kindergartenzeit, als sich die Mütter einiger
anderer Kinder über ihn beschwerten und mich die Kinder-
gärtnerin zu einem Gespräch bat. Er war aufgefallen durch
seine überragende Intelligenz, aber auch durch »soziale Ge-
störtheit«, wie sie es ausdrückte. Als ich Näheres wissen wollte,
sprach sie von totaler Ichbezogenheit, Verachtung für andere
Kinder, Wegnahme von Spielzeug, Beschimpfungen, ja sogar
von Schlägen und Quälereien. Obwohl ich das alles für enorm
übertrieben hielt, sprach ich mit Pascal eindringlich darüber.
Ich sagte ihm, dass ein solches Verhalten Konsequenzen nach
sich ziehen würde. Er versprach mir Besserung. In der darauf-
folgenden Zeit versuchten Norbert und ich, ihn besonders für
empathisches Verhalten zu sensibilisieren. Wir sagten ihm im-
mer wieder, wie lieb wir ihn haben. Ich ließ ihn »gute« Kinder-
filme ansehen, die von Zuneigung, Rücksichtnahme und Hilfe
handelten. Ich lud das ein Jahr jüngere Nachbarmädchen oft

zu uns ein, damit er mit ihr spielen und soziales Verhalten üben konnte.

All das schien wirklich Erfolg zu haben. Es gab keine Probleme im Kindergarten mehr und später auch nicht in der Schule. Uns gegenüber war Pascal ebenfalls lieb. Merkwürdige Vorfälle in unserer Umgebung hielt ich für unglückliche Zufälle, mit denen Pascal ganz sicher nichts zu tun haben konnte. So zum Beispiel, als die Katze dieses Nachbarmädchens verschwand – es war rührend, wie er suchen half. Oder als in der Nähe eine Menge Autos zerkratzt wurden. Oder als in den Schultaschen einiger Mitschüler Exkremente gefunden wurden. Oder als der Kanarienvogel einer Bekannten plötzlich starb. Oder als eine Schulkollegin in Pascals Parallelklasse so schlimm im Internet gemobbt wurde, dass sie Selbstmord verübte. Da war er vierzehn Jahre alt und weinte hemmungslos, als wir die Nachricht bekamen.

Andererseits gab es immer schon Seiten an Pascal, die mich irritierten. Ich hatte oft das Gefühl, dass er mich nicht an sich heranließ. Manchmal wechselte er in extremer Weise den Gesichtsausdruck, wenn er sich unbeobachtet glaubte. Zuerst lieb und zärtlich, dann plötzlich eine Grimasse der Grausamkeit oder des Abscheus. Das schockierte mich zwar, aber ich hielt es für normale Reaktionen eines Pubertierenden.

Dazu kam, dass ich wenig Zeit hatte. Als Pascal acht Jahre alt war, wurde mein Traum Wirklichkeit: Ich durfte Mathieus Sekretärin werden. So konnte ich ihm mit vollem Recht den ganzen Tag nahe sein.

Mathieu war die Liebe meines Lebens. Es zerbrach mir das Herz, als er damals nach Paris ging. Ich hörte nicht auf, ihn zu lieben, als ich Norbert kennenlernte und wir heirateten. Ich hatte zwei Leben: mein echtes Leben mit Mann und Kind und mein Traumleben mit dem fernen Mathieu. Ich fing wieder bei Rassling an, um keine der dortigen Entwicklungen zu versäumen. Ich war tüchtig und stieg rasch auf. Als ich Direktionssekretärin beim Senior wurde, bekam ich Mathieu ab und zu kurz zu Gesicht, wenn er zu einer Besprechung in Wien war und zu seinem Vater kam. Das erste Mal, als er hereinkam und »Hi, Barbara« sagte, dachte ich, mein Herz steht still. Ich habe mir nichts anmerken lassen, aber dass er mich noch erkannte und sich sogar an meinen Namen erinnerte, ließ mich tagelang auf Wolken schweben. Wir hatten eine ganz kurze Aussprache – wir wollten die Vergangenheit Vergangenheit sein lassen, was war, war schön, wir wollten Freunde bleiben.

Mir war klar, dass der Senior irgendwann übergeben würde. Ich bereitete mich perfekt darauf vor, Mathieu zugeteilt zu werden und es gelang mir auch. Ab da durfte ich die Gefährtin Mathieus sein, immer an seiner Seite, unverzichtbar, zufrieden mit meiner Rolle, und das ist bis zu seinem Tod so geblieben. Keinen einzigen Tag davon habe ich bereut. Als er dann starb, brach meine Welt zusammen. Nur durch größte Disziplin konnte ich weitermachen.

Ich konnte mir nicht erklären, wer Mathieu etwas hätte antun wollen – bis vorgestern. Da habe ich bei der Befragung durch die Polizei plötzlich begriffen, was geschehen war. Es war schlimmer als alles, was ich mir vorstellen konnte. Und es war meine Schuld.

Pascal hatte sich mit der Zeit sehr gut entwickelt, hatte die HTL mit Bravour gemeistert und studierte Mechatronik. Wir hatten Grund, stolz zu sein. Ich wusste, dass er überbegabt war. Dass mein Mann so schwer erkrankte, war eine bittere Pille, die glücklicherweise sehr langsam wirkte. Unser damaliger Hausarzt, Dr. Lopatka, der mich schon mein ganzes Leben kannte, ließ uns keine Hoffnung. Er war selbst krebskrank im Endstadium. Bevor er seinem Leben ein Ende machte, überließ er mir einige extrem starke Schlaf- und Schmerzmedikamente und ein Euthanasiemittel, das in Holland verwendet wird. »Irgendwann wirst du es brauchen, Kindchen«, sagte er damals. Er hatte recht. Als sich der Zustand Norberts immer mehr verschlechterte, habe ich ihm versprochen, ihm beim Ende zu helfen.

Nachdem ich den Erbschaftsstreit zwischen Mathieu und seinem Bruder mitangehört hatte – das Wort »Bankert« hatte mich bis ins Mark getroffen –, ging mir auf, dass Pascal nicht nur der Sohn, sondern auch der Erbe Mathieus war. Ich hielt es aber für recht bedeutungslos, weil Mathieu ja noch jung war. Trotzdem war es für mich ein Anlass, mit meinem Sohn ein Gespräch über seine Herkunft zu führen. Das war der größte Fehler meines Lebens.

Seine Reaktion war scheinbar recht gelassen. »Für mich ist Papa mein Vater und sonst niemand. Von wem ich die Gene habe, ist mir wirklich egal. Dein Chef ist vielleicht ein reicher Mann, aber das interessiert mich überhaupt nicht. Ich habe doch immer alles bekommen, was ich brauchte. Jetzt studiere ich und werde bestimmt einen guten Job finden, dann verdiene ich selber gut. Nur schade, dass Papa so krank ist.« So oder ähnlich klang das.

In den nächsten Tagen kam die Rede scheinbar beiläufig immer wieder auf diese Angelegenheit. Aus jetziger Sicht ist mir klar, dass Pascal mich einfach aushorchte, mich manipulierte, wie er es unübertrefflich gut konnte und immer schon getan hat. Im Innersten wusste ich es, ich wusste, dass sein Lächeln, sein scheinbares Mitgefühl mit anderen, seine Nettigkeiten und sogar sein Weinen immer nur Kalkül waren, um sich das Leben leichter zu machen, aber ich wollte es nicht wahrhaben.

Ich hatte ihm nicht vorenthalten, dass mein Chef offenbar vor größeren Änderungen stand. Dass an den Donnerstagabenden irgendetwas vor sich ging, war meiner Familie vorher schon klar, weil ich öfters über die Arbeit erzählte – zum Beispiel beim Essen. Pascal muss begriffen haben, dass das Erbe, von dem er gerade durch mich erfahren hatte, in Gefahr war. Es waren Sommerferien, vorlesungsfrei. Er hatte also genügend Zeit, alles zu planen, Mathieu nachzuspionieren, Gift und einen Elektroschocker zu besorgen und diese Videoüberwachung zu manipulieren. Ich bin sicher, das hat ihm sogar großen Spaß gemacht. Sein Handy muss er irgendwie umprogrammiert haben, das wurde mir klar, als die Polizei von einem wasserdichten Alibi mittels seines Handys sprach. Plötzlich fiel mir auch ein, wie er mir neulich gegen Dienstschluss eine spurlos verschwundene und wie durch ein Wunder wieder aufgetauchte Einkaufskarte ins Büro gebracht hatte, nachdem in der Früh das Auto seltsamerweise nicht angesprungen war. Er rechnete damit, dass Mathieu mich heimbringen würde und er mitfahren konnte, damit seine Spuren im Auto nachher nicht verdächtig wirken würden – mit Recht, wie sich gezeigt hat.

Wahrscheinlich ist er mit dem Fahrrad zu diesem Hotel gefahren, wo er sich ja inzwischen auskannte. Der Mord wird ihn keine Überwindung gekostet haben, genauso wenig wie damals bei der Katze des Nachbarmädchens. Dann der Haydnpark, wo die Mordwaffen deponiert wurden – dort waren wir öfters, als er noch ein Kind war, weil Norbert ganz in der Nähe arbeitete.

Später, als bekannt wurde, dass Mathieus Freundin Helene Leeb ein Kind erwartete, musste er improvisieren. Sobald die Polizei das mit dem Müllmann erwähnte, wusste ich endgültig Bescheid. Ich hatte letzten Sonntag (ist das wirklich erst eine Woche her?) einen ganz kurzen Blick auf eine große Tasche unter seinem Schreibtisch mit etwas Orangefarbenem erhascht, als ich seine Zimmertür aufmachte, um ihn zum Essen zu rufen. Eigentlich wollte ich nachfragen, was das ist, aber er hatte meinen Blick gesehen und lenkte mich sofort mit einer Bemerkung über Norbert ab: ob ich dieses merkwürdige

Husten gehört hätte. So war er: mein Sohn, ein Monster. Ein Unbekannter. Einer, der seinen eigenen Vater und die große Liebe meines Lebens tötete – wegen einer Erbschaft.

Für mich hat das Leben damit keinerlei Sinn mehr. Meine Liebe tot, mein Mann, für den ich immer große Zuneigung empfunden habe, sterbenskrank, mein einziges Kind ein gewissenloser Mörder.

Gestern habe ich zuerst das Versprechen eingelöst, das ich meinem Mann gegeben hatte. Er musste nicht leiden, ist ganz friedlich eingeschlafen. Zuerst Propofol, dann das Cisatracurium.

Pascal war auf seinem Zimmer. Am Samstag kommt er nie vor Mittag herunter. Ich habe ihm eine Tasse Kaffee gebracht, in die ich eine große Dosis Flunitrazepam gegeben hatte. Ich hatte von Dr. Lopatka noch die alten Tabletten bekommen, die geschmacklos sind und nicht klumpen. Nach einer Viertelstunde war er im Tiefschlaf. Ich habe ihm ebenfalls Cisatracurium gespritzt. Dann war ich erschöpft, habe mich hingelegt und bis heute, Sonntagfrüh, geschlafen.

Wenn dieser Brief fertig ist und ich die Wohnung in Ordnung gebracht habe, werde ich mir selbst auch das Cisatracurium verabreichen. Das wird kein schöner Tod – man erstickt, weil die Atemmuskulatur gelähmt wird. Leider kann ich mir selbst nicht vorher ein Koma- oder Schlafmittel geben. Ich habe Angst, aber ich bin bei klarem Verstand und Bewusstsein.

Die Begräbnismodalitäten und was mit unseren wenigen Besitztümern geschehen soll, habe ich in einem eigenen Schreiben festgehalten.

Möge dem zweiten Kind Mathieus ein besserer Charakter und ein gnädigeres Schicksal beschieden sein.

Barbara Roth-Szabo

63
20. September

Diana war blass unter ihrer Sommerbräune. Die sonst so selbstbewusste Kriminaltechnikerin saß mit niedergeschlagenem Blick am Besprechungstisch, auf das Eintreffen der letzten Besprechungsteilnehmer – Anna Bruckner und Bruno Sickinger – wartend. Sendlinger, ihr Vorgesetzter, war mit ihr mitgekommen.

Als sie vollzählig waren, begann sie nach einem Nicken Langs zu sprechen, leiser als sonst. Da der Inhalt des Briefes von Barbara Roth bereits bekannt war, handelte es sich nur um eine Bestätigung.

»Helmut hatte recht. Pascal Roth hat die Telefonsoftware von zwei Geräten so genial umprogrammiert, dass er jeweils das eine Handy durch das andere fernsteuern konnte. Er hat vereinfacht gesagt eine Schicht zwischen Betriebssystem und Telefonapplikation eingefügt, die bewirkte, dass er am Zweithandy die ganzen Gespräche führen konnte und die technischen Reaktionen zeitgleich am daheimgebliebenen offiziellen Gerät erfolgten. Alles, GPS-Ortung, Handymastenortung, Klingeln, Beendigung des Klingelns durch Abheben, Anrufanzeige beim Angerufenen, Aufzeichnung im Protokoll, alles stimmte. Das alles aktiv und passiv, für ein- und ausgehende Anrufe. Das hätte bestimmt für einige Masterarbeiten gereicht.«

»Danke, Diana. Damit haben wir Faktenbeweise für die im Brief erhobenen Beschuldigungen. Pascal war also sowohl unser ›unbekannter Erbe‹ als auch der ›unbekannte Psychopath‹. Kann man das so sagen, Anna?«, wandte sich Lang an die Psychologin.

Anna nickte. »Absolut. Ich habe mir die Aufzeichnungen der beiden Vernehmungen angeschaut. Ein Fall von perfekter

Tarnung. Selbst im Nachhinein, wenn man es weiß, ist es fast unmöglich, bei ihm die Anzeichen zu erkennen. Er hatte die Empathiereaktionen perfekt einstudiert: Lächeln, Betroffenheit. Übrigens auch die Formulierungen: Dinge wie ›Papa ist so krank‹ oder ›so etwas würde ich nie übers Herz bringen‹ sind ihm sicher nicht spontan eingefallen. Wie wir aus Barbara Roths Brief wissen, konnte er sogar seine eigene Mutter jahrelang täuschen.«

Niemand reagierte. Die Stimmung unter den Besprechungsteilnehmern war gedrückt. Niemand frohlockte über den gelösten Fall, zu groß war der Schock über Barbara Roths Tat.

»Ich hatte vorhin ein Gespräch mit Helene Leeb«, berichtete Lang. »Ich wollte sie informieren, bevor sie die Details aus den Medien erfährt. Natürlich war sie erleichtert, dass sie keine Anschläge mehr zu befürchten hat und ihre eigene Familie nichts mit der Sache zu tun hat. Gleichzeitig haben die Zusammenhänge sie sehr betroffen gemacht – Pascal hätte ja sozusagen auch ihr Sohn sein können. Sie hat großes Mitleid mit Barbara Roth.«

»Wie geht es bei ihr denn jetzt weiter?«, fragte Cleo neugierig.

»Sobald das Kind des Träumers geboren ist, ist es voll erbberechtigt. Frau Leeb als gesetzliche Vertreterin darf aber in Bezug auf das Vermögen – also fünfzig Prozent der Rasslingwerke – nichts allein entscheiden, das Pflegschaftsgericht muss immer zustimmen. Da das aber auf Jahre hinaus die ganze Geschäftsgebarung der Firma extrem verzögern würde, ist anzunehmen, dass eine Sonderregelung getroffen wird. Vielleicht wird eine Art ständiger Vermögensverwalter bestellt, der als Geschäftsführer agieren kann und dem Gericht in regelmäßigen Abständen Rechenschaft ablegen muss. Das Kind bekommt Unterhalt aus dem Vermögen. Sie selbst wird wahrscheinlich die Villa in Penzing verkaufen. Sie sagte mir, dass sie – neben der Beschäftigung mit ihrem Baby – versuchen will, das Geschehene künstlerisch zu verarbeiten. Andererseits spielt sie mit dem Gedanken, eine Wirtschaftsausbildung zu machen, um gemeinsam mit dem Gericht die Interessen ihres Kindes gegenüber Marc Rassling vertreten zu können.«

»Vielleicht hören wir noch von ihr«, meinte Cleo. »Entweder in künstlerischer Hinsicht oder als Unternehmerin.«

»Aber Mathabdi wird es nicht geben, oder?«, wollte Alithia wissen. »Vorläufig nicht«, erwiderte Lang. »Theoretisch wäre es möglich, dass das Kind die Idee wieder aufgreift und das Patent nutzt, wenn es einmal erwachsen ist. Bis dahin wird aber noch sehr viel Wasser die Donau hinunterfließen. Und ich glaube ehrlich gesagt auch nicht, dass der verhaltensoriginelle Herr Klinka sein gleichgeartetes Unternehmen auf die Beine bringt.«

»Aus die Träume«, resümierte Nowotny. »Traumhaus weg, Liebestraum weg, Träumefirma weg. O, du lieber Augustin, alles is hin.«

»So ähnlich wird das wohl auch die Frau Roth gesehen haben«, ergänzte Leo. Ein leises, gequältes Stöhnen aus Dianas Richtung ließ ihn aufsehen. »Was ist denn, Diana?«

»Ich hätte diese drei Toten verhindern können! Wenn ich das Handy gleich gründlich untersucht hätte, ohne mich nur auf die Daten zu beschränken … Helmut hat es erkannt, ohne technische Kenntnisse, einfach durch Nachdenken. Was war nur mit mir los? Ich glaube, ich bin schon betriebsblind!«

Eine peinliche Stille machte sich breit. Niemand war zynisch genug, Diana zu versichern, dass der Tod der gesamten Familie Roth nicht nur Nachteile brachte. Als Erste fand zum Erstaunen aller Alithia ihre Sprache wieder.

»Als ich vorige Woche auch so eine Situation hatte, hat mir Roberto etwas Gutes gesagt, das mir ziemlich geholfen hat: dass alle einmal einen Fehler machen, aber dass man daraus lernen kann und muss. Wie hast du gesagt, Roberto? ›Mach ein Foto in deinem Kopf, lass es unten an der Treppe picken und geh selbst die Treppe hinauf‹, so ähnlich war es doch, Roberto?« Der Halbbrasilianer nickte.

Sendlinger legte nach. »Das Fräulein – die Frau Podiwinsky hat recht. Außerdem hast du alles gemacht, was unter den gegebenen Umständen angebracht war. Genauso könnte ich mir jetzt Vorwürfe machen, dass ich dir keine weiteren Untersuchungen aufgetragen habe.«

»Wie lange bist du eigentlich noch bei uns, Alithia?«, erkundigte sich Schneebauer, wodurch die Teambesprechung sich langsam zu einem Plauderstündchen entwickelte.

»Bis Ende nächster Woche. Darf ich noch etwas sagen, auch wenn es nicht zum Fall gehört?«

Lang sah zu Sickinger, der den Eindruck machte, eine Zigarette gebrauchen zu können. Dieser nickte ohne Begeisterung. »Bitte«, sagte Leo.

»Ich habe hier sehr viel gelernt, nicht nur über Polizeiarbeit, sondern auch über mich selbst. Das war nicht so leicht für mich, aber ich bin dadurch die Treppe hinaufgegangen, wie wir es vorhin genannt haben. Jetzt überlege ich, ob ich vielleicht auf Jus umsatteln und dann bei der Polizei anfangen soll. Das wollte ich nur sagen.«

Aber nicht in meinem Team, war Leos erster Gedanke. Er schämte sich jedoch sofort über seine unausgesprochene Zurückweisung. Um es wieder gutzumachen, sagte er: »Das freut mich! Wenn du soweit bist, vergiss nicht, bei mir anzuklopfen! Es kann allerdings etwas dauern: erst das Studium und dann die Polizei-Grundausbildung, du weißt ja, da müsstest du ganz von vorne anfangen wie jeder andere, ähm, jede andere auch.«

»Und was ist mit den Tschender Staddies? Und was wird aus unserem Projekt mit dem Sexismus in Witzen?« Nowotny war schon wieder groß in Form, die Bedrücktheit wie weggeblasen.

»Ich hab mich eh noch nicht fix entschieden«, gab Alithia mit einer Mischung aus Pikiertheit und Spitzbüberei – Spitzmädelei? – zurück.

»Ich glaube, wir sind dann fertig«, beschloss Lang mit einem weiteren Blick auf Bruno Sickinger, der ihn offenbar unter vier Augen sprechen wollte.

64

Die recht frische Luft, die während der Rauchpause des Obersten durch das weit geöffnete Fenster eingedrungen war, hatte den typischen Geruch nicht vollständig vertreiben können. Leo setzte sich, während Sickinger das Fenster schloss. Er fühlte sich unsicher, was seinen Vorgesetzten betraf. Während der ganzen Teamsitzung hatte Bruno kein Wort gesagt.

»Wie geht's dir, Leo?«, waren Sickingers erste Worte. »Du wirkst nicht gerade glücklich.«

»Das wäre auch nicht angebracht bei dieser Faktenlage. Die Klärung eines Mordes durch zwei weitere Morde und einen Selbstmord ist nichts, worauf man stolz sein kann. Ich frage mich dauernd, ob wir alles in unserer Macht Stehende getan haben. Vielleicht hätten wir uns doch mehr bemühen sollen, die Roth festzuhalten. Ich hatte am Freitag schon ein komisches Gefühl ihr gegenüber, ich glaubte am Schluss gar nicht mehr an ihre Schuld. Und der Pascal war uns allen irgendwie unheimlich. Teflon, hat Cleo gesagt. Warum haben wir das mit dem Handy nicht früher hinterfragt, schon am Freitag?«

»Mit Gefühlen und Unheimlichkeiten kriegst du aber keine Haftbefehle«, wandte Sickinger ein. »Sie wurden überwacht, mehr konnten wir zu dieser Zeit nicht tun. Überleg doch einmal, was gewesen wäre, wenn die Handymanipulation früher aufgeflogen wäre und du Pascal Roth festgenommen hättest. Wenn er gestanden hätte – sehr unwahrscheinlich! –, hätte sich sicher ein cleverer Anwalt oder eine detto Anwältin gefunden, der oder die ihm irgendeine Ausnahmesituation zurechtgebastelt hätte: eine plötzliche Identitätskrise durch den fremden Vater, eine Fixierung auf den Liebhaber seiner Mutter, der auch noch ihr Chef ist oder so was Ähnliches. Eigentlich wollte er ihn gar nicht umbringen, nur erschrecken ... er hatte keine Ahnung, dass dieses Fentanyl so giftig ist ... das mit dem U-Bahn-Anschlag war er natürlich nicht ... Und vergiss nicht, er war bei Tatbegehung zwar schon über einundzwanzig, aber erst seit kurzer Zeit. Wenn du Pech hast, kriegt er nicht mehr als ein paar Jahre. So, wie der die Leute um den Finger wickeln konnte, hätte er die Gefängnispsychologen schnell überzeugen können, dass er jetzt wieder ganz normal ist und keine Gefahr mehr darstellt. Na, und wenn er nicht gestanden hätte, umso schlimmer. Wer weiß, wie ein Indizienprozess ausgegangen wäre. Wer weiß, ob die Frau Roth gegen ihren Sohn ausgesagt hätte, ob sie nicht vorher ihren Mann und sich selbst getötet hätte. Wenn du mich fragst, hat uns die Frau einiges erspart – natürlich nur meine Privatmeinung, nicht die offizielle.«

»Und wie ist die offizielle?« Leo fand diese Billigung eines Mordes einer Mutter an ihrem Sohn zwar erstaunlich, doch war damit wenigstens klar, dass Bruno ihm und seinem Team keine Vorwürfe machte.

»Daran müssen wir jetzt gemeinsam arbeiten. Morgen gibt's eine Pressekonferenz. Wir sollten genau überlegen, welche Passagen aus diesem Brief wir für die Öffentlichkeit freigeben und was wir nur zusammenfassen. Wir müssen uns auch gute Formulierungen zurechtlegen. ›Familientragödie‹ wird sicher vorkommen. Wir könnten erwähnen, dass der Ermittlungsdruck immer stärker wurde. Stimmt ja auch. Dass diese Handymanipulationen aufgedeckt wurden, sollten wir auch bekanntgeben. Die Hausaufgaben in Sachen Spurensicherung wurden gemacht, der Tathergang ist damit unbestreitbar.«

Leo nickte. Sendlinger hatte auch die anderen beiden Briefe genau untersucht, bevor sie der Schwester Barbaras übergeben wurden. Die Frau hatte Lang sofort erlaubt, sie zu lesen, was ihm die unangenehme Einholung einer Beschlagnahmeanordnung ersparte. Tatsächlich enthielt der Brief an die Schwester eine sehr persönliche, gefühlsbetonte Beschreibung des Geschehens und der zweite rein praktische Hinweise.

Mit der Pressekonferenz hatte er zwar keine Freude, aber natürlich musste die Öffentlichkeit informiert werden. Die Kollegen von der Pressestelle würden die Hauptakteure sein, das war beruhigend. Er hoffte, dass er selbst nicht allzu viel sagen oder bohrende Journalistenfragen beantworten würde müssen.

65
22. September

Die Zeitungsberichte betonten fast alle das Positive: Der Fall Rassling sei zweifelsfrei geklärt, eine »Familientragödie« hätte den Mörder dahingerafft. Mit den bekanntgegebenen Details erschienen je nach Blattlinie kriminalistisch interessante, technisch anspruchsvolle oder gefühlsbetone Artikel, zu denen in den Leserforen fleißig gepostet wurde. Die Ungeheuerlichkeit, dass eine Mutter ihren eigenen erwachsenen Sohn tötete, stand bei den meisten Postings im Vordergrund. Einzig die »Tribüne«, ausgerechnet die Zeitung, bei dem Leos Freund Paul Erdinger arbeitete, stellte einige kritische Fragen in den Raum, vor allem, ob die Dreifachtötung nicht verhindert hätte werden können. Wie zu erwarten war, reagierten viele Forumsposter darauf mit teils geschmacklosen Bemerkungen wie »Müssen wir den wenigstens nicht durchfüttern«, »Gut, dass wir den los sind!« oder »Sie hätte ihn lieber gleich abtreiben sollen«.

Nach dem Lesen eines besonders absurden Forumsbeitrags einer jener Personen, die immer Verschwörungen wittern – Pascal habe an brisanter Geheimdienstsoftware gearbeitet, er sei das Opfer polizeilicher Machenschaften, der Tod der Drei sei das Werk eines Hinrichtungskommandos, Rasslings Mörder laufe immer noch frei herum – lehnte sich Leo kopfschüttelnd zurück. Er fühlte sich müde, geradezu erschöpft. Wie gut, dass er ein paar Tage freibekommen hatte, um sich im Waldviertel regenerieren zu können.

66
23. September

Dass die Waldviertel-Oma sich über den Besuch ihres Enkels und dessen Lebensgefährtin freute, zeigte sich nur an der Art, wie sie Leo an sich drückte. Sie war keine Freundin übermäßiger Gefühlsäußerungen. Marlene wurde von unten bis oben gemustert, bevor sie den direkten Augenkontakt und die ausgestreckte Hand angeboten bekam.

»Willkommen, Frau Kolbe!«

»Bitte – ich bin die Marlene!«

»Und ich bin die Oma.« Damit war das also geregelt. Leo war sehr froh, dass Marlene ihm zuliebe diesen für sie zeitlich ungelegen kommenden Kurzurlaub genommen hatte. Zu Hause hatte sie lange gezögert bei der Wahl ihrer Garderobe, was sehr untypisch für sie war. Normalerweise langte sie mit sicherem Griff in den Kleiderschrank, um irgendein für die jeweilige Gelegenheit perfekt passendes Outfit herauszuholen. Die bevorstehende Begegnung mit der legendären Oma schien sie jedoch nervös gemacht zu haben. Diverse Kleidungsstücke wurden vor den Körper gehalten und verworfen, bis sie sich für einen Lagenlook in diversen Erdfarben entschieden hatte, dessen oberste Schicht ein weiches schilfgrünes Wollcape mit Armlöchern und Stehkragen bildete. Das Wetter versprach zwar spätsommerlich schön zu werden, aber das Waldviertel war nun einmal keine Karibikinsel. »Neun Monate Winter, ein Vierteljahr kalt« war immer schon ein geflügeltes Wort in der Familie Lang gewesen.

Die Oma hatte jedenfalls einen Blick für Qualität. »Schöne Sachen hast«, kommentierte sie Marlenes Kombination aus Naturfasern und -farben, während sie das Cape über einen Kleiderbügel hängte, nicht ohne den Stoff liebevoll betastet zu haben.

»Du aber auch«, war Marlene Antwort. Die alte Frau sah erstaunt an sich herab. Ihre rundliche Figur war in ein Blaudruck-Alltagsdirndlkleid ohne Schnickschnack gehüllt. Die Schürze, die sie zum Kochen trug, würde sie vor dem Essen, den Gästen zu Ehren, noch gegen eine Schönere tauschen. Doch Marlene ließ sich nicht beirren. »Der Stoff ist handbedruckt, oder? Und es wurde von einer Schneiderin genäht, passt wie angegossen. Glaub mir, ich kenn mich aus.«

Leo befürchtete schon, dass das Ganze auf ein Gelaber über Kleider, Farben, Stoffe und Schnitte hinauslaufen würde, doch die beiden Frauen waren gnädig. Nachdem er und

Marlene sich an den Küchentisch gesetzt hatten, wo sie ein Glas gespritzten Most vorgesetzt bekamen, während die Oma am Herd herumhantierte, ging es zunächst um eher alltägliche Themen. Wo sie sich für die nächsten Tage einquartieren wollten? Bei der Oma würden sie nur bis morgen bleiben, das war so ausgemacht. Wo sie wandern wollten? Wie es dem Rest der Familie ginge? Ob Leo seine Schwester Helma in letzter Zeit getroffen habe? Ob Marlene Geschwister habe?

Doch die Oma wäre nicht die Oma gewesen, wenn sie Leos latente Niedergeschlagenheit nicht bemerkt hätte. Sie setzte sich zu den beiden an den Tisch und schenkte sich aus dem schönen alten Mostkrug ein Glas ein.

»Diese furchtbare Sache mit der Frau, die ihren Sohn getötet hat, der selber seinen Vater umgebracht hat, macht dir zu schaffen, stimmt's?«

Leo nickte. »Stimmt. Vor allem, dass wir die Tötungen durch Barbara Roth nicht verhindern konnten. Dass wir die Rolle des Sohnes, Pascal, zu spät begriffen haben.«

»Wäre es denn so viel besser gewesen, wenn ihr es verhindert hättet? Der Sohn im Gefängnis – hoffentlich! –, der Mann sterbenskrank, die Frau bald ganz allein, ohne Mann, ohne ihren ehemaligen Liebhaber, den sie ihr ganzes Leben lang angehimmelt hat, mit einem Vatermörder als Sohn. Die Frau tut mir wahnsinnig leid. Ich versteh das, was sie gemacht hat. Da hätt ich auch nimmer leben mögen, und der Sohn hat seinen Tod verdient.« Man sah, dass sich die Waldviertel-Oma genau über die Details des Falls informiert hatte.

»Vielleicht, aber unsere Aufgabe als Kriminalpolizei ist es, die Täter zu ermitteln, Beweise zu sammeln und sie der Gerichtsbarkeit zu übergeben – nicht, sie sich gegenseitig richten zu lassen«, wandte Leo ein.

»Hör zu, Bua, wenn jemand vom Glück verlassen wird wie diese Barbara, dann ist das wie eine Naturgewalt. Wie so ein Tsunami, der alles wegreißt. Dagegen kann niemand was machen, auch nicht die Polizei. Nur die Frau selber hätte was machen können, vor allem sich nicht an diesen Liebhaber hängen! Sie hätte sich lieber gleich eine andere Arbeit suchen sollen. Wenn sie so tüchtig war wie die Zeitungen sagen, hätte sie doch sicher einen anderen guten Posten finden können.« Wie viele ältere Menschen benutzte die Waldviertel-Oma das Wort »Posten« für »Arbeitsplatz«. Das einzige damit zu verbindende Eigenschaftswort war »gut«: es gab nur »gute Posten«, die übrigen waren »keine guten Posten«.

»Dann hätte dieser Sohn wahrscheinlich gar nichts von seiner Herkunft erfahren«, fuhr sie fort, »obwohl – dann hätte er bei der erstbesten Gelegenheit wahrscheinlich jemand anderen umgebracht. Das habt ihr auf jeden Fall verhindern können, sieh's doch mal so. Jetzt zerbrich dir nicht den Kopf. Du hast den Mord aufgeklärt und der Mörder ist vom Schicksal weggefegt worden.«

»Ans Schicksal glaube ich nicht, Oma. Was soll das denn sein?«

»›Das Schicksal des Menschen ist der Mensch‹, sagt Brecht«, war die Antwort. Leo fand es mehr als erstaunlich, dass seine Großmutter Bertolt Brecht zitierte, doch sie fuhr fort: »Vorgestern war das am Abreißkalender, ich habe es aufgehoben, weil es so gut passte. So, jetzt muss ich mich aber ums Essen kümmern. Surbraten mit warmem Krautsalat und Waldviertler Knödeln. Magst mir helfen? Kannst du Waldviertler Knödel? Nachher gibt's übrigens Mohntorte mit Schlag.«

Daher war also der himmlische Duft gekommen, der sie im Haus begrüßt hatte.

»Ja, Oma, Waldviertler Knödel kann ich«, sagte Leo, sich vom Küchentisch erhebend.

Glossar

aa	auch
AKH	Allgemeines Krankenhaus in Wien
AMS	Arbeitsmarktservice, staatliche Arbeitsplatz-vermittlung
anbandeln	Liebesbeziehung anfangen
aufmascherln	sich herausputzen
äußerln	Gassi gehen mit Hund
Backdoor	Zugang zu einem anderen Computer, den sich ein Angreifer z.b. mittels eines Trojaners verschafft
Backhendl	paniertes, gebackenes Huhn
Bersch	junger Bursche
betropetzt	bestürzt
Bua, Bub	Junge
Budel	Theke
budern	Sex haben, bumsen
Da geht mir das G'impfte auf	das ärgert mich sehr
derzöhn	erzählen
Dreiviertel sieben	Viertel vor sieben
eh	ohnehin
einpapierln	Jemanden für sich gewinnen (durch gezielte Schmeicheleien, geschicktes Reden oder Ähnliches)
Erdäpfel-Vogerlsalat	Salat aus Kartoffeln und Feldsalat
faschiert	durch den Fleischwolf gedreht (für Hackfleisch)
Fenstertag	Brückentag
fesch	gutaussehend
G'spritzter	Weinschorle
g'stopft	reich
Gössermuskel	Bierbauch
Grätzel	Wohnviertel
grinsen wie ein frisch lackiertes Hutschpferd	grinsen wie ein Honigkuchenpferd, sich sichtlich sehr freuen
Großer Brauner	doppelter Mokka mit Kaffeeobers oder Milch
Großkopferter	einflussreiche, gesellschaftlich hochgestellte Person
Gschaftlhuberei	Wichtigtuerei
Gschropp	Kind

hamdrahn	umbringen (heimdrehen)
Haxn	Beine
Hetz	Spaß
Heuriger	Örtlichkeit, wo Wein ausgeschenkt wird
HTL	Höhere Technische Lehranstalt, berufsbildende Schule
Kanalgitter	Hashtag-Raute (#)
Kapazunder	Koryphäe
Krautfleckerl	Gericht aus Weißkraut und kleinen Nudelquadraten
Krentopfen	Quark mit Meerrettich
Leit	Leute
leiwand sein	großartig sein
Lercherlschaas	Kleinigkeit (Furz einer Lerche)
Lieber Augustin	geflügeltes Wort in Wien, Galgenhumor andeutend Zitat aus dem Lied »O du lieber Augustin« über den Bänkelsänger Markus Augustin
MA 48	Magistratsabteilung 48, zuständig für Abfallwirtschaft, Straßenreinigung und Fuhrpark
Mahü	Mariahilfer Straße in Wien
MAK	Museum für angewandte Kunst in Wien
Malware	Software (wie z. B. Viren, Trojaner), die in Computersysteme eindringen und dort Störungen oder Schäden verursachen
Marie	Geld
Masl	Glück (masel tov)
Matura/maturieren	Abitur/Abitur machen
Miststierler	jemand, der Abfälle durchstöbert
ois obsd	als ob du
Papperl	Essen
Patchen	Fehler in einem Software-Programm beheben
pfoah	Ausdruck des Staunens
Piefke	abwertend für Deutscher
Schanigarten	Straßencafé
Schmarrn	Minderwertiges, Blödsinn
Schmierant	Schmierfink
Sessel	Stuhl
Spezl	Kumpel, Freund
Stözn	Stelze, Eisbein
Strizzi	Tunichtgut
Surbraten	Schweinebraten aus Pökelfleisch
Topfennockerl	Quarkklöße
Trojaner	siehe Malware

Tschick	Zigarettenstummel
überwuzelt	im fortgeschrittenen Alter
Violette	FK Austria Wien, Fußballklub
vo da Weitn	von Ferne
Weckerl	Brötchen
wurscht	egal
Zumpferl	Penis
Zwetschkenröster	Zwetschgenkompott

Personenverzeichnis

Anita	Langs verstorbene Tochter
Awaziem, Johnson	Polizist
Bérénice	Freundin von Mathieu Rassling aus der Studentenzeit
Brodnig, Dr.	Staatsanwalt
Bruckner, Anna	Leiterin des Psychologischen Dienstes
Carmen	Callgirl
Chandelier, Béatrice	französische Chansonsängerin
Chebukati, Sarah	Security-Mitarbeiterin bei der kenianischen Botschaft in Wien
Chvala, Herr	Pensionist
Drexler, Lavinia (Winnie)	Freundin Helene Leebs
Dujmovi, Anastazija	Rezeptionistin im Hotel Papaya
Edin	Callboy
Epstein, Daniel	Anwalt
Erdinger, Paul	Journalist, Freund Langs
Faust, Heinrich	IT-Leiter der Rasslingwerke
Föderl, Martin	Rezeptionist im Hotel Papaya
Goncalves, Roberto	Ermittler in Langs Team
Helma	Schwester Langs
Hofinger, Frank (F.H.)	Journalist beim »Neuen Allgemeinen Blatt«, kurz »Blatt«
Hüpfl, Dr.	Notarzt

Immig, Steffen	Entwicklungsleiter der Rasslingwerke
Jessie	Vertretung für Anastazija Dujmovi und Martin Föderl
Juen, Herr	Chef der Juen IT-Services
Kalteis, Manuela	Generaldirektorin für die öffentliche Sicherheit
Kamon	Betreiber eines thailändischen Restaurants
Kirchmayr, Andrea	Mutter von Marlene Kolbe
Kirchmayr, Gerd	Vater von Marlene Kolbe
Klinka, Oliver	Erfinder, Konkurrent Mathieu Rasslings
Kolbe, Marlene	Freundin Langs, Inhaberin des Schneiderateliers »Anguissola« und Mathematikerin
Kovac, Karina	Polizeimitarbeiterin in der Telefonzentrale
Kroll, Frau	Kellnerin bei der »Bar-Bar«
Kupetzky, Frau	Besitzerin eines Eisgeschäftes
Lang, Leo	Chefinspektor der Wiener Kriminalpolizei
Larsson, Gustav	CEO der Firma Convexion
Leeb, Helene	Kunsthistorikerin, Künstlerin, Geliebte Mathieu Rasslings, Ehefrau von Klaus Pokorny
Lopatka, Dr.	ehemaliger Hausarzt der Familie Roth
Lutz, Wolfgang	Produktionsleiter der Rasslingwerke
Maria	Ehefrau Gabriel Schneebauers
Mauskoth, Peter	General Manager von Sanoria Österreich
Messaoud, Dr.	Arzt im AKH
Müller, Herr	falscher Name Mathieu Rasslings
Müller, Tanja	falscher Name Helene Leebs
Nowotny, Helmut	Ermittler in Langs Team
Oberlehner, Cleo	Ermittlerin in Langs Team
Orehounig	Zuständiger für Menschenhandel und Bettelei beim Bundeskriminalamt
Ott, Priska	Projektleiterin bei einem IT-Dienstleistungsunternehmen
Pilz, Diana	Kriminaltechnikerin in Sendlingers Team
Podiwinsky, Alithia	Praktikantin in Langs Team, Studentin der Soziologie
Pokorny, Gerhard	Sohn Helene Leebs, Mitarbeiter im Autohaus des Vaters
Pokorny, Karin	Tochter Helene Leebs, Studentin
Pokorny, Klaus	Ehemann Helene Leebs, Autohausbesitzer
Rassling, Claire	Schwester von Marc und Mathieu Rassling
Rassling, Dipl.-Ing. Mathieu	Hälfteeigentümer der Rasslingwerke, »der Träumer«

Rassling, Dr. Marc	Bruder von Mathieu Rassling, Hälfteeigentümer der Rasslingwerke
Rassling, Felix	Sohn Marc Rasslings, Schüler
Rassling, Frau	Frau Marc Rasslings
Rassling, Ingrid	Ex-Frau Mathieu Rasslings
Rassling, Jörg	Sohn Marc Rasslings, Student
Rassling, Marianne	Tochter Marc Rasslings, Studentin
Roth, Barbara	Sekretärin Mathieu Rasslings
Roth, Norbert	Ehemann Barbara Roths
Roth, Pascal	Sohn Barbara Roths, Student
Sandra	Freundin von Andrea Kirchmayr
Schneebauer, Gabriel (Schneezi)	Ermittler in Langs Team
Sendlinger, Dr. Philipp	Leiter der Tatortgruppe
Sickinger, Bruno	Oberst der Wiener Kriminalpolizei, Vorgesetzter Langs
Siegl, Hubert	Oberst, Leiter der polizeilichen Pressestelle
Simic, Vedran	Leiter der Suchtmittelgruppe bei der Wiener Kriminalpolizei
Söllinger, Frau	Hotelmanagerin im Hotel Papaya
Steen, Pieter	niederländischer Polizeibeamter
Stranzinger, Mirjana	Leiterin des Finanzwesens der Rasslingwerke
Szabo	Geburtsname Barbara Roths
Tichy, Eva-Maria	Sekretärin Marc Rasslings
van Henegouwen, Abdi	Erfinder, Geschäftspartner Mathieu Rasslings
Waldviertel-Oma	Großmutter Langs
Zawlacky, Gerfried	Fuhrparkleiter der Rasslingwerke

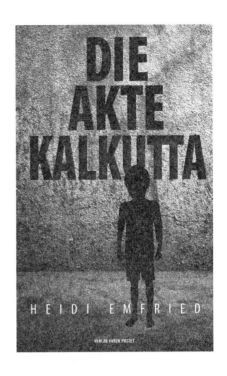

Heidi Emfried
DIE AKTE KALKUTTA
Kriminalroman

Der erste Fall von Chefinspektor Leo Lang: Dabei geht es um
die Aufklärung eines grausamen Doppelmordes in Wien. In der
Lobau wird eine schwer verstümmelte Kinderleiche gefunden.
Die Spuren führen das Ermittlerteam zu prominenten Patienten
einer Nobelklinik und letztlich sogar bis ins ferne Kalkutta.

360 Seiten, Hardcover
13,5 x 21,5 cm
ISBN 978-3-7025-0893-7, € 24,–

www.pustet.at

Günther Marchner
WIE EINE ZUFÄLLIGE BEGEGNUNG
Roman

Es ist Herbst. Ihr Verlangen nach der letzten Wärme treibt zwei Frauen
in den Süden, um dort ein Wochenende zu verbringen. In ihrer Unter-
kunft stoßen sie auf eine alte Aktentasche mit einem Manuskript, das
in längst vergangene Zeiten zurückführt. Salzburg, die Schotterebene
des Tagliamento und das adriatische Küstenland rund um Triest sind
die Schauplätze einer Geschichte um eine brüchige Liebe, um Familien-
bande, politische Umwälzungen und eine Welt, die Menschen mitunter
heimatlos macht.

196 Seiten, Hardcover
ISBN 978-3-7025-0950-7, € 22,–
eBook: 978-3-7025-8066-7

Dietmar Gnedt
BALKANFIEBER
Roman

Ulrich Hossner
DER SMARAGDSUCHER
Roman

Wenn du davon überzeugt bist, dass eine Person, die du kennst, am Tod der von dir geliebten Frau schuld ist, was würdest du tun? Wien, Venedig, Belgrad sind die Schauplätze der Geschichte um Liebe und Rache. Und Vergebung?

Der meisterhaft erzählte historische Roman ist ein grandioses Sittengemälde der Barockzeit, eine Reise durch Mitteleuropa vor der Kulisse des politischen Geschehens und nicht zuletzt die Geschichte einer leidenschaftlichen Liebe.

272 Seiten, Hardcover
ISBN 978-3-7025-0888-3, € 24,–
eBook: 978-3-7025-8047-6

640 Seiten Hardcover mit SU
ISBN 978-3-7025-0823-4, € 29,95
eBook: 978-3-7025-8029-2

Heidi Emfried
geboren 1956, wuchs in Rotterdam als Kind
österreichischer Eltern zweisprachig auf.
Nach einem Informatikstudium in Linz
arbeitete sie bis zu ihrer Pensionierung
Ende 2013 als IT-Expertin und IT-Leiterin.
Mit ihrer schriftstellerischen Tätigkeit, in
die ihr Interesse für fast alles – besonders
für Entdeckungen der Wissenschaft – ein-
fließt, erfüllt sie sich einen Jugendtraum.